BASTEI
LÜBBE

Taschenbücher von BARBARA HAMBLY
im BASTEI-LÜBBE-Programm:

20096 Der schwarze Drache
20194 Sonnenwolf
20195 Die dunkle Hand der Magie

Die Chroniken von Windrose
20239 Der Zauberturm

# Barbara Hambly

# DER MEGABYTE-MAGIER

Fantasy-Roman

Ins Deutsche übertragen
von Eva Bauche-Eppers

BASTEI
LÜBBE

BASTEI-LÜBBE-TASCHENBUCH
Band 20 243

Erste Auflage:
November 1994


Deutsche Lizenzausgabe 1994
Bastei-Verlag
Gustav H. Lübbe GmbH & Co.,
Bergisch Gladbach
Originaltitel:
The Silicon Mage
Lektorat:
Martina Sahler/Stefan Bauer
Titelbild: Arndt Drechsler
Umschlaggestaltung:
Quadro Grafik, Bensberg
Satz: Fotosatz Schell, Hagen a.T.W.
Druck und Verarbeitung:
Brodard & Taupin,
La Flèche, Frankreich
Printed in France

ISBN 3-404-20243-0

*Für Bill, den Time Lord*
*und den* BIONIC GIMP,
*zwei gute Freunde.*

*Besonderer Dank gilt Sam Pahalnuk,
Diana Paxson, Carrie Dougherty,
Adrian Butterfield und Brynne Stevens,
für technischen Rat bei Dingen,
von denen ich wenig oder keine Ahnung hatte.
Diese Story wäre nie in der
vorliegenden Form entstanden
ohne die Kenntnisse und Fähigkeiten,
die sie mir so großzügig zur Verfügung stellten.*

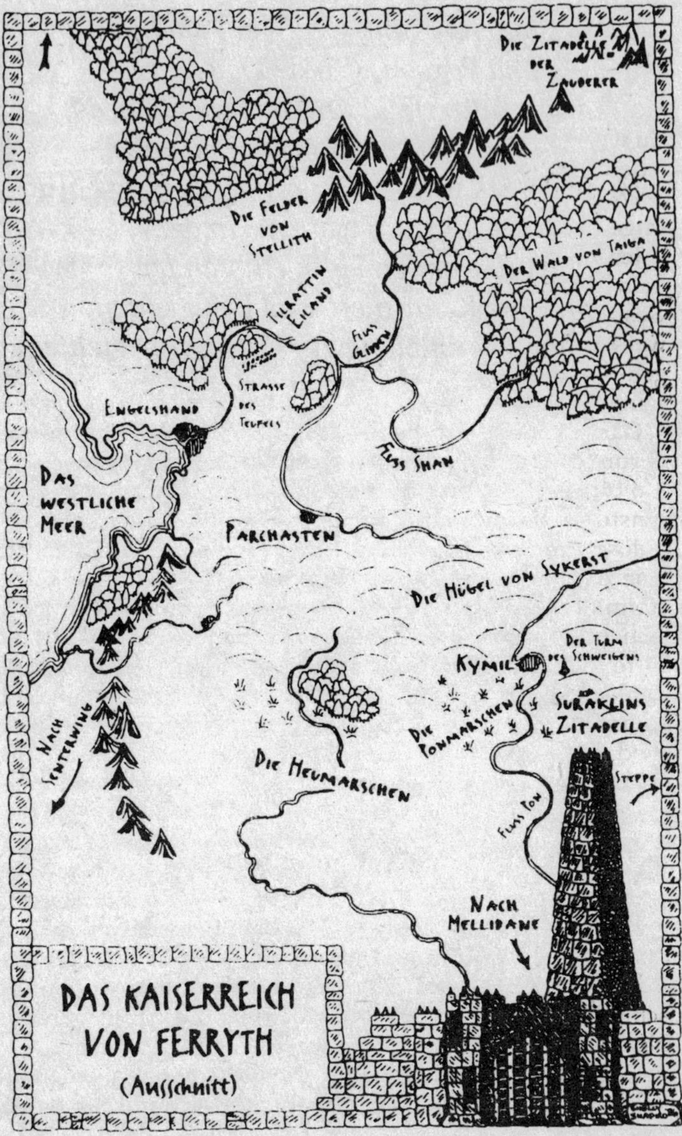
Die Zitadelle der Zauberer
Die Felder von Stellith
Der Wald von Taiga
Tilrattin Eiland
Fluss Gippen
Engelshand
Strasse des Teufels
Fluss Shan
Das westliche Meer
Parchasten
Die Hügel von Sykerst
Der Turm des Schweigens
Kymil
Suraklins Zitadelle
Die Ponmarschen
Nach Senterwing
Die Heumarschen
Steppe
Fluss Pon
Nach Mellidane
Das Kaiserreich von Ferryth
(Ausschnitt)

# 1.
# KAPITEL

Zu wissen, Gary Fairchild war seit einem Monat tot, und ihn jeden Tag bei der Arbeit zu sehen …

»Na, was unternehmen wir heute nach Feierabend, mein Engel?«

Joanna Sheraton bemühte sich um den halb geduldigen, halb ausweichenden Tonfall, der kennzeichnend für ihre Gespräche mit ihm gewesen war, bevor – bevor … »Ich weiß nicht, Gary. Ruth und ich hatten vor, ins Kino zu gehen.« Die Ausrede klang in ihren eigenen Ohren hoffnungslos fadenscheinig.

Gary schaute um die grünpflanzenberankte Trennwand herum in ihre vollgestopfte Bürokabine und setzte die für ihn typische gekränkte Miene auf. Seine Mimik hatte etwas Einstudiertes, wie auch die betont lässige Haltung des muskulösen Körpers in einem Anzug von Sears. *Er* wußte, das war eine von Garys Angewohnheiten, doch manchmal, wenn er vergaß, wessen Rolle er spielte, verfiel er in die zu seinem wahren Wesen gehörende gebieterische Pose. In der Tiefe der braunen Augen glomm ein bernsteinfarbener Funke, Welten entfernt von Garys feuchtem Hundeblick.

Joanna fühlte ihr Herz schnell und heftig schlagen, während sie sich wieder den Daten auf ihrem Bildschirm zuwandte, damit er nicht sah, daß sie die zitternden Lippen zusammenpreßte.

»Was ist los, mein Engel? Bist du böse auf mich?« Das weinerliche Timbre – perfekt.

Eine Idee zu schnell schwang sie auf ihrem Drehstuhl herum. »Nein. Das heißt …« Erstaunlich schwer, sich an den alten Umgangston zu erinnern, noch dazu unter dem wachsamen Blick dieser so fremden braunen Augen. Sie schluckte und strich sich mit einer Hand die ungebärdigen blonden Locken aus der Stirn.

»Schatz, hör mir mal zu.« Er kam herein, nahm einen Stapel Ausdrucke vom zweiten Stuhl, ließ sich mit der neuen, ungewohnten Geschmeidigkeit darauf nieder und ergriff ihre Hände. (Seine Fingernägel wuchsen nach – Gary hatte die Unart gehabt, sie bis aufs rohe Fleisch abzukauen.) Diesmal konnte sie ihm nicht ausweichen wie in der ganzen Zeit, seit sie erkannt hatte, was Gary zugestoßen war – dem echten Gary.

Sie zwang sich, ihm scheinbar ruhig ins Gesicht zu sehen.

Er fuhr fort. »Ich weiß nicht, wohin du verschwunden bist, Ende August, oder was du gemacht hast …« Lüge. Er wußte es ganz genau; was er nicht wußte, war, wieweit sie ihn durchschaut hatte in der Nacht ihrer Rückkehr. »Aber ich merke doch, daß dich etwas bedrückt. Du bist mir aus dem Weg gegangen.«

»Nein!« Wieder zu hastig. Die Verwaltung von San Serano pflegte gegen drei Uhr nachmittags die Klimaanlage in Gebäude Sechs abzustellen, die schwüle Oktoberhitze genügte hoffentlich als Erklärung für den Schweißfilm auf ihrem Gesicht und Hals. Nervös suchte sie nach Worten. »Ich … ich bin jedem aus dem Weg gegangen, Gary. Wirklich, ich mag einfach … ich mag einfach im Moment niemanden sehen.«

Er lächelte. »Deshalb gehst du mit Ruth ins Kino?« Seine Finger schlossen sich fester um die ihren. Joanna hoffte inständig, daß sie sich für ihn nicht so kalt anfühlten wie für sie. Garys alter, oberflächlicher Charme wärmte seine Augen. »Irgendwann mußt du dich wohl oder übel damit auseinandersetzen, Schatz. Akzeptieren, was geschehen ist.« Die Leute gingen nach Hause. Schritte hallten eigenartig unter der hohen Decke der Versuchsabteilung gleich nebenan. Fünf Uhr.

Möglichst unauffällig machte sie sich von ihm los. Während sie unkonzentriert mit der Backup-Prozedur begann, redete er über ihre Schulter weiter. »Warum gehen wir nicht zusammen essen, und anschließend machen wir's uns bei mir gemütlich und sprechen über alles, okay?«

Vor zweieinhalb Monaten hätte die Einladung bedeutet, daß er versuchen würde, sie in sein Bett zu bringen. Jetzt aber wußte sie und fror bei dem Gedanken, daß er sie nur alleine haben wollte, ohne Zeugen.

»Ein andermal, Gary.« Sie machte einen Fehler bei der Befehlseingabe, schlug auf ESCAPE und begann von vorn.

»Na gut, mein Engel ...« Er legte ihr von hinten die Hände auf die nackten Schultern – ärmellose Kleidung war am erträglichsten bei der Hitze eines erbarmungslosen kalifornischen Herbstes. Sie mußte die Zähne zusammenbeißen und alle Beherrschung aufwenden, um die Berührung nicht entsetzt und angewidert abzuwehren. »Nächste Woche dann?«

»Vielleicht ...« Eine Schrecksekunde lang stockte sie bei dem Befehl zum Verlassen des Hauptprogramms und betete, daß ihm ihre Zerfahrenheit nicht auffiel.

»Dienstag?«

»Vielleicht ...« wollte sie wieder antworten, doch ihr kam zu Bewußtsein, daß jeden Moment weitere Angestellte das Gebäude verließen. In wenigen Minuten war es hier menschenleer, und Gary brauchte nicht mehr weiter Süßholz zu raspeln, um sie in seiner Gewalt zu haben ...

Sie drehte sich zu ihm herum und seufzte ergeben. »Also gut.«

Er lächelte, aber im Hintergrund seiner Augen leuchtete heimlicher Triumph.

Joanna zitterte immer noch am ganzen Leib, als sie über den Parkplatz zu ihrem Auto ging.

Er versuchte seit Wochen, eine Situation herbeizuführen, in der sie ihm ausgeliefert war, manchmal subtil, manchmal ganz unverhohlen; wie sie lavierte er behutsam zwischen Dingen, die er eigentlich nicht wissen durfte, zum Beispiel, was es mit ihrem plötzlichen Verschwinden Ende des Sommers auf sich hatte und mit ihrem ebenso plötzlichen Wiederauftauchen zwei Wochen später und was auf der anderen Seite des düsteren Abgrunds zwischen den Welten geschehen war.

Dort war er natürlich nicht Gary gewesen.

Ein kalter Schauer lief ihr über den Rücken. Während sie den Wagen startete, ein blaues, klappriges Monstrum von einem 75er Mustang, erinnerte sie sich an den hageren, weißhaarigen alten Erzmagus, das Haupt des Kollegiums der Nigromanten, Salteris Solaris. Er hatte sie alle getäuscht: seinen Enkelsohn, den jungen Sasenna Stonne Caris; Gary – der echte Gary damals noch –, den er dazu gebracht hatte, auf dieser Seite des Abyssus für ihn zu arbeiten sowie sämtliche Magier des Kollegiums und auch sie selbst ... Er hatte sie getäuscht und verließ Salteris' Körper, um von Gary Besitz zu ergreifen, wie er schon Kaiser Hieraldus als leere Hülle zurückgelassen hatte, weil es ihm nützlicher erschien, in der Gestalt des Erzmagus weiterzuleben.

Er war der Dunkle Magus Suraklin, und jetzt wollte er sie.

Das Teuflische daran war, es gab keinen Beweis.

Kein Wunder, dachte sie, daß Antryg Windrose den Verstand verloren hatte.

Sie fuhr auf der Lost Canyon Road in Richtung Ventura Freeway – eine glitzernde Schlange aus gestautem Blech unter einer wabernden Hitzeglocke – und fragte sich bedrückt, ob Antryg noch am Leben war.

*Er darf nicht tot sein,* sagte sie sich vor, eine abgedroschene Litanei, von der sie seit Wochen zehrte. *Bitte, lieber Gott, er darf nicht tot sein.*

Auch dafür gab es keinen Beweis.

Vor Schuldbewußtsein, Ärger und Scham stiegen ihr Tränen in die Augen.

Ebensowenig hatte sie einen Beweis dafür, daß es sich bei den immer häufiger werdenden Phasen grundloser Depression, die sie und alle in ihrem Bekanntenkreis überfielen, um etwas anderes handelte als um Symptome ihrer eigenen Überreiztheit. Ja – während dieser Perioden schien niemand in San Serano fähig zu sein, produktive Arbeit zu verrichten. Ja – diese Perioden fielen zusammen mit einem Mehr an Zeitungsmeldungen über Selbstmorde und sinnlos-brutale Bandenkriege, nicht nur in L.A., sondern in San Francisco, New York, Tokio, London und sonstigen Weltengegenden, die die Medien geruhten zur Kenntnis zu nehmen. Ein oder zwei Blätter warteten mit luftigleichten soziologischen und demographischen Theorien auf, wirtschaftliche Stagnation, soziales Elend, zunehmende Kriminalität, blablabla. Vielleicht hatten sie sogar recht. Doch als sie nach einer solchen Phase hinunterging, um ein Stockwerk tiefer ihre Freundin Ruth zu besuchen, war das Bild, an dem Ruth seit Wochen gearbeitet hatte, mit heftigen, ungeduldigen Wischern dicker weißer Farbe überschmiert.

Immer noch kein Beweis, daß von einer geheimnisvollen Kraft die geraubte Lebensenergie zum anderen Gestade des Abyssus geleitet wurde, um Elektrizität zu erzeugen für einen Computer, in einer Welt, die weder das eine noch das andere kannte.

In den vergangenen vier Wochen hatte Joanna eine Menge über diesen Computer in Suraklins Dateien gelesen.

Sie reihte ihr vorsintflutliches Vehikel in die lange Autoschlange auf dem Freeway ein. Die Klimaanlage hatte längst den Geist aufgegeben; Joanna mußte sich mit der Variante begnügen, die Ruth die 4/80 Klimaanlage nannte: man öffnete alle vier Fenster und fuhr Achtzig. Funktionierte sogar, wenn man nicht gerade versuchte, um Viertel nach fünf an einem Freitagnachmittag den 101 zu befahren, zusammen mit der gesamten übrigen Bevölkerung der südlichen Hälfte des Staates Kalifornien. Wenigstens fuhr sie in Richtung L.A., nicht entgegengesetzt; der Lindwurm aus Blech bewegte sich, schwerfällig zwar, doch immerhin. Auf den Gegenfahrbahnen ging überhaupt nichts mehr – Stau, soweit das Auge reichte.

Eingekeilt zwischen ihren Leidensgenossen, hatte Joanna reichlich Zeit nachzudenken, und mit den Gedanken kam die Angst.

Die Angst war jetzt seit einem Monat ihr ständiger Begleiter, und sie hatte sich noch nicht daran gewöhnt. Der abnorm dichte Verkehr erinnerte sie unerbittlich daran, daß Freitag war, und ihr Herz schlug vor Angst wie ein Dampfhammer. Heute nacht ...?

Schon bevor sie in Suraklins Dateien die Bestätigung fand, hatten Antryg und sie vermutet, daß er einen Computer,

Stück für Stück von Gary gestohlen und genährt von der gestohlenen Lebensenergie, irgendwo versteckte, in einer Burg, einer Höhle oder einem anderen geheimen Ort in Ferryth, dem Reich auf der anderen Seite des Abyssus. Über Monate hinweg hatte Gary die Informationen in den riesigen Cray der Firma programmiert; nebenbei organisierte er per elektronischer Manipulation einen Supercomputer der Kategorie ›künstliche Intelligenz‹ und baute ihn jenseits des Abyssus zusammen. Ironie des Schicksals, dachte Joanna, daß Gary, der Computerfreak, nun selbst nicht mehr war als eine Handvoll Bits und Bytes in den Eingeweiden eines seiner Spielzeuge.

Sie hatte ihn dort gefunden. Alles, was es über Gary zu wissen gab – seine Vorlieben und Abneigungen, sein verschlungenes Netzwerk von angezapften Bankkonten, die Affären, die er mit anderen Frauen unterhalten hatte, während er ihr seine Liebe schwor, mitsamt den Details der besonders unappettitlichen Sorte Pornographie, die er goutierte –, bis zur kleinsten Kleinigkeit präzise digitalisiert. In anderen Dateien fand sie die Identität des Erzmagus und die unsterblichen Überreste des bedauernswerten, debilen Kaisers von Ferryth, dessen ausgehöhlter Körper mit blicklosen Augen durch den Palast in Engelshand wankte, während sein psychopathischer Sohn die Regierungsgeschäfte führte.

Seite an Seite mit ihnen fanden sich die Persönlichkeit, die Erinnerungen und das Wissen des Mannes, der sich nacheinander der Körper dieser drei Menschen bemächtigt hatte, dessen Sprechweise und Gesten Gary manchmal benutzte und dessen bernsteinfarbene Raubtieraugen sie heute so eindringlich gemustert hatten: der Magier Suraklin, den alle einst den Dunklen Magus nannten.

Der Computer war sein Garant für ein ewiges Leben. Er programmierte ihn mit seiner Persönlichkeit, speicherte sein Ich in unvergänglichem Silikon. Der Verlust der Lebenskraft, die die nötige Energie lieferte, war darauf berechnet, nicht zu töten, aber die Menschen beider Welten verwandelten sich nach und nach in graue Schatten ihres einstigen Selbst.

Joanna wußte das alles, aber sie konnte es nicht beweisen. Sie war ganz auf sich allein gestellt.

Ungefähr auf halbem Weg zwischen der Firma und zu Hause fuhr sie vom Freeway ab und auf den Parkplatz eines Supermarkts in Encino. Vom Beifahrersitz fischte sie ihre Umhängetasche, ein kolossales Ding aus Makramee und Kaninchenfell, an Größe und Gewicht einem toten Labrador entsprechend; aus dem Gerümpel des Kofferraums kramte sie einen blauen Nylonrucksack, wie Kinder ihn als Schultasche benutzen, zum Platzen voll und bleischwer. Nachdem sie sich beides über die Schultern gehängt hatte, schloß sie den Wagen ab und ging mit schnellen, zielbewußten Schritten über den Parkplatz, eine kleine, stämmige Gestalt, das lockige blonde Haar nach einem heißen Tag verschwitzt und strähnig. Sie sah ganz wie eine Schülerin aus, ein Teenager, in ihren abgewetzten Jeans und dem ärmellosen Top. Fünfzehn Minuten später saß sie in einem Bus zurück nach San Serano.

*Definitiv,* dachte sie, *eine Kandidatin für die Akademie der Verwirrten.* Ihr Benehmen in den zurückliegenden Monaten – in Computerdateien herumschnüffeln, nach Feierabend heimlich in die Firma zurückkehren, den Mann verdächtigen, mit dem sie seit zwei Jahren ein Verhältnis hatte – war bizarr genug, um sie als paranoid abzustempeln. Und ihre Träume hätte sie ihrem ärgsten Feind nicht gewünscht.

»Fast mein ganzes Leben habe ich Angst gehabt vor einem Mann, der seit Jahren tot ist«, hatte Antryg Windrose ihr einmal gesagt. Sie konnte jetzt auch nachempfinden, wie der Prinz im Alter von zehn Jahren den Verstand verlor, als er merkte, daß sein Vater nicht mehr sein Vater war, und niemand ihm glauben wollte.

Sie lehnte den Kopf gegen den vibrierenden Metallrahmen des Fensters, an dem sie saß, schloß die Augen und bemühte sich, die Knoblauchausdünstung des Mannes zu ignorieren, der sich auf den Sitz neben ihr gezwängt hatte.

Die ganze Situation – die Umstände ihres Verschwindens, die furchtbaren Entdeckungen, der große, liebenswerte Verrückte, der sie vor der Inquisition beschützt hatte und vor den umherstreunenden Abominationen, die seit den jüngsten Ereignissen aus dem Abyssus auftauchten – besaß alle Merkmale einer tückischen Gleichung mit zwei Lösungen, ohne Indiz, welche richtig und welche falsch war.

Die helle Seite der Gleichung besagte, daß sie vorübergehend durchgedreht war. Plausibel. Bei Garys Party hatte sie von dem reichlich vorhandenen Sternenstaub-Punsch getrunken, der sie geradewegs in eine fremde Welt katapultierte, wo sie Zauberern und ränkeschmiedenden Prinzen begegnete und natürlich auch dem Mann zum Verlieben. Wie Judy Garland in *Der Zauberer von Oz* erwachte sie anschließend wieder in der Alltagswelt, umgeben von den Leuten, die sie schon ihr ganzes Leben lang kannte und die beruhigend zu ihr sagten: »Es war nur ein Traum, Joanna, nur ein Traum.«

Die Nachtseite der Gleichung war ebenfalls ein Traum.

Ein Alptraum, den sie zum erstenmal ein paar Nächte nach ihrer Rückkehr hatte und seither noch fünf- oder sechsmal.

In diesem Traum befand sie sich in einem düsteren unterirdischen Gewölbe, ähnlich dem Verlies der Inquisition, aus dem Antryg sie befreit hatte. Das Mauerwerk in ihrem Rükken verströmte feuchte Kälte, trotzdem schwitzte sie – von der Hitze der glosenden Kohlen auf der kleinen Feuerstelle. Ein Mann beugte sich über das Feuer, das seinen Schatten riesengroß und mißgestaltet auf die Mauer warf, unbekleidet bis auf Lendenschurz und Schuhe und mit kahlrasiertem Schädel. Joanna konnte den stechenden Schweißgeruch seines Körpers wahrnehmen. Das Klingen des Hammers auf dem Amboß tönte laut in der Stille, untermalt vom Knistern der Kohlen und dem asthmatischen Fauchen des Blasebalgs, den die Gehilfin des Schmieds bediente, ein burschikoses junges Mädchen in einem ärmellosen Kittel. Auch sie war kahlgeschoren, genau wie die große, massige Frau in der Robe aus silbergrauem Samt neben den beiden am Schmiedefeuer. Ihr rollte der Schweiß in glitzernden Tropfen über die Fettwülste des Nackens. Der Geruch nach ungewaschener Wolle, feuchter Erde und Rauch hing schwer in der Luft.

Die dicke Frau schaute nicht auf das, was der Schmied am Feuer tat, sondern zum Eingang, einem niedrigen Rundbogen, ausgefüllt mit Schwärze, bedrohlich wie der Rachen eines der apokalyptischen Phantasiewesen von Bosch.

Nach einer Weile bewegte sich etwas in der Dunkelheit, die Matrone in Grau faltete die Hände vor dem Bauch und lächelte.

Der Mann, der hereingeführt wurde, überragte fast alle seine Bewacher. Joanna erinnerte sich, daß ihr Kopf nicht einmal bis zu diesen ausladenden, knochigen Schultern reichte, wenn sie vor ihm stand. Sein Gesicht, umrahmt von einem wilden Schopf graumelierter brauner Haare, war totenblaß, die kleinen Pupillen der tief in den Höhlen liegenden Augen ließen vermuten, daß er unter Drogen stand.

Die massige Frau trat vor – ihre Augen steckten wie blaue Glasmurmeln in dem aufgedunsenen Fleisch. »Antryg Windrose«, sagte sie, und der Gefangene hob den Kopf.

Joanna wußte, ohne seine Brille war er so gut wie blind. Er mußte die Augen zusammenkneifen, um etwas zu erkennen.

»Antryg Windrose, bekennst du dich zu den Verbrechen, derer man dich beschuldigt?«

Er holte tief Atem. Schweiß glänzte auf seiner Oberlippe. »Herthe« – schlafend oder tot, auch nach fünfzig Jahren noch würde Joanna diese Stimme in ihren Träumen wiedererkennen – »was aus mir wird, ist nicht so wichtig, aber glaub mir um Himmels willen, wenn du mich tötest, ändert das nichts an der Gefahr, in der ihr alle schwebt. Suraklin ...«

Ein Wächter hinter ihm tat etwas mit seinen auf den Rükken gebogenen Armen; er schrie auf, und der zweite hielt ihn fest, als seine Knie nachgaben. In dem ersten Posten erkannte Joanna Stonne Caris, den Enkelsohn des Erzmagus.

Herthe trat vor ihn hin, nachdem seine Bewacher Antryg

wieder aufgerichtet hatten. »Nenne den Namen deines Meisters nicht vor Unseren Ohren«, sagte sie leise. »Und glaube nicht, du kannst Uns in Furcht versetzen, damit Wir dich am Leben lassen. Du hast bereits ein Geständnis deiner Taten unterschrieben.« Ihre Stimme war kalt wie Eis. »Sollte es nötig sein, daß ich, als Bevollmächtigte der Inquisition, eine erneute Befragung anordne?«

Er wich ihrem starren Blick aus, und Joanna sah ihn erschauern. »Nein.«

»Bekennst du dich schuldig, gegen das erste Gebot des Kollegiums der Nigromanten verstoßen und dein Gelöbnis gebrochen zu haben, nie mit deinen magischen Kräften, sei es zum Bösen oder zum scheinbar Guten, in das Schicksal der Menschheit einzugreifen?«

Er nickte, den Blick immer noch zur Seite gewandt. »Ja.«

»Gestehst du, versucht zu haben, Seine Hoheit Prinz Pharos durch Magie zu ermorden?«

»Ja.«

»Gestehst du den Mord an Salteris Solaris, Erzmagus des Kollegiums?«

Gequält schloß er die Augen. Es dauerte lange, bis er antwortete, und dann war es nur ein tonloses Bewegen der Lippen. »Ja.«

Die Bischöfin winkte dem Schmied. Der richtete sich auf, in den Händen hielt er den Gegenstand, an dem er gearbeitet hatte. Diejenigen von Antrygs Bewachern, die Joanna an ihren schwarzen Gewändern als Nigromanten erkannte, schraken zurück. Auch Caris, ein Magier von Geburt, zuckte zusammen und schloß die Augen, doch er ließ seinen Gefangenen nicht los.

Antrygs Gesicht verzerrte sich vor Entsetzen. »Nein«, flüsterte er verzweifelt und sträubte sich gegen die Hände, die ihn nach vorn stießen. »Herthe, wozu das auch noch? Das Siegel der Finsternis ist an der Tür des Turms, das ist genug. Ich kann es nicht berühren, nicht überwinden, es lähmt die Kräfte ...«

»Und doch bist du einmal aus dem Turm des Schweigens entflohen«, antwortete die Bischöfin ungerührt. Der Widerschein der roten Glut glänzte auf dem eisernen Reif in den Händen des Schmieds, zuckte über das in der Mitte eingelassene Symbol aus Blei und Edelsteinen. »Das Siegel der Finsternis ist das Zeichen des Toten Gottes, die Negierung der Macht. Es wird dich bis zum Tag deiner Hinrichtung daran hindern, ein zweitesmal zu fliehen.«

»Das werde ich nicht.« Antrygs Stimme klang brüchig, erstickt, er starrte wie hypnotisiert auf den Halsreif. »Ich schwöre dir, ich werde keinen Versuch machen zu fliehen, nur nicht das Siegel ... Du verstehst nicht, du besitzt keine magischen Kräfte, bitte ...«

Der Schmied trat näher. Vier Männer waren nötig, um Antryg auf die Knie zu ringen, die härene Kutte herunterzureißen und ihn festzuhalten, am Haar, den Armen und Schultern, während der Schmied ihm das Halseisen umlegte und die Enden verschweißte. Caris gehörte dazu, doch als einer mit dem Geburtsrecht war er kaum fähig, auch nur die Nähe des Siegels zu ertragen. Zwar lockerte er nicht einen Moment seinen Griff, doch er warf keinen Blick auf den Reif, der jetzt um Antrygs Hals lag. Erst nachdem der Schmied fertig war und die anderen Wachen losgelassen hatten, stieß Caris den Magier von sich, der wie ein Toter zu Boden stürzte.

Jedesmal versuchte Joanna im Traum, aus der Ecke, in der sie stand, hervorzukommen und ihm zur Hilfe zu eilen, doch es war, als wäre sie wie eine Fliege gefangen im zähflüssigen Bernstein des Feuerscheins. Selbst ihre Schreie blieben in der schmerzenden Kehle stecken. Einen langen Moment herrschte Totenstille in dem schrecklichen Raum, unterbrochen nur vom Knistern des Feuers und Antrygs rauhen, schluchzenden Atemzügen.

Schließlich brach Caris das Schweigen. »Warum das?«

Die Bischöfin fixierte ihn mit ihrem frostigen Blick.

In den braunen Augen des jungen Mannes schwelte unterdrückter Haß. »Er hat gestanden, und der Stab wurde über ihn gebrochen, vom Prinzregenten, von den Hexenjägern und vom Kollegium der Nigromanten. Wozu die Mühe, seine Kräfte zu bannen, statt ihn hinzurichten, gleich hier und jetzt? Hat er doch noch heimliche Verbündete? Oder neidet man dem Kollegium andernorts das Recht, die Seinen zu richten?«

»Du bist ein Sasenna des Kollegiums, Caris, seine lebende Waffe.« Die Worte waren so gefühllos und kalt wie der Blick ihrer vorstehenden Puppenaugen. »Dem Schwert geziemt nicht, nach den Beweggründen der Hand zu fragen, die es führt.«

»Salteris war mein Großvater!«

»Caris.« Schemenhaft materialisierte sich in dem dunklen Türbogen die Gestalt Lady Rosamunds, der Nigromantin, die von Caris in Joannas Welt gerufen worden war, um Antryg zurückzuholen und anzuklagen. Trotz des Glanzes ihrer silberbestickten Amtsstola war sie kaum mehr als ein Schatten inmitten von Schatten. »Mit dem Ablegen deiner Gelübde als Sasenna hast du dich von allen Bindungen losgesagt. Von dem Moment an hattest du keinen Großvater mehr. Für dich ist ohne Belang, welches Mitglied des Kollegiums für diesen Mann gesprochen hat oder warum. Bis eine neue Entscheidung gefällt wird, bleibt er ein Gefangener.«

Antryg lag auf dem Boden und wandte den anderen Nigromanten den Rücken zu. Er hatte die Hände vors Gesicht geschlagen, als könnte er sich so vor ihnen verstekken. Zweimal hatte Joanna beobachtet, wie seine Finger zu dem Halsreif wanderten, doch er brachte es nicht fertig, ihn zu berühren. Seine Schultern zuckten, als ob er weinte.

Auf dem Aschebett des erlöschenden Feuers glühten die Kohlereste wie eine Handvoll Rubine. Der Schmied und seine Gehilfin waren bereits gegangen. Die Bischöfin warf der auf dem schmutzigen Steinboden ausgestreckten Gestalt einen letzten verächtlichen Blick zu und entfernte sich gleichfalls, umringt von ihren schwarzgewandeten Leibwächtern; Lady Rosamund und die Nigromanten ihres Gefolges verschmolzen wieder mit den Schatten, aus denen sie hervorgetreten waren. Nur Caris blieb. Er schaute ihnen nach. Sein Gesicht war eine Maske aus geschnitztem Elfenbein, ausdruckslos, bis auf das Leuchten in der Tiefe seiner Augen.

Dann wandte er sich ab und dorthin, wo Antryg lag.

Der Magier rührte sich nicht. Nur an seinem stockenden Atem merkte Joanna, daß er überhaupt noch lebte oder bei Besinnung war. Man hatte ihm die Kutte aufgerissen. In dem rötlichen Halbdunkel konnte sie die Schulterblätter und Wirbelknochen unter straffer feinporiger weißer Haut erkennen.

Caris kniete neben ihm nieder und zog den Dolch. Antryg hob bei dem Geräusch den Kopf und stemmte den Oberkörper vom Boden hoch, mühsam, wie unter einem schweren Gewicht. Der junge Mann packte ihn an der Schulter und stieß ihn gegen die Wand. Im Schein des verglimmenden Feuers funkelte die erhobene Klinge, als wäre sie schon in Blut getaucht.

Stumm blickte Antryg dem Sasenna in die Augen. Endlich hob er die Hände; sämtliche Finger waren geschient und bandagiert, geschwollen, als hätte man jedes einzelne Gelenk ausgerenkt. Mit vor Schmerzen zusammengebissenen Zähnen schob er die Ärmel der Kutte zurück und entblößte ausgezehrte Unterarme, übersät von alten weißen Narben. »Bitte«, sagte er leise. »Es wäre ein Freundschaftsdienst.«

Caris starrte ihn an, dann schleuderte er ihn zur Seite und sprang auf. Eine Sekunde lang war Joanna in ihrem Traum jedesmal überzeugt, daß er Antryg in einem Ausbruch von Wut, Ratlosigkeit und Haß treten würde. Doch er fuhr auf dem Absatz herum und rammte den Dolch zurück in die Scheide. Das Heft blinkte im Feuerschein, als er den Raum durchquerte und in der Schwärze hinter dem Türbogen verschwand; zurück blieb Antryg, allein, eine zerbrochene Vogelscheuche in der Finsternis.

Lange Zeit verging, bevor der Magier sich bewegte und mühsam aufstand. Mit den bandagierten Händen tastete er sich an der Mauer entlang zur Tür, und Joanna hörte seine langsamen Schritte auf der Treppe, als er zu seiner alten Gefängniszelle im Turm des Schweigens hinaufstieg.

Vor den Toren von San Serano hielt der Bus, und Joanna stieg aus. Die im Asphalt gespeicherte Hitze des Tages drang durch die Sohlen ihrer abgelaufenen Turnschuhe, als sie das riesengroße Parkplatzgelände in Richtung von Gebäude Sechs überquerte. Die verlassenen Hügel ringsum ragten wie bräunliche Pappkulissen in den Smog.

*Nicht an Antryg denken*, ermahnte sie sich müde. Nicht an die Feinfühligkeit dieser großen Hände, als er ihr beibrachte, Prinz Cerdics Kutsche zu lenken; nicht an die Abende in den Poststationen an der Straße von Kymil nach Engelshand, wenn sie Bier tranken und redeten. Nicht an den Klang dieser Stimme, tief und melodisch wie die eines wahnsinnigen Shakespearedarstellers, und nicht an die verlangende Hitze seiner Lippen auf den ihren.

Die Gurte des schweren Rucksacks schnitten ihr in die Schultern. Der Inhalt war zum großen Teil mit Geld von Garys diversen Bankkonten gekauft – per Computer ›abgehoben‹, genauso, wie er sich per Computer bei allen möglichen Finanzquellen überall in den USA bedient hatte. Sämtliche Informationen über die Transaktionen waren in den Dateien von DARKMAGE gespeichert – Kontonummern, Beträge, sogar das Hackerprogramm, mit dem er die Sicherheitssysteme der Banken ausmanövriert hatte. Gewissenbisse quälten sie deswegen nicht. Gary und Suraklin hatten sich schwerer Verbrechen schuldig gemacht. Joanna hielt es für nicht mehr als gerecht, daß sie ihr Scherflein zu Antrygs Rettung beitrugen – *Er lebt! Es ist nicht zu spät!* – und letztendlich zum Scheitern ihrer eigenen Pläne.

Aber sie brauchte Hilfe.

Also hatte sie Zuchtperlen gekauft, synthetische Saphire und Rubine, Trockenfleisch und Müsliriegel, eine leichte Wasserflasche, ein Fahrtenmesser zu dem Schweizer Armeemesser, das ohnehin ihr ständier Begleiter war, sowie Klebeband, Nylonseil, Sägeblätter und verschiedene andere Utensilien. Von zwei Kostümschneidern, die auch für eine Renaissance-Trachtengruppe arbeiteten, hatte sie aus der Erinnerung ein Kleid geordert, das verpackt wenig Platz einnahm, es ihr aber angezogen ermöglichte, an einer Gesellschaft teilzunehmen. In Hosen hätte sie Aufsehen erregt. Natürlich hatte sie auch mit dem Gedanken gespielt, sich als Junge zu verkleiden, was vielen romantischen Heldinnen problemlos gelungen war, aber ein Blick in den Spiegel bewog sie, davon Abstand zu nehmen.

Zu ihren Neuerwerbungen gehörte auch ein 38er Colt, mit dem sie so lange übte, bis Knall und Rückstoß sie nicht mehr so irritierten, daß sie das Ziel verfehlte. Sie hatte auch überlegt, ob sie sich von einem der Superhacker eine Art tragbare Induktionsspule besorgen sollte, um die Schaltkreise des gestohlenen Computers zu entmagnetisieren. Doch nach allem, was sie an Informationen in DARKMAGE gefunden hatte, konnte sie sich ausrechnen, daß ihre Chancen, die Abschirmung zu überwinden, gegen Zero tendierten, und es gab keine Garantie, daß es ihr gelingen würde, den *magischen* Energiestrom des Computers anzuzapfen. Sprengstoff – nein. Abgesehen von den strikten gesetzlichen Bestimmungen, die es schwierig machten, ihn zu beschaffen, sagte ihr der schlichte Selbsterhaltungstrieb, daß sie viel zu wenig Ahnung davon hatte, um solches Zeug ohne Risiko zu transportieren, geschweige denn zu benutzen.

Doch Input ist Input. Wenn Gary – Suraklin – Daten von San Serano in seinen neuen Computer übertragen konnte, dann sie auch. Deshalb steckte in einer Spezialtasche ihres Rucksacks, bruchsicher verpackt, ihr wirksamstes und hundertprozentig illegales Virusprogramm.

Ansonsonsten war der Rucksack vollgestopft mit Ausdrucken, manche verkleinert und fast bis zur Unleserlichkeit kopiert, manche einfach so dazugepackt, wie sie über die Modemleitung kamen, ohne daß sie Zeit gehabt hätte, einen Blick darauf zu werfen. Einen ganzen Monat lang hatte sie sich durch die Informationen gewühlt, doch es war noch zu wenig Zeit gewesen. So wenig Zeit, dachte sie – aber mehr als genug, daß Antryg ...

*Hör auf damit!* befahl sie sich. *Antryg lebt. Er muß leben. Er muß ...*

Wenn er aber doch tot war – *Nein!* –, mußte sie allein versuchen, Suraklin Einhalt zu gebieten.

In Gebäude Sechs brannte nur noch die Notbeleuchtung. So lautlos wie möglich eilte Joanna über die blauen Läufer der leeren Schreibbüros und vorbei an den unbesetzten Programmiererplätzen. Im vergangenen Monat hatte sie sich wenigstens zweimal pro Woche abends in die Firma geschlichen, und jedesmal war ihr dabei heiß und kalt geworden. Was ihr aber am meisten Angst einflößte, war der Gedanke, daß Suraklin sie immer noch brauchte – als Programmiererin, Ersatz für Gary, dessen Körper ihm jetzt als zeitweilige Behausung diente. Weil er sie brauchte, hatte er sie schon einmal entführt, oder vielmehr Gary beauftragt, sie zu entführen, während er selbst sie über den Abyssus brachte. Und wäre Antryg ihm nicht gefolgt, existierte Joanna Sheraton längst nicht mehr, nur noch als leere Hülle, willfährige Marionette des Dunklen Magus' und ihm rettungslos hörig.

Bevor Antryg schließlich in Gefangenschaft geführt wurde, hatte er sie noch gewarnt. Und natürlich hatte sie nicht darauf gehört.

Das Herz schlug ihr bis zum Hals. Wenn Suraklin sie hier fand, dann war alles aus, und mit jedem Schritt in Richtung Computerzentrale wurde die Gefahr größer.

*Ganz ruhig*, ermahnte sie sich. *Du hast das schon ein Dutzendmal getan.*

Sie zitterte immer noch am ganzen Leib, als sie in eins der Büros gegenüber der Zentrale schlüpfte und sich endlich halbwegs sicher fühlte.

*Du hast das schon ein Dutzendmal getan ...*

*Zusammen mit allen anderen die Firma verlassen, das Auto unterwegs irgendwo abgestellt, aber nie zweimal auf demselben Parkplatz, den Bus zurück genommen und hier in der Firma auf den großen Augenblick gewartet. Du amüsierst dich damit, nächtelang Computerdateien zu filzen und einen mittlerweile satt zwanzig Pfund schweren Rucksack herumzuschleppen ...*

Ihr war in etwa zumute wie einem frischgebackenen Sektenjünger, der, aller weltlichen Güter ledig, in seinem weißen Hemd auf dem Berggipfel steht und das Ende der Welt erwartet. *Und ich werde mir genauso dämlich vorkommen, wenn nichts passiert und ich wieder nach Hause gehen muß ...*

Gedämpfte Schritte auf dem Teppichboden im Gang. Joanna drückte sich im Schutz der halboffenen Tür an die Wand und drehte den Kopf zur Seite, um durch den schmalen Spalt spähen zu können. Ein Blick genügte ihr, um Gary zu erkennen.

Der Gary, der nicht mehr Gary war, verzichtete in Abwesenheit von Zuschauern darauf, seine Rolle zu spielen. Trotz jahrelangen gewissenhaften Krafttrainings hatte Gary – mittelgroß und schmächtig, wenn auch neuerdings mit leichter Neigung zum Bauchansatz – nie den Eindruck gemacht, daß er sich in seinem Körper zu Hause fühlte. Im krassen Gegensatz dazu bewegte er sich jetzt mit einer raubtierhaften Anmut, die überhaupt nicht zu der nüchternen grauen Hose und dem blassen Hemd paßte.

Joanna sah, daß er einen Aktenkoffer bei sich trug, und ihr Herz erstarrte zu einem Eisklumpen.

Also doch heute nacht.

Sie hatte es geahnt, als sie gleich bei Arbeitsbeginn heute morgen einen Blick in die DARKMAGE-Dateien warf und feststellte, daß große Teile davon verschwunden waren. Keine Modemleitungen reichten über den Abyssus. Das Programmieren konnte er in San Serano erledigen, doch zu seinem neuen Schlupfwinkel mußte er die Daten persönlich schaffen.

Sie hätte am liebsten geheult. *Denk nicht dran!* rief sie sich streng zur Ordnung und ging auf Zehenspitzen durch das unbeleuchtete Büro zum Telefon. Zu ihrer größten Erleichterung meldete sich Ruths Anrufbeantworter. Sie hatte damit gerechnet – Ruth war selten zu Hause –, aber das letzte, was sie jetzt gebrauchen konnte, waren Fragen.

Sie faßte sich kurz. »Ruth, hier ist Joanna. Geh zu mir rauf, du hast den Schlüssel. Auf dem Tisch liegt ein brauner Umschlag mit ein paar Instruktionen. Ich erkläre dir alles, wenn ich zurückkomme, aber das kann ein paar Wochen dauern. Ich bin *nicht* in Schwierigkeiten. Bye.«

*Paranoid, schizophren, bescheuert, irre.*

*Warum ausgerechnet ich?*

Antryg, dachte sie, mußte sich das gleiche gefragt haben.

Dann veränderte sich auf seltsame Art die Atmosphäre. Es war eine Empfindung, unbeschreiblich, unverwechselbar – ein blindes Entsetzen, ein Vibrieren der Nerven, das Gefühl, an einem Ufer zu stehen, an das die stummen Fluten der Ewigkeit brandeten. Ein dunkler Hauch streifte ihre Seele, fröstelnd glaubte sie das wispernde Echo fremder Mächte zu hören, die sich in der Finsternis regten.

Das Tor zum Abgrund zwischen den Welten hatte sich geöffnet. Suraklin durchquerte den Abyssus.

Ihr Puls hämmerte, als sie aus der Bürotür schlüpfte. *Ich darf mich nicht erwischen lassen*, dachte sie verzweifelt. *Warum war ich nur so schlau, für Ruth eine plausible Erklärung hierzulassen, weshalb ich für ein paar Wochen weg muß. Kein Mensch wird nach mir suchen.*

Doch wenn sie Suraklin in die Hände fiel, half es auch nicht, wenn man gleich morgen eine Suchaktion startete. Sie würde unauffindbar bleiben, bis sie zurückkehrte, scheinbar unversehrt, aber Sklavin eines fremden Willens.

Kalte, weiße Helligkeit strömte aus der Tür der Computerzentrale in den dunklen Gang. Der Rucksack mit der daran geschnürten Umhängetasche drückte zentnerschwer auf ihre Schultern, aber sie bemerkte es kaum. *Um neun Uhr fährt ein Bus zurück nach Encino*, schoß ihr durch den Kopf. Sie beugte sich vor und spähte um den Türrahmen.

Schwärze, furchteinflößend, umgeben von der fluoreszierenden Aureole des Neonlichts, hing mitten im Raum wie der ins Riesenhafte vergrößerte Tintenklecks eines Rorschach-Tests. Doch es war keine greifbare Schwärze, sondern die Negierung jeder Substanz, ein Riß in der Materie – das Tor zum Abgrund zwischen den Welten. Weit, weit entfernt in diesem gähnenden Schlund erahnte sie Bewegung.

Kein Mensch befand sich außer ihr in der Computerzentrale, die Dunkelheit begann an den Rändern zu zerfließen.

*Der Augenblick der Wahrheit ist gekommen. Was du erlebt hast, war kein LSD-Trip, keine Halluzination. Der Abgrund zwischen den Welten existiert wahrhaftig, und du mußt dich jetzt entscheiden.*

Ein inneres Stimmchen äußerte zaghaft: *Kann ich nicht einfach heimgehen und alles vergessen?*

Doch fest entschlossen, sich davon nicht in Versuchung führen zu lassen, tat Joanna den Schritt über die unsichtbare Schwelle.

## 2. KAPITEL

Es kostete sie mehr Überwindung als alles andere, das sie bisher in ihrem Leben getan hatte. Nach zwei Schritten hätte sie am liebsten kehrtgemacht, aber sie wagte nicht einmal, über die Schulter zu blicken, um zu sehen, ob es noch möglich war. Weit vor ihr in dem lichtlosen Tunnel schwebte Garys – Suraklins – gelbes Hemd wie ein gaukelnder Schmetterling. Sie durfte diesen Wegweiser nicht aus den Augen verlieren, sonst war sie verloren.

Schwindel packte sie, das Gefühl zu fallen, keinen festen Boden unter den Füßen zu haben. Sie kämpfte sich weiter, halb laufend, halb schwimmend, durch ein richtungsloses Nichts. Vor Angst und Groll kamen ihr die Tränen. Bei ihrer ersten Durchquerung des Abyssus' war sie bewußtlos gewesen, bei der Rückkehr aus jener anderen Welt hatte Salteris – Suraklin – sie geführt, diesmal ...

*Nicht weich werden*, sagte sie zu sich selbst. *Caris konnte einem Mann unbemerkt durch den Abyssus folgen, und du kannst es auch*. Kälte, die nicht wirklich Kälte war, saugte ihr die Kraft aus den Adern. Sie lief und schwamm und flog durch die pechschwarze Finsternis, den Blick starr auf den Rücken des Mannes geheftet, der sie vernichten würde, wenn er ihre Anwesenheit bemerkte.

Die Dunkelheit lebte. Sie wußte es, fühlte es, ahnte die amorphen Wesen, die die eisige Leere bevölkerten. Dicht hinter sich hörte sie ein stimmloses, zischelndes Wispern – der Atem eines Verfolgers? Oder ihr eigenes angestrengtes Keuchen?

Sie lief schneller, ohne sich ein einziges Mal umzusehen. Nur die Tatsache, daß sie nicht stehenbleiben konnte, um Atem zu schöpfen, hielt sie davon ab, Suraklins Namen zu rufen, ihn anzuflehen, er möchte umkehren und sie holen. Falls er ihre Fähigkeiten brauchte, wie Antryg behauptet hatte, konnte er sie nicht im Abyssus zurücklassen.

Er war verschwunden.

Dunkelheit umhüllte sie, Wind – oder etwas anderes – zerrte an ihrem fliegenden Haar. Vor ihr kein verwischter Fleck mehr, nur undurchdringliche Schwärze mit einer Ahnung lauernder Wesen. Rechter Hand, weit weg, erregte etwas Helles ihre Aufmerksamkeit, diffuses, milchiges Licht, und der Geruch von Regen wehte heran. Obwohl es nicht einmal annähernd die Richtung war, in der sie Suraklin zuletzt gesehen hatte, hielt sie darauf zu. Sie lief wie von Furien gehetzt, mobilisierte ihre letzten Kräfte, aber der Rucksack wurde immer schwerer und wie in einem Alptraum hatte sie das Gefühl, nicht von der Stelle zu kommen. Etwas stieß auf sie nieder, ein geflügeltes, formloses Ding aus den aphotischen Tiefen dieses Limbus'; sie fühlte den Schmerz am Arm, das strömende Blut heiß auf der kalten Haut. Nicht hinsehen, weiter. Längst hatte sie jedes Zeitgefühl verloren. Wenn sie nun schon seit Stunden hier herumirrte? Wenn das Licht plötzlich verschwand, wie Suraklin verschwunden war? Wenn es sie in eine Falle locken sollte? Wenn sie nie einen Weg hinaus fand? Wenn sie hier auf ewig gefangen war, vielleicht, ohne sterben zu können? Wirre Haarsträhnen hingen ihr in die Augen, sie stolperte unter dem Gewicht des Rucksacks, und das Licht kam nicht näher …

Dann trat sie mit einem Schritt in die Wirklichkeit hinaus; feuchte Nachtluft traf schneidend kalt ihre bloße Haut, ein weißer Mond stand voll und klar über einer unregelmäßigen Reihe von Menhiren. Nicht stehenbleiben. Regennasses Gras schlug gegen ihre Beine, hinter sich hörte sie das Knistern und Zischeln, das sie schon im Abyssus verfolgt hatte. Bei einem kurzen Blick über die Schulter sah sie es, das *Ding* – ein arachnidisches Gewirr langer, knotiger Beine, umwogt von einer Aureole langer, dünner Tentakel, wie im Wasser schwebendes Frauenhaar. Die Fangarme griffen nach ihr, und wo sich der Leib der Kreatur befinden mußte, reflektierten die Facetten unsichtbarer Augen das Mondlicht.

Halb besinnungslos vor Entsetzen rannte sie weiter, strauchelte auf dem unebenen Boden; rannte, bis ihr der Pulsschlag in den Ohren dröhnte und sie fürchtete, ihr Herz könnte einfach platzen. Wenn sie an einem der großen Menhire Rückendeckung suchte, hatte sie vielleicht den Hauch einer Chance. An der Stelle, wo sie den Abyssus verlassen hatte, waren es nur Stümpfe, wie abgebrochene Zaunpfähle entlang der alten Straße. Im Laufen verfluchte sie sich für ihre Dummheit. Das neugekaufte Messer steckte im Rucksack; nicht daran zu denken, es herauszukramen. *Caris hätte sich nie so kalt erwischen lassen ...*

Sie warf sich gegen den nächsten der großen Steinblöcke; die rauhe Oberfläche zerschrammte ihre Schulter. Mit fliegenden Händen tastete sie über den Rucksack und riß die Klettbandtasche ab. Die Stelle am Arm, wo die Kreatur sie verletzt hatte, blutete immer noch. Ein, zwei Sekunden, und all diese Tentakel würden sich an ihr festsaugen. In der Hast ließ sie das Messer fallen und mußte es wieder aufheben. Jeden Moment ... jeden Moment ...

Kaum fähig zu atmen, drückte sie sich eng an den Stein und schaute nach ihrem Verfolger aus.

Verschwunden.

Nicht ganz verschwunden; die Kreatur lauerte in der Dunkelheit, sie wußte es, spürte es, konnte beinahe das leise, knisternde Wispern hören. Doch lauter war ein anderes Geräusch, ein gedämpftes, grollendes Dröhnen in der Erde, ein langezogener, dumpfer Klagelaut.

Sie wirbelte herum und blickte suchend auf den mondbeschienenen Pfad zwischen der Doppelreihe der Menhire.

Etwas wie die Ausläufer einer dunklen Flutwelle schob sich murmelnd über den Boden. Selbst in der hellen Vollmondnacht war es schwer, Umrisse auszumachen, doch nach einem Moment hörte sie wieder den eigenartigen Laut, tief und klagend, und sie begriff, es war das Muhen einer Kuh. Schafe blökten. Als sie die Augen anstrengte, konnte Joanna jetzt einiges erkennen: verschwommene, weißliche Wollknäuel, das matte Funkeln messingumkleideter Hörnerspitzen und eine aufrechte Gestalt, die nur ein Mensch sein konnte. Musik, süß, kalt, beklemmend und einsam, kräuselte sich in die Nacht – der geisterhafte Klang einer Flöte, der sich wie ein Windhauch zwischen den Steinen hindurchwand. Als Kontrapunkt zum Schlagen ihres Herzens hörte sie das hohle Pochen einer Trommel.

Irgendwo hinter der Steinreihe, draußen in dem riesigen Ozean aus Dunkelheit, der sich wie eine einzige samtene Decke bis zum violett schimmernden Zackensaum des Horizonts erstreckte, wartete die Abomination.

Joanna erinnerte sich daran, wie Antryg gesagt hatte, wann immer das Tor sich öffnete, würde das gesamte Gefüge des Universums durchlässig; Löcher entstanden, nicht allein in der Nähe des Tores, sondern anderswo, in fremden Universen, und durch diese Löcher wanderten die Abominationen. Als sie Suraklin aus den Augen verlor und diese neue Richtung einschlug, war sie womöglich durch irgendeine Öffnung entlang der Energiepfade gestolpert, die das Kaiserreich Ferryth durchzogen. Oder, dachte sie fröstelnd, sie war in ein ganz anderes Universum geraten, weder das, aus dem sie kam, noch das, wohin sie wollte. *Na wundervoll. Es geht schon schief, bevor's überhaupt richtig angefangen hat.*

Sie wich vorsichtig ein paar Schritte zurück, in den tiefen Schatten zwischen den Steinen; die Kälte stach wie mit Nadeln in ihre Hände, die krampfhaft den Messergriff umklammmert hielten. Die Flutwelle schob sich näher, löste sich auf in eine Vielzahl verschiedener Umrisse und im Mondlicht grün schillernder Augen. Der Geruch von Dung und Staub mischte sich unter die würzige Frische des niedergetretenen Grases. Gläsern und fremd zerrte die schmerzliche, sehnsüchtige Stimme der Flöte an ihrem Herzen.

Ein Schaf trottete vorbei, gefolgt von einer Mutterkuh mit einem Jährlingskalb, dahinter kamen weitere Kühe, drängend, schiebend und so dicht, daß Joanna die Wärme der massigen Leiber spürte. Dann zog eine ganze Schafherde vorbei, unter einer Glocke aus Wollgestank und Heustaub, es folgten Ziegen, ein paar Schweine und ein Zugpferd wie ein Panzer auf vier Beinen, neben dem ein Junge auf dem nächtlichen, stillen Pfad dem Mond zu wanderte. Andere Männer und Frauen bewegten sich zwischen den Tieren, stumm wie sie in dem trügerischen, silbernen Licht; Hunde trotteten an der Seite ihres Herrn, und halberwachsene Mädchen trugen Katzen auf dem Arm.

Auf der zertrampelten Spur der Viehherde schritt eine Reihe von Männern, die Köpfe grotesk entstellt von den gehörnten Tiermasken, die sie aufgesetzt hatten. Die Weise, die sie spielten, war unbeschreiblich traurig und verloren, mit nichts vergleichbar, was Joanna je gehört hatte, eine Totenklage für etwas längst in Vergessenheit Geratenes. Die schwarzen Hörner nickten und tanzten im grausilbernen Mondlicht; unter den vorspringenden Schnauzen glitzerten die Augen der Maskenträger. Falls sie sie erspähten, fröstelnd im Schatten des Steins, ließen sie es sich nicht anmerken.

Den Abschluß bildete eine Art Katafalk auf einem Leiterwagen, gezogen von Kühen und Schafen, im Dunkeln nur schemenhaft zu erkennen. Sie glaubte, den ausgestreckten Körper eines Mannes zu sehen, die Augen geschlossen, Gesicht und Hände schwarz, in Lumpen gekleidet und ein Hirschgeweih an der Stirn befestigt. Ihr war, als hörte sie Antrygs Stimme: »Alles bewegt sich entlang dieser Pfade, in beiden Richtungen ... Immer noch treiben in bestimmten Nächten des Jahres die Bauern der Umgebung ihr Vieh dorthin, im Gedenken an den Toten Gott, obwohl niemand mehr weiß, weshalb er starb ...«

*Na toll,* dachte Joanna mit trockener Selbstironie, *wenigstens bin ich in der richtigen Welt gelandet.*

*Nun kannst du anfangen, dir wegen Suraklin Gedanken zu machen.*

Ihr erster Impuls war, der Prozession zu folgen, die früher oder später zum Dorf zurückkehren mußte, wo sie vielleicht für die Nacht ein Unterkommen fand. Es war bitterkalt – zu spät fiel ihr ein, daß Ferryth ein gutes Stück nördlicher lag als Kalifornien. Die dünne Windjacke in ihrem Rucksack war ihr ungefähr so nützlich wie ein Paar Spitzensöckchen. *Fantastisch. Du warst also von Anfang an nur halb so clever, wie du dir eingebildet hast.*

Sie hob den Rucksack auf und warf noch einen Blick den Pfad entlang. Etwas bewegte sich dort, parallel zur Reihe der Menhire, eine spinnenähnliche Kreatur, wie schwerelos vom Wind getragen. Das Mondlicht fing sich in der Mähne der haarfeinen Tentakel. Auch die Abomination folgte dem Leichenzug des Toten Gottes.

Angezogen von der Musik? fragte sie sich. Oder vom Geruch nach lebenswarmem Blut? Sie ging in die Hocke, zog frierend die dünne Jacke aus dem Rucksack und bereitete sich darauf vor, den Morgen abzuwarten. Weit entfernt und immer leiser klagten die Flöten wie die Stimmen der Toten aus der Schattenwelt.

Wäre nicht die Abomination gewesen, hätte Joanna sich vielleicht doch entschlossen, die Spur aus niedergetrampeltem Gras und Viehdung zurückzuverfolgen, bis zu der Ortschaft, von der die makabre Prozession aufgebrochen war. Sie fror und hatte Hunger, und nachdem ihr Adrenalinpegel sich wieder normalisiert hatte, machte sich die Erschöpfung bemerkbar. Selbst wenn die Dorfbewohner Wachhunde zurückgelassen hatten, selbst wenn man sie – eine Fremde von Gott-weiß-woher, die mitten in der Nacht an die Türen klopfte – nicht unbedingt mit offenen Armen aufnahm, gab es bestimmt einen gemütlichen Heuschober, in dem sie den Rest der Nacht verbringen konnte. Aber bei der Vorstellung, sich in einem geschlossenen Raum zu befinden, ohne freie Sicht in alle Himmelsrichtungen und etwas garantiert Solides im Rücken, wurde ihr mulmig; sie zog die Jacke fester um sich und blieb, wo sie war. Die lange Rinne des Energiepfades, die in Richtung des Dorfes nur hier und da mit einem kleineren Menhir gekennzeichnet, aber im ungewissen Mondlicht so deutlich erkennbar wie eine gepflasterte Überlandstraße war, erstreckte sich bis zu den im Dunst verschwimmenden Hügeln. Ein langer Marsch, ohne zu wissen, was im Dunkeln nur auf eine günstige Gelegenheit wartete, sich auf sie zu stürzen.

Joannas Depression verwandelte die fragile Schönheit des Mondlichts zu Asche, stahl die Hoffnung aus ihrer Seele und machte alles noch tausendmal schlimmer.

Joanna war darauf vorbereitet. Schließlich hatte Suraklin den Abyssus durchquert, um seinen Computer auf dieser Seite in Betrieb zu nehmen, und der Computer wurde indirekt gespeist von der Hoffnung und der Lebenskraft sämtlicher Bewohner dieser beiden Welten und wer weiß wie vieler noch. Mit Hilfe der magischen Teleskugeln wurde diese Energie in Elektrizität umgewandelt.

Sie zumindest wußte, daß die lähmende Gleichgültigkeit von außen verursacht wurde und kein Symptom für eine Störung ihrer eigenen Psyche war. Damit hatte sie den anderen Betroffenen im weitreichenden Einflußbereich des Computers einiges voraus, auch wenn das Wissen nicht half. Trotzdem peinigte sie das Gefühl, daß alles sinnlos und ihr Vorhaben zum Scheitern verurteilt war; günstigenfalls drohte ihr lebenslängliches Exil in dieser unwirtlichen, ungemütlichen Welt, wenn sie Pech hatte, Tod oder Sklaverei. Und Antryg war längst tot. Verurteilt und hingerichtet. In einem Monat konnte viel passieren. Noch mehr zu schaffen machte ihr der Teil von ihr, dem jedes Schicksal egal war. Dieser Teil drängte sie, aufzustehen und sich in der Dunkelheit auf den Weg zum Dorf zu machen. Zum Teufel mit dem Monster aus dem Abyssus. *Es folgt den anderen – ich habe nichts zu befürchten,* dachte sie und betrachtete mißmutig ihre zwischen den hochgezogenen Knien eingeklemmten, aufgesprungenen Hände. Nur die sture Entschlossenheit, alles genau nach Plan durchzuführen, hinderte sie daran, der Versuchung nachzugeben.

Als sie bei Anbruch einer stahlgrauen Dämmerung endlich die Umgebung überblicken und sich vergewissern konnte, daß ihr aus keiner Richtung Gefahr drohte und sie völlig unbeobachtet war, erhob sie sich steifbeinig und zog das mitgebrachte Kleid an – gar nicht leicht zu bewerkstelligen, weil sie gleichzeitig versuchte, die Gegend im Auge zu behalten. Die dumpfe Niedergeschlagenheit, die sie ergriffen hatte, hielt unvermindert an. Natürlich – es war Samstag. Gary/Suraklin hatte bestimmt vor, um die Zeit zu nutzen, den ganzen Tag am Computer zu arbeiten und morgen auch.

Sie ließ den Blick über die triste Landschaft felsiger Hügel unter einem dünnen Tuch aus rostbraunem Gras gleiten. *Wenigstens scheine ich am richtigen Ort zu sein*. Doch Antryg hatte erzählt, daß Sykerst, der wellige, karge Landstrich, durch den sie im Sommer von Kymil nach Engelshand gewandert waren, sich im Süden der dichter besiedelten Regionen des Kaiserreichs zweitausend Meilen weit erstreckte. Falls es sie nach Sykerst verschlagen hatte – und die Berge sahen exakt so aus wie die, an die sie sich erinnerte – dann stellte sich die Frage, wohin genau.

*Bitte laß mich nicht fünfzehnhundert Meilen von der nächsten Zivilisation entfernt sein*, betete sie pessimistisch, schulterte den Rucksack und verfluchte sich, weil sie ihn mit Papier vollgestopft hatte. *Etwas Glück steht mir zu, das alles ist hart genug*.

Während sie der vom Toten Gott und seinem Gefolge ausgetretenen Schneise folgte und der Saum ihres Petticoats um die knöchelhohen bequemen Laufschuhe flatterte, entgegnete die andere Hälfte ihres Verstandes: *Beschwer dich nicht, Mädel, du bist im richtigen Universum, oder nicht?*

*Ach ja?*

*Ich hätte diesen 21 Uhr Bus zurück nach Encino nehmen sollen.* Obwohl es ihr vorkam, als wäre sie eine halbe Ewigkeit oder wenigstens eine halbe Stunde durch den Abyssus geirrt, ließ sich das nicht mit der Zeit, die ihre Armbanduhr angezeigt hatte, in Einklang bringen. Sie war ein paar Minuten vor Neun auf dieser Seite herausgekommen – genau zur selben Zeit hatte sie drüben tief Luft geholt und sich ins Abenteuer gestürzt.

Es war mittlerweile heller Morgen, klar und wohlig warm

nach der langen, kalten Nacht, und da lag das Dorf, in eine kleine Nische fruchtbarer Erde zwischen den kahlen grauen Bergen geschmiegt. Ein paar Männer waren auf den Kornfeldern bei der Ernte, aber sie gingen nicht mit großem Enthusiasmus zu Werke. Die Sonne brannte heiß auf Joannas ungeschützten Kopf. *Ich hätte dran denken sollen, einen Hut mitzubringen, und eine Isoliermatte, um drauf zu sitzen, wäre gestern nacht auch nicht schlecht gewesen*. Doch hier, auf der Hügelschulter, spürte man auch den schneidenden Wind. Sie erinnerte sich, wie bei ihrem ersten Besuch, Ende Sommer, während dieser Phasen unerklärlicher Apathie das Heu auf den Wiesen verdarb, weil die Schnitter sich nicht aufraffen konnten, ihre Arbeit zu tun – das Ableiten der Lebensenergie schwächte den Körper *und* die Seele. Ein Teil von ihr begriff, daß eine nicht eingebrachte Ernte Hungersnot im ganzen Land bedeutete. Ein anderer Teil von ihr sagte: *Was geht's mich an?*

Alles, was sie jetzt wollte, war etwas zu essen und ein Bett, um zu schlafen, am liebsten bis zum nächsten Tag – Flucht ins Vergessen, wenigstens für eine Gnadenfrist.

Der Wind kam jetzt aus einer anderen Richtung. Blutgeruch stach in ihre Nase, als hätte sie eine Dosis Ammoniak eingeatmet.

Sie kannte den Geruch von Blut. An einem Spätsommertag auf einer Insel im träge fließenden grünen Shan hatte sie einen Hexenjäger erschossen, aus weniger als einem Meter Entfernung. Das Blut war auf sie gespritzt wie aus einem defekten Schlauch. Antryg hatte sie ins Wasser gezogen und ihr das klebrige Grauen aus Kleidern und Haaren gespült, bevor sie richtig begriff, was geschehen war. Aber nie im Leben würde sie diesen widerwärtigen, süßlichen Geruch vergessen.

Als sie sich umschaute, fiel ihr das Ginsterdickicht auf und die Wolke schillernder Fliegen, die darüber schwebte. Der Ekel schnürte ihr die Kehle zu, aber sie mußte Bescheid wissen, also raffte Joanna Rock und Petticoat – langsam gewöhnte sie sich an diese Bewegung – und suchte sich einen Weg über den steinigen Boden.

Ein Schwein. Es lag in einer kleinen Mulde hinter dem graugrünen Gesträuch. Fliegen schärmten darüber, enorm große Schmeißfliegen, manche fünf Zentimeter lang. Sie brummten wie B-52er in der Stille der windgeschützten Senke. Der Kadaver sah eingesunken aus, wie ein von grauer Leinwand überzogenes Gerippe, als hätte man dem Tier sämtliche Körperflüssigkeit ausgesaugt. Gestorben war es in der letzten Nacht, es verbreitete noch keinen Verwesungsgeruch. Die Haut, soweit Joanna sie erkennen konnte, war mit winzigen Blutstropfen übersät, wie gleichzeitig von tausend Nadeln durchbohrt. Sie erinnerte sich an die im Mondlicht silbern schimmernden wogenden Engelshaartentakel der Abomination, die tastend nach ihr gegriffen hatten ...

Joanna trat stolpernd ein paar Schritte zurück, drehte sich um und ging schnell bergab, nicht in Richtung des Dorfes, wo man sie vielleicht mit Fragen aufhielt, sondern auf den schmalen Karrenweg zu, der sich staubgrau nach Süden schlängelte. Trotz ihrer Müdigkeit und der unnatürlichen Lethargie, die sich wie ein lähmendes Gift in ihrem Körper ausbreitete, wollte sie so schnell und so weit wie möglich weg aus diesem verfluchten Land.

Vom Dorf her näherte sich ein Wagen, in halsbrecherischem Tempo, offenbar interessierten den Kutscher weder das Pferd noch die Straßenverhältnisse. Joanna seufzte. *So einer hat mir gerade noch gefehlt! Zum Teufel mit ihm, ich warte auf den nächsten.* Dann fiel ihr siedendheiß ein: dieses kleine Dörfchen am Ende der Welt und mitten in der Erntezeit – es konnte eine Woche dauern, bis sich wieder eine Mitfahrgelegenheit bot. Der Gedanke an die Abomination war ein zusätzlicher Ansporn. Sie beeilte sich, die Straße zu erreichen, bevor der Wagen vorüber war.

»Anhalten!« rief sie flehend und hoffte bei Gott, daß der Sprachenzauber Antrygs noch wirkte. »Helft mir!«

Der Mann auf dem Bock riß brutal an den Zügeln, Schaum flockte vom aufgerissenen Maul des Pferdes. Als er sich zu ihrer Seite beugte, sah Joanna, daß er noch ziemlich jung war und von eigentlich untersetzter Statur, doch er wirkte schlaff und ausgemergelt, wie jemand, der binnen kurzem durch Krankheit viel Gewicht verloren hat; sein Gesicht war grau und unwillig verzogen. »Was zur Hölle willst du, Mädchen?« schnauzte er.

*Dem Himmel sei Dank, daß der Zauber noch wirkt.* »Ich versuche, nach Engelshand zu kommen. Wir sind von Straßenräubern überfallen worden – sie haben meinen Bruder getötet.« Während sie das sagte, wünschte sie sich, mit etwas Überzeugenderem aufwarten zu können, aber ihr vor Müdigkeit wie mit Watte ausgestopfter Kopf brachte nichts Besseres zustande. »Könnt Ihr mich zum nächsten Ort mitnehmen, von wo eine Postkutsche fährt? Ich habe Geld ...«

»Wie, das haben dir die Straßenräuber gelassen?« höhnte der Mann. »Eher wohl von deiner Herrschaft gestohlen, bevor man dich mit Schimpf und Schande vom Hof gejagt hat!« Er gab dem Pferd die Peitsche. Staub wölkte auf, als der Wagen sich in Bewegung setzte.

Joanna stand da wie angewurzelt, Tränen der Wut schossen ihr in die Augen. Sie hatte eine irre Lust, dem davonrollenden Wagen Steine nachzuwerfen, den Fahrer zu verfluchen, den Gaul und das ganze miese kleine Kaff! Am liebsten hätte sie den Revolver aus dem Rucksack genommen und ...

TANKSTELLENÜBERFALL – DREI TOTE ... FÜNF TOTE BEI SCHIESSEREI ZWISCHEN KONKURRIERENDEN BANDEN ... MUTTER ERSCHIESST SECHZEHNJÄHRIGE TOCHTER ... Die Schlagzeilen der letzten Woche.

Die Apathie, die Gleichgültigkeit, die von der Seele Besitz ergriff, machte es leicht abzudrücken, wenn man gerade eine Waffe in der Hand hielt.

Joanna seufzte. Ohne Zweifel war der Flegel auf dem Bock nicht verantwortlich für sein Benehmen. Vielleicht brachte sie irgendwann einmal Verständnis für ihn auf. Vorerst jedoch hatte sie genug damit zu tun, die Wut, die noch in ihr gärte, zu verarbeiten. Sie bahnte sich einen Weg durch Diesteln, Nesseln und Dornengestrüpp im Ablaufgraben, kletterte auf den Fahrdamm und machte sich zu Fuß auf den

Weg, mit hängendem Kopf und in unerfreuliche Gedanken versunken. Erst als sie fast mit der Nase gegen das Heck des Wagens stieß, merkte sie, daß er angehalten hatte und auf sie wartete.

»Tut mir leid, Mädel«, entschuldigte sich der Fahrer müde. Er schob seinen verschwitzten Filzhut zurück und wischte sich mit einem Arm über die Stirn, an dem Joanna Klimmzüge gemacht haben könnte, wären ihr solche Leibesertüchtigungen nicht von jeher ein Graus gewesen. »Ich wollte dich nicht anbrüllen.« Die Hand, die er ausstreckte, um ihr über das hohe Vorderrad auf das strohgepolsterte Sitzbrett zu helfen, hatte die Größe einer tragbaren Schreibmaschine. Verwirrung und Erschöpfung stritten einen Moment lang hinter seinen klaren grünen Augen, dazu gesellte sich eine uneingestandene Furcht. »Es ist nur – ich weiß nicht, was in letzter Zeit mit mir los ist.«

Joanna hätte es ihm sagen können, aber die Geschichte hörte sich in dieser Welt nicht glaubhafter an als in der ihren.

Sie brauchte neun Tage bis Engelshand. Neun schreckliche Tage lang wurde sie gnadenlos durchgeschüttelt, erst auf Leiterwagen und Karren, dann in der Diligence, eingeklemmt zwischen ungehobelten Krautjunkern, steif gekleideten Kaufleuten, schwatzhaften Matronen und kahlgeschorenen Prälaten. Der Riß im Abyssus, durch den sie gekommen war, hatte sich tief im Landesinneren geöffnet, Hunderte Meilen entfernt von Kymil, wo nach ihrer Überzeugung Antryg gefangengehalten wurde, und von Engelshand, wo sie Hilfe für ihren Befreiungsplan zu finden hoffte.

Es waren acht schlimme Nächte in den erbärmlichsten Quartieren, die man sich vorstellen konnte. Sie teilte sich die ungezieferverseuchte Matratze mit Müttern und Kindern, die eventuell an dem betreffenden Tag auch in der Kutsche fuhren, lag wach im Mief ungewaschener Kleider und Körper, kratzte verzweifelt an Flohstichen, starrte zu den schwarzen Dachbalken hinauf und lauschte dem Trommeln des Regens auf den Schindeln. *Diese Kaschemme hat nicht einmal einen Stern verdient,* dachte sie entnervt. *Allerhöchstens zwei Schwarze Löcher. Warum kann es mir nicht gehen wie den Heldinnen im Film, die immer in nächste Nähe ihres Ziels durch den Bruch im Raum/Zeit-Kontinuum oder den Dimensionenvortex kommen?*

Der Bauer, der erst so unfreundlich gewesen war, hatte sie im Nachbardorf mit einem Freund bekanntgemacht und diesen gebeten, sie zu einem gemeinsamen Bekannten zu bringen, einem vertrauenswürdigen Kaufmann und Alten Gläubigen in Sug's Beck, dem nächsten größeren Ort. Beide wollten keine Bezahlung annehmen, aber sie gab dem Kaufmann einen ihrer Saphire und trug ihm auf, ihnen den Erlös aus dem Verkauf des Steins zukommen zu lassen. Der Händler, ein älterer Mann in dem langen schwarzen Gewand und mit dem kunstvoll geflochtenen Haar und Bart seiner Leute, hatte ihr noch weitere Juwelen abgekauft, um sie mit Reisegeld auszustatten, dazu bekam sie eine Mahlzeit – von seiner Frau spendiert –, einen Umhang zum Schutz vor dem unfreundlichen Herbstwetter und ein neues Kleid: »Weil eine hübsche junge Dame wie Ihr mehr als ein Kleid haben muß.«

Die Reise selbst war eine elende Strapaze. Joanna verbrachte die ersten drei Tage in einem erschöpften Dämmerzustand; die übrige Zeit war sie hin- und hergerissen zwischen fiebernder Ungeduld, dem niederschmetternden Bewußtsein, daß für sie kein Weg mehr nach Hause führte, falls Antryg tot war oder es ihr nicht gelang, ihn zu befreien, und unsäglicher Langeweile bei den Gesprächen ihrer Mitreisenden. Das Kollegium mochte jederzeit seinen Entschluß wiederrufen und Antryg hinrichten, falls man das nicht schon vor Wochen getan hatte, während sie in den DARKMAGE-Dateien im San Serano Computer gestöbert und die Ausdrucke aufeinandergestapelt hatte.

Alles in allem war Joanna heilfroh, als die plumpe schwerfällige Diligence im Hof der Taverne *Horn des Jägers* am südlichen Stadtrand von Engelshand zum Stehen kam und sie – verkrampft, zerschlagen und wahrscheinlich voller

Läuse – zum letztenmal hinausstieg in die kühle, diesige Tristesse eines frühen Herbstnachmittags.

»Droschke gefällig, Madame?« erkundigte sich einer der Gepäckträger, und Joanna nickte, auch wenn die Aussicht, wieder in einem von Pferden gezogenen Transportmittel zu sitzen, sie nicht eben mit Begeisterung erfüllte. Die Droschke ratterte nach Norden, erst durch die Vorstädte, anschließend durch die Elendsviertel und Fabrikbezirke der Hauptstadt des Kaiserreichs Ferryth. Joanna spürte, wie ihr Herz schneller schlug und ihr Magen sich zusammenkrampfte, als sie in der Stadt aus düsterem Granit ein Merkmal nach dem anderen wiedererkannte. Eisengraue Gebäude ragten über dem Stahlband des Flusses in einen herbst- und rußverhangenen Himmel. Über dem pittoresken Zickzack der Giebeldächer auf der Engelsinsel ragten die Türme der Festung St. Cyr hervor, wo der Bischof von Engelshand residierte und unter seiner Ägide die Inquisition mit ihren Hexenjägern.

Selbst bei diesem unfreundlichen Wetter wimmelte es in den Straßen von zerlumpten Bettlern, farbenfroh livrierten Lakaien und stolzierenden Sasenna in ihren schwarzen Uniformen, die rasiermesserscharfen Schwerter in breiten Seidenschärpen. Schalverkäufer, Huren, Streichholz- und Nudelverkäufer drängten sich neben flanierenden Damen am Arm ihrer Kavaliere, eiligen Buchhaltern auf dem Weg zum Kontor, Besenjungen, die für einen Kupferschmied den Dung von der Straße kehrten, Schornsteinfegern, Taschendieben, Konstablern in rotblauen Uniformen und Metzgergesellen, deren von flinken Ponies gezogenen Karren kläffende Straßenköter folgten.

Von der Brücke, die die Engelsinsel mit den Vierteln der Wohlhabenden am Nordufer des Flusses verband, schaute Joanna flußabwärts zum Mastenwald des Hafens, von wo gedämpft das Rufen der Schauerleute und das melancholische Geschrei der Möwen herübertönte. Leider machte sich penetrant bemerkbar, daß man nicht darüber erhaben war, den Fluß als Kloake zu mißbrauchen.

Der Droschkenkutscher hatte das Haus gekannt, nach

dem sie fragte – ein Glück, weil Joanna sich nicht an den Namen des Platzes erinnern konnte. Als sie ausstieg und den Fahrer entlohnte, wurde das Gefühl der Beklommenheit fast unerträglich; die Angst, die während der letzten neun schrecklichen Tage in ihr gschlummert hatte, kam wieder an die Oberfläche: die Angst, eine Phase beendet zu haben und mit der nächsten beginnen zu müssen.

Joanna hatte ihren Plan von Anfang an in Abschnitte eingeteilt; nur das hatte sie nach ihrer Meinung in die Lage versetzt, diese unmöglich scheinende Aufgabe überhaupt in Angriff zu nehmen. Sie hatte sich so viel von Suraklins Dateien, Suraklins Wissen und Persönlichkeit beschafft wie möglich, alles Notwendige für ihre Expedition zusammengehamstert (mit Ausnahme einer warmen Jacke, eines Sonnenhuts und einer Isoliermatte), und sie war bis hierher gekommen. Unterwegs hatte sie sich selbst auf die Folter gespannt: *Wenn er gar nicht da ist? Wenn er verhaftet wurde? Wenn er nicht helfen will?* Mittlerweile war sie beinahe krank vor Erwartung.

Das schmale, hochmütige Stadthaus in der mondänen Umgebung sah unverändert aus, als sie über das breite Rechteck aus herbstlich braunem Gras in der Mitte des Governor's Square darauf zu ging. Fünf oder sechs Equipagen warteten hintereinander am Bordstein; die zugedeckten Pferde bliesen Dampf aus den Nüstern wie meditierende Drachen. Um ein brennendes Kohlenbecken an der Straßenecke standen die Kutscher, männlich wie weiblich, wärmten sich die Hände und erzählten den neuesten Gesellschaftsklatsch. Mit klopfendem Herzen stopfte sie ihren bauchigen Rucksack und erklomm die marmornen Stufen des einen Hauses in dieser Welt, in dem sie Zuflucht und ein offenes Ohr für ihre Pläne zu finden hoffte.

Ein blendend aussehender junger Lakai in rotvioletter Uniform öffnete auf ihr Klopfen und rümpfte geringschätzig die edel geformte Nase, als sie errötend gestehen mußte, daß sie kein Visitenkärtchen auf sein kleines Silbertablett zu legen hatte. *Für nächstesmal mit auf die Liste setzen.* »Ich fürchte, ich habe keine bei mir«, sagte sie demütig und wünschte, sie hätte Gelegenheit gehabt, ein heißes Bad zu nehmen und ein Kleid an, das nicht sechs, sieben Tage hintereinander in einer überfüllten Postkutsche getragen worden war. Die arrogante Miene des Jünglings versteinerte; Joanna stellte sich vor, was der Prinzregent über ihn sagen würde, und fühlte sich gleich besser. »Wenn du dem Magister Magus meldest, daß Joanna Sheraton hier ist, wird er mich empfangen wollen.«

Der junge Mann sah aus, als fände er das höchst unwahrscheinlich, meinte aber nur steif: »Sehr wohl, gnädige Frau. Hier entlang bitte.« Er war dem Butler in einer englischen Gesellschaftskomödie so umwerfend ähnlich, daß Joanna sich ein Kichern verbeißen mußte. Merkwürdig, dachte sie und folgte ihm den oval geschwungenen Bogen der Freitreppe hinauf, daß ihr vor dem Monster aus dem Abyssus weniger gegraut hatte als jetzt davor, einen flüchtigen Bekannten um Aufnahme und Hilfe zu bitten.

*Und er muß mir helfen. Irgendwo muß ich anfangen ...*

Das Antichambre des Magister Magus war wie gewöhnlich überfüllt; auf zierlichen Stühlen saßen vornehme Damen in eleganter Toilette, mit hochgetürmtem Haar, Spitzenmantillen und Roben aus Samt und Seide und behängt mit Schmuck, der Joannas bescheidenen Hort zu wertlosen Klunkern degradierte. Die meisten der Zofen, die ihre Gnädige begleiteten, waren besser gekleidet als sie. Bei ihrem Eintritt musterte man kurz das einfache Kleid mit den Spuren der langen Reise und den zerknautschten Umhang, den der Lakai mit spitzen Fingern entgegennahm, und wandte sich ostentativ ab. Eine junge Beauté, bestimmt nicht älter als Achtzehn, stieß ihre Nachbarin an und flüsterte etwas hinter dem vorgehaltenen, bemalten Hühnerhautfächer. Die anderen ignorierten Joanna schlicht.

Nach neun Tagen Berieselung mit der Sorte Konversation, wie sie nur in Wartezimmern und Zugabteilen zustandekommt, eine kunterbunte Mixtur aus Skandälchen, rätselhaften Krankheiten und gynäkologischen Details, war Joanna nicht böse darum.

Trotzdem empfand sie eine tiefe Genugtuung, als ein

zweiter Lakai die innere Ebenholztür des Vorzimmers öffnete, um eine stattliche ältere Dame hinauszulassen, und anschließend fragte: »Mademoiselle Sheraton?«

Joanna stand auf. Bevor die Tür sich hinter ihr schloß, hörte sie ein entrüstetes: »Also wirklich!« Der Lakai hob eine Portiere zur Seite, und Joanna fand sich in einem kleinen Sprechzimmer wieder, noch luxuriöser ausgestattet als das opulente, in Schwarz und Pink gehaltene Antichambre. Weihrauch brannte in einer Nische vor dem Hämatitstandbild der Göttin Kahieret, Schutzpatronin der Nigromanten, und von einem Stuhl aus Ebenholz und Elfenbein erhob sich der Magister Magus in eigener Person.

»Welches Vergnügen!« Er schritt über den geknüften Seidenteppich und ergriff ihre Hände. »Antrygs Freundin, die Computerprogrammiererin. Meine Liebe, Ihr seht ganz verfroren aus! Ich kann jetzt nur einen Augenblick erübrigen, aber man wird Euch einstweilen im Salon Tee servieren ...«

Sie lächelte schwach; vor Erleichterung über die herzliche Begrüßung wurde ihr plötzlich die Kehle eng. »Schon in Ordnung. Ich möchte nicht, daß Eure Klienten ungehalten werden.«

»Seid Ihr hungrig?« Er wirkte besorgt. Seine Augen, hellgrün, beinahe transparent, die Iris von einem interessanten dunklen Ring umgeben. Joanna mußte unwillkürlich denken, wie viele Monate er wohl gebraucht hatte, um die Peridote von genau derselben Farbe zu finden, die abwechselnd mit Diamanten sein Brustkreuz schmückten. Trotz der schwarzen Samtrobe und all dem Schnickschnack eines arrivierten Scharlatans strahlte er eine aufrichtige Wärme aus, die nichts mit seinem professionellen Charme zu tun hatte. »Joanna – ich darf Joanna sagen? – ich habe gehört ...« Er bemerkte den Ausdruck in ihrem Gesicht, verstummte und räusperte sich betroffen. »Nun, ich fürchtete, man hätte auch Euch etwas angetan.«

Sie schüttelte den Kopf und kämpfte gegen den Drang, sich an diese samtumhüllte Schulter zu lehnen und den aufgestauten Tränen freien Lauf zu lassen. Es war herzerreißend gut, bei jemandem zu sein, der ihr glaubte und sie verstand.

Mit schwimmenden Augen wandte sie den Blick ab, doch sie spürte die sanfte Berührung seiner Hand an ihrer Schulter. »Nun, nun«, sagte die sonore, weiche Stimme, »wir werden darüber reden, nachdem Ihr geruht und etwas gegessen habt. Seid Ihr ...« Wieder zögerte er weiterzusprechen. Als Joanna aufblickte, sah sie, wie in seinem Gesicht Takt und Mitgefühl gegen die Sorge um sein eigenes Wohl stritten und hätte beinahe unter Tränen gelacht.

»Nein, ich bin nicht auf der Flucht. Niemand ist hinter mir her.« *Wenigstens*, berichtigte sie in Gedanken, *nicht die Gerichtsbarkeit*. Es war besser, Suraklin vorläufig noch unerwähnt zu lassen.

Der Magister Magus stieß einen geringschätzigen Laut aus, als wären ihm solche Überlegungen nie in den Sinn gekommen, wirkte aber sichtlich erleichtert.

Dann hing Schweigen zwischen ihnen, ein drückendes Schweigen, wie in einem Streit von Liebenden, wenn keiner der beiden wagt, das Wort zu ergreifen, aus Angst vor der Kette der Ereignisse, die die nächste Äußerung unweigerlich auslösen muß. Angst und Schuldbewußtsein, die sie seit sechs Wochen mit sich herumschleppte, steigerten sich bis zum Unerträglichen, aber nun, da sie der ersten Person gegenüberstand, die sie fragen konnte, der ersten Person, die ihr antworten konnte, merkte sie, daß ihr die Worte wie ein Kloß im Halse steckten.

Und auf dem Gesicht des Mannes, der auf sie hinuntersah, malte sich solches Mitgefühl und solches Unbehagen, daß sie spürte, wie ihr Herz zu Stein wurde. Er wußte, was sie ihn fragen wollte, und er wußte, ihm fiel die schwere Pflicht zu, ihr zu sagen, daß sie gescheitert war, bevor sie begonnen hatte.

Ihre Stimme klang sehr brüchig. »Er ist tot, nicht wahr?«

Der Magus seufzte. Er verzichtete darauf, sich ahnungslos zu stellen. »Ich wünschte, nicht ich müßte Euch das sagen, Joanna«, erwiderte er sanft und faßte nach ihrer Hand, als könnte die Berührung lindern, was nun kam. »Nein, er ist nicht tot, aber – sein Geist ist verwirrt. Die Inquisition betreibt die Wahrheitsfindung mit Hilfe der Folter, müßt Ihr wissen. Ich bin nicht sicher, was man alles getan hat, aber sie ließen nicht viel von ihm übrig. Mein Kind, es tut mir leid.«

# 3. KAPITEL

*Ich bin ganz allein auf mich angewiesen*. Joanna starrte niedergeschmettert in das diesige, aschgraue Zwielicht hinter den Fenstern des Eßzimmers und fühlte, wie Verzweiflung ihr das Herz zusammenschnürte wie ein eisernes Band.

Und dann: *Oh, Antryg, es tut mir leid*.

Joanna hatte 'es tut mir leid' immer für eine banale Floskel gehalten. Bis zum letzten Augenblick, als die Nigromanten durch die Tür von Garys Haus in Agoura kamen, hatte sie die Wahl gehabt, Antrygs Fesseln zu durchschneiden und ihn fliehen zu lassen.

Im nachhinein konnte sie sich nur fragen, warum sie kein Vertrauen in ihre Liebe zu ihm gehabt hatte.

Tränen sammelten sich in ihren Augenwinkeln; sie biß die Zähne zusammen und legte wärmesuchend die Hände um die Tasse mit dampfend heißem Tee.

»Ich bezweifle fast, daß einer von uns ihn überhaupt wiedererkennen würde«, sagte der Magister Magus behutsam. »Es wird erzählt, tagelang hätte er nicht anderes getan, als in einer Ecke gekauert und geweint oder geschrien und mit den Fäusten gegen die Mauern geschlagen.« Joanna schloß die Augen und sah vor sich die erhobenen Hände mit den geschienten und bandagierten Fingern. »Man hört, dieser Tage hat er Visionen und führt lange Gespräche mit obskuren Heiligen.«

*Meine Schuld*, dachte Joanna verstört. *Ich habe ihn verraten und jetzt muß ich es allein mit Suraklin aufnehmen*. Sie wußte nicht, was schlimmer war.

Es war sechs Uhr abends und fast dunkel. Die Damen des Magus waren alle gegangen, um sich für die abendlichen Bälle und Premieren ausstaffieren zu lassen; in dem schmalbrüstigen hohen Stadthaus herrschte Stille. Nur das gedämpfte Klappern von Besteck und Porzellan war aus der Küche zu hören, wo man das Abendessen vorbereitete. Regentropfen perlten an den von burgunderfarbenen Vorhängen halbverdeckten Fensterscheiben, und Joanna fror bis in die tiefsten Tiefen ihrer Seele.

Das Schweigen dauerte zu lange. Der Magus betrachtete sie forschend, verständnisvolle Anteilnahme in den modisch geschminkten Augen. Sie schluckte, stellte die unberührte Teetasse ab und zwang sich, mit fester Stimme zu sprechen. »Wer hat Euch das gesagt?«

Sein mitleidiges Kopfschütteln zerstörte ihre schwache Hoffnung, es wäre alles nur ein Gerücht. »Alle wissen es, Joanna. Ich habe mit den Kirchensasenna und den Hasu geredet, die ihn bewachen. Die Posten am Turm sind verdreifacht worden. Seit er diese Visionen hat, werden die Mannschaften fast jede Woche ausgetauscht. Die meisten der Kirchensasenna haben ebenfalls die Mönchsgelübde abgelegt und zeigten sich beeindruckt von seinen Beschreibungen Heiliger, von denen er nie gehört haben kann, weshalb man ihre Zuverlässigkeit nicht mehr unbedingt für gewährleistet hält.«

Er faltete die schmalen Hände und war sichtlich in Sorge sowohl um seinen Freund als auch um sie. Ohne die beeindruckende Samtrobe sah er aus wie ein beliebiger wohlhabender Kaufherr aus der Innenstadt, gekleidet in ein weißes Hemd, Strümpfe, schwarze Kniehose und Weste. Der Prinzregent, überlegte Joanna mit einem Anflug müder Ironie, von Kopf bis Fuß in dramatisches Schwarz gehüllt (sogar seine Taschentücher waren schwarz!), an den Fingern Ringe mit schwarzen Steinen, sah mehr nach einem Magier aus als dieser adrette kleine Hochstapler.

»Ist das Siegel der Finsternis an seinem Zustand schuld?«

Der Magus überlegte stirnrunzelnd einen Moment. »Das kann ich mir nicht vorstellen. Schließlich war er früher schon sieben Jahre seinem Einfluß ausgesetzt, ohne daß es ihm geschadet hätte.«

»Aber da befand es sich nur an der Tür des Turms, habe ich recht? Und nicht um seinen Hals?«

»*Um seinen Hals?*« Ein Ausdruck von Ekel flog über sein Gesicht.

»An einem eisernen Reif«, bestätigte Joanna. »Er wurde ihm umgelegt, nachdem er sein Geständnis unterschrieben hatte. Ich glaube, er lebt nur deshalb noch, weil jemand im Kollegium gegen seine Hinrichtung stimmte.«

Der Mirabilit drehte den Kopf zur Seite.

Stockend fügte sie hinzu: »Ich sah es in einem Traum ...«

»Das wundert mich nicht. Der Aufschrei seiner Seele bei der Berührung dieses furchtbaren Mals ...« Er wandte sich wieder ihr zu. »Wißt Ihr, was das Siegel der Dunkelheit ist? Wie es wirkt?« Und als sie ihn fragend anblickte, fuhr er fort: »Für einen Magier gibt es nichts Schlimmeres. Nicht allein, daß es unsere Macht lähmt, es ist die Antithese der Magie, ihre absolute Negation, und je größer die Kräfte eines Magiers, desto größer der – ich nehme an, Schmerz ist das Wort, das dem am nächsten kommt, aber ganz trifft es nicht zu. Das Siegel verzehrt Macht, zehrt an uns durch unsere Macht. Ihn diese letzten sechs Wochen zu foltern wäre barmherziger gewesen. Gott helfe ihm, kein Wunder, daß er den Verstand verloren hat.« Schaudernd preßte er die manikürten Finger an den Mund, als spürte er die unheilvolle Kälte dieses Fluchs nach seinen magischen Kräften greifen, die er unter dem Mantel stilvoller Scharlatanerie so ängstlich verborgen hielt.

Erfrorene Finger tun weh, wenn man sie erwärmt – der Schmerz in ihrer Brust war von der gleichen Art, ein Funke Hoffnung, der in der Asche aufflackerte. »Und wenn man das Siegel wegnimmt ...«

Der Magus streichelte tröstend ihre Hände. »Meine Liebe, es ist hoffnungslos. Ihr würdet Euch nur selbst zerstören. Antryg ist mein Freund, und ich bin nicht blind, deshalb weiß ich, daß ihr euch liebt ...«

»Darum geht es nicht«, wehrte Joanna ab. »Nicht wegen

meiner – Liebe zu ihm bin ich hier. Auch nicht aus Schuldbewußtsein, weil ich ihn dorthin gebracht habe, wo er jetzt ist; weil ich es war, die ihn betäubt und dem Kollegium ausgeliefert hat ...«

Der Magus stieß einen schockierten Laut aus.

»Der Grund ist, daß ich eine Aufgabe zu erfüllen habe, und das kann ich nicht ohne die Hilfe eines Magiers. Ohne Antrygs Hilfe. Er ist außer mir der einzige, der glaubt, daß diese ... diese Perioden der Apathie, der Leere, des Schwindens von Hoffnung und Magie eine Gefahr in sich bergen. Und nach allem, was ich gehört habe, ist er der einzige Magier, der sich mit Suraklin messen kann.«

Sie hatte nicht vorgehabt, so bald diesen Namen zu erwähnen. Es folgte ein Schweigen wie nach einem Donnerschlag in der Nacht; eine Stille, in der die leisen Geräusche der Dienstboten in der Küche, das gedämpfte Trommeln des Regens und das blecherne Rattern einer Kutsche auf dem Kopfsteinpflaster unten so klar zu vernehmen waren wie Musik. Die schwarzen Augenbrauen des Magus hoben sich von der plötzlich sehr weiße Haut ab wie feine Tuschestriche.

Halblaut sagte er: »Das kann nicht sein. Suraklin ist tot.«

»Suraklins ursprünglicher Körper ist tot.« Joanna umfaßte die Hände ihres Gegenübers fester, wie um ihn daran zu hindern, bei der bloßen Erwähnung des verfemten Zauberers die Flucht zu ergreifen. »Suraklins Verstand, sein Wissen, seine Persönlichkeit haben sich in dem Gehirn anderer eingenistet, wie ein sich selbsttätig vermehrendes Virusprogramm auf einer Computerdiskette, das seine eigene Existenz verleugnet und nach und nach alle anderen Programme auslöscht. Und nun trifft er Anstalten, in einen wirklichen Computer überzuwechseln. Er wird von Elektrizität gespeist, die die Lebensenergie der Bewohner dieser Welt erzeugt. Die Lethargie wird zum Dauerzustand werden. Suraklin wird alle Magie aufsaugen, alle Hoffnung, alles Glück, bis nichts mehr übrig ist, nur tote Asche.«

Sie blickte über den Tisch hinweg auf den Magus und las in seinen weitgeöffneten grünen Augen, daß er, auch wenn er es sich selbst nicht eingestand und niemals zugeben würde, sehr gut wußte, daß sie die Wahrheit sagte. Er flüsterte: »Als Antryg also das erste Mal mit Euch herkam ...«

»War er auf der Suche nach Suraklin.«

Der Magus wandte sich ab und starrte in die regnerische Nacht hinaus. »Lieber Gott.«

»Und er konnte weder Euch ins Vertrauen ziehen, noch mich oder sonst jemanden, weil er wußte, *jeder* konnte Suraklins Handlanger sein.« *Zum Beispiel auch unser Magister Magus hier,* dachte Joanna, plötzlich angewidert von ihrem eigenen Dilettantismus. *Na gut, jetzt ist es zu spät. Kein Wunder, daß Antryg sich aufgeführt hat, als litte er an Verfolgungswahn.* »Magus, ich brauche Hilfe.«

»Nicht gegen Suraklin.«

»Er weiß nicht, daß ich hier bin.«

»Er wird es erfahren. Bei den Heiligen, Joanna, hört Ihr nicht zu?« Der Magus fuhr zu ihr herum, in seinen absinthgrünen Augen kämpfte der Zorn gegen die Angst. »Ich habe nie in Kymil gewohnt – die Kirche ist dort zu stark, als daß ein Mirabilit wie ich sich wohlfühlen könnte –, aber durchgereist bin ich, als Suraklin noch lebte. Ich sage Euch, kein Blatt fiel dort vom Baum, ohne daß er es wußte, es gab niemanden, dessen Leben er nicht manipulieren konnte, falls man sich weigerte, seinen ›Bitten‹, wie er es nannte, zu gehorchen.

Das erstemal sah ich ihn auf dem Marktplatz, einen dünnen, sandfarbenen Mann, das lange Haar im Nacken zusammengebunden, und mit seinen gelben Katzenaugen beobachtete er die spielenden Kinder der Händler im Rinnstein. Schließlich ging er zu einem wohl vierjährigen Mädchen hin und nahm es mit – nahm es bei der Hand und führte es weg, quer über den Markt, vor den Augen aller Leute, und *keiner rührte einen Finger!* Ich war so betroffen, daß ich mich im ersten Moment fragte, ob er nicht vielleicht eine Art Tarnzauber benutzte, den ich als einer mit dem Geburtsrecht zu durchschauen vermochte, im Gegensatz zu den anderen ringsum. Doch ein Junge lief zur Mutter der Kleinen, zeigte mit dem Finger und erzählte, was geschehen war. Und die

Mutter bedeutete ihm, still zu sein. Nie werde ich vergessen, wie ihr die Tränen über das Gesicht liefen, als sie mitansehen mußte, wie ihr Kind weggeführt wurde. Und auch nicht Suraklins verdammte selbstzufriedene Miene.«

War es Antryg ebenso ergangen? fragte sich Joanna. War Suraklin in irgendeinem abgelegenen Weiler in Sykerst auf diesen schlaksigen, mageren Jungen zugegangen und hatte ihn an der Hand genommen, weil er die verborgene Kraft in ihm witterte, die er für sich ausnutzen wollte? Oder hatte er vorher schon Antrygs Träume beeinflußt, ihn sich gefügig gemacht, lange bevor sie sich begegneten, damit er ihn als seinen Meister erkannte?

»Dann helft mir, Antryg zu retten«, verlangte sie ruhig. Als der Magus wieder den Blick abwandte, griff sie über den Tisch und bekam die plissierten Rüschenmanschetten zu fassen. »Magus, bitte. Ich brauche einen Verbündeten ...«

»Selbst wenn es Euch gelingen würde, irgendwie in den Turm einzudringen, müßtet Ihr vielleicht feststellen, daß es nach so langer Zeit nicht genügt, einfach das Siegel zu entfernen.«

Ihre Stimme überschlug sich vor Erregung. »Ich muß es versuchen! Magus, allein stehe ich auf verlorenem Posten, und Suraklin *muß* daran gehindert werden, seinen Plan auszuführen ...«

Mit der unfehlbaren Intuition von jemandem, der Übung darin hat, mit hysterischen weiblichen Wesen umzugehen, eilte der Magister Magus um den Tisch herum und nahm sie in die Arme. Trotz ihrer Wut auf ihn und ihrer Enttäuschung wegen seiner Feigheit fand Joanna es ungeheuer tröstlich, an seiner Brust zu lehnen, die Wärme seines Körpers zu spüren und den Geruch von Parfüm, Kerzenwachs und Weihrauch einzuatmen, der in seinen Kleidern haftete. »Kind, ich sage dir, es ist unmöglich«, sagte er leise. »Ich weiß, du hältst mich für einen Feigling und einen Schurken ...«

Sie hob den Kopf von dieser festen, schmalen Schulter und sah in den grünen Augen unter den silbrig schwarzen Brauen die ungeheuchelte Ritterlichkeit des Mannes mit seiner Angst vor Schmerz und Tod kämpfen.

In Verständnis heischendem Ton, aber nicht ohne eine gewisse Würde, fuhr er fort: »Meine Stellung war schon vorher prekär genug. Ich wurde von den Hexenjägern bespitzelt, und der Regent durchbohrte mich mit Blicken, wann immer sich im Palast unsere Wege kreuzten, obwohl ich unter dem Schutz seines Vetters und Erben stehe. Jetzt, wo immer mehr Abominationen auftauchen, eine Mißernte droht, die Handelsflotte aus Saarieque noch nicht eingetroffen ist und sämtliche Vermögen im Reich an einem seidenen Faden hängen, wo Gerüchte von Verschwörungen der Nigromanten umherschwirren wie Heuschrecken in einem trockenen Sommer ... Liebes Kind, es fehlt nicht mehr viel, um mich selbst in die Verliese der Inquisition zu bringen. Schon, daß ich dir in meinem Haus Zuflucht gewähre ...«

Sie erstarrte, er strich ihr beruhigend übers Haar. Die Kerzen in dem zwölfarmigen Kandelaber waren huschende Schatten über die Linien der Hoffnungslosigkeit in seinem Gesicht. »Ich kann dich nur bitten, meine Lage zu berücksichtigen und nicht das Augenmerk der Hexenjäger, des Kollegiums oder des gräßlichen Prinzregenten auf mich zu lenken, während du unter meinem Dach wohnst. Weiter kann ich nicht gehen. Ich bin Suraklin begegnet, mein Kind, ich habe gesehen, welche Macht er hat. Glaub mir, was dem an Konsequenzen droht, der gegen ihn zu Felde zieht, gehört zu den wenigen Dingen, die in meiner Vorstellung schlimmer sind als der Tod.«

Joanna seufzte. Sie fühlte sich schwach und elend und wünschte sich, es gäbe jemanden, der ihr die Last abnehmen könnte. »Unglücklicherweise gilt dasselbe für die Konsequenzen, wenn man nicht gegen ihn zu Felde zieht.« Sie zuckte die Schultern. »Also bleibt mir keine andere Wahl.«

Der Nudelkoch, aus dessen kleinem Handkarren Dampf in die feuchtkalte Luft stieg, sah Joanna mißtrauisch an, wies ihr aber den Weg, nach dem sie gefragt hatte. Dieser Teil von Engelshand war himmelweit entfernt vom Governor's Square. Bröckelnde Ziegelhäuser und rußgeschwärzte Fachwerkbauten lehnten traulich gegeneinander, wie späte Zecher auf dem Heimweg. In schmalen Gassen spannte sich ein Labyrinth flatternder Wäsche von Fenster zu Fenster, über stinkenden Bächen halbgefrorener Abwässer, in denen juchzend zerlumpte Kinder planschten. An Läden, die wie leere Augenhöhlen von Totenschädeln auf die öden Straßen starrten, schien es nur drei Sorten zu geben – Altkleider, Pfandleiher und Schnapsbuden, aus denen selbst um diese Nachmittagsstunde trunkenes Grölen drang. Die Männer und Frauen, deren Schritte auf der dünnen Eisschicht knirschten, die das Katzenkopfpflaster überzog, trugen das dunkle Tuch und die Haartracht der Alten Gläubigen, und einmal erspähte Joanna ein rothaariges Mädchen in der wehenden schwarzen Robe eines Magiers.

Nervös tastete sie unter dem Umhang nach der plumpen Wölbung des 38ers in der Rocktasche. Sie war nicht sicher, wie Caris' Reaktion ausfallen würde, und wollte lieber kein Risiko eingehen. Caris wußte Bescheid und konnte sich denken, daß sie nur aus einem Grund zurückgekommen war.

Den Winkel der Magier bildeten acht oder neun schäbige Häuser um einen kleinen, kopfsteingepflasterten Platz. Es waren kaum Leute unterwegs. Eine Frau der Alten Gläubigen fegte die Türschwelle, ein Junge verkaufte Feuerholz von Haus zu Haus. Herbst in Engelshand war eine trostlose Zeit. Die steten Winde aus Südwest flauten zum Ende der Handelssaison ab, Nebel und Regen setzten ein. Eisige Kälte hielt das Land im Griff. In Sykerst lag wahrscheinlich bereits Schnee.

Die Mißernte machte sich bemerkbar; nach der Zahl der Bettler zu urteilen, die Joanna gesehen hatte, mußte der Brotpreis gestiegen sein. Dem Magister Magus zufolge war im Früherbst die Armut in der Stadt am schlimmsten, kurz bevor die großen Seide- und Teeflotten von Saarieque hereinkamen und der Wirtschaft noch einmal einen Aufschwung bescherten. Joanna, aufgewachsen mit einem öffentlichen Wohlfahrtssystem, das niemanden tatsächlich verhungern ließ, fand die hohlen Augen und ausgezehrten Gesichter erschütternd.

Während sie noch unschlüssig in der Einfahrt zum Winkel der Magier stand, öffnete sich eine der Haustüren, und heraus trat eine kleine Gruppe von Nigromanten und Sasenna. In ihrer Mitte erkannte sie Lady Rosamund, frostig schön und scheinbar gefeit gegen die schneidende Kälte des Nachmittags; sie sprach belehrend zu einem geschlechtslosen Wesen mit silbrigem Haar, das neben ihr schwebte wie ein Löwenzahnsamen. Von weißen Atemwolken getragen, zerschellte ihre Stimme zu hallenden Wortfragmenten an den Häuserfassaden rings um den Platz. Joanna war darauf bedacht, nicht durch einen hastigen Rückzug die Aufmerksamkeit auf sich zu lenken und schlenderte weiter die Straße entlang. Die Kapuze ihres Umhangs verhüllte ihr Gesicht.

Lady Rosamund – von allen Magiern hatte Joanna am meisten Angst, ihr über den Weg zu laufen.

In einer Taverne ein paar Häuser weiter gab sie dem Schankburschen eine Kupfermünze, damit er Stonne Caris im Winkel der Magier eine Nachricht brachte. Sie saßen in dem halbleeren Gastraum und überlegte, was sie zu dem Enkelsohn des ermordeten Erzmagus sagen sollte, dem jungen Mann, der sein Leben eingesetzt hatte, um Antryg zu verfolgen und der Gerichtsbarkeit des Kollegiums auszuliefern.

Ihr fiel ein, wie sie ihn das letztemal gesehen hatte: er und die Kirchenmagier schlugen Antryg nieder, der einen letzten, verzweifelten Fluchtversuch unternommen hatte, und schleppten ihn durch das schwarze Tor in den Abyssus. Der Ausdruck inneren Friedens auf Caris' Gesicht, die unerschütterliche Gelassenheit eines Mannes, der in die Welt zurückgekehrt ist, die er kennt ... Sie erinnerte sich auch an die düsteren Bilder ihres Traums.

Andererseits war Caris mit Antryg und ihr von Kymil nach Engelshand gewandert. Mit seinen rudimentären magischen Kräften hatte er das Abfließen der Lebensenergie gespürt, er hatte gegen die Abominationen gekämpft, die sich bei jedem Öffnen des Tores aus den Tiefen des Universums nach Ferryth verirrten, und er hatte Antryg von der Gefahr sprechen gehört, die sich hinter diesen Phasen der

Apathie verbarg. Er war einer der sehr wenigen Menschen, die eine Ahnung davon hatten, was tatsächlich auf dem Spiel stand. Und – auch wenn sie nicht wußte, inwieweit das Caris' Haltung beeinflussen würde – er verdankte Antryg sein Leben.

Die Tür ging auf. Fahle weiße Helligkeit sickerte in das verqualmte Halbdunkel. Joanna blickte auf und sah Caris in der Tür stehen – ein junger griechischer Gott, blonder Ziehsohn der Asen in Walhall, dessen Haltung selbst in der weiten schwarzen Tracht eines Sasenna den geübten Kämpfer und Athleten verriet. Das Schwert und die Dolche der traditionsreichen Kriegerkaste funkelten im gekreuzten Wehrgehenk und einer Schärpe aus schwarzer Seide. Der Blick seiner kaffeebraunen, schräg stehenden Augen streifte sie, glitt auf der Suche nach potentiellen Gefahren durch den Raum und kehrte zu ihr zurück.

Ohne eine Miene zu verziehen, machte er auf dem Absatz kehrt und ging hinaus.

Erstaunt und verletzt sprang Joanna auf, stolperte über ihre Röcke und fluchte. Die Kälte draußen traf sie wie ein Schlag ins Gesicht. Sie schaute die Straße hinauf und hinunter, Caris war nirgends zu sehen, doch in dem aufgeweichten Boden zeichneten sich deutlich die Spuren seiner weichen Stiefel ab. Mit gerafften Röcken folgte sie ihnen um die Hausecke in eine Seitengasse ...

Unversehens wurde sie von hinten gepackt und mit dem Gesicht gegen eine rußige Ziegelmauer gestoßen. Sie schrie auf. Eine Hand blockierte ihre Ellenbogen, die andere wühlte sich durch die Falten ihres Umhangs zur Rocktasche.

In weniger als einer Sekunde war alles vorbei. Caris drehte sie zu sich herum, hielt sie aber weiter fest, während er den 38er in der Schärpe verstaute. Seine braunen Augen musterten sie ausdruckslos und kalt, als wären sie sich nie zuvor begegnet.

»Komm mit«, sagte er schroff.

Sie sträubte sich gegen seinen Griff. Seine Schönheit hatte von Anfang an einschüchternd auf sie gewirkt, aber jetzt bekam sie zum erstenmal seine Kraft zu spüren. Sie war furchteinflößend. Wie auch nicht, dachte sie, seit seinem vierzehnten Lebensjahr ist er auf Einzelkämpfer getrimmt worden. »Caris, nein ...«

Er hielt inne. Sein Gesicht war so wie sie es im Traum gesehen hatte: ausdruckslos, aber in der Tiefe seiner Augen brodelte ein Vulkan. »Du hättest nicht zurückkommen sollen, Joanna. Es ist meine Pflicht, dich zur Erzmagierin zu bringen.« Seine Stimme war ebenso ausdruckslos wie sein Gesicht.

Damit hatte Joanna nicht gerechnet, und sie fühlte sich wie vom Donner gerührt. Natürlich, wenn sie hier Lady Rosamund begegnete, würde man sie erkennen und begreifen, was sie jetzt war – Antrygs Komplizin und nicht sein Opfer. Aber daß auch sie von den Nigromanten gefangengesetzt werden könnte – der Gedanke war ihr nicht gekommen. Damit einher ging die niederschmetternde Erkenntnis, daß sie in dieser Welt offiziell gar nicht existierte, und ihrer eigenen Welt hatte sie eine plausible Erklärung für ihre Abwesenheit hinterlassen. Wenn sie verschwand, merkte es niemand, außer dem Magister Magus, der bestimmt zuviel Angst hatte, um Nachforschungen anzustellen.

Ihr erster Impuls war, ihn anzuflehen. Doch etwas an Caris fanatischem Stoizismus machte sie wütend; sie stemmte die Füße gegen den Boden und versuchte ihr Handgelenk aus der stählernen Klammer seiner Finger zu befreien. »Verflucht, würdest du wenigstens fünf Minuten lang mal versuchen, so zu tun, als hättest du einen eigenen Willen?«

Am Beben seiner Nasenflügel konnte sie erkennen, daß er seinerseits zornig wurde, doch dem Weg der Sasenna gemäß beherrschte er sich und antwortete ruhig: »Einen eigenen Willen zu haben hielt mich davon ab, Antryg Windrose gleich zu töten, als ich ihn in meiner Gewalt hatte. Wäre ich dem Gebot des Kollegiums gehorsam gewesen, würde mein Großvater heute noch leben.«

»Du warst dem Gebot des Kollegiums gehorsam, als du zugelassen hast, daß dein Großvater allein zu ihm geht, erst im Turm des Schweigens, dann in Garys Haus. Und mit welchem Erfolg?«

Er atmete zischend aus und ein, aber sein Griff lockerte sich nicht für eine Sekunde. »Als ich vor dem Kollegium meine Gelübde ablegte, habe ich meinem freien Willen entsagt«, erklärte er. »Ob deine Argumente stichhaltig sind oder nicht, ist für mich ohne Bedeutung.«

»Hat es für dich auch keine Bedeutung, daß dieses Schwinden der Magie, der Entzug von Leben, immer noch weitergeht, obwohl Antryg hinter Schloß und Riegel ist, eingekerkert im Turm des Schweigens unter dem Siegel der Dunkelheit? Und wenn die Abominationen von Antryg gerufen wurden, weshalb erscheinen dann immer noch welche?«

»Weil er noch lebt.« Caris schob sie zur Mündung der Gasse, Joanna sträubte sich vergeblich gegen diese Kraft. Wenn sie erst vor den Schranken des Kollegiums stand, war sie verloren, also konzentrierte sie sich auf ihre Wut, statt auf die Angst, die sie zu überwältigen drohte.

»Heiliger Himmel, benimm dich wie ein Mensch und nicht wie ein verdammter Computer.«

Das stachelte ihn aus seiner verbohrten Selbstgerechtigkeit auf. »Nur ein Mensch ist loyal ...«

Endlich gelang es ihr, sich loszureißen; sie wich einen Schritt zurück und rieb erbost ihren schmerzenden Arm. »Ich habe mich in meinem Leben mit einer ganzen Reihe von Computern unterhalten, und glaub mir, ich habe mehr Urteilsvermögen und selbstständiges Denken in einem 6 KB-Optionsprogramm gefunden als in dir!«

Sie standen sich dicht gegenüber im freudlosen Zwielicht der Gasse, wie ein flachshaariges Geschwisterpaar am Ende eines lauten Streits. Caris atmete schwer, er hielt die Hand erhoben, als wäre er nahe daran, sie zu schlagen. *Wenn er's tut*, dachte sie, zu aufgebracht, um noch Angst zu haben, *dann reiße ich ihm die Ohren ab, so wahr mir Gott helfe!*

Doch allmählich verschwand die maskenhafte Starre aus Caris' Gesicht. Für einen Moment wirkte es jung und verwirrt – sie erinnerte sich, er war erst neunzehn –, so wie es ausgesehen hatte, bevor er sich nach der Ermordung seines Großvaters in die eherne Disziplin des Sasenna flüchtete. Ruhig sagte er: »Es ist nicht an mir, zu bewerten oder zu urteilen – oder auch nur zuzuhören. Ich weiß, du planst etwas wider den Willen des Kollegiums. Du bist hier, um Antryg zu retten, oder willst du das leugnen?«

»Du schmeichelst ihm«, antwortete Joanna langsam. »Und du beleidigst mich, nebenbei bemerkt. Ich bin hier, weil ich weiß, genau wie du, daß Antrygs alter Meister Suraklin nicht vor fünfundzwanzig Jahren starb, als man glaubte, ihn hingerichtet zu haben. Caris, die letzten vier Jahre lebte Suraklin im Geist und Körpers deines Großvaters Salteris.«

»Nein!« Die kategorische Schroffheit kehrte in seine Stimme zurück, der Zorn in seine Augen. »Er hat dir das weisgemacht, stimmt's? Um seine eigene Haut zu retten. Hätte ich gewußt, daß er die Stirn besaß, Salteris derart zu verleumden ...«

»Hättest du ihm die Pulsadern aufgeschnitten, als er dich anflehte, es zu tun?« Seine Augen weiteten sich staunend. Rasch fuhr sie fort: »Ich kannte einen Mann, drüben in meiner eigenen Welt – ihm gehörte das Haus, in dem wir waren; das Haus, in dem man Suraklins Signum fand. Nachdem dein Großvater tot war, nachdem Suraklin seinen Körper verlassen hatte, bemerkte ich an diesem Mann sämtliche Manierismen und die typische Art zu sprechen, die ich von deinem Großvater kannte. Und wer hat die Gabe, von einem Körper in den anderen zu schlüpfen, seinen Intellekt von einem Gehirn in ein anderes zu transferieren, außer Suraklin? Wir sind beide getäuscht worden. Und jetzt müssen wir Suraklin das Handwerk legen. Antryg ist der einzige, der das Format hat, uns zu helfen – *wenn* wir ihn aus dem Turm des Schweigens herausbekommen und *wenn* es uns gelingt, ihn vom Siegel der Finsternis zu befreien.«

»Lügen, alles Lügen!« Die Stimme des Sasenna erinnerte an steinhart gefrorene Erde im Winter. »Antryg ist der Mörder meines Großvaters. Er hat sein Vertrauen mißbraucht – er war Suraklin ...«

»Caris«, Joanna bemühte sich, gelassen und eindringlich zu sprechen, »gab es irgendwann eine Zeit, als du das Gefühl hattest, dein Großvater würde sich – verändern?«

Er wandte den Blick ab. »Nein – ja, vielleicht. Das war, als meine Großmutter starb. Er liebte sie.« Seine Wangenmuskeln spannten sich. Einen Moment lang schienen die Trauer und die Aufgewühltheit die von der Disziplin der Sasenna errichteten Dämme hinwegspülen zu wollen. Als er sie wieder ansah, schwelte etwas wie Haß in seinen braunen Augen.

»Begreifst du nicht, daß es vollkommen unwichtig ist, was ich darüber denke?« Er stieß die Worte hervor, als müsse er sich jedes einzelne mit Gewalt abringen. »Du erzählst mir all das ... Ich habe geschworen, das Schwert des Kollegiums zu sein und weiter nichts. Ich bin nicht ... qualifiziert, zwischen richtig und falsch zu entscheiden. Das ist nicht der Weg der Sasenna.«

Joanna schaute ihn an und empfand plötzlich tiefes Mitleid mit diesem so wunderschönen, muskulösen jungen Mann. Er hatte die Qual, Entscheidungen treffen zu müssen, eingetauscht gegen die tröstliche Gewißheit, als Werkzeug eines übergeordneten Willens jeglicher Verantwortung enthoben zu sein. Aber der Schmerz, den er fürchtete, hatte ihn eingeholt, und jetzt mangelte es ihm an Erfahrung, damit umzugehen.

Ihr Zorn auf ihn verflog. »Es tut mir leid«, sagte sie, drehte sich um und ging. Sie fühlte sich besiegt und ausgelaugt, als hätte sie tatsächlich einen Ringkampf mit ihm ausgefochten. Caris blieb regungslos stehen und blickte der schmächtigen Gestalt nach. Nur der weiße Hauch seines Atems verriet, daß er nicht aus Stein gehauen war.

Erst auf halbem Weg zurück zum Haus des Magister Magus, begriff Joanna, daß er nun doch trotz allem nicht seine Pflicht getan und sie festgehalten hatte, und erst spät am Abend vermißte sie ihren Revolver.

## 4. KAPITEL

*Dies ist meine letzte Chance.* Ein Lakai in der smaragdgrünen Livree des Prinzen Cerdic öffnete den Schlag der schwarzen Kutsche des Magister Magus und half Joanna hinaus – eine Geste, die sie immer für bloße Formalität gehalten hatte, bis sie wirklich versuchte, umwallt von einem halben Dutzend Unter- und sonstiger Röcke aus einem hochrädrigen Vehikel zu steigen. *Wenn ich diesmal kein Glück habe …*

Dann wußte sie nicht, wohin sie sich noch wenden sollte.

Sie gab dem Mann ein Trinkgeld in der vom Magister Magus – diesem Experten in den Nuancen höfischen Zeremoniells – empfohlenen Höhe und stieg die rosa Marmorstufen zum Wittumshaus hinauf, dem kleinsten der Schlößchen, die in der weitläufigen Parklandschaft verstreut lagen. Ihr war noch mulmiger zumute als vorgestern, als sie vor der Tür des Magister Magus gestanden hatte.

Jetzt war sie bei der letzten Option angelangt, wenn sie auch hier keine Hilfe fand, hatte sie nichts mehr, nicht einmal die Möglichkeit, nach Hause zurückzukehren.

*Im wahrsten Sinne des Wortes,* dachte sie mit fatalistischer Ironie, während sie zusah, wie der Kutscher den kleinen Einspänner wendete und auf der regennassen Straße zurückfuhr, bis er hinter einem Wäldchen verschwand. Der Magister Magus war entsetzt gewesen von ihrem Wunsch, bei Hofe vorzusprechen. »Bist du verrückt, Mädchen? So, wie die Dinge stehen? Die Abomination, die letzte Nacht die armen Kinder im Fabrikviertel tötete; Gerüchte aus Sykerst über das Wiedererstarken der alten Religionen; die Hexenjäger unter Waffen; Progrome in Mellidane; die Börsenkurse instabil, wie immer im Herbst, dazu die schlechteste Ernte seit dreißig Jahren … Mein Leben wäre keine zwei Kupferstücke mehr wert, wenn ich mich auch nur in der Nähe des Palastes blicken ließe!«

»Aber ich *muß* mit Prinz Cerdic sprechen«, hatte Joanna erwidert. »Ich habe vielleicht nicht viel Ahnung von Prinzen, Hofetikette und so weiter, aber ich weiß, man kann nicht einfach hereinplatzen und verlangen, den Typen zu sprechen, der als nächster Anrecht auf den Thron hat. Er ist ein Freund von dir. Wenn irgend jemand mir helfen kann, Antryg freizubekommen, dann er.«

»*Wenn* irgend jemand«, wiederholte der Mirabilit betont. Gestern war das gewesen, zu später Stunde, nach Joannas Rückkehr von ihrer fehlgeschlagenen Unterredung mit Caris. Sie hatten bei einem Glas Portwein in der Bibliothek gesessen, wo der Magister Magus die verschiedenen Zeitungen, Pamphlete und Skandalblättchen überflog, die ihm das Rohmaterial zu seinem scheinbar hellseherischen Wissen über die Lebensumstände seiner Klienten lieferten. »Das Problem ist, Kind, ich bin nicht sicher, daß Antryg noch geholfen werden kann. In jedem Fall würde ich mich hüten, die Sache überhaupt zur Sprache zu bringen. Ein Teil des Geheimnisses, sich erfolgreich bei Hofe zu bewegen, besteht darin zu wissen, wann es besser ist, sich unsichtbar zu machen. Seit der Prinzregent verheiratet ist, hat er ein noch wachsameres Auge auf Cerdic ...«

»Verheiratet?«

»Letzten Monat. Liebes Kind, es war in aller Munde.«

Sie glaubte die hohe, schneidende Stimme des Regenten zu hören: ... *die hirnlose Ziege, die ich heiraten soll* ... und Antryg, im Schankraum der Poststation auf der Straße nach Engelshand: ... *Komm schon, Pharos, du weißt, daß du mit einer Frau nichts anfangen kannst* ...

»Pellicida, die Nichte des Königs von Senterwing«, fuhr der Magus fort. »Man sagt am Hof, Seine Hoheit nennt sie die Schwarze Stute. Doch bis es ihm gelingt, sie zu schwängern – was fraglich ist –, bleibt Cerdic sein Erbe, und zur Zeit wissen sowohl Cerdic als auch ich, daß es für ihn abträglich wäre, mit denen aus der Kaste der Magier gesehen zu werden.«

Mit Geduld und schönen Worten hatte Joanna ihm schließlich doch die Kutsche abgeschmeichelt und ein Empfehlungsschreiben. »Sonst noch was?« erkundigte sich der Mirabilit bissig. »Ein paar Herolde, die sich ankündigen?

Eine Blaskapelle? Feuerwerk vielleicht?« Doch zu guter Letzt warf er sich anmutig auf den Stuhl vor seinem Schreibtisch, entzündete mit einem Wink seiner Hand die Kerzen in den Leuchtern links und rechts und griff nach der Feder.

Seine einzige Bedingung war gewesen, daß sein Kutscher vor den Toren des kaiserlichen Palastes auf sie wartete, nicht vor dem Wittumshaus, wo Cerdic wohnte, wenn er sich in Engelshand aufhielt. Da anzunehmen war, daß der Regent auch dort seine Spitzel hatte, stimmte Joanna zu. In der Nacht lag sie schlaflos im Bett und hörte zu, wie der Regen durch die Dachrinnen gurgelte. Gegen Morgen hatte der Wind sich gedreht und die dunklen Wolken vertrieben. Auch die Wolken, die die Stirn des Magister Magus verdüsterten, denn noch vor dem Frühstück brachte man die Nachricht, die ersten Gewürzklipper wären gesichtet worden, einen Tag oder zwei entfernt von den vorgelagerten Inseln. Wie jeder in der Stadt, der es sich leisten konnte, hatte auch der Mirabilit in die Ladung investiert; er war plötzlich sehr aufgeräumt und gab Joanna unzählige kleine Tips über das richtige Benehmen bei Hofe, damit ihre Mission nicht an einem dummen Fauxpas scheiterte.

Wie es schien, war der Magister Magus nicht der einzige, der die Kunst des diplomatischen Fernbleibens beherrschte. Nach einer kritischen Musterung, bei der Joanna froh war, den Rest ihrer schwindenden Mittel in ein neues Kleid investiert zu haben, führte ein ältlicher Majordomus sie in den Empfangsraum, der offenbar den Bittstellern der gehobenen Kategorie vorbehalten war, ein längliches Zimmer in Eiche und rotem Samt, dessen französische Fenster Ausblick auf ein Stück nassen, braunen Garten gewährten. Mehrere lebensgroße Bronzestatuen in samtdrapierten Wandnischen dienten als Schmuck; in einem marmornen Kamin brannte ein soeben entzündetes Feuer, dessen alleinige Nutznießerin sie war.

»Seine Hoheit sind heute morgen sehr beschäftigt«, sagte der Majordomus mit einer steifen Verbeugung, was Joanna dahingehend interpretierte, daß sie sich auf eine lange Wartezeit gefaßt machen konnte. »Ich werde ihn von Eurer

Anwesenheit unterrichten.« Er ging hinaus, mit ihrem Empfehlungsschreiben und dem stattlichen Douceur, das hier wie in jeder anderen Welt eine prompte Zustellung gewährleistete.

Wenigstens, dachte Joanna, brannte ein Feuer. Nach allem, was der Magister Magus ihr erzählt hatte, gehörte das nicht zum Service in den Räumen, wo die Untertanen darauf warteten, den Großen ihre Petitionen überreichen zu dürfen. Als sie später zurückdachte, wußte sie, ihr hätte der Gedanke kommen müssen, daß noch jemand erwartet wurde und zwar jemand von Bedeutung, aber zwischen Mutlosigkeit und Hoffnung schwankend, schöpfte sie keinen Verdacht.

Erst der Klang von Stimmen, die sich vom Garten her dem Haus näherten, warnte sie. Überrascht blickte sie auf und sah durch die Glasscheiben Prinz Cerdic die Stufen der kleinen Terrasse heraufkommen. Er blickte über die Schulter, im Gespräch mit einem Mann, der hinter ihm ging.

Dieser Mann war Gary.

Joanna war so schockiert, so verblüfft, in dieser Welt Gary zu begegnen – im ersten Moment war es für sie Gary –, daß Prinz Cerdic die Türklinke in der Hand hatte, bevor ihr klar wurde, was seine – also Suraklins – Anwesenheit hier für sie bedeutete: das Ende ihrer letzten Hoffnung. Auch zu spät begriff sie die Gefahr, in der sie schwebte – keine Zeit mehr, durch die Tür am anderen Ende des Zimmers zu verschwinden. Das einzige brauchbare Versteck bot die samtverhangene Nische neben dem Kamin, die eine Bronzefigur von irgendeinem antiken Heroen beherbergte, Tom Selleck zum Verwechseln ähnlich. Als die beiden Männer näherkamen, um sich am Feuer zu wärmen, hätte sie mit der ausgestreckten Hand beide berühren können.

»Mein lieber Gaire, natürlich ist er verrückt, aber weshalb sollte der Adel daran Anstoß nehmen?« fragte Cerdic. »Solange er die Kirche nicht brüskiert, einen günstigen Handelsausgleich mit Saarieque aufrechterhält und die Bauern zu beschwichtigen versteht, würde es sie nicht stören, wenn er mit Schafen und Schweinen kopulierte, von Knaben ganz zu schweigen.«

Der junge Prinz hatte Gewicht zugelegt seit damals, die runden Wangen glänzten noch praller im Rahmen der kunstvoll gedrehten braunen Locken. Doch geblieben waren der gewinnende Ausdruck der geschminkten haselnußbraunen Augen, die freie Stirn und die Aura eines sauberen, gesunden Naturells. Gegen Cerdics prachtvollen malvenfarbenen Satin und die Kaskaden von Nadelspitze wirkte Suraklins staubgrauer Samt beinahe düster.

»Bis jetzt.«Der Dunkle Magus hatte sämtliche Verhaltensweisen Garys abgelegt. Selbst die Stimme klang anders. »Der Adel favorisiert denjenigen Herrscher, unter dessen Regierung ihre Besitztümer sich mehren. Sobald sie wegen fehlender Einkünfte den Gürtel enger schnallen müssen und zu Euch kommen für Geld, werdet Ihr feststellen, wie rasch Ihr an Popularität gewinnt.«

Cerdic nickte eifrig. »Euer Rat in punkto Investitionen war natürlich wieder einmal außerordentlich lukrativ, wie jeder Rat von einem, der mit den Alten Mächten in Verbindung steht.« Suraklin neigte bescheiden den Kopf. Joanna erinnerte sich in ihrem brutheißen Versteck daran, wie der Prinz kritiklos alles gutgeheißen hatte, was Antryg sagte, und fragte sich, weshalb ihr nicht gleich aufgefallen war, daß sich hinter dieser kindlichen Naivität ein profunder Mangel an Intelligenz verbarg.

»Aber das Geld ist nicht alleine ausschlaggebend. Auch die Gefühle der Menschen spielen eine große Rolle, besonders jetzt ...«

»Ganz recht.« Der Magier nickte freundlich. »Das ist der Grund, weshalb ich Euch bat, Eure Einladung heute auch auf die Gemahlin Eures Vetters auszudehnen. Lady Pellicida ist überraschend beliebt im Volk ....«

Cerdics gezupfte Augenbrauen hoben sich. »Pella? Diese aufgeputzte, ungeschickte Unschuld vom Lande?«

»Man sieht in ihr ein weiteres bedauernswertes Opfer der Verderbtheit Eures Vetters.« Suraklin, den Cerdis ›Gaire‹ nannte, zuckte die Schultern. »Was durchaus zutrifft. Während Eurer Unterredung mit dem Regenten werde ich mit Pella sprechen und ihr Eure Unerstützung und Hilfe zusichern.«

»Aber ...« Aufrichtig besorgt runzelte der Prinz die Stirn. »Ich kann nicht erlauben, daß Ihr Euch durch Euer Hierbleiben in Gefahr bringt. Überdies steht zu befürchten, daß der Regent in Begleitung eines dieser degoutanten Kinäden erscheint, mit denen er sich zu umgeben pflegt. Es wäre nicht das erstemal. Das arme Mädchen! Wenn man Euch hier sieht – wenn meinem Vetter hinterbracht wird, daß Ihr einer von denen mit dem Geburtsrecht seid ... Eure Person ist zu kostbar, um sie einer solchen Gefährdung auszusetzen!«

Suraklin lächelte wie ein Heiliger, der verzückt seinem baldigen Märtyrertod entgegensieht, doch in seinen Augen glomm ein vergnügter Funke, als machte er sich insgeheim über seinen Gönner lustig. Hatte er sich auch über ihr argloses Vertrauen in ihn lustig gemacht? fragte sich Joanna erzürnt. Und über Caris' Liebe zu seinem Großvater? »Traut Ihr mir nicht zu, eine solche Situation zu meistern?« tadelte er milde. »Ihr werdet sehen, es besteht kein Grund zur Besorgnis. Davon abgesehen ist es in erster Linie Euer Wohl, das ich im Auge habe, Prinz, nicht das meine.«

*Und wenn du Pinocchio wärst, mein Lieber, dachte Joanna sarkastisch, hätte den Prinzen soeben eine reichlich zwei Meter lange Nase durchbohrt.*

Die beiden Männer schlenderten zurück zu den französischen Fenstern und unterhielten sich angelegentlich über einen Maskenball, der am nächsten Abend im Haus des wohlgeborenen Kaufmanns Calve Dirham stattfinden sollte. Joanna sah sie nebeneinander stehen und stellte verwundert fest, daß Suraklin und Cerdic gleich groß waren. Für sie hatte Gary sich in den vergangenen Wochen verändert, er war ihr größer vorgekommen, hagerer, älter – viel älter. Sie *wußte*, Gary war vierunddreißig, zehn oder zwölf Jahre älter als Cerdic, höchstens. Aber diese braunen Augen mit ihrem beunruhigenden gelben Schimmer schauten aus dem unermeßlichen Abgrund der Zeit in diese Gegenwart.

Der Einfluß, den Suraklin auf jene ausübte, die er zu benutzen trachtete, war kaum zu brechen; sie hatte es gerstern erlebt, bei Caris und seinem trotzigen Festhalten an der Liebe zu dem alten Mann. Nach ihren bisherigen Erfahrungen gab sie sich keinen Illusionen hin, daß man Cerdic bewegen könnte, ihr zu helfen oder auch nur etwas anderes zu tun, als sie Suraklin zu übergeben.

Bei dem Gedanken brach ihr der kalte Schweiß aus. *Jesus Christus, wenn er hier am Hof sein Unwesen treibt, wird er darauf hinarbeiten, Antrygs Tod zu beschleunigen.* Die Tatsache, daß er sich, um dieses Ziel zu erreichen, bis zum Regenten vorarbeiten mußte, der ein krankhaftes Mißtrauen gegen alle Magier hegte, beruhigte sie keineswegs. Sie kannte die Fähigkeiten des Dunklen Magus, wenn es darum ging, Menschen zu manipulieren. *Ich muß Antryg befreien, bevor es zu spät ist!*

Aber wie, ohne irgendeine Unterstützung?

*In Engelshand kann ich nichts mehr ausrichten.* Unwillkürlich verfiel sie wieder in die Denkweise der Programmierer und konzentrierte sich darauf, ihren nächsten Schritt zu planen, um ihre flatternden Nerven zu beruhigen. *Erstens, ich muß dem Magister Magus ein gigantisches Darlehen abschwatzen. Zweitens, ich muß nach Kymil ...*

»Euer Gnaden«, ertönte die Stimme des Majordomus von der inneren Tür her, »Seine Hoheit, der Prinzregent sind eingetroffen.«

Cerdic legte Suraklin die Hand auf den Arm und meinte leise: »Seid vorsichtig, mein Freund.« Dann wandte er sich ab, durchquerte eilig den Raum und trat durch die Tür in den angrenzenden Saal. Um Suraklins Lippen spielte ein ironisches Lächeln, als er durch die französischen Fenster nach draußen auf die Terrasse schlüpfte.

*Ist ja fantastisch,* dachte Joanna verzweifelt. *Entweder laufe ich ihm in die Arme, oder Pharos' Sasenna entdecken mich, falls sie auf die Idee kommen, das Zimmer zu durchsuchen ... Und niemand, der mit Antryg befreundet war, hat von Pharos etwas Gutes zu erwarten!* Sie lehnte den Kopf gegen die Holzverkleidung hinter den Draperien, hin- und hergerissen zwischen Panik und einem abwegigen Verständnis für den Impuls, mit dem Kopf gegen die Wand zu schlagen.

Doch stärker als beides war ein heftiger und persönlicher Widerwille gegen den Magier Suraklin. Ihn in San Serano als Gary herumgehen zu sehen war eine Sache; während er Garys Sprechweise imitierte, seine Art zu gehen, sich zu bewegen, kam es ihr manchmal vor, als wäre er nur eine neue Seite von Garys Persönlichkeit, Symptom einer leichten Schizophrenie, mit der man sich arrangieren konnte. Erst jetzt, erst nachdem sie Suraklin als *Suraklin* gesehen hatte, wie er ganz selbstverständlich mit Garys Händen gestikulierte und miut Garys Lippen heuchlerisch lächelte, wurde ihr mit aller Deutlichkeit bewußt, daß Gary tot war. Um sich seines Körpers, seines Gehirns zu bemächtigen, hatte Suraklin Gary getötet, so beiläufig und gedankenlos, wie er ein Kaninchen getötet hätte, um sich aus dem Fell Hausschuhe zu machen. Im letzten Jahr waren ihre Gefühle für Gary erheblich abgekühlt und je mehr sie ihn beim Lesen seiner Programme durchschaut hatte, desto unsympathischer war er ihr geworden, aber das rechtfertigte alles nicht die kaltblütige Brutalität seiner Ermordung.

Die Tür ging auf. Mit einem tiefen Kratzfuß komplimentierte der ältliche Majordomus Seine Hoheit, den Prinzen Pharos Destramor ins Zimmer, Erbe des Reiches und schon jetzt sein Regent, eine schmächtige, elegante Erscheinung in golddurchwirktem schwarzem Samt und Arm in Arm mit einem der hübschesten Teenagerjungen, den Joanna je gesehen hatte. Er war dunkelhaarig, in blaubeerfarbene Seide gekleidet und nur ein oder zwei Jahre jünger als Caris, aber im Gegensatz zu diesem schien er sich seines guten Aussehens in höchstem Maße bewußt zu sein. Er sonnte sich in den verliebten Blicken des Prinzen. Diesen beiden folgte unbeachtet eine junge Frau, ebenso groß wie der Begleiter des Prinzen, der diesen um einen Kopf überragte, das schwarze, drahtige Haar zu unvorteilhaften Locken gedreht, zu viel Schminke auf dem energisch geschnittenen Gesicht und gekleidet in eine überladene Robe aus rosa Satin. Ein verzärteltes Schoßhündchen wie ein miniaturisierter Barsoi trippelte hinter ihr her, es trug ein Halsband aus Diamanten.

Die Schwarze Stute, dachte Joanna, während sie die breitschultrige, grobknochige Gestalt musterte. Ein abschätziger Spitzname und grausam zutreffend. Erst auf den zweiten Blick sah Joanna, wie jung sie war.

Der Prinz und sein Gespiele waren vor dem Kamin stehengeblieben. Parfumduft stieg Joanna schwer und süßlich in die Nase. Das Mädchen Pellicida hielt sich unschlüssig im Hintergrund, ausgeschlossen, ignoriert; zwischen den farbverkrusteten Augen des Prinzen und den veilchenfarbenen des Knaben wechselte ein Blick verschwörerischen Triumphs, wie schön es ihnen gelungen war, sie auf ihren Platz zu verweisen. Der Junge flüsterte etwas hinter ostentativ vorgehaltener Hand, der Mann kicherte.

In diesem Moment erreichte der kleine Hund bei seiner schnüffelnden Inspektion des Zimmers, die Wandnische, in der Joanna Zuflucht gesucht hatte. Die fransigen Ohren richteten sich auf. Joanna sandte ein Stoßgebet gen Himmel, und als wäre es erhört worden, sagte der Prinz, absichtlich laut, damit seine bedauernswerte Gemahlin es hören konnte: »Unnützes Gesocks, alle miteinander.« Er kniete sich hin und schnippte mit den Fingern: »Kysshenka ... Kyssha ...«

Das Hündchen kam gehorsam angetrippelt und ließ sich von der weichen Hand des Prinzen den seidigen Kopf streicheln. »Räudige kleine Staubwedel – dieser hier und die beiden fetten Möpse. Von Anfang an hat es mich gelüstet, sie zu scheren; sie würden aussehen wie nackte Ratten ...«

»Hör auf damit«, sagte Pellicida vom anderen Ende des Zimmers. Beim Klang ihrer Stimme machte der kleine Hund Anstalten, sich der Liebkosung des Prinzen zu entziehen und zu ihr zu laufen, aber Pharos – Joanna war früher schon aufgefallen, wie flink und fingerfertig er war – grub die Hand in sein Nackenfell und hielt ihn fest.

»Hör auf damit«, äffte Pharos in weinerlichem Fistelton und fügte an den Hund gewandt, hinzu: »Beißen willst du mich, ja?« Das zierliche Geschöpf schnappte in seiner Angst zaghaft nach den Rüschenmanschetten, wohlwissend, daß es etwas Verbotenes tat. In den riesigen braunen Augen spiegelte sich die Panik eines furchtbaren Dilemmas.

Pellicida rauschte durch das Zimmer, ihr voluminöser Reifrock fegte einen kleinen Tisch um, ohne daß sie es merkte. »Laß sie los.«

»Weshalb sollte ich, mein kleines Prinzeßchen? Schließlich ist sie mein Hund – wie alles mir gehört, was du besitzt, und ich kann damit verfahren, wie es mir beliebt! Wenn ich Spaß daran hätte, diesen süßen, buschigen Wedel in Brand zu setzen ...« Er umfaßte Kysshas fedrigen Schwanz und zog sie daran zum lodernden Feuer.

Ob er seine Drohung wahrgemacht hätte oder nicht, fand Joanna nie heraus (obwohl sie ihre Vermutungen hatte), denn Pellicida war heran, packte ihn bei den Schultern seines Rocks und drehte ihn herum. Er war so verdutzt, daß er den Hund losließ. Mit der anderen Hand versetzte sie ihm eine Maulschelle solchen Kalibers, daß er rücklings gegen den marmornen Kaminsims taumelte.

Einen Augenblick lang glaubte Joanna, er würde außer sich geraten. Von ihrem Versteck aus konnte sie ihn sehen: wie eine bis aufs Äußerste gereizte Viper an die Reliefornamente aus weißem und rosafarbenem Marmor gepreßt, während sich auf seiner weißgepuderten Wange allmählich ein häßlicher roter Fleck abzeichnete. Pellicida stand ihm hochaufgerichtet gegenüber, zornige Tränen glitzerten in ihren haselnußbraunen Augen. Kyssha schmiegte sich an die Röcke ihrer Herrin. Sie schien seinen schwelenden Grimm zu spüren und fletschte schrill knurrend die kleinen spitzen Zähne.

Bedrohlich ruhig sagte Pharos: »Das werdet Ihr bereuen, Madame.« Er schritt ohne Eile an ihr vorbei und verließ das Zimmer, sein Lustknabe scharwenzelte beflissen hinter ihm her. Die Prinzessin wahrte Haltung, bis die Tür sich hinter ihnen schloß, dann fiel sie auf einen der Diwane, drückte den Hund an die Brust, der ihr auf den Schoß gesprungen war, und begann zu weinen.

Wie in ihrem Traum vom Verlies unter dem Turm des

Schweigens fühlte Joanna sich wie festgebannt, unfähig, dieses große, ungelenke Kind da zu trösten, vor Angst, Pharos könnte überraschend zurückkommen. *Zum Teufel damit,* dachte sie schließlich und befreite sich aus der staubigen Umklammerung der dicken, roten Vorhänge. *Wer jeden Tag einer solchen Behandlung ausgesetzt ist, braucht jede Hilfe, die er kriegen kann:* Sie hatte ihre Deckung kaum verlassen, als ein Schatten ins Zimmer fiel und der Hund Kyssha mit einem giftigen Knurren den Kopf hob. Joanna schaute zum Fenster und sah Suraklin aus dem Garten heraufkommen.

Die Prinzessin hatte ihn ebenfalls bemerkt. Sie drückte Kyssha fest an sich, sprang auf, strauchelte, als sie auf den Saum eines ihrer vielen Röcke trat und hastete zu der Nische neben dem Kamin, die Joanna soeben verlassen hatte. Der Zusammenprall war unvermeidlich. Einen Atemzug lang starrten die Frauen sich an, überrascht und verwirrt, dann machte Joanna kehrt und steuerte wieder auf ihr Versteck zu, die Prinzessin auf den Fersen.

»Er darf mich nicht sehen!« stieß Joanna flüsternd hervor. Pellicida schüttelte verstehend den Kopf und tastete mit fliegenden Händen über die hölzerne Wandverkleidung hinter den Vorhängen. Eine schmale Tür sprang auf.

»Schnell«, raunte sie. »Ich möchte ihm auch nicht begegnen.«

Die Geheimtür schloß sich hinter ihnen, die schweren Draperien erstickten das Geräusch und den leichten Luftzug, als Suraklin, der Dunkle Magus, ein leeres Zimmer betrat.

»Warum nicht?« forschte Joanna behutsam. »Gaire begegnen, meine ich.« Sie benutzte den Namen, mit dem Cerdic ihn angesprochen hatte.

Pellicida warf ihr einen kurzen Blick zu, schaute dann wieder vor sich hin. »Ist nicht so wichtig.« Ihre Lippen zitterten, sie preßte sie zusammen.

Durch die Tür in der Vertäfelung waren sie in ein anderes Zimmer an der Gartenfront des Hauses gelangt, ein Arbeits-

und Lesezimmer, ausgestattet mit Cerdics üblichem Sammelsurium von Statuetten der Alten Götter, pseudo-magischen Folianten, Sternenmandalas und Armillarsphären. Die Mädchen hatten sich in ein nahes Wäldchen geflüchtet und einen der gewundenen Pfade eingeschlagen, die zu den anderen, idyllisch in die Parklandschaft eingebetteten Chateaus führten und irgendwann zum Tor, wo die Kutsche des Magister Magus wartete. Trotz des klaren Sonnenscheins war es kühl, aber in schweigendem Einvernehmen schlug keine der beiden vor, zum Haus zurückzukehren und nach den Umhängen zu suchen.

Die Prinzessin schniefte, und Joanna suchte in ihrem Rock nach einem sauberen Taschentuch. Pella gehörte nicht zu den beneidenswerten zarten Elfen, die weinen können, ohne ein Jota ihrer Anmut einzubüßen: ihre Nase war rot, die Augen verquollen, die Schminke zerlaufen. Kyssha, die getreulich neben ihr her lief, blickte auf und winselte mitfühlend. Ihre Herrin bückte sich und nahm sie auf den Arm.

Joanna seufzte. »Das ist eine dumme Frage angesichts der Umstände, aber kann ich irgendwas tun? Außer Pharos ermorden, heißt das – zumal ich ehrlich gesagt nicht glaube, daß Cerdic als Herrscher eine Verbesserung wäre.«

Pella streifte sie nochmals mit einem raschen Blick, wie um sich zu vergewissern, ob sie scherzte oder ihre Worte ernst gemeint waren. Sie war keineswegs so groß, wie die Lästerzungen behaupteten, obwohl sie Joanna um einen Kopf überragte und auch den puppenhaften Prinzen. Es lag an ihrer linkischen Art, daß sie plump und schwerfällig wirkte, und die pompöse Extravaganz ihrer Toilette trug nicht dazu bei, den Eindruck zu mildern. »Schon gut«, sagte sie müde. »Ich nehme an, ich wäre mit ... mit Gaire einer Meinung, wenn ich nicht wüßte, was für einen Herrscher Cerdic abgeben würde.« Sie wischte sich über die Augen, wobei sie die Wimperntusche bis zu den Schläfen verteilte, und streichelte Kyssha über den Kopf. Das Tierchen leckte winselnd ihre Hände, es zitterte in dem kalten Wind. Ein bitterer Zug kerbte sich um Pellas Mund, der sie um Jahre älter machte. »Kennt Ihr Gaire gut?«

»Ja«, antwortete Joanna leise. »Früher.«

»Ich wußte nicht, daß er zurückgekehrt war.« Sie traten unter den Bäumen hervor auf einen sanft abfallenden, grasbewachsenen Hang. »Erzählt mir von ihm.«

Joanna schüttelte den Kopf. »Das ist nicht so einfach.«

»Bitte.«

Der drängende Ton in ihrer Stimme und der verlorene Ausdruck der haselnußbraunen Augen veranlaßten Joanna, stehenzubleiben und das Mädchen anzusehen. Sie ahnte den Widerhall des ihr wohlbekannten, quälenden Gefühls, etwas zu wissen, aber keinen Beweis zu haben.

Pella wandte verlegen den Blick ab. »Er kommt und geht. Niemand weiß etwas über ihn. Außer dem Offensichtlichen – daß er Cerdics neuester Liebling ist, sein ›Spiritueller Berater‹, wie er sich nennt, so daß keiner mit dem Finger auf ihn zeigen und ›Magier‹ sagen kann. Aber er ist ein Zauberkundiger, oder nicht?«

»Ja.«

Pellicida stieß einen kleinen Seufzer aus, vergrub das Kinn im seidigen Fell des Hundes und starrte über die weite Rasenfläche zu den fernen Dächern des kaiserlichen Palastes, die hinter der schwarzen Spitzenbordüre der kahlen Baumkronen sichtbar waren. »Er hat mich gezwungen ...« begann sie und verstummte, um nach kurzem Sinnen fortzufahren: »Ich *mochte* ihn nicht einmal ... ich verstehe nicht, was über mich gekommen ist. Auch wenn ich nie ... nie verliebt gewesen bin, ich kann mir nicht vorstellen, daß es *so* ist. Es war ein Zauberbann, habe ich recht?«

»Ja.« Joanna konnte sich denken, was passiert war und weshalb Pellicida die Flucht ergriffen hatte, statt ihm noch einmal zu begegnen. »Ich denke, nach dem Gesetz gilt das als Vergewaltigung – oder sollte es wenigstens.«

Die Gemahlin des Prinzregenten zuckte die Schultern, versuchte, einen Schmerz zu überspielen, der seit ihrer Heirat nur einer von vielen gewesen war. Sie setzte sich wieder in Bewegung, eine einsame Gestalt, wie eine große rosa Päonie, die auf den sepiafarbenen Boden niedergeschwebt war. Der Wind löste Strähnen ihres schwarzen Haares aus dem lächerlichen Lockengekräusel und vermischte sie mit dem löwenfarbenen Fell des Hundes. »Hat er Euch das gleich angetan?«

»Er hat es versucht.«

»Weil er Euch benutzen wollte?«

Joanna nickte. Und stellte sich mit einem Anflug morbider Erheiterung die Frage, ob er, wenn es dazu gekommen wäre, Garys eher unbefriedigende sexuelle Technik imitiert hätte.

»Dann war das sein Grund auch bei mir. Wollte er mich dazu bringen, daß ich ihm bei seinem Plan helfe, Pharos zu ermorden?«

Ungeachtet ihres klingenden Titels und ihrer Stellung war sie letztlich eine Fremde in einem fremden Land, getrennt von ihrer Familie und allem Vertrauten, achtzehn Jahre alt und einem Mann ausgeliefert, der sie schmähte und demütigte. Dennoch hielt sie sich aufrecht wie eine der marmornen Heldenstatuen, die malerisch die Parklandschaft schmückten. Auch ihr Profil sah aus wie gemeißelt im ebenholzschwarzen Chaos ihrer aufgelösten Frisur.

»Vielleicht.«

»Erzählt mir von ihm«, bat Pella wieder. »Er strahlt etwas aus, etwas Böses – ich weiß nicht. Sagt mir, wer er ist und was er will; sagt mir, was hier vorgeht.«

Die Winter in Engelshand waren eine düstere Zeit. Es wurde spät hell; auf dem Tiefpunkt vor der Sonnenwende gab es höchstens fünf oder sechs Stunden fahles, milchiges Tageslicht, bevor man wieder die Lampen entzünden mußte. Jetzt, mitten im Herbst, schlurften die Arbeiter im Dunkeln zu den Toren der deprimierenden Fabrikgebäude, während die vielen Kirchen der Stadt zur Frühmesse läuteten. Unnatürlich klar und kalt für diese Jahreszeit funkelten die Sterne über dem schwarzen Zackenband der verschachtelten Dächer.

Stonne Caris, Enkelsohn des toten Erzmagus Salteris Solaris, schob die Hände in die Ärmel seiner wattierten Jacke und beschleunigte fröstelnd seinen Schritt. Es war bitterkalt. Gewöhnlich sah man um diese Stunde von dem Platz, wo er gerade stehenblieb, am höchsten Punkt der Threadneedle Street, nur ein Meer aus weißem Dunst über dem Fluß schweben. Doch an diesem Morgen blinzelten die Positionslichter an Deck und in den Toppen der im Hafen liegenden Schiffe zu ihm herauf. Es vermittelte ihm ein Gefühl des Unbehagens, als wäre nicht alles, wie es sein sollte. Er entdeckte nichts, wovor man sich fürchten mußte, und seine Ohren, geschärft auf mörderischen Hindernisparcours' mit verbundenen Augen, meldeten keine Gefahr. Dennoch zögerte er einen Moment, bevor er seinen Weg fortsetzte, als könnte seine Nase ihm verraten, was nicht stimmte.

Die Gerüche waren die alltäglichen – der fischige Brodem der schlammigen Uferstreifen am Fuß der Kaimauern und der satte Geruch nach faulendem Fleisch und Käse von der Müllhalde nahe dem Großen Markt.

Geistesabwesend fühlte er nach der Pistole, die er Joanna abgenommen hatte; sie steckte in seiner Schärpe, neben dem Schwert, das er jetzt mitsamt der Scheide herauszog. Er trug es locker in der linken Hand, während er zum Tidenstrand hinunterstieg, begleitet vom knirschenden Geräusch seiner eigenen Schritte.

Zu seiner Erleichterung hatte er die Fläche ganz für sich alleine – im Sommer war hier ein beliebter Treffpunkt für junge Hitzköpfe, die ein Duell auszutragen hatten. Im allgemeinen setzte das Aufkommen der Herbstnebel dem Treiben ein Ende. Dieser Morgen jedoch war außergewöhnlich klar. Der Atem stand in einer weißen Wolke vor seinem Gesicht; irgendwo bellte ein Hund, doch er vermißte das Kreischen der Möwen, die sonst um den angeschwemmten Unrat zankten, den der Fluß beim Gezeitenwechsel zurückließ.

Er blieb stehen, um über diese Tatsache nachzudenken.

Flußauf und flußab glommen Lichter hinter den Fenstern der schemenhaften Häuser, die das Ufer säumten. Jenseits der schwach gekräuselten Wasserfläche glänzten unnatürlich hell die Lichter der Festung St. Cyr. Ein eisiger Wind zerrte an seinem kurzgeschnittenen blonden Haar. Er schob das Schwert zurück in die Schärpe und nahm den Revolver heraus.

Anfangs hatte er gedacht, es wäre eine Schußwaffe wie jede andere; erst als er sie später genauer untersuchte, stellte sich heraus, daß er das Produkt einer fremden Welt in den Händen hielt. Doch trotz der verwirrenden Unterschiede funktionierte die Waffe nach dem gleichen Prinzip wie die, die er kannte. Statt einer Kugel verschoß sie kegelförmige Projektile, eingepaßt in – vermutete er – Hülsen, die bereits ein abgemessenes Quantum Pulver enthielten. Diese glänzenden Geschosse steckten in einem drehbaren Zylinder mit sechs Kammern, von wo sie auch in den Lauf transportiert wurden.

Vor Staunen und Bewunderung war ihm erst das eigentlich Wichtige nicht klar geworden – das eine Waffe existierte, die ohne Pause mehrmals hintereinander abgefeuert werden konnte.

Hier unten war die Luft still, obwohl er hören konnte, wie oben der auffrischende Wind um die Häuser strich. Wegen der Kälte roch es nicht so schlimm wie sonst. Die Bedingungen glichen nicht denen der Nacht von Thirles Ermordung im Winkel der Magier – umringt von den dicht an dicht stehenden Häusern hatte sich auf dem kleinen Platz in der sommerlichen Gewitterschwüle kein Lüftchen geregt, hier stand er auf einer weiten, freien Fläche, und vom Wasser her wehte immer eine leichte Brise. Nicht zu ändern.

Er wandte sich flußabwärts, zielte hoch in die Luft, hielt den Kolben fest in beiden Händen, falls der Rückschlag stärker war als gewohnt, und drückte ab. Augenblicklich hallte der blaffende Schußknall über das Wasser; es gab keine Verzögerung zwischen dem Fallen des Hammers und der Entzündung des Pulvers, und der Rückschlag war nicht der Rede wert. Gleich feuerte er ein zweitesmal, der Zylinder drehte sich und transportierte ein zweites Geschoß vor den Lauf.

Ein kleiner Blitz, das war alles. Kaum Pulvergestank und überhaupt kein Qualm.

Caris fühlte, wie sein Herz sank.

*Das geht mich alles gar nichts an,* dachte er bedrückt. *Ich dürfte nicht einmal hier sein. Ich bin ein Sasenna des Kollegiums – es ziemt mir nicht, zwischen richtig und falsch zu unterscheiden. Antryg hat den Mord an Thirle gestanden und noch anderes ...*

*Aber der Mord wurde mit einer Waffe wie dieser begangen.*

*Wo hatte er sie her?*

Ungebeten kam ihm der Gedanke, daß Joanna recht gehabt haben könnte.

*Und wenn es so ist ...*

Der Wind blies ihm ins Gesicht, als Caris wieder den steilen Hang der Threadneedle Street hinaufstieg. Schwarze Wolken hatten sich vor die Sterne geschoben. Die Schiffe, die im Hafen vor Anker lagen, bewegten sich unruhig, wie Pferde in einem Stall, aufgeschreckt von plötzlichem Rauchgeruch.

Auf dem Rückweg durch die Straßen und Sträßchen zum Bezirk der Nigromanten vergegenwärtigte Caris sich das Geschehen von damals. Seine Träume hatten ihn geweckt – seine Träume und das Schwinden seiner Magie. Seine Kräfte waren von Geburt an nicht erheblich gewesen, aber schon einmal hatte er ihr Nachlassen gespürt, und das zweitemal, beim Erwachen in der stickigen, drückenden Schwüle der Sommernacht, war ihm der Verlust vorgekommen wie ein kleiner Tod. Er hatte wohl die Absicht gehabt, über den Platz zum Haus seines Großvaters zu gehen, weil er hoffte, der alte Herr wäre inzwischen zurückgekehrt, aber von einer Sekunde zur anderen kam ihm alles so absolut sinnlos vor. Zusammen mit der Magie schien die Welt auch jeglicher Hoffnung beraubt worden zu sein.

Dann hatte er Thirle schreien gehört.

Der dicke Nigromant hatte bei der Mündung der Pesthauchgasse gestanden, wo auch das schwarze Tor zum Abyssus gähnte. Die Kugel, die ihn traf, wurde aus dem Schatten der Häuser gegenüber abgefeuert. Von dorther kam gleich darauf ein Mann gelaufen. Ein zweiter Schuß galt Caris, doch als er jetzt genau darüber nachdachte, vermochte er nicht mehr zu sagen, ob der fliehende Mann ihn abgegeben hatte oder ob er aus derselben Richtung gefallen war wie der erste. Er konnte sich nicht mehr genau erinnern, aber dafür, daß jemand aus vollem Lauf gefeuert haben sollte, war die Kugel bemerkenswert dicht neben ihm eingeschlagen.

Ergo – der Mörder war nicht der Mann gewesen, den er gesehen hatte – der Mann, der im Abyssus verschwand –, sondern vielmehr jemand, der aus der Deckung die Schüsse abfeuerte, um von dem Flüchtenden abzulenken und Thirle, einen Augenzeugen, aus dem Weg zu räumen.

Erste Regentropfen fielen, als er den Winkel der Magier erreichte – das Wetter begünstigte sein Vorhaben. Obwohl kein Sasenna sich von den Unbilden der Witterung von seinem Posten vertreiben lassen würde, übertönte der Wind, der durch die engen Gassen pfiff, alle unvermeidlichen Geräusche, die ihm in der typischen diesigen Stille des Herbstes unter Umständen die gesamte Wachmannschaft auf den Hals gelockt hätten. Nach seines Großvaters Tod war die Rede davon gewesen, daß Lady Rosamund das Haus übernehmen wolle, aber bis jetzt hatte sie keine Anstalten gemacht. Man hatte die Türen und Fenster verriegelt und mit Angstzaubern belegt; Caris konnte die Zeichen giftiggrün durch den Regenvorhang schimmern sehen. Er besaß nicht die Macht, sie außer Kraft zu setzen, aber einfach sein Wissen, womit er rechnen mußte und daß es sich nur um einfache Horribilen handelte, befähigte ihn, mit klopfendem Herzen das Parterrefenster an der Rückseite aufzubrechen und hindurchzuklettern, wo ein gewöhnlicher Einbrecher dankend verzichtet hätte.

Das ganze Haus erinnerte ihn an seinen Großvater, und seine Trauer und Wut über den erbärmlichen Tod des alten Mannes kamen zurück.

Wenn Joanna recht gehabt hatte ...

*Hatte* es eine Zeit gegeben, in der er sich veränderte?

Caris stand in der Enge und Dunkelheit des Studierzimmers, während der Regen gegen die Fenster klatschte wie aus Eimern geschüttet, und ließ seine Gedanken in die Vergangenheit wandern.

Er hatte seinen Großvater das letztemal gesehen, als er

dreizehn war, dann erst wieder mit achtzehn, mittlerweile fast zwei Jahre her, und er wußte, es existierte keine größere Kluft in der Wahrnehmung als zwischen diesen beiden Altersstufen. Die prägenden Erinnerungen an seinen Großvater waren die eines Kindes – hinter dem alten Herrn durch die Süßwassermarschen des Strebwell laufen; Polliwogs jagen, während der Erzmagus Malvenblüten sammelte oder den Flug der Vögel beobachtete. In einem Sommer brachen im Dorf die Pocken aus, und Caris wurde zum Famulus ernannt, der Heiltrünke braute und Kräuter pflückte; später hatte sein Großvater – noch jung damals und mit der sehnigen Robustheit der Magier –, nur bekleidet mit einem Hüfttuch und das lange schwarze Haar im Nacken geflochten, seinem Enkel und den wenigen Bauern, die noch bei Kräften waren, geholfen, das Heu einzubringen. Caris erinnerte sich, als wäre es gestern gewesen, an den glänzenden Schweiß auf den Muskeln von Salteris' Armen und Rücken, als er mit den anderen Dörflern unter einem Schutzdach saß und Bier trank, während ein Wolkenbruch über den Stoppelfeldern niederging; erinnerte sich an den würzigen, grünen Geruch der Luft, berauschend wie Brandy, und an Salteris unbeschwertes Lachen.

Seit Caris dem Kollegium der Nigromanten als Sasenna diente, seit er vor seinem Großvater, dem Haupt des Kollegiums, niedergekniet war, um den Treuerschwur abzulegen, hatte er ihn nicht mehr so lachen gehört. Es kam ihm vor, als wäre das spöttische, überlegene Glitzern in den Augen des alten Herrn neu – oder hatte er seinerzeit einfach nichts davon bemerkt? Die Schroffheit, die sich letzthin in seinem Wesen zeigte, mutete ihm fremd an, wie auch der verbindliche Tonfall der Stimme, hinter dem sich ein geheimer Scherz auf Kosten seines Gesprächspartners zu verbergen schien. Es könnte, hatte Caris überlegt, mit dem Tod seiner Großmutter zusammenhängen, die starb, nachdem er nach Innkitar gegangen war, um die Ausbildung zum Sasenna zu beginnen. Vielleicht lag es auch schlicht und einfach daran, daß er als Kind diese Seite seines Großvaters nicht zur Kenntnis genommen hatte.

Oder es konnte sein, wie Joanna gesagt hatte.

Wenn ja – und auf einmal schien Feuer durch seine Adern zu kreisen – war es Suraklin, der ihn tötete – Suraklin, der das Lachen zum Verstummen brachte, der dem reichen Leben ein Ende setzte. Suraklin, der Dunkle Magus ...

*Ich bringe ihn um,* dachte er. *Lieber Gott, ich bringe ihn um ...*

Auch Antryg, wurde ihm klar, hatte Salteris geliebt. Wenn es stimmte, was Joanna behauptete – daß Suraklin den Körper seines Großvaters abgelegt hatte wie ein altes Kleidungsstück, um sich dieses anderen Mannes zu bemächtigen, dieses Mannes aus ihrer Welt, der über Computer Bescheid wußte –, was mußte es Antryg gekostet haben, dem, was von dem Freund geblieben war, den Gnadentod zu geben?

*Hör auf damit,* ermahnte er sich. *Tu nichts, bevor du keine Beweise hast.*

Sein schlechtes Gewissen sagte ihm, daß er sich immer weiter vom Weg der Sasenna entfernte. Es war nicht an ihm, nach Beweisen zu fragen. Das Kollegium hatte entschieden; ihn betraf das alles nicht mehr. Dennoch fing er an, das dunkle Zimmer zu durchsuchen.

Wie zu der Zeit, als Salteris noch lebte, war der Raum bis in den kleinsten Winkel angefüllt mit Büchern, Tabellen, Karten, Astrolabien und Armillarsphären, aber penibel aufgeräumt. Der Schreibtisch des alten Herrn, in einem Alkoven neben dem Kamin, überragte alles wie eine massige schwarze Trutzburg, mit geschnitzten Türmchen, Erkern, Zinnen und verschnörkelten Schubfächern – eine unerschöpfliche Fundgrube raffinierter Geheimfächer. Zwei Kerzenhalter, einer links, einer rechts, ragten über die geneigte Schreibfläche, aber die aufgesteckten Wachsstöcke waren ungebraucht und mit Staub bedeckt. Salteris hatte sich nur selten die Mühe gemacht, sie anzuzünden; wie alle mit dem Geburtsrecht konnte er im Dunkeln sehen.

Caris' eigene Nachtsichtigkeit war nicht so gut ausgeprägt wie bei den meisten Zauberern, aber es mußte genügen. Der Wind, zu einem heulenden Sturm angewachsen, übertönte die Geräusche, aber Licht hätte man trotz der geschlossenen Fensterläden bemerkt.

Bei der Suche ging er methodisch vor.

Seine Großmutter, vierzig Jahre lang Salteris' Frau in allem, bis auf den Namen, hatte ihm von diesem imposanten Möbelstück erzählt, von seinen verborgenen Wundern, während er, ein flachshaariger Junge mit schmutzigen Händen, auf ihrem Knie saß. Seine Finger, feinfühlig und kundig wie die eines Schreiners, forschten tastend nach verborgenen Federn, Fächern in Zwischenwänden und doppelten Böden. Draußen peitschte der Wind von Norden Regen und Hagel heran; in der Dunkelheit, die ihn umgab, konnte er spüren, wie das alte Haus bis in seine Grundfesten erbebte. In einem Fach entdeckte er seines Großvaters Porzellanflöte – Caris entsann sich, daß er darauf für seine Großmutter gespielt hatte.

In einem anderen fand er eine Handvoll Geschosse. Unverwechselbar – stumpfnasig grau, in goldglänzenden Messinghülsen. Er zog den Revolver aus der Schärpe und klappte den Zylinder aus; sie waren zu groß für die Kammern, aber eindeutig von derselben Machart. Seine weitere Suche förderte die dazugehörige Waffe zutage. Zwei der Kammern waren leer.

Caris legte den Revolver auf die Tischplatte. Er war so zornig, daß seine Hände zitterten, fühlte eine eisige, starre Wut. Suraklin hatte seinen Großvater ermordet, vor Jahren schon, leidenschaftslos, berechnend. In seiner früheren Gestalt als Kaiser Hieraldus hatte er ihm Sand in die Augen gestreut, ihn eingelullt mit Freundschaft und Verständnis, bis er bereit war zuzuschlagen. Den armen Thirle, rund und liebenswert und gutgläubig, hatte er getötet, nur weil er ihm im Weg stand. Wieviel andere womöglich noch? Er hatte Caris' Liebe mißbraucht, ihn manipuliert und dazu benutzt, sich den einzigen Mann vom Halse zu schaffen, der ihm gefährlich werden konnte.

Caris ballte die Fäuste, bis die Muskeln und Sehnen schmerzten.

*Und Suraklin war davongekommen*. Er konnte ungehindert weiter sein Unwesen treiben. Gebunden durch seinen Vasalleneid, war Caris machtlos.

Obwohl draußen wegen der tiefhängenden schwarzen Wolken unveränderte Dunkelheit herrschte, sagte Caris die innere Uhr, daß es bald Zeit war für das Morgentraining mit den anderen Sasenna. Ohne weiteres Zögern schlug er die beiden Revolver in das Vltuch ein, zusammen mit der Munition. Dann stand er auf und öffnete den Riegel an einem der Fenster, als Erklärung für das Regenwasser, das aus seinen Kleidern getropft war. Nach einem letzten Rundblick verließ er das Haus auf demselben Weg, auf dem er gekommen war; die Waffen und die Patronen nahm er mit.

## 5.
## KAPITEL

Das Unwetter, das schlimmste seit Menschengedenken, dauerte bis in den frühen Nachmittag des nächsten Tages. Joanna beobachtete sein Wüten aus der Geborgenheit eines kleinen Boudoirs, das an die Gemächer der Prinzessin Pellicida im Nordflügel des kaiserlichen Palastes gehörte, ein geheimes Liebesnest für irgendeine vergessene Mätresse der vorigen Generation und zugänglich nur durch ein zur Tür umfunktioniertes Paneel der hölzernen Wandverkleidung neben dem Kopfende von Pellas Bett. Am vorigen Tag hatten sie und die Gemahlin des Prinzregenten verabredet, sich auf einem Maskenball im prächtigen Stadthaus des wohlgeborenen Kaufherrn Calve Dirham in nächster Nähe des kaiserlichen Palastes zu treffen. Bis fast vier Uhr früh hatten sie sich unterhalten, während sie zusahen, wie Prinz Cerdic – offenbar in dem Glauben, inkognito zu sein hinter einer Larve aus Muscheln und Perlen – etliche Tausend Imperiale Adler an den Spieltischen gewann. Hinter seinem Stuhl stand wie ein böser Schatten Suraklin, sein altväterlicher Rock aus blauem Samt mit üppigen Spitzenjabots makaber gekrönt von der Maske eines grinsenden Totenschädels.

Die unbegreifliche Glückssträhne des Prinzen bei den Karten, beim Würfeln und Roulette – den Mittelpunkt von Dirhams privatem Kasino bildete ein Rouletterad, das Joanna aus irgendeinem Grund an das spielhallengroße Videogame erinnerte, das Gary seinen Gästen zur Verfügung gestellt hatte – hielt vier Stunden an und veranlaßte Joanna zu der Bemerkung: »Ich wette, das ist der wirkliche Grund, weshalb man Zauberern bei Todesstrafe verboten hat, in die Belange der Menschen einzugreifen.« Sie dachte an Cerdics altertümliche, gegen Magie gefeite Rüstung und fragte sich, ob in verschwiegenen Kämmerlein des Adels Rouletteräder, Würfel und Kartenspiele existierten, die *na'ar* waren.

Doch erst am nächsten Morgen erkannte sie den wirklichen Grund für das strenge Gesetz.

Noch während des Balls war der Sturm losgebrochen und fegte über die Stadt wie der Atem eines tobenden Riesen. Statt Joanna im strömenden Regen auf die Suche nach einer Droschke zu schicken oder ein Lauffeuer an Klatsch und Tratsch auszulösen durch die Anweisung an ihren eigenen Kutscher, einen Umweg zum Haus des Magister Magus zu machen, hatte Pellicida ihr die Gastfreundschaft des kleinen Schlupfwinkels in ihren Gemächern angeboten. »Wegen Pharos brauchst du dir keine Gedanken zu machen«, sagte sie, als die Kutsche in der tintenschwarzen, sturmdurchtosten Finsternis zum Palast zurückkehrte, »er bleibt in seinem eigenen Chateau. Man erzählt, daß er seinen Gespielen Leynart auch dort einquartiert hat.«

Joanna hatte gelacht. »Ich nehme an, Pharos kennt nicht einmal den Weg zu deinen Gemächern.«

Unter den schwarzen und weißen Federn der Larve, die sie noch trug, wurden Pellas Lippen schmal. Sie wandte das Gesicht ab. Kaum hörbar sagte sie: »Doch, er kennt ihn.«

Joanna stieg im dunklen Innern der Kutsche die heiße Verlegenheitsröte ins Gesicht. Sie wollte sich lieber gar nicht vorstellen, welcher Art die Flitterwochen dieses Mädchens mit

Pharos gewesen sein mochten. Kein Wunder, daß Suraklin bei ihr leichtes Spiel gehabt hatte. Während der langsamen, immer wieder unterbrochenen Fahrt durch den Park, wenn sie anhalten mußten, weil dicke Äste und sogar junge Bäume durch das heulende Inferno geflogen kamen, wie von trunkenen Hexen geritten, sah Joanna hin und wieder durch den schräg niederprasselnden Regen die Lichter von Pharos' kleinem Palais. Sie fragte sich, ob er vielleicht in seinem Arbeitszimmer saß, um ein gutes Buch zu lesen – den Marquis de Sade, zum Beispiel. Oder verbrachte er einen ruhigen Abend im Souterrain und peitschte seine Diener aus?

»Ich wünschte, es wäre mir gleichgültig«, fuhr die melodische, eigenartig rauhe Stimme nach langem Schweigen fort. »Ich wünschte, ich könnte einfach – ach, ich weiß nicht. Die Augen schließen und mich nicht darum kümmern, ob jemand ihn ermordet oder nicht. Dann wäre ich ihn los und brauchte das ... das alles hier nicht zu ertragen.« Sie seufzte und sah Joanna an. Die hochaufgetürmte weiße Perücke leuchtete kreidig über dem dunklen Oval ihres Gesichts. »Das Schlimme ist, ich weiß, er ist ein guter Herrscher. Von zu Hause her kann ich das beurteilen. Senterwing ist kein sehr großes Land, aber Onkel Tye macht das Beste aus dem, was er hat. Er äußerte sich immer anerkennend über Pharos' politische Begabung. Pharos versteht etwas von Handel und Industrie und all den Dingen, von denen eine Ahnung zu haben bei den Landeignern verpönt ist. Deshalb wurde die Heirat mit mir arrangiert, weil Senterwing von Banken und Fabriken lebt. Nur – jemand, der ein guter Herrscher ist, muß nicht auch ein guter Mensch sein.«

»Ich weiß.« Joanna nickte. »Und weil er ein guter Herrscher ist – oder wenigstens ein starker – will Suraklin ihn loswerden und Cerdic auf den Thron setzen. Cerdic wird froh und dankbar sein, ihm die Regierungsgeschäfte überlassen zu dürfen.«

Pellicida seufzte. »Es klingt – ja, pathetisch, aber das ist ein Grund, weshalb ich dir helfen will. Hierzulande gilt es als dimodi, um das Wohl des Staates besorgt zu sein, aber mein Onkel hat mich gelehrt, wie wichtig es ist, daß auf dem Thron jemand sitzt, der seine Zeit nicht auf der Jagd und beim Pfänderspiel vergeudet, sondern seine Arbeit tut wie jeder tüchtige Handwerker oder Kaufmann. So viel hängt davon ab.« Sie hielt den Blick auf ihren Fächer gesenkt, das zarte Gebilde aus Elfenbein und Seide wirkte in ihren kräftigen Händen wie Spielzeug. Vor dem Hintergrund des regennassen Fenster in der Kutschentür sah das energisch geschnittene Gesicht älter aus als ihre achtzehn Jahre, für einen Moment war es das Antlitz einer Frau und einer Königjn. Dann zog sie den Kopf zwischen die Schultern, und Joanna ahnte ihr unschönes Erröten. »Und dann diese Zeiten der Teilnahmslosigkeit, wenn alles Grau in Grau erscheint, die nach deinen Worten von dieser Maschine Suraklins bewirkt werden ... Eine solche Verdüsterung der Seele überkam mich nicht lange, nachdem ich mich von ihm hatte verführen lassen. Ich war nahe daran, mich zu töten. Sollte das alles sein, was mich noch erwartete – von einem Liebhaber zum anderen wechseln, weil es nichts anderes zu tun gibt? Es kam mir alles so schal und schmutzig vor. Ich frage mich, wie vielen anderen Leuten ebenso zumute war und wie viele wirklich ihrem Leben ein Ende gesetzt haben?«

Die Prinzessin war ausgegangen, als Joanna erwachte. Es war elf Uhr, darin stimmten die Digitaluhr aus der einen und die zierliche Kaminuhr aus der anderen Welt überein. Im leeren Salon wartete ein zugedecktes Frühstückstablett auf Spätaufsteher, ein Feuer verbreitete wohlige Wärme, Zimmerpflanzen drängten sich darum wie verzärtelte Kinder, die sich der rauhen Welt draußen nicht gewachsen fühlen. In den Zimmern herrschte eine gemütliche Atmosphäre, sie waren angefüllt mit Nippes und Tieren: Zierfinken in einem Käfig brachten mit ihrem unablässigen Gezwitscher Joanna zu der Überzeugung, Intelligenz hinge doch mit der Größe des Gehirns zusammen; Pellas zwei Möpse, für die Joanna – eine Katzenfreundin – die gleiche Abneigung hegte wie der Regent, und zu ihrem größten Entzükken eine fünf Fuß lange Boa constrictor, dösend in einem in der Seite des Rauchfangs eingelassenen Terrarium. »Melachior verbringt die meisten seiner Winter schlafend«, hatte Pella erzählt und leicht gegen die Scheibe geklopft; der lebhaft gezeichnete, zusammengerollte Leib rührte sich nicht. »Man lacht mich aus hier, aber ich bin mit Tieren aufgewachsen. Wie die Dinge liegen, bin ich froh, sie mitgebracht zu haben.«

Immer noch rüttelte der Wind an den Fenstern. Pellas Schoßhunde, offenbar verängstigt von dem Tumult draußen, kauerten neben Joanna auf der Fensterbank, während sie auf den verwüsteten Park hinunterschaute. Die Büsche sahen aus wie gerupft, ganze Bäume waren umgeknickt, die Trümmer lagen kreuz und quer in den schiefergrauen Pfützen der überschwemmten Pfade.

Joanna kuschelte sich tiefer in den zu langen Hausmantel, den sie von ihrer Gastgeberin ausgeborgt hatte, und fröstelte. Den ganzen kurzen Rest der Nacht hatte sie dem Regen gelauscht, der gegen das kleine runde Fenster des geheimen Zimmers schlug, und da war ihr bewußt geworden, weshalb die Einmischung von Magiern in die Belange der Menschen als todeswürdiges Verbrechen galt – zu Recht.

Die Tür ging auf. Sie hob den Blick, als Pella hereinkam, Kyssha hinterher. Der kleine Hund begrüßte Joanna schweifwedelnd, um sich anschließend in eine wahre Begrüßungsorgie mit den beiden Möpsen zu stürzen. Pella stand schweigend mitten im Zimmer wie ein übergroßer Paradiesvogel in ihrem gelbgrünen Reitkostüm. Ihr Gesicht wirkte ernst und bedrückt. Sie, als Tochter eines Herrschergeschlechts, dessen Reichtum und Macht auf einem florierenden Welthandel und Bankensystem basierte, mußte erst recht das volle Ausmaß der Katastrophe begreifen.

»Der Sturm hat die Handelsflotte vernichtet, stimmt's?« fragte Joanna behutsam.

Pella nickte. »Die gesamte Vorhut, die ersten, die heute eingelaufen wären und den Rahm abgeschöpft hätten. Und

Gott weiß wie viele noch, draußen, zwischen den Inseln.« Sie wirkte so müde und resigniert, als ging es um ihren ganz persönlichen Verlust und nicht um Menschen, die sie kaum kannte. »Der Herbst ist eine Jahreszeit mit ruhigem Wetter«, fuhr sie fort. »Nebel und Regen ja, aber niemals derartige Orkane. Der ganze Hafen ist ein Mahlstrom geborstener Schiffe, bisher hat man Hunderte von Leichen geborgen. Man erzählt, Calve Dirham hätte sich heute morgen aufgehängt, um nicht seinen Investoren gegenübertreten zu müssen.«

Joanna erinnerte sich, ihn auf dem gestrigen Ball gesehen zu haben, ein jovialer kleiner Mann, gewöhnlich, aber sehr darauf bedacht, daß seine Gäste sich gut amüsierten. Zorn regte sich in ihr, die gleiche heiße Wut, die sie gestern empfunden hatte, während sie beobachtete, wie von Garys Lippen Suraklins geschmeidige Lügen flossen. Sie fühlte den kalten Hauch der Fensterscheibe im Rücken, als sie sich dagegen lehnte. Ihre Stimme klang zu ihrer eigenen Überraschung völlig normal. »Sind auch welche von den Schiffen, an denen Cerdic Anteile hat, gesunken?«

Die Prinzessin schüttelte den Kopf. »Ich weiß nicht, Joanna. So viele ...« Sie verstummte, als ihr der verborgene Sinn von Joannas Frage zu Bewußtsein kam. Auf ihrem Gesicht malte sich zuerst Verblüffung, dann zunehmende Bestürzung. »Das ist unmöglich.«

»Denk nach.« In Gedanken sah Joanna Suraklin wieder so, wie er gestern weltgewandt zwischen den festlich gekleideten Menschen umhergeschlendert war – der grinsende Totenschädel über blauem Samt und schneeweißen Spitzenjabots.

»Unmöglich«, flüsterte Pella. »Ich weiß, Cerdics Schiffe sollten weit hinten segeln, aber ... Fast die gesamte Flotte ist gesunken, Joanna! Hunderte sind ertrunken ...«

»Der Sturm hat Reichtümer vernichtet, nicht wahr?« Joanna verschränkte die Arme auf den angezogenen Knien und betrachtete die linkische junge Prinzessin, die in ihrem Dishabilli aus narzissemgelbem Samt vor dem Kamin stand. »Und Leute, die ihre Jahreseinkünfte verloren haben, werden sich einem Mann zuwenden, der Geld hat. Du warst dabei, als er gestern enorme Summen gewann, und ich wette, keins von seinen Schiffen liegt auf Grund im Hafen. Cerdic wird sich niemals eingestehen, daß Suraklin bei der Katastrophe die Finger im Spiel gehabt haben könnte, und dieser Ohrenbläser par excellence hat unter Garantie eine plausible Erklärung bei der Hand, um jeden doch aufkeimenden Verdacht zu zerstreuen. Aber ich bin sicher, das alles ist Teil seines Plans, um Cerdic an die Macht zu bringen.

»Bisher konnte ich wirklich nicht verstehen« – sie stand auf; der Hausmantel, für Pella zugeschnitten, war so groß, daß sie regelrecht darin ertrank – »was an ein bißchen Zauberei im Alltag so furchtbar sein sollte, daß man es mit dem Tod bestrafte.« Sie stieß mit dem Fuß den nachschleppenden Saum zur Seite und ging zu Pella hinüber. »Auch noch, daß Suraklin das Kartenglück zu Cerdics Gunsten beeinflußte oder den Lauf des Rouletterades, kam mir nicht so schlimm vor. Vielleicht gibt es Leute, die auch noch einen Liebeszauber oder zwei tolerieren, wie er ihn bei dir angewendet hat. Na und? sagt man und zuckt die Schultern. Aber jetzt weiß ich, worum es wirklich ging bei der Schlacht von Stellith vor fünfhundert Jahren. Ich weiß, wozu jemand fähig ist, der große Macht hat und nicht die Spur von Gewissen. Und weißt du, was mir noch klar geworden ist?«

Die Prinzessin schaute sie erwartungsvoll an, diese kleine, fremdländische Frau mit den zerzausten blonden Haaren und den vor der Brust verschränkten Armen. »Sie werden einen Dreh finden, Antryg dafür verantwortlich zu machen.«

»Der Prinz wird keine Fragen stellen, wenn ich ihm sage, daß ich zu einer der kaiserlichen Residenzen in der Nähe von Kymil reisen will.« Pella lenkte geschickt die zwei Braunen um die Trümmer eines Schornsteins herum, der auf die Straße gestürzt war; der Lindwurm aus Ziegelschutt schlängelte sich über das nasse Kopfsteinpflaster bis zu einem

Tohuwabohu aus Scherben, zerbrochenen Läden und zerstörten Waren in einem Schaufenster. »Jeder macht Witze darüber, Senterwing wäre ein Sumpf, aber das Klima ist wärmer als in Engelshand. Man wird mir glauben, wenn ich sage, daß ich die Kälte nicht vertragen kann.«

Das schwarze Haar geflochten, aufgesteckt und unter einer enganliegenden Kappe verborgen, von Kopf bis Fuß in einen weiten Kutschermantel gehüllt, war die Prinzessin auf dem Bock ihres wappenloses Phaetons nur eine anonyme Gestalt. Der maskuline Aufzug kleidete sie erheblich besser als die von der Mode diktierten kostbaren Toiletten bei Hofe, und daß sie nicht länger glaubte, sich für ihr kantiges Kinn und den breiten Mund entschuldigen zu müssen, verlieh ihrem Gesicht eine herbe Schönheit. Joanna saß neben ihr auf dem Bock, trug einen schlichten Umhang über dem rüschenbesetzten, albernen Fummel, den sie auf dem Ball vergangene Nacht getragen hatte. Sie ließ den Blick über die Verheerungen wandern, die das Unwetter angerichtet hatte.

Die meisten Straßen waren überflutet, und die Räder des Phaetons warfen eine kleine Bugwelle auf, als der Wagen an Dienstboten und Trupps von Arbeitern vorbeirollte, die damit beschäftigt waren, das Chaos aus umgestürzten Bäumen, zerbrochenen Kaminen und weit verstreuten Dachziegeln zu beseitigen. In den ärmeren Bezirken südlich vom Fluß, dachte Joanna, war der Schaden bestimmt noch größer. Sie erinnerte sich an die baufälligen Mietskasernen, die sich gegensietig stützten, und an die Stände der Handwerker und Kaufleute in den Straßen. Selbst in der verhältnismäßig wohlhabenden Nachbarschaft um den Governor's Square herrschte eine unnatürliche Stille, eine greifbare Atmosphäre der Betroffenheit und der niederschmetternden Erkenntnis, daß in Erwartung des Gewinns aus diesen Investitionen geliehenes oder ausgegebenes Geld unwiederbringlich verloren war.

In den Vierteln der einfachen Leute jedoch ging es weniger um den Verlust von Geld, dort trauerte man um Ehegatten, Brüder, Väter, Söhne, tot aus dem Gewirr der zersplitterten Spanten und Taue im Hafenbecken geborgen, mit den

Trümmern an die Küste gespült oder noch vermißt in der Weite des Meeres. Suraklins Schachzug hatte unzählige Familien des Ernährers beraubt, nach dem Wegfall des kargen Lohns drohten Hunger und Elend; Kinder würden nicht nur den Vater niemals wieder sehen, sondern auch nie wieder Tage ohne Not.

Joanna fröstelte von dem Gefühl, mit einer unerträglichen Situation konfrontiert zu sein, die zu ändern sie nicht die Macht hatte – außer, dachte sie entschlossen, indem sie ihren Plan ausführte und sich mit der Lösung der naheliegenden Probleme befaßte. »Kannst du mir eine Kopie von Pharos' Siegel beschaffen?« fragte sie und Pellicida nickte. Ungeachtet ihrer Jugend, hatte sie einen scharfen Blick für das Wesentliche.

»Er hält das Siegel unter Verschluß, wo, weiß ich nicht. Aber ich habe zwei oder drei Briefe von ihm, worauf es angebracht ist.«

»Der Magister Magus wird einen Trick kennen, um sie abzulösen«, meinte Joanna. *Und er wird uns helfen,* dachte sie grimmig, *oder ich kenne den Grund, weshalb nicht.* Natürlich würde er entsetzt sein, wie er gestern entsetzt gewesen war, als sie ihm erzählte, sie hätte in der Gemahlin des Regenten eine Verbündete gefunden. Wenn sie Antryg befreien wollten, brauchten sie gefälschte Signaturen und Siegelabdrücke, um in den Turm hineinzugelangen, und sie hatte so eine Ahnung, daß der Magus wußte, wer in Engelshand in der Lage war, derartige Utensilien kurzfristig zu beschaffen.

Und die Frist, dachte sie bei einem Blick über die Zerstörung und in die verbissenen, zornigen Gesichter, sollte wahrhaftig kurz sein. Dies waren Menschen, die ein schwerer Schlag getroffen hatte und die einen Sündenbock suchten. Es bedurfte nur eines Funkens, um das Pulverfaß zur Explosion zu bringen.

Sie streichelte Kysshas seidigen Kopf. Der Hund lag auf ihrem Schoß wie ein kleiner Muff; Pella brauchte ungehinderte Bewegungsfreiheit, um bei den herrschenden Straßenverhältnissen das Gespann unter Kontrolle zu halten. So plump und linkisch sie einem vorkommen mochte in ihrer

Rolle als Prinzessin und Gemahlin des Prinzregenten, auf dem Kutschbock wirkte sie besonnen und selbstsicher. Sie nahm Rücksicht auf die Pferde; sprang zu Boden, wo das Wasser besonders tief zu sein schien, um die fragliche Stelle auf verborgene Hindernisse zu überprüfen, und so nervös sie auch waren, die Tiere standen ruhig, obgleich Joanna an Pellas Statt die Zügel hielt.

»Sie sind Teil meiner Mitgift, und ich habe selbst geholfen, sie auszubilden«, antwortete sie auf Joannas diesbezügliche Frage. »Wir hatten zu Hause ein Juwel von einem Stallmeister. Er brachte mir vieles bei, wenn Mutter nicht hinsah. Ich habe mich in den Ställen immer mehr zu Hause gefühlt als in der Tanzstunde. Wenigstens lachte keiner, wenn ich über meine eigenen Füße stolperte«. Sie seufzte und blickte über die aufmerksam gespitzten Pferdeohren nach vorn, während sie das Gespann um den gesplitterten Baumstamm herumlenkte, der den größten Teil der Straße blockierte. »Ich war nie erpicht darauf, Prinzessin zu sein.«

Weiter vorn hörte man Stimmengewirr, aus einem bedrohlichen Grollen erhob sich plötzlich ein Aufschrei: »Einen Strick! Hängt ihn auf! Sturmbringer – er ist schuld!« Wie auf das Zeichen eines Dirigenten fiel ein ganzer gehässiger Chor ein: »Aufhängen! Hängt ihn auf, den Zauberer!«

»Oh Gott«, flüsterte Joanna, von bösen Ahnungen erfüllt. Sie und Pella tauschten einen kurzen, angstvollen Blick, dann trieb die Prinzessin mit einem Zungenschnalzen die zwei Braunen an, die sich widerwillig in Trab setzten.

An die dreißig oder vierzig Leute hatten sich auf dem Governor's Square versammelt, Männer und Frauen, zumeist Arbeiter und Dienstboten. Sie waren bewaffnet mit groben Prügeln, Botmessern und was an Brettern auf der Straße herumschwamm. Ein Trupp schwarzuniformierter Sasenna stand vor der Treppe zum Haus des Magister Magus und hielt sie zurück.

»... schon den ganzen Sommer Unheil ausgebrütet!« schrie ein Mann in dem langen Cape und Schal eines Droschkenkutschers. »Er hat uns die Abominationen auf den Hals gehetzt! Er hat die Mißernte verursacht! Und jetzt das ...!«

Die Tür ging auf. Vier Sasenna und zwei Männer in der grauen Tracht der Hexenjäger traten heraus, den Magister Magus zwischen sich. Am Fuß der Treppe kläffte und geiferte die Menge wie ein Rudel Höllenhunde. Dreckbatzen und Pferdedung klatschten neben und über der Tür an die Hauswand. Der Magus zuckte zusammen und verbarg vor Angst und Scham das Gesicht an der Schulter. Die Hände waren ihm auf dem Rücken zusammengebunden, selbst aus der Entfernung sah Joanna das Rot der in die Fesseln eingeflochtenen Zauberschnur leuchten. Daß sie sich halb vom Bock erhoben hatte, merkte sie erst, als Pella sie wieder nach unten zog.

»Bleib sitzen. Wir können nichts tun.«

Der Mob rückte näher. Die Sasenna schlossen die Reihen und schufen Raum am Fuß der Treppe. Zwei blieben bei dem Gefangenen an der Tür stehen; sie zielten mit der gespannten Arnbrust auf ihn, als wäre zu befürchten, daß er sie überrannte, über die Köpfe der Menge hinwegsprang und floh. Das Gesicht des Mirabiliten war leichenblaß unter dem wirren, normalerweise so peinlich akkurat frisierten Haar, an der Schläfe bildete sich ein Bluterguß.

Joanna sah Pella an, die Angst legte sich wie eine eiserne Klammer um ihr Herz. »Das weiß ich. Aber mein Rucksack ist noch im Haus. Er enthält die Diskette, die ich unbedingt brauche, um die Programmierung aus Suraklins Computer zu löschen.«

Pella preßte die vollen Lippen zusammen, aus schmalen Augen musterte sie den quadratischen Platz und die kleine Gruppe aufgebrachter Menschen vor dem Haus. »Sie werden alle Leute brauchen, um ihn abzuschirmen. Eine von uns könnte sich durch die Hintertür hineinstehlen, bevor sie das Haus durchsuchen.«

Joanna wurde schlecht bei der Vorstellung, womöglich von den Hexenjägern gefangengenommen zu werden und wieder Sergius Peelbone gegenüberzustehen. Aber Pella hatte recht. Sie holte tief Atem. »Okay. Wenn ich nicht zurück bin in ...«

Pella reichte ihr die Zügel. »Ich gehe. Kannst du sie so lange halten?« Und als Joanna den Mund zu einem halbherzigen Protest öffnete, fragte sie: »Was können sie mir antun, wenn sie mich fangen? Ich bin die Gemahlin des Thronerben. Wie sieht dieser Rucksack aus?«

Joanna gab ihr eine Beschreibung und hinderte Kyssha daran, ihr zu folgen, als ihre neugewonnene Freundin vom Bock sprang und sich einen Weg durch die Menge bahnte. Eine kleine schwarze Kutsche war am Fuß der Treppe vorgefahren, geschlossen und mit zugezogenen Vorhängen. In Joanna wurden beklemmende Erinnerungen wach. In einer ähnlichen Kutsche war sie damals nach ihrer Verhaftung vom Haus des ermordeten Dr. Skipfrag zur Festung St. Cyr gebracht worden.

Die Wachen formierten sich keilförmig und teilten wie Schwimmer die Menge, um ihren Gefangenen zu dem wartenden Gefährt zu bringen. Fäuste wurden geschüttelt, den einen oder anderen traf ein Stockhieb an Rücken oder Schulter. Der Magus ging geduckt in der Mitte, der Ausdruck auf seinem Gesicht war der eines Kaninchens in der Falle. Wenn sie an seine Freundlichkeit ihr gegenüber dachte und an die Tatsache, daß er es gewesen war, der Antryg geholfen hatte, sie aus den Klauen von Peelbone und seinen Hexenjägern zu befreien, fühlte Joanna sich wie eine jämmerliche Verräterin.

Dicht neben ihrem Knie sagte eine Stimme: »Er ist bei ihnen sicherer, als wenn er in seinem Haus bliebe.«

Überrascht schaute sie nach unten. Caris stand neben dem Phaeton.

»Was werden sie ihm antun?« fragte sie.

»Dem Magus?« Caris zuckte die Achseln und verfolgte das Mêlée an der Treppe mit professioneller Anteilnahme. »Wenn Cerdic sich für ihn verwendet, kommt er unter Umständen mit einer öffentlichen Auspeitschung und Verbannung auf Lebenszeit davon. Aber die Gerüchte sagen,

Cerdic hätte seit kurzem einen neuen Spirituellen Berater, dem er blind vertraut.«

Das Geschrei wurde lauter. Unrat, sogar zerbrochene Ziegelsteine regneten auf die schwarze Kutsche herab, die sich langsam in Bewegung setzte. Ein Lehmbrocken traf eins von Pellas Gespannpferden, das erschreckt den Kopf hochwarf. Caris griff nach den Zügeln, redete beruhigend auf das Tier ein und streichelte die weiche Nase. Einen Moment später tauchte Pella wieder auf. Wegen des unter dem Umhang verborgenen Rucksacks sah es aus, als hätte sie einen Buckel. Sie entdeckte Caris und blieb stehen, ihre forsche Tüchtigkeit schlug augenblicklich in Befangenheit um.

»Kein Grund zur Sorge«, sagte Joanna. »Wenigstens glaube ich, daß kein Grund zur Sorge besteht. Aber wir sollten zusehen, daß wir hier wegkommen.« Die Menge vor dem Haus des Magus' verlief sich, während die Sasenna noch einmal die Treppe hinaufgingen. Einer von ihnen nahm aus einem Beutel eine Stange rotes Wachs und ein Siegel; Joanna schloß daraus, daß Verstärkung im Anmarsch war.

»Wenn du meinst, ob ich vorhabe, euch zu verraten, dann besteht kein Grund zur Sorge.« Caris nickte Pella beruhigend zu. »Ich habe soeben erfahren, daß Cerdics zwei Schiffe bei den Chittern Inseln gesichtet wurden. Wie es scheint, hat eins ein Leck gehabt und mußte zur Ausbesserung Felwip anlaufen. Ich weiß nicht, was mit dem anderen war, aber bestimmt etwas Ähnliches, ein geringfügiger Schaden, der es ebenfalls im Hafen festhielt.«

»Lieber Gott.« Pellas grüngoldene Augen wurden dunkel vor Erschütterung – Erschütterung über die sinnlose Zerstörung oder wegen dieses letzten Beweises für kaltblütige Perfidie. Unbewußt streckte sie die Hand aus und legte sie auf die Flanke des Pferdes, als suchte sie eine Verbindung zu dem unschuldigeren Dasein, aus dem man sie herausgerissen hatte. Nach einem Moment des Schweigens reichte sie Joanna den Rucksack nach oben, schwang sich selbst auf den Bock und griff nach den Zügeln. Ohne ein Wort sprang Caris auf das hintere Trittbrett.

Mechanisch, als hätte sie ein Auto zu lenken und nicht ein Paar nervöser Pferde, setzte Pella die Kutsche zurück, wendete und lenkte das Gespann über den Platz, auf dem immer noch eine Handbreit hoch das Wasser stand. Sie wirkte betäubt; Joanna fiel ein, daß die meisten Bewohner dieser Welt nur unter Vorbehalt an Magie glaubten, wenn überhaupt. Ihre banale Spielart der Liebeszauber und Wunderkuren zu akzeptieren war eine Sache; ihre geballte Faust zu spüren eine ganz andere.

Zu Caris sagte Joanna nur: »Suraklin hat sich bei Cerdic eingeschlichen. Er hilft ihm, an den Spieltischen Geld einzustreichen, um es anschließend freigiebig zu verteilen und sich eine Anhängerschaft zu kaufen. Wir wissen es nicht genau, aber wir vermuten, daß Suraklin vorhat, Pharos zu ermorden und sich zur grauen Eminenz hinter dem Thron aufzuschwingen.«

»Das ergäbe einen Sinn«, meinte Caris nachdenklich. »Er muß versuchen, sich abzusichern, falls er tatsächlich plant, sich in eine dieser Computermaschinen zu verwandeln.« Dann schwieg er, hielt sich am Messinghandlauf fest und starrte nach vorn, während die Kutsche durch die überfluteten, halbleeren Straßen der Stadt rollte.

Kyssha stellte die Vorderpfoten auf die Rückenlehne der Sitzbank und schnüffelte an seinen Fingern. Caris streichelte ihr geistesabwesend den Kopf, als wäre er sich ihres Vorhandenseins gar nicht bewußt. Dann seufzte er. »Ich habe das in Großvaters Haus gefunden.« Er zog einen Revolver aus der Schärpe, in der auch sein Schwert stak. Joanna nahm an, es sei ihrer, aber dann erkannte sie, daß es sich um einen 45er handelte, nicht um einen 38er. Sie warf einen raschen Blick in das Gesicht des jungen Sasenna, das angespannt und bitter war, als hätte er eine ätzende Flüssigkeit getrunken.

Sie erinnerte sich, wie er über dem Leichnam des toten Erzmagus' geweint hatte; mit furchtbarer Gewalt war das Schluchzen aus ihm herausgebrochen, als wollte es ihn zerreißen.

Er schüttelte den Kopf und setzte zum Sprechen an, blieb aber doch stumm, als hätte er sich anders besonnen.

Zaghaft schlug Joanna vor: »Vielleicht wenn du ihn der neuen Erzmagierin zeigst ...«

»Das würde mir nichts nützen.« Caris' Stimme war ruhig, aber die Worte kamen heraus wie in Stein gemeißelt. »Zum einen steht es mir – als Sasenna – nicht zu, überhaupt nachgeforscht zu haben. Lady Rosamund hat mir gesagt, daß der Fall abgeschlossen ist. Davon abgesehen haben die meisten Nigromanten den Winkel verlassen. Sie wissen, der Sturm wurde durch Magie verursacht. Natürlich haben sie versucht, die Impulse zurückzuverfolgen, aber Wetterbeeinflussung ist sehr schwer zu lokalisieren. Man würde ihnen die Schuld zuschieben. Nach der Verhaftungswelle im Sommer saßen selbst die wenigen, die vorerst in der Stadt geblieben sind, auf gepackten Koffern. Die letzten sind heute vormittag abgereist.« Er sprach, als beträfe ihn das alles kaum. Wäre Joanna mit der Lebensweise der Sasenna vertraut gewesen, hätte sie an seinem Tonfall erkannt, daß er sich bemühte, einen quälenden Schmerz zu überspielen. Pella war hellhöriger, der Blick, den sie über die Schulter warf, drückte Verständnis und Mitgefühl aus. »Einige ließen sich von Sasenna begleiten, aber ich gehörte zu denen, die den Befehl erhielten, zum Schutz vor Plünderern zurückzubleiben.«

Es entstand ein kurzes Schweigen, die Räder mahlten auf der überfluteten Straße. Joanna wußte, die Frage war unfair, aber sie stellte sie trotzdem. »Und wirst du bleiben?«

Er schaute zur Seite. »Joanna, du verstehst nicht.«

Sie drehte sich auf dem Sitz halb herum und schaute nach oben, in das versteinerte, schöne Gesicht. »Ich verstehe, halbwegs – wenigstens so gut, wie man es vernünftigerweise von jemandem erwarten kann, der nicht mit diesem starren Konzept von Ehre groß geworden ist. Und nachdem ich das Zerstörungswerk Suraklins gesehen habe, begreife ich den Schwur der Sasenna als vergleichbar mit dem der Nigromanten: daß einer, den man gelehrt hat zu töten, nicht die Freiheit haben darf, nach eigenem Ermessen Ort und

Zeit zu wählen, ebensowenig wie der, der die Macht besitzt, die physische Welt nach seinem Willen zu verändern. Aber es ist falsch, verantwortungslos, an solchen Regeln festzuhalten, wenn es darum geht, jemandem wie Suraklin das Handwerk zu legen.«

Pella bog an einer Kreuzung zum Geschäftsviertel der Stadt ab und lenkte das Gespann über einen großen freien Platz, vorbei an einem neoklassizistischen Kuppelbau, bei dem es sich unverkennbar um eine Bank handelte. Die granitene Treppe hinauf und hinunter wimmelten Geschäftsleute in dunklen Anzügen wie aufgestörte Ameisen. Während sie vorbeifuhren, kam ein junger Mann eilig die Stufen hinab und stieg in eine geschlossene Kutsche. Durch das Fenster konnte Joanna sehen, wie er, sobald er sich von seinen Kollegen unbeobachtet glaubte, das Gesicht in den Händen vergrub, als hätte er soeben sein eigenes Todesurteil vernommen.

Hinter ihr sagte Caris mit gepreßter Stimme: »Tu mir das nicht an, Joanna.«

Das gleiche hatte Antryg gesagt, erinnerte sie sich, gefesselt auf dem Sofa in Garys Haus liegend, während er darauf wartete, daß die Nigromanten kamen, um ihn zu holen.

Um ihn nicht ansehen zu müssen, spielte sie mit den Schleifen aus grüner Seide an den Ärmeln des Ballkleids vom gestrigen Abend. »Und weshalb bist du dann zu mir gekommen?«

Caris seufzte, bitter, müde, als wäre er bis jetzt noch unschlüssig gewesen, ob er wirklich über seinen eigenen Schatten springen sollte. »Um dir zu sagen, daß in der Stadt erzählt wird, Peelbone, der Hexenjäger, hätte Engelshand heute morgen verlassen, sobald das Wetter es erlaubte. Er ist auf dem Weg nach Süden, nach Kymil.«

»Bist du zornig auf Caris?« fragte Pella später in ihren Gemächern im Palast und unterbrach die Suche nach einem Fidibus, mit dem sie die Kerzen anzünden wollte; es dunkelte. »Das wäre ungerecht.«

»Nicht wirklich.« Joannas kleine Hände arbeiteten weiter, falteten Leibchen, duftige Nachtgewänder und Batisthemden. Sie hatte angeboten, alles in Ordnung zu bringen und einzupacken, nachdem Pella zum fünftenmal im Chaos des Zimmers auf die Jagd nach einem fehlenden Handschuh gegangen war. »Ich weiß, er nimmt seine Gelübde als Sasenna sehr ernst. Es ist wohl in etwa so, als würde man von einem tiefreligiösen Menschen verlangen, Gott zu leugnen, um das Leben von jemandem zu retten, den er liebt.«

Pella nickte. »Nur daß natürlich alle Sasenna automatisch exkommuniziert sind – außer denen der Kirche, heißt das. Sie leugnen Gott nicht, aber sie müssen selbstverständlich jederzeit ohne Bedenken die Gebote ihres Herrn über die der Kirche stellen. Aus demselben Grund ist ihnen die Eheschließung untersagt.« Zu ihren Füßen spielten Kyssha und die beiden Möpse Verstecken zwischen den Spitzenrüschen von einem halben Dutzend Unterröcke, die sich auf dem Boden türmten. »Du weißt, daß es in der Macht des Kollegiums steht, ihn wegen Ungehorsams töten zu lassen?«

»Ich weiß, wenn ein Sasenna in seiner Leistungsfähigkeit beeinträchtigt ist, durch Verwundung, Krankheit oder möglicherweise die Entwicklung kritischen Denkens, erwartet man von ihm, daß er Selbstmord begeht.« Joanna dachte schaudernd an Pharos' getreuen Diener Kanner, der als Sasenna nicht mehr taugte, nachdem er das Gehör verloren hatte. »Aber ich glaube nicht, daß Furcht Caris bewogen hat hierzubleiben.«

»Nein.« Pella vergaß ihre Absicht, Licht zu machen, kehrte zum Bett zurück und half Joanna, die Kleider aus steifen Brokat- und Seidenstoffen vorsichtig in den Schrankkoffern zu verstauen. »*Müssen* wir das alles mitschleppen?«

»Allerdings, wenn es aussehen soll, als wolltest du tatsächlich den Winter in südlicheren Gefilden verbringen«, antwortete Joanna. In allen unkomplizierten Situationen, wo es um Tiere ging oder darum, Courage zu beweisen, und – so vermutete Joanna – auch in politischen Belangen, besaß die Prinzessin eine instinktive Anmut. Doch mit den nuancierten Feinheiten von Kleidung oder Benehmen konfrontiert, geriet sie hoffnungslos in Verwirrung. Joanna, mit ihrer eigenen Leidensgeschichte von eingetrichterten Verhaltensmaßregeln und Dingen, die man tut oder nicht tut, empfand eine überwältigende Sympathie für die linkische junge Frau. Sie hob den Rucksack vom Boden auf und kramte ein Notizbuch hervor, aus dem sie eine Seite riß. Das Stück Papier drehte sie zu einem behelfsmäßigen Fidibus, den Pella reuevoll entgegennahm. »Sobald es hell genug ist und wir weit genug von Engelshand entfernt sind, lassen wir den Kram mitsamt dem Gepäckwagen zurück und fahren mit deinem Phaeton weiter, wie besprochen.«

Die Prinzessin, die gerade eine Kerze entzünden wollte, erstarrte mitten in der Bewegung. »Die Permisse für den Pferdewechsel unterwegs …«

»Habe ich hier.« Joanna stieß mit der Fußspitze gegen ihren Rucksack. Sie hatte alles wirklich Unverzichtbare in den diversen Taschen ihres Rucksacks verstaut, der mittlerweile wie eine fette Kröte auf dem Boden hockte – die bereits erwähnte Permisse, um an jeder Station frische Pferde zu bekommen, Bargeld sowie einen Packen Briefe und Erlasse von Pharos, von denen einige sein Siegel trugen. Unterwegs wollten sie versuchen, die roten Wachsplatten mit einem heißen Messer abzulösen und auf den Passierscheinen anzubringen, die es ihr hoffentlich gelang zu fälschen.

Sie kehrte zum ursprünglichen Thema zurück und meinte: »Ich glaube, es wäre leichter für uns, in den Turm hineinzugelangen und Antryg zu besuchen, wenn wir einen Sasenna als Begleiter hätten, damit es offizieller aussieht …«

»Zur Not könnte ich die Rolle spielen«, antwortete Pella allen Ernstes. »Du mußt wissen, mein Onkel ließ uns, mir und seinen eigenen Kindern, eine gründliche Ausbildung angedeihen, und dazu gehörten auch die ersten Stufen auf dem Weg der Sasenna. Da man uns nie erlaubt hätte, die Gelübde abzulegen, blieben uns die höheren Grade verschlossen. Aber ich habe eine Uniform und ein Schwert sowie die Robe eines Schreibers für dich.«

»*Gibt* es weibliche Schreiber?«

Die Frage schien Pella zu erstaunen. »Selbstverständlich. Ein Mann schreibt nicht mit seinem – hm – Schnurrbart.« Der Fidibus war bis auf ihre Finger heruntergebrannt. Hastig zündete sie die Kerze an und warf das brennende Papier in den Kamin. Anschließend wanderte sie planlos durch das kleine Zimmer und zündete nacheinander die übrigen Wachslichte an, in Haltern aus Kristall, vergoldeter Bronze und edlem Porzellan. »Übrigens kann ich den Text der Pässe aufsetzen, die uns Zugang zum Turm verschaffen, das ist ohnehin die Arbeit eines Schreibers, aber Pharos' Unterschrift ist etwas anderes. Ich war nie sehr gut im Zeichnen. Zudem ist Pharos Linkshänder.«

»Ich glaube, das kriege ich hin«, sagte Joanna. »Wenigstens konnte ich immer die Unterschrift meiner Mutter fälschen, und sie ist ebenfalls Linkshänderin, ganz zu schweigen davon, daß ihr Geschreibsel aussieht, als wäre ein Huhn übers Papier gelaufen. Weißt du, in gewisser Hinsicht tut mir Caris leid.«

»Leid?« fuhr Pella auf.

»Er steckt in einer fast unentrinnbaren Zwickmühle«, erklärte sie und verstummte dann, weil irgendwo im Palast, ein Stockwerk tiefer, Stimmen und eilige Schritte laut wurden. Pella wirbelte herum, ihre grünlichen Augen wurden dunkel, und sie verharrte wie ein erschrecktes Reh, bis die Geräusche in der Tiefe des Gebäudes verklangen. »Was ist?«

»Nichts«, wehrte das Mädchen ab und wurde rot. »Nur – wann immer meine Mutter eine Reise unternahm, was nicht oft geschah, pflegte mein Vater zu ihr nach oben zu kommen, um sich zu verabschieden. Nicht daß ich erwarte, Pharos würde so etwas tun, aber ...« Sie brach ab, als ihr zu Bewußtsein kam, wie absurd der Vergleich war.

Ihre Eltern mußten sich sehr geliebt haben, dachte Joanna halb zynisch, halb neiderfüllt, um ihr solche Illusionen in bezug auf die Ehe eingepflanzt zu haben.

Auch sie hatte befürchtet, Pharos könne unangemeldet auftauchen, jedoch aus anderen Gründen. Als sie sich wieder der Packerei zuwandte, zitterten ihre Hände noch von dem plötzlichen Adrenalinschub.

Es brauchte nichts weiter, flüsterte die ungebetene innere Stimme, als den geringsten Verdacht von seiner Seite. Nichts weiter als die lose Zunge eines Lakaien, etwas Dienstbotenklatsch über die neue Freundin seiner Gemahlin. Daß er sie wiedererkannte, daran bestand kein Zweifel. Und auch wenn er *nicht* seinen neurotischen Haß auf Antryg, von dem er sich verraten fühlen mußte, an ihr ausließ – was in Anbetracht seines Charakters nur ein unverbesserliche Optimist hoffen konnte –, die unvermeidlichen Erklärungen und Diskussionen bedeuteten Zeitverlust.

Und Zeit war kostbar.

Bei ihrer Rückkehr in den Nordflügel des Palastes war Pella Feuer und Flamme dafür gewesen, mit frischen Pferden sofort die Verfolgung Peelbones aufzunehmen, in der Hoffnung, ihn zu überholen und als erste in Kymil einzutreffen. Joanna gelang es nur mit großer Mühe, sie zu überzeugen, daß es besser war, bis zum Morgen zu warten wie jeder – auch der eiligste – Reisende. Daher das umständliche und langwierige Geschäft des Kofferpackens und die übrigen Vorbereitungen: es mußte Befehl gegeben werden, den großen Reisewagen fertigzumachen, dazu ein kleineres Gefährt für die Dienstboten und den Rest Gepäck; reitende Boten wurden vorausgeschickt, um Larkmoor, das kleine kaiserliche Chalet in der Nähe von Kymil, für die Ankunft der Gemahlin des Prinzregenten vorzubereiten.

Und wenn Joanna bei dem Gedanken an die mindestens fünfzehn Stunden Wartezeit – es war erst halb vier und trotzdem schon fast dunkel draußen – noch so sehr das Gefühl hatte, die Wände hinaufgehen zu müssen, es hieß Geduld bewahren, wenn sie keinen Verdacht erregen wollten. Sie hatte keine Ahnung, ob Suraklin sich noch bei Cerdic im Wittumshaus befand und auch nicht, ob oder wie genau er sich über Pellas Aktivitäten informierte. Das quälend langsame Vorrücken der goldenen Zeiger an der mit rosigen und schwanenweißen Porzellannymphen geschmückten Kaminuhr zerrte an ihren Nerven, während sie Pellas Siebensachen in den Koffern verstaute und die Prinzessin geistesabwesend durch die Zimmer irrte, auf der Suche nach Dingen, die längst eingepackt waren. Sergius Peelbone, Hexenjäger Extraordinarius, war auf dem Weg nach Süden, unzweifelhaft mit dem Befehl für Antrygs Hinrichtung in der Tasche. In der augenblicklichen Situation hatte das Kollegium der Nigromanten nicht die Macht, das zu verhindern, ganz wie von Suraklin beabsichtigt. Und sie war verurteilt, in diesem Zimmer zu sitzen und zu warten, zu warten …

*Sich vor Verzweiflung die Haare zu raufen, ändert nichts an der Sache*, ermahnte sie sich mit grimmigem Humor. *Außerdem sieht meine Frisur schon schlimm genug aus*. Mit dem scheußlichen Gefühl, daß ihr wieder einmal die Fäden aus der Hand genommen wurden, kehrte sie zu den aufgesperrten Rachen der Koffer zurück und fragte sich dumpf, wie sie die endlosen Stunden bis zum Morgen überstehen sollte.

Es war sieben Uhr früh, stockfinster und bitterkalt, als der monströse Reisewagen der Prinzessin sich rumpelnd und schwankend in Bewegung setzte. Bis zuletzt hatte Pellicida auf Schritte gelauscht, auf ein Zeichen gewartet, daß ihrem Gemahl ihr Kommen und Gehen nicht völlig gleichgültig war, während Joanna hoffte, daß sein schwarzlockiger Ganymed ihm solche Anwandlungen ehelicher Anteilnahme ausredete. Joanna schien die besseren Beziehungen zu den Mächten des Schicksals zu haben – Pharos kam nicht. Pella hatte wohl auch nicht bewußt damit gerechnet, aber Joanna konnte spüren, wie enttäuscht und verletzt sie war, und die junge Frau tat ihr leid. Sie selbst hatte eher befürchtet, Suraklin könnte diesen unpassenden Moment wählen, um sich noch einmal der Prinzessin zu nähern. Dann wäre das Spiel verloren gewesen.

Nebel vom Fluß lag wie eine grauweiße Decke über dem kaiserlichen Park und der Stadt hinter den Mauern; Joanna konnte nicht erkennen, durch welche Straßen die Fahrt ging, aber sie hörte das Platschen der Pferdehufe in Pfützen und konnte sich vorstellen, wie trostlos es draußen aussah.

Im Inneren der Kutsche war es lausig kalt, trotz der heißen Ziegelsteine unter ihren Füßen; die beiden jungen Frauen belustigten sich damit, weiße Atemwolken in die Luft zu hauchen.

Die Kutsche hatte eine miserable Federung, und obwohl der Phaeton, der hinterherfuhr, angeblich zu Pellas Gebrauch in Larkmoor bestimmt, etwas komfortabler war, bereitete Joanna die Aussicht, mehrere Tage lang gnadenlos durchgeschüttelt zu werden, kein Vergnügen. Von diesen eher banalen Unbequemlichkeiten abgesehen, quälten sie Gedanken an Antryg, was aus ihr werden sollte, falls es nicht gelang, ihn zu befreien oder wenn sich, nachdem sie ihm das verfluchte Siegel abgenommen hatte, herausstellte, daß sein Geist unwiderruflich verwirrt war, wie der Magister Magus prophezeit hatte. Auch an ihn wollte sie nicht denken!

Der Ärmste saß inzwischen wohl in den Verliesen von St. Cyr, vielleicht in derselben gegen Magie, aber nicht gegen das Eindringen von Kakerlaken gefeiten Zelle, in der man sie und die verhutzelte, wunderliche Nigromantin Minhyrdin die Schöne eingesperrt hatte. Seine Zaubersprüche waren es gewesen, dachte sie bedrückt, die es Antryg ermöglicht hatten, sie zu befreien.

Sie lehnte den Kopf gegen den weichen Plüschbezug der gepolsterten Rückenlehne und schloß die Augen; hinter ihrer Stirn pochte ein vager Schmerz. Es war Unsinn, sich einzureden, daß sie Magister Magus im Stich gelassen hatte, nur durch Glück saß sie nicht mit ihm in der Zelle. Und ihm helfen? Wie? In jedem Fall, selbst wenn es nicht darum gegangen wäre, Antryg zu befreien, hätte sie die Stadt verlassen müssen, um nicht auch verhaftet zu werden, sobald die Hexenjäger ihn einem hochnotpeinlichen Verhör unterzogen. Trotzdem beschlich sie das schuldbewußte Gefühl, den armen kleinen Quacksalber kaltblütig seinem Schicksal überlassen zu haben.

Der heftige Ruck, mit dem die Kutsche unvermittelt zum Stehen kam, schreckte sie aus ihren Gedanken auf. Pella stieß einen erstickten Laut aus, unter der samtigen Weichheit der Pelze suchte die große, kräftige Hand der Prinzessin die ihre. Joanna schlug das Herz bis zum Hals, als sie sich vorbeugte und dem Blick der Freundin durch das Kutschenfenster folgte.

Schwarz vor dem Grau der Morgendämmerung stand eine vermummte Gestalt am Straßenrand, die Falten eines Umhangs wehten von einem erhobenen Arm. Stampfend und schnaubend blieben die Pferde stehen, von ihren erhitzten Leibern stieg weißer Dampf auf. Schotter knirschte unter weichen Stiefeln, im Licht der Kutschenlampen schimmerte blondes Haar.

Nach der ersten Schrecksekunde öffnete Pella den Schlag. Caris stieg wortlos ein, das Leder seiner Waffengurte knirschte, als er sich auf die Sitzbank gegenüber fallen ließ. Er sah die beiden jungen Frauen nicht an, sondern starrte verbissen schweigend in die milchigen Nebelschwaden, während der Kutscher die Pferde antrieb und das plumpe Gefährt sich rasselnd und knarrend wieder in Bewegung setzte.

# 6. KAPITEL

Am Ende des Sommers, erinnerte sich Caris, hatten er und der Erzmagus Salteris Solaris eine Woche gebraucht, um von Kymil nach Engelshand zu wandern, vorgeblich, um von Antryg Windrose eine Antwort auf das Rätsel der Ermordung des Magiers Thirle zu erhalten. Er war den Weg schon mehrmals gegangen, allerdings nie zuvor in Begleitung seines Großvaters und immer – wie es einem Schwert des Kollegiums der Nigromanten ziemte – zu Fuß.

Infolgedessen waren seine Erinnerungen an jene Reise geprägt von Beschaulichkeit, dem steten Gleichmaß ihrer Schritte, dem Ineinanderfließen von Bernstein und Kobalt der Spätsommertage und -nächte und dem Geschmack von Frühtau und Staub. Im krassen Gegensatz dazu jetzt der eilige Takt des Hufschlags und der schneidende Fahrtwind im Gesicht. Mittlerweile herrschte endgültig Winterwetter, eine Luft wie Messerklingen, die Straßen waren entweder Morastgräben oder eisglatt gefroren. Joanna und Pellicida saßen eingemummt in Decken und Pelzhandschuhe in dem offenen Phaeton, aber Caris, auf dem Trittbrett hinter ihnen, spürte die Kälte fast nicht.

Manchmal wurde der Zorn in ihm so heiß, daß er glaubte zu ersticken, dann wieder schien seine Seele ein bodenloser Abgrund zu sein, angefüllt mit gesplittertem schwarzen Eis. Er sprach kaum ein Wort, doch wenn Pella die Pferde anhielt und zu Boden sprang, um die Eisklumpen aus den Hufen zu kratzen, kam Caris nach vorn und hielt ihnen die Köpfe.

Erst am Abend, als Joanna in der verqualmten, muffigen Kammer, die sie in der ›Kecken Ente‹ gemietet hatten, am Tisch saß und beim Schein aller verfügbaren Lampen die Unterschrift des Regenten zu fälschen übte, fragte er: »Glaubst du wirklich, damit kommen wir durch?«

Er war müde, und die Müdigkeit äußerte sich als Hohn. Joanna hob den Kopf, ihre vor Anstrengung geröteten Augen verrieten, daß sie sich getroffen fühlte, aber sie sah ihn mit dem gleichen funkelnden Blick an wie in der Gasse hinter dem ›Schwarzen Hengst‹, als sie ihn aufforderte, sich zu benehmen wie ein Mensch *und nicht wie ein verdammter Computer.* »Wenn du einen besseren Plan hast, um Antryg aus dem Turm zu holen, laß hören.«

Ihre Finger waren aufgeplatzt und rot – das kümmerliche Feuer in dem gemauerten Herd verbreitete keine nennenswerte Wärme –, und die Imitation von Pharos' Handschrift hätte kein Kind zu täuschen vermocht.

Er hatte keinen besseren Plan, aber Joannas selbstherrliche Übernahme des Kommandos ging ihm gegen den Strich. »Du hast Antryg nicht gesehen«, sagte er bitter. »Aber ich.«

»Das Siegel der Finsternis ist an seinem Zustand schuld!«

»Blödsinn! Das Siegel der Finsternis hat mitgeholfen, seinen Verstand zu zerstören, aber das läßt sich nicht einfach rückgängig machen, indem man es ihm abnimmt. Wenn du es überhaupt schaffst, ihm den Reif abzunehmen, was ich gern sehen möchte, in einem Turm voller Wachen! Und auch sein körperlicher Zustand verschlechtert sich von Tag zu Tag ...«

»Wessen Schuld ist das?« fauchte Joanna ihn an.

»Du bist es gewesen, die ihn dorthin gebracht hat, wo er jetzt ist!«

Er konnte sehen, wie ihr Körper sich versteifte. In dem gelbroten Schein der Lampen auf dem Tisch erstarrte das schmale, blasse Gesicht zu Stein. Langsam und betont, als hätte sie jedes einzelne Wort abgewogen, sagte sie: »Ich weiß, daß ich ihn dorthin gebracht habe. Aber weder ich noch sonst irgend jemand kann ändern, was bereits geschehen ist. Ich kann keine Pläne machen, bis ich ihn gesehen habe. Und deswegen muß ich in den Turm hineingelangen ...«

»Und du glaubst, man wird bereitwillig das Siegel der Finsternis von der Tür entfernen, um mich als deinen Leibwächter mit passieren zu lassen? Oder daß man dir keine Fragen stellt, wie es kommt, daß du von einem Sasenna mit dem Geburtsrecht begleitet wirst?«

Sie starrte ihn an, in ihren Augen sammelten sich Tränen ohnmächtiger Wut und die kleinen Hände, die nicht einmal eine Feder zu führen verstanden, zitterten.

»Wenn du so überzeugt bist, daß wir keine Chance haben, weshalb bist du dann mitgekommen?«

»Weil Suraklin von dem Versuch erfahren wird, Antryg aus dem Turm zu befreien.« Caris' Stimme klang beherrscht. »Und Suraklin wird kommen ...« Er stand auf und stieß den schweren, primitiven Stuhl so heftig zurück, daß er gegen die Wand schlitterte. »Und dann werde ich ihn töten für das, was er mir angetan hat!«

»Was bringt dich auf die Idee, du könntest das schaffen?«

Es juckte ihm in den Fingern, sie zu schlagen; das neue, mokante Glitzern in ihren Augen reizte ihn bis aufs Blut. »Wenn ich es nicht kann«, entgegnete er langsam, »kann ich wenigstens sterben, wie es einem Sasenna geziemt.«

Joanna wollte antworten, doch sie preßte die Lippen zusammen. Ihre braunen Augen, in dem ungewissen Licht schwarz wie die Tusche in dem Tiegel des Schreibnecessaires, begegneten den seinen; das zerzauste Haar umgab ihr Gesicht wie eine schweflige Wolke. Sie schwieg. Nach einem Moment unerträglicher Spannung fuhr Caris auf dem Absatz herum und verließ das Zimmer.

Wenn sie gewagt hätte, ihm ins Gesicht zu sagen, daß er sich nicht länger einen Sasenna nennen durfte, daß er ein Abtrünniger war und vom geschworenen Weg abgewichen – er hätte sie geschlagen. Caris saß allein im Dunkel des Stallgebäudes, eingehüllt in den sauberen, warmen Geruch nach Pferd und Stroh, während der Wind an den Bretterwänden rüttelte, und er fühlte, wie die Wut in ihm hochstieg – auf Suraklin, auf die Nigromanten, die einfach aus der Stadt verschwunden waren, auf die schweigsame, farblose Prinzessin und auf den Schankwirt, der sich nicht schämte, ihnen für eine Kelle Eintopf und ein faustgroßes Stück Brot ein ganzes Silberstück abzunehmen. Es war nicht der Weg der Sasenna, sich von Gefühlen beherrschen zu lassen, doch er hortete seinen Zorn wie dampfende schwarze Flüssigkeit in einem Becher, ein bitterer Trunk, der allein ihm Kraft verlieh.

*Er wird mich antreiben*, dachte er, *bis wir Kymil erreichen*. Danach ist nichts mehr wichtig.

»Caris?«

Die tiefe, heisere Stimme brachte ihm zu Bewußtsein, daß er keine Ahnung hatte, wie lange er hier schon saß. Der Lärm aus dem Schankraum war verstummt, dafür hörte man den Wind heulen, und als in dem tiefen schwarzen Schacht unter dem Heuboden, auf dem er saß, die Tür geöffnet wurde, roch er Schneeluft. Er sah den zerzausten schwarzen Schopf in der Luke auftauchen und darunter das helle Oval des Gesichts. Der Kopf drehte sich suchend hin und her, aber Caris saß im tiefsten Schatten, wo er Rückendeckung hatte und freies Blickfeld.

»Hier«, sagte er, und das Mädchen blickte ohne Zögern in die Richtung, aus der seine Stimme gekommen war. Das Stroh raschelte unter ihren Schritten, sie bückte sich und setzte Kyssha ab. Er wußte kaum etwas von diesem Mädchen, außer, daß sie eine Kutsche zu lenken verstand, hoffnungslos zerstreut war und Joanna es irgendwie fertiggebracht hatte, sie von ihrer Geschichte zu überzeugen. Als Gemahlin des Regenten war sie die Erste Dame des Reiches, aber davon merkte man nicht viel. Trotz ihrer Größe war sie in der schlichten Reisekleidung eine unauffällige Erscheinung, hielt sich im Hintergrund, sprach nur wenig mit der angespannten und geistesabwesenden Joanna und mit ihm überhaupt nicht.

Sie hätte von ihm auch keine freundliche Antwort zu erwarten gehabt, dachte er reuig.

»Glaubst du wirklich, daß Antryg uns nicht helfen kann?« Sie setzte sich neben ihn ins Heu und wickelte sich in ihren dicken Tweedumhang. Gleich darauf stupste Kysshas kleine kalte Nase schnuppernd gegen seine Hand.

Mit einem schwachen Lächeln hob er das Hündchen auf den Schoß wie eine zusammengelegte Marionette. Leise sagte er: »Weißt du, als ich damals von zu Hause wegging, um mit der Ausbildung zum Sasenna zu beginnen, ist mir der Abschied von meinem Hund am schwersten gefallen. Sein Name war Rattenschreck.« Er seufzte und behielt für sich, daß er nur einmal während seiner Ausbildung fast geweint hätte, als er die Nachricht erhielt, der Hund sei gestorben. Doch ein Sasenna wußte nicht, nicht beim Tod der eigenen Eltern und erst recht nicht um einen struppigen Schäferhundmischling mit einem blauen und einem braunen Auge.

Nach kurzem Schweigen sprach er weiter: »Ich weiß nicht. Joanna ist keine Sasenna, und sie gehört nicht zu uns mit dem Geburtsrecht. Sie versteht nicht ...« Seine Gedanken schreckten vor der Erinnerung an das Siegel des Toten Gottes zurück. Es hatte ihn all seine Kraft gekostet, um standzuhalten, als man Antryg den eisernen Reif um den Hals legte. Die Vorstellung, das Ding zu berühren, erregte ihm Übelkeit. »Die Wirkung des Siegels steht im Verhältnis zur Macht des Zauberers. Es hat Antryg zerbrochen. Die Folter hat er so gut oder schlecht überstanden wie jeder andere.«

Ruhig fragte Pella aus der Dunkelheit: »Also denkst du, es ist hoffnungslos?«

Er fragte bitter zurück: »Du nicht?«

Sie schwieg, aber so, als wüßte sie, daß er noch mehr zu sagen hatte, und wollte ihm nicht dazwischenreden. Eine Windbö traf das Stallgebäude wie ein Schlag von der flachen Hand eines Riesen; unten stampften erschreckt die Pferde in ihren Boxen. Ihre Ausdünstungen vermischten sich mit dem Süßgrasduft von Pellas Haar. Caris wußte, daß er längst schlafen sollte, denn sie wollten aufbrechen, sobald es hell genug war, daß die Pferde sehen konnten. Aber seinen Körper beherrschte eine rastlose Nervosität, als hätte er von dem *zam* getrunken, mit dem Berufsboxer sich vor ihren Kämpfen aufzuputschen pflegten.

»Ich habe einen Wunsch, Pella, einen einzigen. Ich will Suraklin töten. Ich ...« Er zögerte, es war unerwartet schwer, die Wut, die in ihm gärte, seit er mit einem halben Dutzend golden glänzender Patronen in der Hand im Arbeitszimmer seines Großvaters gestanden hatte, in Worte zu fassen. Langsam, abgehackt, sagte er: »Ich liebte meinen Großvater. Im Leben eines Sasenna gibt es keinen Raum für Liebe, aber ich liebte ihn mehr als alles andere auf der Welt, sogar mehr als meine Eltern, obwohl sie es mir an nichts fehlen ließen. Nur, daß sie Bauern waren, und er war ... Er verstand, wie es ist, mit Feuer im Leib geboren zu sein.« Auf seinem ebenmäßigen Gesicht malte sich der Schmerz der alten Wunden und Staunen, daß sie nach all den vielen Jahren noch so frisch sein konnten.

Er fuhr fort: »Ich leistete dem Kollegium den Treueschwur, weil ich ihm dienen wollte. Großvater wußte, daß ich ihn liebte, und als Suraklin sich seines Körpers und seines Geistes bemächtigte, wußte er es auch. Er nutzte dieses Wissen, tat all die Dinge, die mein Großvater zu tun pflegte, spielte seine Rolle, führte mich am Gängelband meiner Zuneigung. Er tötete ihn, ermordete ihn wie ein – ein Straßenräuber, um seines schönen warmen Umhangs willen, nur war ich Teil dieses Umhangs. Er hat mich benutzt.«

Caris starrte in die warme Dunkelheit, während er mechanisch Kysshas seidige Ohren kraulte. Also haßte er Suraklin nicht nur, weil er ihm den einen Menschen genommen hatte, den er liebte, sondern er fühlte sich auch hintergangen wie ein Mann, der erfährt, daß die Frau, die nachts zu ihm ins Bett schlüpfte, nicht seine Liebste war, sondern ein grinsender Sukkubus, der den Klang ihrer Stimme nachahmte und die Berührung ihrer Hände, um seinen Samen zu stehlen. »Für mich gibt es keinen Weg mehr zurück«, schloß er leise. »Ich habe meinen Vasalleneid gebrochen. Ich werde ihn mit seinem Leben bezahlen lassen für das, was er getan hat, und sterben.«

Vor Tagesanbruch waren sie wieder unterwegs, das Eis knirschte gläsern unter den Hufen der frischen Pferde. Joanna döste, erschöpft von einer halben Nacht ohne Schlaf, in der sie versucht hatte, die Technik der Urkundenfälschung zu meistern, gehandikapt von einem fremden Alphabet und ungewohnten Schreibutensilien. Nach dem Aufwachen war sie unruhig, geistesabwesend, als wäre sie damit beschäftigt nachzurechnen, wieviel Vorsprung der Hexenjäger hatte und ob er schneller vorankam als sie. Bei jeder Relais erkundigte sie sich nach Neuigkeiten und bekam immer das gleiche zu hören: Peelbone rollte stetig nach Süden und legte nur die notwendigsten Pausen ein, um zu essen oder zu schlafen.

»Können wir Zeit gut machen, wenn wir nachts fahren?« fragte sie besorgt, als Caris ihr wieder in den Phaeton half, nach einem schnellen Imbiß, während neu angespannt wurde. »Oder wenigstens ein paar Stunden nachts, da wir etwas Zeit brauchen, um an den Dokumenten zu arbeiten.«

Pella und Joanna versuchten sich schließlich beide an Pharos' Unterschrift. Trotz Joannas Unerfahrenheit in der Schreibtechnik von Ferr, fielen ihre Ergebnisse, obwohl keineswegs überzeugend, immer noch am besten aus. Pellas Hände taugten eher dazu, kräftig anzupacken, statt komplizierte Schnörkel auf Pergament zu malen. Beim Versuch, das Kaiserliche Siegel von einem Dokument zum anderen zu transferieren, war eins der drei verfügbaren Exemplare bereits zu Bruch gegangen, die übrigen zwei steckten sicher verpackt in einer der wenigen Ecken von Joannas Rucksack, die nicht mit Computerprogrammen vollgestopft waren.

Sie hütete diesen Rucksack wie ihren Augapfel. Der Schreck, als er im Haus des Magisters Magus, um ein Haar den Hexenjägern in die Hände gefallen war, reichte ihr.

Zu Caris' eigener Verwunderung spürte er nichts mehr von der Ungeduld und Feindseligkeit des vorigen Abends. Auch wenn Pella nur wenig gesprochen hatte, es schien, daß ihre bloße Gegenwart hilfreich gewesen war – etwas von ihrer Ruhe übertrug sich auf ihn, und indem er versuchte, in Worte zu fassen, was ihn bewegte, wurde ihm klar, daß er nicht nur seinen Großvater, sondern auch seine eigenen verletzten Gefühle an Suraklin rächen wollte.

Pella, die bei den Köpfen der Pferde stand, wirkte skeptisch. »Selbst bei klarem Himmel, der Mond ist im Abnehmen begriffen ...«

»Mit einem halbwegs brauchbaren Gespann gehe ich das Risiko ein«, sagte Caris unerwartet. »Mein Sehvermögen im Dunkeln ist nicht so gut wie das eines wirklichen Magiers, aber ich sehe genug, um den Weg zu erkennen.« Und als er Joannas überraschten Blick auffing, fügte er schroff hinzu: »Ich sage nicht, daß es uns irgendwie nützt, aber es sollte mich freuen, wenn du recht hast mit Antryg.«

Die Worte kamen ihm schwerer über die Lippen, als er für möglich gehalten hatte.

Was sie mit dem verrückten Magier oder was von ihm übrig war anfangen sollten, falls das vom Siegel der Finsternis hervorgerufene Zerstörungswerk unwiderruflich war, fragte Caris lieber nicht. In den Stunden, die er sich auf dem hohen Trittbrett an den Handgriff klammerte oder Pella auf dem Bock ablöste – Joanna war nicht gut genug, als daß man ihr die Zügel hätte anvertrauen können –, beobachtete Caris das schmale, verhärmte Gesicht der blonden Frau und dachte darüber nach, ob sie sich des einzig möglichen Auswegs in diesem Fall bewußt war. Wenn Antryg nicht in der Lage war, ihnen gegen einen so mächtigen Gegner wie Suraklin zu helfen, wurde er für sie zu einem Klotz am Bein. Caris wußte, Joanna konnte nicht nur mit diesen mysteriösen Computern umgehen, sie war auch intelligent. Ihre Liebe zu Antryg hatte sie nicht blind gemacht für die Prioritäten. Offenbar vermochten Gefühle ihren scharfen, nüchternen Verstand nicht außer Kraft zu setzen.

In jedem Fall – den Magier zu erschießen wie ein lahmes Pferd, war ein weitaus gnädigerer Tod, als er ihn von Peelbone zu erwarten hatte, daran bestand nicht der geringste Zweifel.

In dieser Nacht gönnte sich Caris drei, vier Stunden Schlaf in der gemieteten Dachstube in der Poststation, während Pella und Joanna sich ihren – wie Joanna es nannte – Schönschreibübungen widmeten und eine Methode auszutüfteln versuchten, ein Siegel vom Pergament abzulösen, ohne es zu beschädigen. Kurz vor Mitternacht brachen sie auf, bei schneidend kaltem Wind. Pella mußte das Dreifache der üblichen Summe zahlen, um die Stallburschen zu bewegen, zu dieser Stunde aus dem Heu zu kriechen und anzuspannen. Obwohl Dunkelheit und Wetter sie zwangen, langsam zu fahren, nahmen sie dem Hexenjäger fünf oder sechs Stunden seines Vorsprungs ab. Als es hell wurde, sah Caris die Kammlinie der baumlosen grauen Berge von Sykerst über den gespenstischen Birken am Straßenrand auftauchen.

»Er ist mindestens noch zehn Stunden vor uns«, berichtete Pella bei der Rückkehr aus den Stallungen der nächsten Relaisstation zu Caris und Joanna, die neben dem Phaeton warteten. Anders als die im Glidden Valley, gehörte diese Herberge nicht zu einem Dorf, sie war klein und schäbig und ganz auf den Verkehr auf der Überlandstraße nach Kymil angewiesen. Tatsächlich gab es keine Dörfer mehr zwischen hier und Kymil, nur die tristen Hügel, in dieser Jahreszeit sogar ihres Sommerflors weidender Schafherden beraubt.

Es war auch dieselbe Herberge, in der Caris, Joanna und Antryg seinerzeit die unwillkommene Bekanntschaft des Regenten gemacht hatten und gezwungen gewesen waren, sich in die Büsche zu schlagen, um seinen Häschern zu entkommen. Caris war froh, daß sie hier keinen Aufenthalt einlegten. Die Ereignisse jener Nacht waren zu spektakulär gewesen, als daß man in Joanna nicht die Frau erkannt hätte, die sie ausgelöst hatte.

»Vorausgesetzt, wir fahren die Nacht durch, besteht die Chance, daß wir ihn gegen Morgen überholen.« Joanna sah erschöpft aus. Im Gegensatz zu Caris hatte sie in der vergangenen Nacht kein Auge zugetan, und sie besaß nicht Pellas Talent, in einer rollenden Kutsche zu schlafen, erst recht in dem leichten, offenen Phaeton, der nur zwei Reisenden Platz bot und nicht für die Beförderung auch geringer Mengen von Gepäck konstruiert war.

»Sind die Dokumente so geworden, daß sie einer Überprüfung am Turm standhalten?« verlangte Caris zu wissen.

Joanna rieb sich die Augen und strich das strähnige blonde Haar aus der Stirn. Im Schatten der dunkelgrünen Kapuze schimmerte ihr Gesicht bleich unter dem Rest einer befremdlichen, der Jahreszeit nicht entsprechenden Sonnenbräune. »Wenn wir es nicht schaffen, ihn zu überholen, erreicht er den Turm auf jeden Fall vor uns. Dann nützen uns auch die perfektesten Fälschungen nichts mehr. Ich denke, was wir haben, wird genügen.« Ihre Wangenmuskeln spannten sich. »Es muß genügen.«

Pella schwang sich, ohne auf Caris' schockierten Protest zu achten, auf das hintere Trittbrett. Obwohl kein Sasenna, außer denen in ihren Diensten, der kaiserlichen Familie Treue schuldete, widerstrebte es seiner bäuerlichen Erziehung, die Gemahlin des Regenten wie einen gewöhnlichen Domestiken hintenauf stehen zu sehen.

Es war ein unfreundlicher Tag, der Himmel über den Bergen grauschwarz wie zerlaufene Tusche. Gelegentliche Graupelschauer durchnäßten die Straße, die Pferde und die Passagiere des offenen Phaetons; die auf dieser Etappe mit Steinplatten gepflasterte Straße gefror im Nu zu spiegelblanker Glätte. Caris und Pella wechselten häufig die Plätze, denn Fahren unter solchen Bedingungen zehrte an den Kräften, und beide dachten nicht im Traum daran, die Zügel der unerfahrenen Joanna zu überlassen. Beide lehnten auch einen wärmenden Schluck aus der Flasche ab, die Joanna wortlos aus ihrem unerschöpflichen Rucksack zum Vorschein brachte.

»Ich bin leicht betrunken zu machen«, gestand Pella mit einem verlegenen Lächeln. »Nach einem Glas Maiwein fange ich an zu singen.«

Caris, der den Kopf des Handpferds hielt, während Pella das verklumpte Eis aus den Hufen kratzte, ertappte sich bei dem Gedanken, daß er sie eines Tages gerne singen hören würde. Ihre Sprechstimme war tief und rauh, aber durchsonnt von einer melodischen Süße, wie der Ton einer Altflöte. Im Moment war sonst nicht viel Süßes an ihr zu entdecken. Sie war von Kopf bis Fuß mit Schlamm bespritzt, das störrische schwarze Haar versteckte sich unter der Kutschermütze, auf ihrem Gesicht hatten die Anstrengungen der letzten Tage Spuren hinterlassen.

»Ich kann es mir nicht leisten, unkonzentriert zu sein«, erklärte Caris. Er und Pella nahmen ihre Plätze ein, und er griff nach den Zügeln. »So, wie der Himmel aussieht, wird es schlimm heute nacht. Aber vielen Dank.«

Es war vier Uhr nachmittags, und irgendwo über den tiefhängenden Wolken verdämmerte der Tag, als die graue Trostlosigkeit, die Lähmung von Körper und Geist sich aus dem Nichts herabsenkte. Joanna fluchte, die Hände zu Fäusten geballt, schaute sie Caris an, der die Pferde in Schritt fallen ließ, plötzlich überwältigt von einem Gefühl der Vergeblichkeit aller Bemühungen.

»Fühlst du es auch?« fragte sie, in der unsinnigen Hoffnung, das Stimmungstief sei nur eine Folge ihrer eigenen Müdigkeit und nicht Suraklins Werk.

Caris nickte. Von einer Sekunde zur anderen war er maßlos erschöpft, des ganzen Unternehmens überdrüssig. »Das wird uns nicht aufhalten. Wir fahren weiter ...« Er griff nach der Peitsche, aber Joanna hielt seine Hand fest.

»Nein. Ich *glaube*, dies ist nur ein ... ein Testlauf und keine massive Datenübertragung. Er macht das nur an Wochenenden. Nach ein paar Stunden ist alles vorbei.«

»Und wenn nicht?« fragte Caris grob. »Bist du bereit, das Risiko einzugehen?«

»Uns bleibt nichts anderes übrig.« Pella beugte sich zu ihnen nach vorn. »Die Straßen sind schlecht, Caris. Es könnte zu leicht passieren, daß wir in den Graben fahren oder der Wagen umstürzt.«

»Ich habe nie etwas in den Graben gefahren ...!« brauste er auf. Zu jeder anderen Zeit hätte es ihn geschmerzt, sie zusammenzucken zu sehen, aber jetzt erfüllte es ihn mit düsterer Befriedigung.

Leise sagte Joanna: »Wir halten bei der nächsten Herberge und warten, bis es vorüber ist. Ein Unfall würde uns zuviel Zeit kosten.«

Wütend und beleidigt machte Caris Anstalten, die Pferde mit der Peitsche anzutreiben. Erst als er wieder Joannas Hand auf dem Arm fühlte, begriff er die Unsinnigkeit seines Vorhabens im Dunkeln und auf dieser Straße. Langsam fuhr er weiter, verdrossen, uneins mit sich und der Welt.

Der Spuk dauerte etwas mehr als vier Stunden. Sie saßen in der erstickenden Wärme der Schankstube – diese Herberge verfügte nicht über seperate Gästezimmer –, und diese vier Stunden dehnten sich zur Ewigkeit. Pella gesellte sich zu Caris in der Kaminecke. Er sah sie an, in ihrer arg mitgenommenen Reisekleidung, die struppig gewordene Kyssha auf den Armen. Trotz der vergifteten Müdigkeit in seinen Adern empfand er Mitleid für sie beide, wie sie klaglos einen Schmerz erduldeten, dessen Grund und Ursprung sie nicht kannten. Ein Sasenna spendete keinen Trost, und er brauchte auch selbst keinen. Doch es tat schon gut, wie er gemerkt hatte, einfach nur schweigend nebeneinander zu sitzen und zu wissen, daß man nicht allein war.

Die tote Zeit ging vorüber, und Pella hatte soeben den üblichen Wucherpreis entrichtet, um die Pferde anspannen zu lassen, als Sergius Peelbone, Hexenjäger Extraordinarius, die Herberge betrat.

Caris hörte seine Stimme über den Geräuschen des Windes, ohne sie im ersten Moment zu erkennen. Er redete mit Pella und Joanna beim Feuer im fast leeren Schankraum, in

Gedanken bei der Etappe, die vor ihnen lag, und der nahezu unerfüllbaren Aufgabe, Peelbone zu überholen, bevor er Kymil erreichte und Antrygs Schicksal besiegelt war. Nur am Rande war er sich der Gestalten an der Tür bewußt und daß er keinen Hufschlag gehört hatte. Dann sagte die schneidende, kalte Stimme: »Ihr hattet die Aufgabe, Euch um diese Dinge zu kümmern, Tarolus. Solche Achtlosigkeit wirft ein schlechtes Licht auf Eure Hingabe an unsere Sache.«

Caris' Herz wurde zu Eis.

»Mylord, ich habe Euch gesagt ... Ich weiß nicht, was über Euch gekommen ist ...«

»Nichts ist über mich gekommen, außer der Erkenntnis, daß mit jedem Tag, den Windrose am Leben bleibt, die Gefahr wächst, daß man ihn befreit.«

Joannas Kopf flog herum, ihre braunen Augen waren riesengroß. Sie machte eine hastige Bewegung, als wollte sie den Raum verlassen, aber Caris hielt sie fest. Es war zu spät, sie mußten vorläufig ausharren und das Beste hoffen. Unauffällig drehte er sich zum Feuer herum und streckte die Hände über den Flammen; Joanna folgte seinem Beispiel.

»Befreien? Mylord, niemand ...«

Hinter sich hörte der Sasenna die gemessenen Schritte des Hexenjägers, in dem schmutzigen Spiegel über dem Kaminsims konnte er ihn sehen: hager, mittelgroß, ein grauer Mann – graue Kleidung, dünnes graues Haar. Sogar seine Augen, eigentlich braun, wirkten flach und farblos unter der breiten Krempe des grauen Hutes. Er bewegte sich wie eine Spinne, ungelenk, aber furchterregend schnell; sein Gesicht drückte nicht die geringste menschliche Regung aus, nur die hochmütige Überzeugung, daß, was immer er sich entschloß zu tun, richtig war und niemand ihm zu widersprechen wagte.

»Ihr seid dumm, Tarolus.« Der Hexenjäger wandte sich an seinen Begleiter, älter, kleiner, gekleidet in die enganliegende, einförmig graue Tracht dieses selbstgerechten Ordens. »Es gibt viele, die ihn zu befreien trachten, entweder verlockt von dem Wunsch, sich seiner unheiligen Macht zu bedienen, oder weil sie trotzig am Ketzerglauben der Hexerei festhalten. Da wir endlich das Mittel in der Hand haben, seinem bösen Einfluß ein- für allemal ein Ende zu machen, dürfen wir keine Zeit verlieren.«

»Aber nachts fahren ...«

»Ich kann im Dunkeln ausgezeichnet sehen!« Die eisige Fassade bekam einen Riß, zum erstenmal bemerkte Caris die Eitelkeit des Mannes dahinter.

Pella hinter ihm flüsterte im Ton unverhohlener Schadenfreude: »Ein Unfall! Er hat die Kutsche irgendwo weiter vorn in den Graben gefahren. Seht sie euch an, die haben einen langen Fußmarsch hinter sich ...«

Die durchnäßte Kleidung und schlammigen Stiefel von Peelbone und Tarolus legten beredt Zeugnis ab für die Richtigkeit ihrer Vermutung. Im Spiegel sah Caris sie zum Feuer kommen. Sein Herz schlug wild, als er einen Schritt zur Seite trat, ganz natürlich, wie er hoffte, und weiterhin das Gesicht abgewendet hielt. Peelbone hatte einmal Muße gehabt, es sich gründlich anzusehen, im flackernden Schein brennender Bücher; das war in Kymil gewesen, in der Bibliothek der Herberge der Nigromanten. *Tötet ihn,* hatte er gesagt, so beiläufig, als ginge es darum, einen streunenden Hund zu erschlagen. *Wir können nicht dulden, daß diese Wasser getrübt werden.* Selbst wie Caris jetzt gekleidet war, in die braune Kordhose und Jacke des Pferdeburschen einer vornehmen Dame, würde der Hexenjäger ihn erkennen. Er vergaß nie ein Gesicht.

Der Wirt war dienstbeflissen herbeigeeilt, um mit den Neuankömmlingen zu reden. Caris hörte wieder die frostige, verhaßte Stimme: » ...Unfall mit unserer Kutsche ... Zehn Meilen die Straße hinauf ... Gebrochene Achse ...«

»Er muß versucht haben, nach Einbruch der Dunkelheit weiterzufahren, während der toten Zeit«, meinte Pella leise. Caris erinnerte sich beschämt an seine eigene aufbrausende Unbesonnenheit. Fast hätte er den gleichen Fehler begangen. »Das bringt uns wenigstens sechs Stunden ...« Sie drehte sich zu Joanna herum, aber Joanna war verschwunden.

Caris murmelte einen Fluch. Es würde noch ein paar Minuten dauern, bis man den Phaeton brachte – Schuld war die Tatsache, daß die tote Zeit in einem der Stallburschen den unbezwingbaren Wunsch geweckt hatte, sich einen guten Teil der Weinvorräte der Herberge einzuverleiben. Wenn sie im Schankraum geblieben wäre, hätte für Joanna die Gefahr bestanden, doch noch erkannt zu werden, aber zu verschwinden, so daß Pella nach ihr auf die Suche gehen mußte, lenkte die Aufmerksamkeit auf sie alle.

Tarolus argumentierte: »... ein gebrochener Mann. Alles, was er tut, ist weinen und zu den Heiligen sprechen. Er könnte niemandem mehr von Nutzen sein ...«

»Er könnte jedem von Nutzen sein, der sich die Zeit nimmt, ihm die Geheimnisse seiner früheren Macht zu entlocken«, gab Peelebone zurück. Er streckte die knochigen Hände über das Feuer, Schulter an Schulter mit Caris, der die feuchte Kälte aus seinen Kleidern aufsteigen fühlte, als sie in der Hitze zu dampfen begannen. »Versteht Ihr nicht? In dem Zustand, in dem er sich jetzt befindet, ist er jedermanns Werkzeug.«

Vom Hof drang das helle Klirren von Geschirrketten und das Knirschen von Hufen auf Schotter herein. Peelbone blickte auf, seine Augen wurden schmal. Als Pella an ihm vorbeiging, sagte er: »Ist das Eure Kutsche, Madame? Unter Umständen besteht die Notwendigkeit, das Fahrzeug im Auftrag der Kirche zu requirieren ...«

»Gar nicht, ganz und gar nicht«, warf der Wirt hastig ein, offenbar eingedenk der stattlichen Summe, die die Prinzessin widerspruchslos berappt hatte. »Ich habe eine Chaise, über die Euer Lordschaft jederzeit verfügen können, obwohl, als Stellmacher kann ich Euch sagen, es dauert nur wenige Stunden, die Achse zu reparieren ...«

Pella war verständig genug, keine Antwort zu geben oder stehenzubleiben, sie ging ruhig weiter zur Tür und warf sich ihren schweren Tweedumhang über die Schultern. Caris knöpfte seinen wattierten Mantel zu, zog sich die Kapuze über den Kopf und folgte ihr hinaus.

Joanna wartete im Phaeton. Die Knechte, die die Pferde

hielten, zitterten trotz ihrer dicken Jacken und Schals; der Wind hatte nachgelassen, peitschte aber immer noch die giftig zischenden Flammen der Fackeln zu einer wilden Jagd aus gelbem Licht und Dunkelheit, dünne Graupelschauer fegten heran. Caris rechnete mit tückischem Eis auf den Straßen, aber hier nachts zu fahren war einfacher als im Glidden Valley – wenigstens gab es keinen Nebel. Er schwang sich auf den Sitz und griff nach den Zügeln; von dem heißen Ziegelstein, der den Reisenden die Füße wärmen sollte – ein Luxus, den der Wirt extra berechnete – hatte Kyssha schon Besitz ergriffen. Caris' Stiefel berührte ein Gepäckstück, das vorher nicht da gewesen war. Er sah nach unten und entdeckte ein verschnürtes Stoffbündel neben Joannas Rucksack. Wo der Stoff weggerutscht war, blinkte Metall.

»Was zum ...«

»Die Stellmacherwerkzeuge des Wirts«, erklärte sie ausdruckslos. »Deine Software ist immer nur so gut wie deine Hardware. Einer der Splinte aus dem Rad der Mietkutsche ist auch dabei. Ich habe ihn durch einen Holzstift ersetzt, aus dem Griff eines Küchenlöffels zurechtgeschnitzt. Er dürfte ein paar Meilen halten, bevor ein Rad bricht oder mit Glück Peelbone sich den Hals. Man könnte sagen, hier handelt es sich darum, Hardware durch Software zu ersetzen. Fahren wir. Was auch passiert, wir haben gut und gern einen Tag gewonnen.«

»Wenn das genügt«, meinte Caris leise. »Und wenn von Antryg noch etwas übrig ist, das sich zu retten lohnt.« Er schüttelte die Zügel und hielt mit zusammengekniffenen Augen Ausschau nach dem schattenhaft erkennbaren Band der Straße. Joanna neben ihm schwieg, als sie in die Nacht hineinrollten.

# 7.
# KAPITEL

In den wenigen Stunden Schlaf, die sie sich gestohlen hatte, zusammengerollt unter den klammen Pelzen und Decken der Kutsche, träumte Joanna. Sie fand sich an einem Ort wieder, von dem sie wußte, es war der Turm des Schweigens, diesmal in einem beengten, modrigen Raum, wo der Rauch aus den tieferen Stockwerken sich unter den wie Radspeichen angeordneten Deckenbalken sammelte; ein Raum, kalt und feucht wie ein Brunnenschacht, ohne Fenster, so gut wie ohne Licht. Dort redete sie beschwörend auf eine zusammengekauerte Gestalt ein, die an der Mauer festgekettet war und mit verkrüppelten Händen ziellos nach dem Ungeziefer in dem ergrauten Bart und den schmierigen Lumpen tastete.

Leere graue Augen starrten sie durch einen Vorhang wirrer, strähniger Haare an. Verzweifelt rief sie: »Antryg, ich bin es!«, doch er zeigte nur brabbelnd an ihr vorbei auf eine für sie nicht sichtbare Erscheinung imaginärer Heiliger. »Antryg, du mußt mir helfen! Ich kann Suraklin nicht allein besiegen!« Während sie sprach, fühlte sie die Nähe des Dunklen Magus und wußte, er lauschte irgendwo im Halbdunkel verborgen, vielleicht hinter der nächsten Biegung der Wendeltreppe.

Aber die Gestalt wisperte nur: »Ich habe versucht zu helfen, hab's versucht. Ich konnte nicht gegen euch alle kämpfen ...« Schlafend, wachend, fünfzig Jahre tot – sie hätte seine Stimme wiedererkannt. Unsägliche Trauer erfüllte sie, um die vielen Jahre, die sie nie erleben würden. Als sie erwachte, liefen ihr die Tränen über die Wangen. Ihr verschleierter Blick fiel auf die kahlen grauen Berge, die in einen milchigen Morgenhimmel ragten. Pella hielt die Zügel, auf ihrem Gesicht malte sich eine Erschöpfung, die an körperlichen Schmerz grenzte; Kyssha, auf Joannas Schoß, leckte ihr besorgt die Hände.

Joannas erster wacher Gedanke war gewesen: *Wir haben achtzehn Stunden.*

Aber die Erinnerung an den Traum blieb haften wie ein schlechter Geruch und begleitete sie, als sie im Zwielicht des Nachmittags zum Turm des Schweigens ritt.

Der Wind war nur noch ein undeutliches Murmeln zwischen den Hügeln; der Himmel war düster und unheilverkündend. Sie hatten Larkmoor kurz vor Mittag erreicht, und die Dienstboten waren einigermaßen erstaunt, als ihre Herrin, ebenso erschöpft und blaß wie ihre beiden schäbig aussehenden Begleiter, Befehl gab, sofort drei Pferde zu satteln. »Wir können nicht wissen, was wir beim Turm vorfinden oder wie wir vorgehen müssen«, meinte Pellicida, während sie in ihrem Schlafgemach das aschgraue Gewand eines Schreibers auf dem Bett ausbreitete und Joanna ihre gefälschten Dokumente sortierte. »Nach dieser Häufung von Unfällen, die ihm zugestoßen sind, wird Peelbone wittern, daß etwas im Busch ist.«

Sie wirkte ruhig und gelassen, wofür Joanna zutiefst dankbar war. Nachdem sie während der Reisevorbereitungen und unterwegs mehr oder weniger klaren Kopf behalten hatte, bekam sie es jetzt allmählich mit der Angst zu tun. Darüber hinaus wußte sie leider zu genau, daß Antrygs Befreiung – *und es wird gelingen!* – nur die erste Hürde war auf dem Weg ins wirkliche Abenteuer.

Der Turm des Schweigens war nur wenige Meilen von den Ruinen der Zitadelle Suraklins entfernt. Joanna hatte sie nie gesehen, trotzdem ragte sie schwarz und drohend im Hintergrund ihrer Gedanken auf, die schaurigen Geheimnisse der Vergangenheit bergend und – davon war sie überzeugt – Suraklins größten Schatz: den Computer, Garant seiner Unsterblichkeit.

Sie schob den Kopf aus dem Halsausschnitt der für sie bestimmten kaftanähnlichen Robe und sah Pella in eine hauteng gearbeitete schwarze Hose schlüpfen. Das goldbetreßte Obergewand und der Rock eines Sasenna lagen auf dem Bett, daneben aufgereiht das stattliche Waffenarsenal. »Zwei Sasenna sehen offizieller aus als einer«, hatte Pella erläutert, als sie ihren fragenden Blick bemerkte. »Außerdem kann ich dich begleiten, während Caris bei den Pferden bleibt – auf diese Weise gibt es keine Schwierigkeiten, wenn er das Siegel der Finsternis an der Tür nicht passieren kann.«

Während sie redete, flocht sie ihr schwarzes Haar eng an den Kopf, was manche Sasenna zu tun pflegten, statt es kurzschneiden zu lassen. Doch bevor sie sich abwendete, entdeckte Joanna in ihren Augen etwas, das ihr merkwürdig vorkam, so daß sie jetzt, auf dem Ritt durch die einförmig graue Landschaft, verstohlene Blicke in das junge, ernste Gesicht warf und sich fragte, was hinter dem sinnenden Ausdruck verborgen sein mochte.

Angst hätte Joanna verstanden – sie war selbst fast krank vor Angst.

Aber weshalb der Kummer, der Glanz zurückgehaltener Tränen?

»Da ist er«, sagte Caris leise.

Unwillkürlich zog Joanna die Zügel an. Durch eine Kerbe in der Kette der Hügel sah sie ihn in den schiefergrauen Himmel ragen, ein warnend erhobener Finger, fensterlos, verwittert, gefeit gegen Magie und unsagbar alt – der Turm des Schweigens.

*Er lebt*, wiederholte sie zum tausendstenmal in Gedanken. *Sobald wir ihm das Siegel abgenommen haben, wird er sich erholen. Und die Dokumente müssen uns Zutritt verschaffen; die Wachen haben schließlich gar keine Veranlassung, so genau hinzuschauen ...*

Konzentriert atmete Joanna mehrmals ein und aus.

*Ich bin ein Schreiber mit Befehlen des Regenten*, prägte sie sich ein. *Es ist mein gutes Recht, hier zu sein und die Worte* FÜHRT ETWAS IM SCHILDE *stehen nicht in flammenden Lettern auf meiner Stirn geschrieben ...*

»Was hat das zu bedeuten?«

Bei dem scharfen Ton in Pellas Stimme hob Joanna ruckartig den Kopf. Sie spähte nach vorn und sah einen Reitertrupp, der sich vom Turm entfernte.

»Dort!« Caris streckte die Hand aus. Weitere Männer,

diese zu Fuß, tauchten auf und eilten von den Hügeln herab auf den Turm zu. »Etwas hat sie aufgescheucht.«

Joanna fluchte.

»Kehren wir um?« Pellas Gleichmut schlug um in Zaghaftigkeit. »Wenn etwas passiert ist, werden sie einen genaueren Blick auf die Papiere werfen.«

Auch Caris schaute sie fragend an, und Joanna gab sich einen Ruck. Sie war die treibende Kraft bei diesem Unternehmen, von ihr wurde erwartet, daß sie Entscheidungen traf, schnell und kompetent.

Sie holte erneut tief Atem. »Nein. Unsere Papiere sehen morgen auch nicht überzeugender aus, und Peelbone ist uns auf den Fersen. Was immer vorgefallen sein mag, unter Umständen können wir die Verwirrung zu unserem Vorteil ausnutzen.« Ohne eine Antwort abzuwarten, ließ sie ihr Pferd antraben und bemühte sich verbissen, trotz der stoßenden Gangart im Sattel eine halbwegs gute Figur zu machen, um überzeugend zu wirken. Pella schwenkte sofort hinter ihr ein, Caris machte widerwillig die Nachhut.

Das Fallgitter war offen. Männer in den gesteppten schwarzen Mänteln der Sasenna standen dort zusammen, redeten und gestikulierten; zwei von ihnen trugen die roten Gewänder der Kirchennigromanten, mit denen Joanna bei Antrygs Verhaftung Bekanntschaft gemacht hatte. Am Ende des dunklen Torwegs sah man einen bogenförmigen Ausschnitt des Innenhofs, belebt von hin- und herlaufenden Gestalten, die brüllten oder gesattelte Pferde hinter sich her zogen. Ein frettchengesichtiger Offizier kam ihnen entgegen, als sie am Tor anlangten. Mit der – so hoffte sie – auch hier üblichen Hochnäsigkeit des von seiner Wichtigkeit überzeugten Bürokraten griff sie nach ihren Dokumenten, aber der Mann schaute an ihr vorbei zu den beiden Sasenna und fragte: »Glück gehabt?«

»Glück?« Caris zog verwundert die Augenbrauen hoch. Joanna stutzte, aber dann fiel ihr ein, daß der Magister Magus erzählt hatte, die Einheiten am Turm würden regelmäßig ausgewechselt. In ihren schwarzen Steppjacken, die die goldenen Tressen des Regenten verdeckten, hielt der

Offizier sie für Angehörige der Wachmannschaft. Dann warf er einen zweiten Blick auf den Schnitt ihrer Hosen und runzelte die Stirn.

»Ihr gehört zum Regenten, nicht wahr?«

Pella sah ihn verdutzt an, als fragte sie sich, woher er wissen konnte, daß sie die Gemahlin des Regenten war. Caris sagte geistesgegenwärtig: »Wir sind hier, um ...«

»Werden die Männer an der Jagd teilnehmen?«

»Jagd?« fragte Joanna verständnislos.

Der Offizier spuckte aus; der weiße Klecks gefror auf dem Granitpflaster des Torwegs zu einem Diamanten aus Eis. »Auf diesen verfluchten Zauberer. Er ist geflohen.«

—

»Er wird sich nach Kymil wenden.« Joanna zügelte ihr Pferd am Ufer eines Baches, der die Straße querte, schwarzes Regenwasser strömte mit seidiger Lautlosigkeit durch den schmalen Kanal zwischen Eis und froststarren Gräsern. Hinter ihnen zeichnete sich der Turm des Schweigens wie ein geköpfter Speer vor dem dunkler werdenden Himmel ab. Kalter Wind zerrte an ihrem Umhang, spielte mit ihrem blonden Haar, wo es unter der Kapuze hervorlugte. Viel Zeit blieb nicht mehr, bis die Nacht hereinbrach.

»Bestimmt nicht.« Caris schüttelte den Kopf. »Da sehen sie zuerst nach – die Hexenjäger werden jedes einzelne Haus durchsuchen.«

»Morgen vielleicht. Sie haben viele Leute, aber nicht unendlich viele. Ich wette, sie konzentrierten sich erst einmal auf die Hügel und die Straßen Richtung Norden.«

Caris überlegte schweigend. Joanna nahm an, daß auch er an Antrygs Talent dachte, wie ein Fuchs in Deckung zu gehen und die Jäger an der Nase herumzuführen. Raffiniert, verschlagen, mehr als nur ein bißchen verrückt ... Die Angst, die sie um ihn gehabt hatte, um sein Leben, seinen Geisteszustand, war schlagartig verflogen; nur mit Mühe hatte sie sich am Tor verkneifen können, laut aufzulachen. Caris hingegen sah verdrossen und mürrisch aus, als nähme er Antryg übel, daß er nicht nur seine Kerkermeister, sondern auch sie zum Narren gehalten hatte.

Endlich sagte er: »In jedem Fall wird er warten müssen, bis es dunkel ist. In Kymil gibt es Leute, die ihn erkennen würden, selbst mit dieser lächerlichen Brille, die man ihm zurückgegeben hat, falls er sie noch trägt. Ich kann mir nicht vorstellen, auf welchem Weg er glaubt, unbemerkt in die Stadt schleichen zu können, aber schließlich versuche ich ja auch immer noch herauszufinden, wie er es geschafft hat, trotz des Siegels der Finsternis an der Tür seines Gefängnisses zu entkommen.«

Er tippte sein Pferd mit den Fersen an und lenkte es herum, in Richtung der gefrorenen Ponmarschen und der Stadtmauern dahinter. Joanna folgte ihm; ihre Freude wurde etwas getrübt von dem Wissen, daß sich morgen neue Schmerzen zu denen gesellt haben würden, die von den vier Tage in der holpernden Kutsche stammten. Ihr letztes Pferd war ein Reitstallklepper gewesen, vor gut dreizehn Jahren, und sie hatte sich schon wundgeritten.

Sobald sie sich außer Sichtweite des Turm befanden, war Pella querfeldein nach Larkmoor zurückgeritten. Bei der Suche nach Antryg konnte sie ihnen nicht helfen, hatte sie gesagt. Sinnvoller war es, wenn sie die Dienstboten so instruierte, daß sie den Hexenjägern eine glaubhafte Geschichte auftischten, wenn sie kamen, um sich nach dem Auftauchen von Fremden in der Gegend zu erkundigen. Solange das Tageslicht noch ausreichte, hatte Caris, wie vor ihm die anderen Sasenna, den Boden um die Mauern nach Spuren abgesucht und keine gefunden. Der gefrorene Eisregen bildete eine mürbe Schicht auf dem toten Gras, die bei jeder Berührung zerbrach. Die einzigen Fußabdrücke stammten von den Sasenna aus dem Turm, die ebenso erfolglos geblieben waren wie er.

»Du glaubst doch nicht, die Geschichte von seinem spurlosen Verschwinden könnte ein Lügenmärchen sein, oder?« fragte Joanna besorgt, als sie die Straße verließen und in nördlicher Richtung am Rand der Marschen entlangritten. »Die Wachen haben gesagt, er hätte sich buchstäblich in Luft aufgelöst – in dieser Minute saß er noch angekettet in seiner Zelle, beim nächsten Hinsehen war er weg. Nicht einmal die Handschellen waren aufgebrochen. Könnte man ihn heimlich ermordet haben und dies ganze Theater veranstalten zur Beschwichtigung desjenigen im Kollegium, der gegen seine Hinrichtung gestimmt hat?«

»Das Kollegium ist untergetaucht«, antwortete Caris knapp. »Und du kannst Gift darauf nehmen, Bischöfin Herthe wußte Bescheid, kaum daß der letzte Nigromant die Tür hinter sich zugemacht hatte – der Hasu ihres Amtsbruders in Engelshand wird ihr noch in derselben Nacht die Neuigkeit per Kristallkugel übermittelt haben. Sie hätten Antryg schon letzte Woche ungestraft die Kehle durchschneiden können.«

»Vielleicht haben sie.«

»Wozu dann jetzt ein Geschrei machen? Nein, der Hauptmann der Wache war aufrichtig wütend.« Mit zusammengebissenen Zähnen fügte Caris hinzu: »Und ich kann's ihm nicht verübeln.« Er trieb sein Pferd einen tückischen Abhang hinunter und suchte dabei mit den Augen den pokkennarbigen Schnee, den gefrorenen Morast und die toten Binsenhalme nach Eindrücken von Antrygs Füßen ab.

»Er hatte keine Schuhe, sagen sie im Turm«, erzählte er im Ton widerwilligen Mitleids. »Wenn es sehr kalt war, wickelte er sich Lappen um die Füße, oder die Wachen taten es für ihn, aber sie erzählten, am Ende hätte er nur noch in seiner Ecke gesessen und wäre kaum noch einen Schritt gegangen. Er kennt diese Hügel wie eine Ratte die Abwasserkanäle – schließlich hat er mit Suraklin acht Jahre hier gelebt –, aber in seiner derzeitigen körperlichen Verfassung wird er nicht weit kommen. Er braucht Nahrung, er braucht Unterschlupf und beides vor Dunkelwerden. Der Himmel sieht aus, als gäbe es Schnee oder Eisregen. Glaub mir, das überlebt er nicht.«

Er muß überleben, dachte Joanna verzweifelt. Die neue Angst erstickte des Flämmchen der Hoffnung. Wir müssen ihn finden, vor den Hexenjägern, vor den Sasenna der Kirche und des Kollegiums. Sie fragte sich, ob er sie wohl haßte für das, was sie ihm angetan hatte. Selbst wenn, das hielt ihn wahrscheinlich nicht davon ab, mit ihr zusammenzuarbeiten, um Suraklin das Handwerk zu legen; zu gut kannte sie sein Verantwortungsbewußtsein und sein verbohrtes Pflichtgefühl, als daß sie angenommen hätte, er würde ihre Unterstützung zurückweisen oder ihr mit offener Feindseligkeit begegnen. Aber sie hatte ihn verraten, ihn den grausamen Methoden der Inquisition ausgeliefert und der langsamen Marter des Siegels der Finsternis. Und – wie für Antryg typisch, überlegte sie mit einem Lächeln – er hatte sie der Möglichkeit beraubt, mittels einer spektakulären Befreiungsaktion tätige Reue zu üben.

*Noch lebt er«*, beruhigte sie sich, als langsam die Dunkelheit niedersank und der Wind zwischen den Hügeln zu klagen begann. *Irgendwo da draußen* ...

Der letzte Schimmer Tageslicht erlosch. Es wurde kalt.

»Meine Vermutung ist, er schlägt einen Bogen und kommt von Norden her zurück«, meinte Caris leise, als sie sich im Lee einer Gruppe kahler Erlen auf einem Inselchen in den Marschen niederließen. Knüppeldämme führten vom höheren Gelände, wo sie die Pferde versteckt hatten, zu dem Erdbuckel, auf dem sie saßen, und weiter bis zu den Toren der Stadt. Ringsum erstreckten sich die Marschen, das grüne Feenland der Tümpel und Teiche, das Joanna im Sommer durchwandert hatte; jetzt war es wie unter einem bösen Fluch zu einer tristen, braungrauen Einöde erstarrt. Hinter ihnen strich der Wind schrill singend über die Hügel. »Sie werden die Engelshandstraße in den Nordosten bewachen und die Straße der Steine zum Turm, aber dieses Tor wird nicht oft benutzt. Er muß den Weg nehmen – die Marschen sind größtenteils gefroren, aber er wäre verrückt, wenn er riskierte, in einen Tümpel einzubrechen.«

»Er *ist* verrückt«, gab Joanna zu bedenken. »Und verzweifelt.«

»Er ist verrückt, aber nicht lebensmüde. Wenn er naß wird, bringt ihn die Kälte um, bevor es wieder hell wird.«

Joanna fröstelte und klemmte die Hände in die Achselhöhlen, um sie zu wärmen. Am Stadttor brannten Fackeln und

Lampen, ein Versprechen von Wärme und – dachte sie hungrig – Essen. Der gelbrote Schein fing sich in der Wolke ihres Atems und spielte über die eingesunkenen Schindeldächer der langen Reihe schäbiger kleiner Hütten, die sich im Schatten der Stadtmauern zu beiden Seiten der Straße duckten.

»Was ist das?«

Caris folgte ihrem Blick.

»Die Sommerfrische der Armen aus Kymil. Sie gehen in den Marschen auf Fischfang, damit sie zu essen haben. Sobald die Herbstregen einsetzen, sind sie gezwungen, in die Stadt zurückzukehren. Die meisten dieser Hütten stehen knietief unter Wasser.«

»Könnte er sich in einer davon versteckt halten?«

Caris beugte sich um den borkigen Stamm einer Erle und musterte die Ansammlung kläglicher Behausungen. Plötzlich zog er den Kopf zurück und flüsterte: »Jemand scheint es für möglich zu halten.«

Zwischen den Bäumen hindurch konnte Joanna auf dem erhöhten Straßendamm eine Reihe schwarzgekleideter Reiter entdecken. Die Lichter vom Tor funkelten auf den Messingbeschlägen von Armbrüsten und Pistolen und zeichneten den starren Umriß der Schwerter unter schwarzen, gesteppten Mänteln nach. Kirchensasenna, vermutete sie, nach einer ergebnislosen Suche von Dunkelheit und Kälte zum Aufgeben gezwungen. Einer von ihnen deutete auf die Hütten. »Sind die schon durchsucht worden?«

Joanna hatte das Gefühl, ihr Herz bliebe stehen.

Der Befehlshaber der Abteilung fluchte und forderte mit einer schroffen Armbewegung seine Männer auf abzusitzen. Joannas Blick hing wie gebannt an den undeutlich erkennbaren Silhouetten, die auf einem schmalen Pfad die Böschung hinunterliefen. Ihr war zumute, als müßte sie ersticken vor Angst, Verwirrung und irrwitziger, jubilierender Gewißheit.

»Was ist los?« flüsterte Caris, dessen Handgelenk sie, ohne es zu merken, umklammert hielt.

»Antryg«, flüsterte sie. »Das war Antrygs Stimme.«

»Der *Soldat?*«

Es kam ihm so unwahrscheinlich vor wie ihr selbst, aber sie wandte den Blick nicht von der Hütte ab, in der der größte der Sasenna verschwunden war. Sie konnte schattenhafte Bewegungen sehen, Gestalten liefen durcheinander, gerieten hin und wieder in die goldenen Lichtbahnen vom Tor. Der große Mann kam zum Vorschein, watete durch den halbgefrorenen Modder aus Brackwasser und Jauche zur nächsten Hütte. Selbst aus dieser Entfernung fiel auf, daß er sich mit einer merkwürdigen, geschmeidigen Arroganz bewegte, wie ein Tänzer.

»Unmöglich.«

Die Sasenna sammelten sich am Fuß der Böschung. Jemand fragte: »Alle hier?« und erhielt als Antwort ein zustimmendes Murmeln, obwohl es sich in der Dunkelheit und bei einer so großen Gruppe unmöglich feststellen ließ. Rutschend und fluchend kletterten sie den schmalen Pfad hinauf zur Brücke.

Caris hauchte: »Einer fehlt.«

»Die Hütte am Strebepfeiler. Er ist nicht wieder rausgekommen.«

Caris überprüfte die Ladung der Pistole, die er aus der Schärpe gezogen hatte. Es war ein ortsüblicher Vorderlader, nicht Suraklins 45er, ein verirrter Lichtstrahl vom Tor zeigte Joanna die *na'ar*-Runen auf dem Lauf. »Er hat eine Armbrust«, erklärte er, und sie erinnerte sich, daß Caris im Dunkeln sehen konnte wie eine Katze. »In diesem Stadium schreckt er wahrscheinlich nicht davor zurück zu töten, um sich zu schützen.« Er richtete sich halb auf, warf einen Blick zum Tor, um sich zu vergewissern, daß man sie nicht entdeckt hatte, und sah Joanna an. »Du mußt bedenken, auch wenn es ihm gelungen ist, aus dem Turm zu entkommen, muß er deswegen nicht weniger verrückt sein.«

Die Hütte war klein und niedrig, wie ein schmutziggrauer Blutegel klebte sie an einem der massigen Strebepfeiler der Stadmauer. Um hinzukommen, mußte man durch braune Pfützen waten, die unzweifelhaft gestunken hätten, wäre es nicht so kalt gewesen. Joanna hatte ihr Gewand bis zu den

Knien hochgerafft, sie fror erbärmlich, trotz der langen wollenen Unterhose; ihre Zehen in den Stiefeln waren taub. Caris, der vor ihr ging, schien keine solchen Beschwerden zu haben. Zweimal rutschte sie aus und hätte fast die Taschenlampe verloren, die ebenfalls aus der unerschöpflichen Fundgrube ihres Rucksacks stammte. Der reflektierte Schein der Fackeln am Tor oben verlieh Caris' hellblondem Haar einen matten Zitringlanz, als er vor der schwarzen Türöffnung der Hütte stehenblieb. Bevor sie ihn eingeholt hatte, trat er mit einem raschen Schritt um den Türpfosten herum und zielte mit der Pistole ins Dunkel.

»Fallenlassen!« befahl er.

Nichts rührte sich. Joanna erstarrte unwillkürlich vor atemloser Spannung.

Endlich, gedehnt und unsagbar müde, ertönte Antrygs Stimme aus den tiefen Schatten. »Hallo, Caris.« Ein gedämpftes Klappern und Platschen, als ein Gegenstand, wahrscheinlich die Armbrust, auf den morastigen Boden fiel. Joanna schlitterte die letzten paar Schritte zu Caris und richtete den Strahl der Taschenlampe ins Innere der Hütte, wo Antryg als Geste der Kapitulation die Hände hob. Er hielt den Kopf gesenkt, sein Gesicht drückte totale Erschöpfung aus und die absoluteste Resignation.

Jeden anderen hätte er erschossen, begriff sie, nur Caris nicht, den Antryg trotz allem nie aufgehört hatte, als seinen Freund zu betrachten.

Das Licht spiegelte sich in den runden Gläsern seiner Brille, er zuckte geblendet zusammen; seine Hände in den fingerlosen, abgewetzten Lederhandschuhen zitterten. Plötzlich schien ihn ein Schwächeanfall zu überkommen, und er suchte Halt an dem Strebepfeiler der Stadtmauer. Sein hohlwangiges Gesicht wurde noch bleicher in einem Rahmen kurzgeschnittener, verblüffend schwarzer Locken, mit den eingesunkenen Augen erinnerte es an einen von pergamentener Haut überzogenen Totenschädel. Nach einem kurzen Moment hob er den Kopf wieder, schaute blinzelnd in die elektrische Helligkeit und entdeckte Joanna.

Ihre Blicke trafen sich. Sein Gesichtsausdruck blieb unverändert, aber etwas in ihm schien zur Ruhe zu kommen, als verharrte er in perfektem Equilibrium zwischen zwei Herzschlägen auf der Schneide eines Rasiermessers, in Erwartung des Endes der Welt.

Caris schob die Pistole in die Schärpe zurück. »Suraklin ist in Engelshand«, sagte er. »Wir sind gekommen, um dich zu retten.

Joanna stieß hervor: «Antryg, es tut mir leid.»

Er setzte zum Sprechen an, aber nach dem ersten abgehackten Atemzug beherrschte er sich gewaltsam. Sie las in seinen Augen die Traurigkeit eines Menschen, der die Hand von etwas zurückzieht, woran sein Herz hängt, weil er weiß, daß es nicht für ihn bestimmt ist. In unverbindlichem Plauderton begann er: »Meine liebe Joanna ...«

Sie trat zwei Schritte auf ihn zu und schlang die Arme um seine Taille.

In ihrem ganzen Leben hatte sie so etwas nicht getan, teils aus Angst vor Zurückweisung, teils, weil es einfach nicht ihre Art war. Um so typischer, daß sie vergaß, sowohl den Rucksack als auch die Taschenlampe loszulassen, weshalb die Umarmung hölzern und unbeholfen ausfiel, aber das kam ihr erst später zu Bewußtsein. Er drückte sie an sich, hob sie dabei – weil er soviel größer war – von den Füßen, durch die Schichten von wattiertem Mantel und gestohlener Uniform spürte sie sein schluchzendes Atemholen. Seine Rippen fühlten sich unter ihrem Griff an wie ein Waschbrett, seine Beckenknochen wie die von einem alten Gaul. Einen Moment lang spürte sie das absurde Verlangen, eins mit ihm zu werden, ihn nie mehr von sich zu lassen, und die Gewalt seiner Umschlingung verriet ihr mehr als alle Worte, daß er das gleiche empfand. Ihre Lippen trafen sich. Wären sie fähig gewesen zu verschmelzen, sich einer im Körper des anderen zu verlieren, hätten sie es getan. Joanna merkte, daß sie weinte.

Er setzte sie ab und zerrte krampfhaft an dem fadenscheinigen Schal um seinen Hals. Darunter erspähte sie im Schein der Taschenlampe das dunkle Band des eisernen Halsreifs, ein schroffer Kontrast zu der weißen Haut und gesäumt von Abschürfungen und offenen Wunden. »Nehmt mir das Ding ab«, sagte er gepreßt und fügte mit einem schiefen Grinsen hinzu: »Du hast nicht zufällig eine Metallsäge bei dir, Liebes?«

Wortlos kramte Joanna in ihrem Rucksack und förderte das Gewünschte zutage. Antryg feixte koboldhaft, dann packte er sie und küßte sie wieder. »Falls dies alles nur ein Traum ist«, meinte er heiser, »dann werde ich morgen früh sehr enttäuscht sein.«

Er kniete sich hin. Joanna schulterte den Rucksack höher und schob den schmutzigen grünen Schal zwischen das Eisen und seinen Hals. »Caris, kannst du mir die Lampe halten ...?«

»Nein«, antwortete der Sasenna kurz.

»Sehr richtig«, stimmte Antryg zu. »Einer muß aufpassen. Das Geräusch könnte Aufmerksamkeit erregen.«

»Vielleicht sollten wir damit warten, bis wir an einem sicheren Ort sind?«

Antryg, der Joanna die Taschenlampe abgenommen hatte und den Lichtkegel auf den Halsreif gerichtet hielt, schüttelte den Kopf. »Nein. Ich muß das Ding loswerden.«

›Das Ding‹ hatte ihn vielleicht nicht daran hindern können zu fliehen, erkannte Joanna, aber deswegen wurde die Qual, die es ihm bereitete, nicht geringer. Den Reif durchzusägen ging erstaunlich schnell und leicht – das Eisen war überhaupt nicht gehärtet –, nur verursachte es einen höllischen Lärm. Joanna hatte beim Üben daheim zwei Blätter zerbrochen und Ersatz mitgebracht, aber die Vorsorge erwies sich als unnötig. Sie war genau in dem Moment fertig, als Caris flüsterte: »Jemand kommt!« Antryg stand schwerfällig auf und zog sich mit zitternden Händen den Eisenring vom Hals. »Ich danke dir«, murmelte er.

Bevor Joanna die Taschenlampe ausknipste, bemerkte sie zwischen den verschorften Stellen einen kreisrunden braunen Fleck, wo das Siegel die Haut verätzt hatte wie Säure. Ihr fiel auf, daß er es vermied, mit dem Zeichen des Toten Gottes in Berührung zu kommen, obwohl er den Reif in der Hand hielt.

»Hasu«, meldete Caris und bückte sich wieder ins Innere der Hütte. »Kirchenhunde.« Er fischte die Armbrust aus dem Morast und reichte sie Antryg.

Antryg wehrte kopfschüttelnd ab, riß ein Brett aus der wackligen Rückwand und schlängelte seinen hageren Körper durch die Öffnung.

Caris zischte: »Sie können im Dunkeln sehen ...«

»Selbstverständlich.« Antryg schob den zerbrochenen Reif in seinen Gürtel und begann zu laufen, in Richtung des Straßendamms.

Rufe wurden laut, die Hasu wußten, wie Antryg mit Brille und ohne Bart aussah. Joanna hörte das Schwirren und den dumpfen Einschlag eines Armbrustbolzens in die Wand einer Hütte. Caris stieß zwischen zusammengebissenen Zähnen hervor: »Verrückt! Er ist verrückt!« Antryg schlug einen Haken, durch den Spalt in der Bretterwand beobachtete Joanna, wie er durch das knöcheltiefe Wasser sprintete, das hier überall den Boden bedeckte. Man sah auch den Grund, weshalb es nicht gefroren war – es lief aus einem Abflußrohr genau unterhalb der Brücke. Auf diesem Weg hatte er also geplant, in die Stadt zu gelangen.

Auf der anderen Seite der Hütte hörte sie die Schritte der Hasu, die sich zielstrebig durch die Dunkelheit bewegten. Im Gegensatz zu ihnen mußte sie sich anstrengen, um etwas zu erkennen, aber sie erspähte schemenhaft Antrygs schlaksige Gestalt, wie er einen Moment vor dem Kanalisationsrohr innehielt; seine Brillengläser blitzten auf. Dann kam er in schnellem Lauf zurück, der schwarze Mantel der Sasennauniform flatterte wie ein Umhang hinter ihm her. Er stolperte über eine Unebenheit, wäre beinahe gefallen, fand das Gleichgewicht wieder und warf sich durch die schmale Öffnung in der Wand, hinter der Joanna gestanden hatte. Sie setzte das lose Brett gerade rechtzeitig ein, denn im selben Moment bogen die beiden Hasu um die Ecke und liefen geradewegs auf das Abflußrohr zu.

Antryg lehnte neben ihr an der Wand und rang keuchend nach Luft. Seine gefärbten Augenbrauen hoben sich wie schwarze Tuschestriche von der fahlgrauen Haut ab, man sah ihm an, daß er solchen Anstrengungen nicht gewachsen war. Trotz der Kälte glänzte sein Gesicht vor Schweiß, die aus wer weiß welchen Ingredienzien zusammengerührte Farbe rann in Bächen aus seinem Haar über die hohen Wangenknochen und die weißen Narben von den Peitschenhieben des Regenten.

Die beiden Hasu waren ein paar Schritte vor dem Rohr stehengeblieben. Einer von ihnen streckte zögernd die Hand aus und zog sie plötzlich zurück, als hätte er sich verbrannt. Wie auf Kommando machten sie kehrt und eilten zu dem schmalen Pfad, der zur Brücke hinaufführte, dabei riefen sie laut nach den Wachen ...

»Das Siegel der Finsternis?« mutmaßte Joanna, als die zwei kleinen Gestalten, vom Fackelschein mit Farbe umgossen und aufgeregt die Arme schwenkend, in der Backofenglast der weit offenen Stadttore verschwanden.

Antryg nickte, das alte, koboldhafte Grinsen milderte die scharfen Linien der Anspannung in seinem Gesicht. »Ganz sicher dem Verhalten von Bibern vorzuziehen, die sich angeblich Teile der Anatomie abreißen und den Jägern hinwerfen, um diese von der Verfolgung abzubringen, obwohl mir nie ganz eingeleuchtet hat, wozu das gut sein sollte. Man ist jetzt überzeugt, ich hätte in der Kanalisation Zuflucht gesucht und wird die nächste Zeit damit beschäftigt sein, die ganze Stadt auf den Kopf zu stellen. Ich hoffe nur, du hattest nicht vorgesehen, daß wir in Kymil untertauchen?«

Er zitterte am ganzen Körper, vor Schwäche, Erregung und Kälte. Sie waren alle durchnäßt bis auf die Haut, und es herrschte schneidende Frostluft.

Joanna schüttelte den Kopf. »Larkmoor Manor.« Seine Augenbrauen trafen über der Nasenwurzel zusammen, als er den Namen einordnete. »Wir sind Gäste von Pellicida von Senterwing.«

»Lieber Himmel«, murmelte er, überrascht und verblüfft.

»Die Pferde stehen versteckt weiter oben an der Straße ...«

»Nur einen Moment, ich habe vorher noch etwas zu erledigen.« Schon hatte er das lose Brett von dem Schlupfloch in der Hüttenwand entfernt und sprintete – zu Caris' namenloser Bestürzung – erneut über die freie Fläche zur Mündung des Abflußrohrs.

Als er schnaufend wieder bei ihnen anlangte, schnappte Caris: »Du bist nicht nur verrückt, du bist auch ein Narr! Sämtliche Sasenna der Stadt treiben sich in der Nähe des Tores herum ...«

»Unsinn.« Antryg wischte behutsam den Schlamm von dem Gegenstand, den er in der Hand hielt. »Die gute Herthe hat dies eigens für mich anfertigen lassen, und es wäre undankbar, eine solche Liebesgabe einfach wegzuwerfen. Würdest du es in deinem Rucksack verstauen, Liebes? Wir hüllen es in Blei, sobald wir in Sicherheit sind.« Er reichte den Gegenstand Joanna – es war der eiserne Halsreif mit dem Siegel der Finsternis.

Der Weg zurück zu der Stelle, wo sie die Pferde gelassen hatte, verlief ohne unliebsame Zwischenfälle; Antryg dirigierte einen Trupp Sasenna, dem sie auf der Straße begegneten, mit treuherziger Hilfsbereitschaft in Richtung Stadt. Naß, frierend, schmutzig, dem Zusammenbruch nahe, kletterte Joanna mühsam hinter Antryg auf ihr Pferd, schlang die Arme um seine Taille und legte den Kopf an seinen knochigen Rücken. Sie hätte so einschlafen mögen und tagelang weiterschlafen, während die Pferde durch die stürmische Dunkelheit nach Larkmoor trabten, einem Ort wenigstens relativer und vorläufiger Sicherheit.

Einen weiteren Abschnitt des Plans erfolgreich abgeschlossen, dachte sie müde. Sie hatten Antryg befreit – oder er sich selbst –, lebendig, unversehrt und geistig gesund – oder wenigstens so geistig gesund, wie Antyrg je gewesen war.

Jetzt fingen die Schwierigkeiten richtig an.

# 8.
# KAPITEL

»Und was konnte dich schließlich überzeugen, daß ich die Wahrheit gesagt hatte?«

In ein bodenlanges, prächtiges Hausgewand aus pflaumenfarbenem Samt gehüllt, das einst für Kaiser Hieraldus angefertigt worden war, saß Antryg an einem kleinen, für drei Personen zum Tee gedeckten Tisch. Er war erst dazugekommen, als seine Mitverschwörer sich bereits an den Lekkereien gütlich taten. Obwohl es noch früh am Nachmittag war, brannten schon die Lampen auf den Anrichten aus geschnitztem Ahorn, ihr blasser Schein vermischte sich mit dem wintergrauen Zwielicht, das von draußen hereinsikkerte. Hin und wieder strich seufzend der Wind an der Wetterseite des Hauses entlang; wer dicht davor stand, konnte fühlen, wie die Kälte durch das Mauerwerk drang.

Antrygs Haare waren viel grauer – ohne die künstliche schwarze Farbe –, als Joanna sich erinnerte, in dem hageren Gesicht hatte das Netzwerk der Falten um die Augen sich zu scharf gekerbten Runen vertieft. Er bestand nur noch aus Haut und Knochen. Der Pelzkragen der Robe umrahmte einen drei Finger breiten Streifen aus Abschürfungen und entzündetem, rohem Fleisch über dem überdeutlich hervortretenden Schlüsselbein; seine Unterarme, die aus den weiten Ärmeln zum Vorschein kamen, sahen aus wie von einem Skelett. Aber seine Hände, um eine Porzellantasse gewölbt, besaßen noch ihre frühere Leichtigkeit, und hinter den gesprungenen Brillengläsern blickten die grauen Augen versponnen wie immer, aber friedvoll.

»Wir haben Suraklin gesehen«, antwortete Joanna ruhig. »Du hattest recht. Er brauchte einen Helfershelfer aus meiner Welt, einen Programmierer. Kein Wunder, daß du glaubtest, ich wäre das. Doch er hat sich Gary genommen, meinen … meinen Freund.«

»Ach ja«, meinte Antryg nachdenklich. »Der seine Diebstähle von Computern ausführen ließ.«

Sie nickte bestätigend, aber zurückhaltend. In den DARKMAGE-Dateien war die Entwicklung der Beziehung zwischen Gary und Suraklin detailgenau aufgelistet, aus dem Blickwinkel des Verführers und auch des Verführten. Gary hatte nicht den Hauch einer Chance gehabt.

Einen Moment lang starrte sie in ihre Teetasse und zeichnete mit einer Fingerspitze die Bögen des vergoldeten Henkels nach. Dann holte sie tief Atem und berichtete leidenschaftslos von ihren eigenen verspäteten Schlußfolgerungen und daraus resultierenden Abenteuern, unterstützt von Pella, die schüchtern, aber ohne etwas auszulassen, ihre eigenen Erfahrungen mit Cerdics neuem Spirituellem Berater beisteuerte, die Beobachtungen im Spielzimmer des Kaufherren Dirham und was es mit dem verheerenden Sturm auf sich hatte.

»Das Verflixte ist, es gibt keine Beweise«, schloß Joanna. »Alles nur Kleinigkeiten; nichts, worauf man den Finger legen könnte. Aber diese ... diese Phasen der Lethargie treten immer noch auf, auch wenn die meisten Leute sich nicht vorstellen können, daß es sich um ein objektives Phänomen handelt, nicht um ein subjektives. Ich kann kaum glauben, daß sie nicht begreifen, was in ihrer Welt vorgeht.«

»Nein?« fragte Antryg milde. »Die meisten Menschen sind fest davon überzeugt, daß zwischen objektiver und subjektiver Realität ein Unterschied besteht. Dir geht es wie jemandem, der von oben in ein Labyrinth hineinschaut, statt darin herumzuirren. Übrigens gibt es ein sehr schönes Labyrinth in der Zitadelle der Nigromanten oben im Norden. Und da niemand Buch darüber geführt hat, wann wo welche Abominationen aufgetaucht sind, glaubt man unter Garantie, ich hätte sie während meines kurzen Ausflugs in die Freiheit im Spätsommer aus dem Hut gezaubert. Ich bin überzeugt, daß jetzt, nachdem ich erneut geflohen bin und als Sündenbock herhalten kann, die Anschläge auf Pharos' Leben wieder beginnen.«

Er stellte die Teetasse hin und massierte seine Finger wie vor Kälte oder gegen irgendeinen chronischen Schmerz. »Sie haben doch seit meiner Gefangennahme aufgehört?

Wie ich mir dachte. Authentizität war immer eine von Suraklins Stärken.«

Antryg blickte über den Tisch zu Caris in seiner geliehenen, tabakfarbenen Livree. Er bestrich schweigend ein Muffin mit Butter, hatte aber eindeutig nicht die Absicht, es zu essen. »Es tut mir leid, Caris«, meinte er halblaut.

Der junge Mann antwortete ihm mit einem Blick aus Augen wie die eines jungen Wolfs, der bereit ist, die Hand zu beißen, die ihm helfen will.

Antryg fuhr fort: »Suraklin zerstörte einen Mann, den wir beide sehr liebten – raubte ihm Körper und Verstand, benutzte ihn und warf ihn weg, als er seiner nicht mehr bedurfte. Aber das ändert nichts an der Tatsache, daß ich derjenige gewesen bin, der getötet hat, was noch übrig war.«

Caris schüttelte den Kopf. Undeutlich und sehr leise sagte er: »Wenn ich ihn so gefunden hätte, wie der Kaiser jetzt ist, hätte ich dasselbe getan.«

»Ich bin sicher, darauf hat Suraklin spekuliert: daß ich nicht lange in dieser Welt verweilen konnte und ihn nie in diesem Zustand dort zurücklassen würde, hilflos unter Fremden. Dabei war es im Grunde genommen unerheblich, ob ich ihn tötete oder ihn leben ließ, alles deutete auf mich als Schuldigen. Pella ...« Er sah die junge Frau an, die still Kysshas wieder zu seidigem Glanz gebürstetes Fell streichelte. »Dir hat er ebenso Schmerzen zugefügt wie uns, vielleicht noch mehr, weil du nur zufällig zur falschen Zeit am falschen Ort und mit der falschen Person verheiratet warst. Danke, daß du uns hilfst. Caris, Joanna ...« Er umfaßte seine Mitstreiter mit einem Blick. »Ich schulde euch mein Leben. Ihr hättet einen besseren Dank verdient, als von mir gleich wieder in noch größere Gefahr gestürzt zu werden, aber so ist es nun einmal. Es tut mir auch leid wegen Gary«, wandte er sich an Joanna, die auf einem mit Gobelinstoff bezogenen Polsterstuhl neben ihm saß. »Nach dem wenigen, das ich von ihm weiß, war er nicht unbedingt ein Mensch, den ich gerne näher gekannt hatte, aber unter den gegebenen Umständen hat er wahrscheinlich sein Bestes getan.«

Joanna seufzte; es kam ihr vor, als sähe sie Gary zum erstenmal, wie er wirklich gewesen war. »Nicht einmal das, fürchte ich.« Sie deckte ihre Hand über die seine.

Die Nacht war stürmisch gewesen und kalt. In der herbstlich späten Morgendämmerung war Joanna aus dem warmen Bett geschlüpft und durch den stillen Flur zu dem Zimmer gehuscht, in dem Antryg schlief. Ein kleines Feuer brannte im Kamin, das Knistern der Flammen war das einzige Geräusch neben dem Pfeifen des Windes und dem Stakkatogeprassel des Regens. Antryg lag im Bett unter einer grauen Satindecke und schlief fest.

Das war alles, was Joanna gewollt hatte – ihn sehen, sich vergewissern, daß er entgegen aller Widerstände noch am Leben war. Zwei schreckliche, endlose Monate lang war das ihre Litanei und ihre einzige Hoffnung gewesen, daß sie nicht das Unwiderrufliche getan hatte und daß sie sich irgendwo irgendwie wiedersehen würden.

Morgen oder übermorgen wurde es ernst, dann mußten sie damit beginnen, ihr Vorhaben, Suraklins verbrecherischen Plan zu vereiteln, in die Tat umzusetzen. Sie mußten in die finsteren Gewölbe seiner ehemaligen Festung eindringen und den Computer suchen, ihn zerstören oder – wie Caris sagte und Joanna fürchtete – bei dem Versuch sterben. Was sie erwartete, falls sie Suraklin lebend in die Hände fiel, wagte sie nicht zu denken.

Aber dort in dem stillen Schlafzimmer, eingelullt von Wärme und weichem Halbdunkel, schien das alles unglaublich weit weg zu sein und sehr unwirklich. Gestern noch hatte sie in Pellas holpernder Kutsche gesessen, elend, müde, voller Angst und mit dem Gefühl, daß diese Reise nie ein Ende nahm. Morgen waren sie, Caris und Antryg vielleicht tot, alle Hoffnung und Magie auf ewig verloren. Aber heute, an diesem Morgen, gab es nichts weiter als Antrygs eigenwilliges Profil auf dem Kissen, seine leisen Atemzüge und die monotonen Geräusche von Wind und Regen.

Sie stand immer noch dort, mit der Schulter an den gedrechselten Bettpfosten aus Kirschbaumholz gelehnt, als er die Augen aufschlug.

Er schlief wieder, als sie ging. Tatsächlich hatte er den größten Teil des Tages verschlafen und sah immer noch müde aus, als er sich vorbeugte, um seine Teetasse aus der reichverzierten Kanne nachzufüllen. Joanna bemerkte die dunklen Ringe unter seinen Augen. Er machte einen völlig ausgebrannten Eindruck.

Pella sagte ernst: »Du weißt, man wird dir jetzt für alles die Schuld geben – den Sturm, die Abominationen und die Mißernte.« Sie hielt Kyssha ein Stück Kuchen hin, das der kleine Hund mit der Miene gnädiger Herablassung akzeptierte, als hätte er nicht vorher jeden Bissen der am Tisch Sitzenden mit jammervollem Hungerblick verfolgt. »Wenn deine Magie so stark ist, daß sie dir geholfen hat, aus dem Turm zu entkommen, wird man glauben, daß du auch all das andere bewirken konntest.«

Antryg seufzte. »Ich weiß. Aber natürlich hat Magie bei meiner Flucht keine Rolle gespielt. Ich konnte nicht von meinen Kräften Gebrauch machen, nicht in dem Turm, nicht mit dem Siegel an meinem Körper.«

»Und wie hast du dich von deinen Ketten befreit?«

Er zuckte die Schultern. »Ich habe die Schlösser geknackt. Vor drei oder vier Jahren versuchte die Bischöfin, mir Angst einzuflößen, und drohte, mich in Ketten legen zu lassen; die Ringe dazu befinden sich schon seit Hunderten von Jahren in den Mauern. Um für alle Fälle gerüstet zu sein, nahm ich einige der Spielzeuge auseinander, mit deren Herstellung ich mir die Zeit zu vertreiben pflegte, und bastelte aus den Drähten ungefähr ein Dutzend Dietriche. Anschließend versteckte ich sie nahe bei den Ringen in Ritzen von Boden und Mauern und auch an anderen strategisch günstigen Punkten im Turm. Da ich an dem Siegel an der Tür nicht vorbeikonnte, ließ man mir damals, während meiner ersten Haftjahre, ziemlich viel Bewegungsfreiheit.

Ich nutzte die Dietriche weidlich aus, um Dinge aus der Wachstube im unteren Stockwerk zu entwenden – Uniformstücke, ein Rasiermesser, um mir Haar und Bart zu schneiden, und einen Übermantel, um zu verbergen, daß ich keine Waffen trug. Ich schnitzte mir ein Stück Holz zurecht, damit es aussah, als hätte ich ein Schwert unter dem Mantel – ich durfte keines stehlen, wenn ich nicht riskieren wollte, daß man es vermißte und Alarm schlug. Ich versteckte alles in dem Zwischenraum zwischen Balken und Dach, wenn ich nicht daran arbeitete. Der Raum hatte keine Fenster, also war es ziemlich dunkel, was mir gut zupaß kam; denn natürlich kann ich im Dunkeln sehen, die Wachen hingegen nicht.

Ungefähr einen Monat lang beschäftigte ich mich damit, meine Vorbereitungen zu treffen – ich fing an, sobald meine Hände geheilt waren. Die ersten Wochen tat ich nichts anderes, als in einer Ecke zu hocken und unverständliche Selbstgespräche zu führen, während mein Bart wuchs und ich daran arbeitete, die Beweglichkeit meiner Finger wiederherzustellen. Man hatte die Gelenke ausgerenkt, aber nur vier waren tatsächlich gebrochen. Leider sind sie etwas krumm zusammengewachsen. Ich mußte sie immer wieder mehr schlecht als recht bandagieren, damit die Wachen glaubten, ich wäre verkrüppelt, und mich nicht so genau beobachteten.«

Caris hob spöttisch den Blick von irgendeinem privaten Gedankengang. »Und aus demselben Grund hast du den Verrückten gespielt?«

»Unter anderem«, gab Antryg zu, seine knochigen Finger strichen unbewußt über den dunklen Pelzbesatz an den Ärmeln des Hausmantels. »Ich wollte verhindern, daß die Wachen einen klaren Eindruck von meinem Aussehen bekamen. Zum einen bin ich fast einen Meter neunzig groß. In jeder noch so raffinierten Verkleidung wäre ich nicht zehn Schritte weit gekommen, wenn irgendeiner im Turm mich je anders gesehen hätte als in einer Ecke kauernd. Demselben Zweck dienten auch diese Visionen von obskuren Heiligen.«

»*Wie bitte?*« fragte Pella ungläubig. Joanna hatte vergessen, sie darauf vorzubereiten, daß man bei Unterhaltungen mit Antryg auf überraschende Wendungen gefaßt sein mußte.

Er betrachtete sie mit seinen freundlichen, leicht verrückten Augen, als wäre er überrascht, daß sie den Zusammenhang nicht erkannte. «Die meisten Kirchensasenna sind halbe Mönche. Nach zwei Jahren in einem Kloster konnte ich Heilige beschreiben, die nur andere Eingeweihte erkennen. Wußtet ihr, daß Sankt Kalwiddoes eine Nase aus Metall gehabt haben soll? Angeblich verlor er das Original um des Glaubens willen; er hilft bei Nebenhöhlenentzündungen. Nach und nach gewann ich die Sympathie einiger meiner Bewacher, was die Bischöfin veranlaßte, die Mannschaft alle paar Wochen ablösen zu lassen.«

Caris hob mißbilligend die Brauen. »Also war alles nur Theater?«

Antryg schwieg einen Moment. Dann antwortete er: »Nicht unbedingt.« Draußen vor dem Fenster fuhr der böige Wind in die kahlen Bäume, die Larkmoor umstanden; ihre schwarzen Zweige kratzen wie dürre Hexenfinger an dem grauen Himmel. »Es gab Zeiten, da kam mir alles zu Bewußtsein – wo ich war, was draußen geschah ... Lichte Augenblicke, wenn ich die Realität meiner Situation und meiner Aussichten erkannte. Aber man kann nicht dauernd schreien und mit den Fäusten an die Wände trommeln.

Und ich war furchtbar müde. Das Siegel der Finsternis lähmt nicht nur die magischen Kräfte eines Zauberers, es laugt ihn aus. Das Ding fraß mich auf, Stück für Stück. Ich konnte nicht essen, ich konnte nicht schlafen, und wenn mir doch vor schierer Mattigkeit die Augen zufielen, peinigten mich entsetzliche Träume.« Er verstummte und schaute geistesabwesend vor sich hin; das weiße Licht vom Fenster verwandelte die runden Gläser seiner Brille in geborstenes, schmutziges Eis. Er hatte sich, stellte Joanna fest, außer des Kaisers Robe auch noch ein Paar Ohrringe angeeignet, Solitäre von jeweils mehr als zwei Karat; sie funkelten, als er den Kopf hob. »Ich mußte das Ding loswerden«, sagte er einfach. »Ich mußte die Flucht wagen. Selbst wenn mir der Scheiterhaufen erspart blieb, es war nur eine Frage der Zeit, bis ich zu schwach war, um es noch zu können.«

»Wir möchten gerne wissen«, meinte Caris argwöhnisch, »*wie* du die Flucht bewerkstelligt hast? Du sagst, kein Magier vermag das Siegel des Toten Gottes zu überwinden, und du warst sogar zweifach gebunden, durch das Siegel an deinem Hals und an der Tür. Nun gut, du hattest dir eine Uniform beschafft, dich rasiert, das Haar abgeschnitten, es gefärbt – übrigens, was hast du als Färbemittel genommen?«

»Lampenruß und was mir nach gründlichem Einweichen der Einband eines gestohlenen Buchs der Schriften geliefert hat. Ich habe gehört, in Trembergil soll es eine Wurzel geben, deren Genuß graues Haar dauerhaft schwarz färbt, und Königin Darthirambis II hat einst vier Elefanten, zehn Ballen Seide zweiter Wahl und zwei Tanzknaben gezahlt – für eine Handvoll davon. Die Wachen klauten untereinander wie die Raben, die Kirchensasenna von denen des Kollegiums und umgekehrt. Niemand bemerkte meine bescheidene Mitwirkung.«

»So weit, so gut.« Caris ließ sich nicht ablenken. »Du hast dich also verkleidet unter deine Bewacher gemischt, aber *wie ist es dir gelungen, das Zeichen an der Tür zu passieren?*«

Antryg ließ sich Zeit mit der Antwort, gedankenverloren massierte er seine Finger. Joanna warf einen Seitenblick auf das runde, bräunliche Mal, das in die fahle Haut seiner Kehle eingeätzt zu sein schien, und sagte leise: »Desensibilisierung, habe ich recht? In meiner Welt eine Heilmethode für Phobien.«

Ein angedeutetes Lächeln verzog seine schöngeschwungenen Lippen. »Das war meine größte Angst – im entscheidenden Moment nicht stark genug zu sein. Und beinahe wäre es so gekommen. Man wird nicht immun, nicht gegen den Einfluß des Siegels der Finsternis. Sein Würgegriff lokkert sich nie. Aber ich trug es an mir, zwei Monate lang, um meinen Hals geschmiedet. Wenn das nicht gewesen wäre, wenn ich nicht gewußt hätte, daß die Alternative zu dem einen entscheidenden Schritt darin bestand, noch Gott weiß wie lange diese Qual zu ertragen, bis mich endlich der Tod erlöste – ich hätte es nicht fertiggebracht. Auch so stand ich mindestens fünf Minuten nur da, bis ich mich überwinden konnte. Glücklicherweise hatte ich bereits mit meinem Verschwinden den ganzen Turm in helle Aufregung versetzt und es herrschte ein solches Chaos, daß mein Zögern keinem auffiel.«

Er schaute zu Caris hinüber, wie um Entschuldigung bittend, als ahnte er dessen zornige Gekränktheit. Der Sasenna war darauf vorbereitet gewesen, eine heldenhafte Befreiungsaktion durchzuführen, und wie Joanna fühlte er sich – unlogisch oder nicht – irgendwie betrogen. »Nachdem ich die Tür hinter mir hatte, beteiligte ich mich an der fieberhaften Suche. Ich hatte meine alten Lumpen und das abgeschnittene Haar in mein Versteck unter dem Dach gestopft, damit niemand auf die Idee kam, nach etwas anderem als einem barfüßigen, zerlumpten Krüppel Ausschau zu halten. Ohne meine Brille konnte ich gerade genug sehen, um nicht gegen Mauern zu laufen.

Selbstverständlich gibt es keine Sasenna mit Brille. Man sagt, es hat welche gegeben, die Selbstmord begingen, als sie mit Fünfzig merkten, daß die Anpassungsfähigkeit ihrer Augen nachzulassen begann. Nach einiger Zeit schloß ich mich den Trupps an, die hinausgingen, um die Hügel zu durchkämmen. Die Mannschaften waren so oft ausgewechselt worden, daß erstens keiner sich mehr daran erinnerte, wie ich ausgesehen hatte, als man mich herbrachte, ohne Bart, und zweitens die Männer sich untereinander nicht kannten. Danach ...« Er zuckte die Schultern. »Danach blieb nichts weiter zu tun, als meine ›Kameraden‹ abzuschütteln, die Brille aufzusetzen, durch die Kanalisation nach Kymil hineinzugelangen und eine Metallsäge zu stehlen. Ich mußte warten, bis es dunkel war, denn in Kymil gibt es eine Menge Leute, die mich erkennen würden, abgesehen von den Kirchensasenna, heißt das. Doch es ist nicht schwer, sich in einer Stadt zu verstecken.«

Er lehnte sich zurück, der bestickte Samt umfloß ihn wie ein Krönungsmantel. Die großen, feinfühligen Hände hatte er um die Teeschale gelegt und starrte in die hennafarbenen

Tiefen, als könnte er dort seine eigene Zukunft lesen, wie er es für die Reisenden auf der Überlandstraße nach Engelshand getan hatte, um sich und seinen Gefährten eine Mahlzeit zu verdienen. Und vielleicht, dachte Joanna bedrückt, konnte er es. Auf jeden Fall bildete sich eine kleine, senkrechte Falte zwischen seinen Brauen, und er stellte die Tasse klirrend auf den Untersetzer zurück.

Sie fragte sich, was er wohl gesehen hatte.

Nach einer Weile brach Caris das Schweigen. »Du wußtest, es war deine letzte Chance.«

»O ja.« Antrygs tiefe Stimme klang beinahe geistesabwesend, als seine grauen Augen sich wieder auf das Gesicht des jungen Mannes richteten. »Mittlerweile wird man die Losung ausgegeben haben, *tot oder lebendig*. Wenn sie mich finden, werden sie mich töten. Also ist dies hier ganz buchstäblich unsere letzten Chance, Suraklin das Handwerk zu legen – nicht nur seinen Computer zu zerstören, von dem ich sicher bin, daß er unter den Ruinen seines alten Hauptquartiers verborgen ist, am Nodus der Energieadern, sondern ihn zu töten.« Um seine Lippen spielte wieder ein schwaches Lächeln, doch für einen Moment waren seine Augen klar. Antryg hatte zu seinem unverwüstlichen Optimismus zurückgefunden. »Diesmal muß es gelingen!«

»Es ist alles ziemlich schnell über uns hereingebrochen, nicht wahr?«

Caris hob den Blick, aus seinem gedankenverlorenen Starren in die Schatten unter dem Türbogen aufgeschreckt, durch den Antryg und Joanna verschwunden waren. Pella hatte sich geraume Zeit so still verhalten, daß er glaubte, mit dem Raunen des Windes und den Resten des Nachmittagstees allein zu sein. Jetzt merkte er überrascht, daß die große junge Frau noch auf dem rosa Seidenkanapee saß, wie schon während des Tees und der folgenden Besprechung, die schlafende Kyssha auf dem Schoß.

»›Wie ein Sturm aus dem Osten‹«, zitierte er aus den Schriften, ohne fragen zu müssen, was sie gemeint hatte.

Pella lächelte. »Eigentlich wie das zweite Hindernis bei einem Doppelsprung, das hinter dem ersten verborgen ist, bis dein Pferd fast davor steht.«

Er erkannte den Jargon. »Du liebst die Parforcejagd?«

Bedauern flackerte in den schönen, haselnußbraunen Augen. »Nicht so recht. Ich hegte zu große Sympathien für den Fuchs, aber Reiten kam dem Fliegen so nahe wie nur möglich. Noch etwas, womit meine Mutter und meine Tante, die Königin, nicht einverstanden waren.«

Er erwiderte ihr Lächeln. »Wie zum Beispiel, ein Sasenna zu werden.«

»Nun ja, Mutter hatte schreckliche Angst, ich könnte im Gesicht eine Schmarre abkriegen. Als ich zehn war, wünschte ich mir nichts sehnlicher als eine Narbe wie die von meinem Vetter Tybal. Den ganzen Weg von Engelshand habe ich deine bewundert«, fügte sie ernsthaft hinzu. Caris berührte den dünnen weißen Strich an seiner Wange und lachte, während er sich ausmalte, wie die wohlerzogene Tochter des Königshauses von Senterwing ihre entsetzten Eltern zu überzeugen versuchte, daß sie unbedingt auch so etwas haben wollte.

Sie stieß mit der Fußspitze gegen die steifen Taftrüschen ihrer standesgemäßen Röcke, der schimmernde Stoff raschelte. »Wir haben alles daran gesetzt, vor dem Hexenjäger am Turm zu sein, und uns den Kopf zerbrochen, wie wir es anstellen sollten, Antryg zu befreien – ist er immer so?«

»Heute ist er bemerkenswert zurückhaltend gewesen«, antwortete Caris verdrießlich und Pella lachte laut.

Dann meinte sie nüchtern: »Ich glaube, die bisherigen Ereignisse haben uns den Blick verstellt für die wirkliche Gefahr.«

»Nicht ganz.« Caris sprach sehr leise. »Aber sie haben es möglich gemacht, nicht ständig daran zu denken.« Zum erstenmal gab er zu, vor sich selbst und vor jemand anderem, daß er den Dingen, die vor ihnen lagen, ohne Vorfreude entgegensah.

»Glaubst du, dieser ... Computer befindet sich in den Ruinen seiner Zitadelle?«

Er stand seufzend auf, und Pella folgte seinem Beispiel, Kyssha, die sich nicht stören ließ, auf dem Arm. »Dort muß er sein. Aber genug davon. Ich will einen Rundgang machen, kommst du mit?«

Das gleiche hatte Caris in den Herbergen getan, wo sie übernachteten, es war ihm in Fleisch und Blut übergegangen, wenn er die Nacht an einem fremden oder potentiell feindseligen Ort verbrachte – eine Art Patrouille, um die örtlichen Gegebenheiten zu erkunden und sich einen Überblick zu verschaffen, aus welcher Richtung Gefahr drohen könnte. Pella hatte ihn auf diesen Runden begleitet, was er begrüßte, teils, weil Pella mit ihrer Ausbildung noch am ehesten als Kampfgefährte zu gebrauchen war, sollte es Schwierigkeiten geben. Trotz ihrer scheinbaren Unbeholfenheit und Zerstreutheit in häuslichen Dingen verstand das Mädchen, sich leise zu bewegen, konnte zupacken und war flink auf den Füßen.

Doch er hatte festgestellt, daß ihm ihre Gesellschaft behagte.

Während der Toten Zeit war es gut, nicht allein zu sein; auch sonst gab es Momente, wenn das Bewußtsein der unvermeidlichen tödlichen Konfrontation mit Suraklin ihn so schwer bedrückte, daß er glaubte, es nicht ertragen zu können.

Pella warf einen rauchgrauen Umhang über ihr goldgetupftes grünes Kleid und folgte Caris von der Seitenpforte des Hauses zum Ring der winterkahlen Ulmen, der Larkmoor umgab, ein Schutzwall gegen die schneidenden Winde von Sykerst. Im Sommer wogte dort das Gras, jetzt aber lag der Schnee der vergangenen Woche entlang der Nord- und Ostseite in schmutziggrauen Wehen; ein so breiter Streifen, daß man ihn nicht überspringen konnte. Man mußte damit rechnen, daß die Sasenna des Kollegiums und inzwischen auch die Männer des Hexenjägers die Gegend unsicher machten, doch Caris entdeckte keine Fußabdrücke, weder in dem verkrusteten Schnee, noch auf der eisenhart gefrorenen Erde dahinter.

Sie kontrollierten das Gelände um die Stallungen, ohne von den Knechten und Kutschern bemerkt zu werden, und gingen weiter zur Futterscheune jenseits des Baumgürtels. Von dort hatte man den besten Ausblick sowohl auf die nahen Hügel als auch auf das Haus. Nirgends irgendwelche Hinweise auf Eindringlinge. Caris überprüfte die kleinen Holzsplitter, die er am Morgen in den halbgefrorenen Morast der Schwelle gesteckt hatte, und fand sie unverändert vor. Pella stand im Lee des Türpfostens, in den dicken Stoff ihres Umhangs gehüllt. Vor dem dunklen Innern der Scheune verwehte ihr Atem wie eine weiße, vom Wind getriebene Wolke.

»Wäre es nicht besser, noch einen Tag oder zwei zu warten, bevor ihr euch auf den Weg zur Zitadelle macht?« fragte sie, und Caris hob den Kopf von seiner Spurensuche.

»Wir haben jetzt schon zuviel Zeit verloren«, entgegnete er knapp. »Ja, wir brauchten einen Tag Ruhe, Antryg war am Ende seiner Kräfte, und keiner von uns ist dem Gegner gewachsen, mit dem wir es zu tun haben, aber zwei Tage oder drei Tage werden daran nichts ändern. Suraklin ist kein Narr. Joanna glaubt, er befindet sich jetzt auf der anderen Seite des Abyssus, in ihrer Welt, aber wenn sie nun irrt? Eine Garantie haben wir nicht. Und mit jedem Tag, der vergeht, wächst die Gefahr, daß er zurückkommt und von Antrygs Flucht erfährt. Es könnte – *könnte* – uns gelingen, an den Fallen vorbei zu kommen, mit denen er seine Festung schützt, seinen Computer außer Gefecht zu setzen und anschließend auf ihn zu warten. Doch wenn er vor uns dort ist und wenn er weiß, daß Antryg kommt, haben wir nicht die geringste Chance.«

»Das habe ich nicht gemeint«, sagte Pella entschuldigend und strich sich eine Haarsträhne aus dem Gesicht. »Ich dachte nur, ihr möchtet vielleicht auf besseres Wetter warten.«

Caris stand auf und grinste. »Das hieße, sich benehmen wie drei Vögel, die mit dem Kopf unter dem Flügel im finsteren Keller sitzen und darauf warten, daß es hell wird. Das Wetter bleibt so bis zum Frühling.«

»Oh.« Pella schaute ein wenig bestürzt auf die triste Landschaft; ihr Gesichtsausdruck erinnerte an ein Kind, das eben feststellen mußte, daß Kaffee ganz und gar nicht so schmeckt wie er riecht.

Caris trat zu ihr, er zupfte die plissierten Rüschen seiner Hemdmanschetten zurecht. »Ich habe gehört, die Einheimischen verzehren sich in der Fremde vor Heimweh nach Sykerst«, meinte er und zog eine Grimasse. »Von mir aus können sie es behalten.«

Sie sah ihn an. »Dann bist du nicht von hier?«

Er schüttelte den Kopf. »Ich bin in den Weizenfluren geboren, unten am Strebwell, einem großen Fluß. Es ist offenes Land, aber nicht wie hier – auf Meilen in die Runde flach wie eine Tischplatte, mit satter, schwarzer Erde. Wo es Wasser gibt, wachsen Bäume, in den Marschen und den Niederungen, am Ufer der Bäche. Man lebt ruhig dort, friedlich. Im Winter unternahmen Rattenschreck und ich lange Wanderungen, während der Vollmond, so weit man sehen konnte, den Schnee mit einem unwirklichen Leuchten übergoß, und die Luft war so still, daß man drei Dörfer weiter einen Hund bellen hörte.«

Er verstummte, die Kehle wurde ihm eng. Es war Jahre her, seit er an früher gedacht hatte, an seine Heimat, an den erhabenen Frieden jener verzauberten Nächte.

»Dich hat man wohl nicht alleine umherstreifen lassen, oder?« fragte er nach einer Weile.

Ihr Lächeln wärmte nicht nur die großen haselnußbraunen Augen, sondern das ganze Gesicht mit der kühnen Nase und dem üppigen Mund. »Ich durfte nicht, aber ich habe es doch getan. Wenn wir auf dem Land waren, ging ich heimlich Vögel schießen mit meinen Brüdern und Vetter Tybal, manchmal zog ich auch alleine los. Es macht mir Spaß, mit Geräten, Werkzeugen, Waffen zu hantieren, aber mehr als alles andere genoß ich es, ohne Aufsicht zu sein und mir keine Gedanken über mein Aussehen machen zu müssen. Und das Leben am Hof ist so geschäftig.« Eine haarfeine Unmutsfalte erschien zwischen ihren schwarzen Augenbrauen. »Man könnte glauben, die Leute wüßten nichts Besseres mit einem Sommerabend anzufangen, als die halbe Einwohnerschaft des Landes zu einem Gartenfest einzuladen.«

Sie schwieg einen Moment und starrte in die sonnenlose Ferne, als könnte sie hinter den Hügeln den Garten sehen, von dem sie sprach, erfüllt von der apfelgrünen Stille einer lauen Dämmerung. In ihren Augen – auf gleicher Höhe mit den seinen – erkannte Caris den silbrigen Schimmer von Tränen. Nach einiger Zeit meinte sie halblaut: »Wenn es Suraklin gelingt, die Maschine zum Leben zu erwecken, wird das alles verschwinden, nicht wahr? Niemand wird je wieder diesen ... diesen Zauber spüren?«

»Nein.« Caris zögerte, dann fragte er impulsiv: »Wirst du mit uns kommen?«

Sie wandte ihm das Gesicht zu, für den Bruchteil einer Sekunde malte sich Freude auf ihren Zügen, die Lust des Kriegers zu handeln. Dann schaute sie zur Seite, so rasch, daß ihr schwarzes Haar den Kragen des Umhangs peitschte. Er konnte spüren, wie sie zitterte. »Ich kann nicht.«

»Tut mir leid.« Im Nachhinein begriff Caris, welches Ansinnen er gestellt hatte. Einen Moment lang war es ihm richtig erschienen, und in ihren Augen glaubte er zu lesen, daß sie ebenso empfand. »Ich hätte nicht ...«

»Nein, nein, es ist etwas anderes.« Erneut trafen sich ihre Blicke. Deutlich sah er darin den gehetzten Ausdruck, der ihm irgendwann am letzten Tag der Reise schon aufgefallen war und seither immer wieder – die Verzweiflung einer unerwünschten Gewißheit, die sich nicht länger verleugnen ließ. »Wenn es nur um mich ginge, würde ich mitkommen«, fuhr sie mit fester Stimme fort. »Nicht, weil ich verhindern will, daß Pharos einem Meuchelmord zum Opfer fällt, obwohl Gaire – Suraklin – mir oft durch Andeutungen zu verstehen gegeben hat, daß so etwas möglich sein könnte. Ich glaube, mir geht es darum, das Richtige zu tun, das Gute zu bewahren. Glaubst du an das Gute?«

»Ich glaube an die Existenz des Bösen«, antwortete Caris

ruhig. »Und ich glaube, daß man Suraklin Einhalt gebieten muß.« Hier gab es noch jemanden, erkannte er, der mehr war als ein Mitläufer, mehr sogar als eine Strategin wie Joanna.

Sie wich seinem Blick aus, ihre Lippen zuckten. »Es ist einfach, daß ich das Risiko nicht eingehen darf.« Leise und verzagt, als wollte sie etwas Beschämendes und Schmerzliches rasch hinter sich bringen: »Ich glaube, ich trage Pharos' Kind.«

Wut überschwemmte Caris wie eine schwarze Woge, ein unverhältnismäßiger, unlogischer Zorn und Widerwille, als hätte sie gestanden, etwas Schmutziges getan zu haben. Er preßte die Lippen zusammen und schluckte hinunter, was ihm auf der Zunge lag; sie hielt seinen Arm fest, als er sich abwandte, um wortlos davonzustürmen.

In ihrer Stimme lag ein verzweifeltes Flehen. »Caris ...«

Tränen glänzten auf ihrem Gesicht. Er atmete schwer, die Luft drang schneidend kalt in seine Lungen, dabei hatte er ein Gefühl, als durchströmte glühende Lava seine Adern. Verwirrt fragte er sich, weshalb er so aufgewühlt war. Des Rätsels Lösung traf ihn wie ein Schwall Eiswasser und in der nächsten Sekunde sah er die gleiche Erkenntnis in ihren Augen widergespiegelt.

Schlagartig fühlte er sich ernüchtert, die Wut löste sich auf in Entsetzen und eine Traurigkeit, die er nicht benennen konnte. Ihm war zumute, als hätte er versehentlich etwas Kostbares fallengelassen und zerbrochen, von dem er nicht wußte, daß er es besaß, bis es verloren war, unwiderbringlich. Von einem Moment zum anderen war nichts mehr wie vorher, und er wußte sofort, es gab keinen Weg zurück. Heiser, gebrochen, stammelte er: »Pella, ich kann das nicht tun.«

Sie brauchte nicht zu fragen, was er meinte. Es war, als hätten sie beide seit Tagen gegen dieses Wissen angekämpft. »Ich weiß.« Ihre grünlichen Augen begegneten den seinen, dunkel im süßduftenden Halbdunkel. »Ich weiß, du brauchst deinen Haß, um stark zu bleiben, um dich am Leben zu halten, wenn ihr morgen zu der Zitadelle geht.

Aber …« Sie zog fröstelnd die Schultern hoch und kämpfte gegen die Tränen an, die zu vergießen nicht der Weg der Sasenna war. Tonlos flüsterte sie: »Aber du darfst mich nicht hassen.«

Der junge Mann und die junge Frau standen sich auf Armeslänge gegenüber, im Dunkel der Scheune, während draußen die aschefarbene Helligkeit versickerte. Caris wünschte sich, Pharos dafür bestrafen zu können, daß er dieser furchtlosen Seele das Gift der Angst eingeträufelt hatte. Schließlich trat er auf sie zu und nahm sie in die Arme. Und zwang sich, nicht zu fühlen, was er fühlte, als sie den Kopf an seine Schulter legte und weinte.

»Ich hatte nicht vor, das zu tun.«

Es war dunkel. Draußen fiel Regen, kalt und stetig, dann wieder heftig an die Scheiben prasselnd, wenn der Wind ihn mit vollen Händen gegen das Haus warf. Einige der vielen Kerzen auf dem Tisch und der Kommode brannten – von Antryg mit einem beiläufigen Wink der Hand entzündet, als die Nacht hereinbrach.

»Heißt das, du willst Klage erheben wegen Vergewaltigung?« Joanna, in seine Arme geschmiegt, heuchelte Erschrecken.

Antryg setzte eine Miene gekränkter Würde auf, aber das Zwinkern im Hintergrund seiner Augen verriet ihn. Seufzend ließ er den Kopf aufs Kissen fallen und drückte sie fester an sich. »Es heißt, daß ich eigentlich vermeiden wollte, die Dinge für dich noch schwieriger zu machen, als sie ohnehin schon sind.«

»Laß mich überlegen.« Joanna runzelte nachdenklich die Stirn. »Morgen haben wir einen Termin in Suraklins Zitadelle. Wir müssen heil an dem vorbeikommen, was er sich hat einfallen lassen, um seinen Computer zu schützen, und genug Zeit schinden, daß ich den Virus ins System schleusen kann. Danach machen wir's uns bequem und warten auf das Erscheinen des Meisters, falls er nicht bereits da ist und auf *uns* wartet. Hinter mir ist Suraklin her, dir sind die Kirche, der Regent, das Kollegium und die Hexenjäger auf den Fersen, von denen keiner davor zurückschrecken wird, mich als deine Komplizin zu behandeln, nach dem Motto ›mitgefangen, mitgehangen‹. Kaum vorstellbar, wie die Dinge *noch* schwieriger werden könnten, außer wir geraten mit feindlichen Invasoren aus dem Weltraum aneinander oder mit einer Horde braver Landleute, die Knoblauch, Weihwasser, Pfahl und Hammer schwingen. Aber wenn du's sagst ...«

Er musterte sie ernst. »Du weißt genau, was ich meine.«

»Ich weiß genau, daß du Angst hast, mir könnte etwas zustoßen.«

»Nun – ja«, gab er zu, schlang eine Strähne ihres blonden Haares um den Zeigefinger und betrachtete selbstvergessen das weiche Licht- und Schattenspiel. »Doch in Anbetracht dessen, womit wir es hier zu tun haben, ist es gut möglich, daß wir beide nicht ungeschoren davonkommen. Daran läßt sich nichts ändern, wir können nur die üblichen Vorsichtsmaßnahmen treffen und das Beste hoffen. Ich habe eine ungefähre Vorstellung davon, was uns in der Zitadelle erwartet, schließlich war ich Suraklins Famulus, und du kannst mir glauben, gerne führe ich meine Freunde nicht in diese Schlangengrube. Leider verfüge ich nicht über die Kenntnisse, um selbst den Computer außer Gefecht zu setzen, und wir brauchen jemanden, der uns den Rücken freihält. Keiner von uns beiden hat die Wahl – anders als Caris und Pella – einfach zu sagen *›Nein danke‹*.«

»Caris wird uns nicht im Stich lassen«, sagte sie leise. »Pella auch nicht.«

»Nein«, stimmte er zu. »Sie haben beide Kämpferherzen. Aber die Gefahr ist nicht die gleiche. Obwohl ich sicher bin, daß Suraklin beide als Werkzeug benutzen würde, will er sich nicht ihrer bemächtigen, wie er es bei Gary getan hat – und bei dir versucht.«

Joanna überlief es kalt, als sie sich der Dokumentation der allmählichen Übernahme durch den Dunklen Magus erinnerte, geschildert mit klinischer Präzision von Täter und Opfer in ihren jeweiligen Dateien.

Nach einem Moment fuhr Antryg fort: »Während meiner

Gefangenschaft im Turm hatte ich furchtbare Angst um dich – daß Suraklin dich irgendwie unter seinen Einfluß bringen könnte, ohne daß du merkst, was geschieht, bis es zu spät ist.«

Sie schwieg und zog die weiche Okkispitze der Kissen durch die Finger. Es war der Aufschrei seiner Seele, hatte der Magister Magus gesagt, als das Siegel sein Fleisch berührte ... »Und ich hatte Angst, du könntest mich hassen.«

Das Licht der Kerzen warf den langen Schatten der Wimpern auf seine Wangen, als er den Blick in eine weite Ferne richtete. Dann sah er wieder zu ihr hinunter. »Ich habe acht Jahre lang bei Suraklin gelebt«, erinnerte er sie. »Ich bin in seinem Haushalt aufgewachsen. Wer konnte besser wissen als ich, wie er es verstand, Menschen zu manipulieren.« Seine Wangenmuskeln spannten sich. »Zumal ich es am eigenen Leib erfahren habe. Nein, ich habe dich nicht gehaßt. Aber mach dir keine falschen Vorstellungen«, fügte er lebhaft hinzu, »als ich versuchte, dich zu überreden, mich laufenzulassen, und du nicht hören wolltest, hätte ich dir am liebsten den Hals umgedreht.«

Joanna lachte, und eine Zeitlang redeten sie nicht. Die Kerzen schrumpften zu zerklüfteten Kegeln aus weißem Wachs über den muschelbesetzten Meeresgöttinen der Leuchter. In irgendeinem der Räume unten spielte jemand Cembalo, man hörte gedämpfte Stimmen, Caris' und Pellas. Eine Holztreppe knarrte unter anonymen Schritten. Der Regen wurde zu einem feinen Nieseln. In der schimmernden Bernsteinstille des Zimmers klang selbst das Knistern des Feuers laut.

So, wie es aussah, dachte Joanna, beschränkte sich ihrer beider Zukunft auf heute nacht. Diese Wärme, diese Vertrautheit mochte alles sein, was ihnen vergönnt war. Morgen mußte sie tun, was sie schon die ganze Zeit gefürchtet hatte – sich in die Höhle des Löwen begeben, in das Zentrum von Suraklins Macht.

Doch wie Antryg – gefangen zwischen dem Siegel an der Tür seines Gefängnisses und dem Wissen, daß das Gegenstück für immer um seinen Hals geschmiedet bleiben würde, wenn er diese Hürde nicht überwand – wußte Joanna, sie hatte keine andere Wahl, außer sie wollte in der ständigen Furcht leben, daß früher oder später Suraklin kam, um sie zu holen.

Als könnte er ihre Gedanken lesen, sagte Antryg ruhig: »Falls wir das Kunststück fertigbringen, den Computer zu zerstören, ohne dabei getötet zu werden, und wenn es ohne Gefahr möglich ist, möchte ich, daß du mit Caris morgen hierher zurückkehrst. Ihr könnt mir nicht helfen ...« Er zögerte, als müßte er sich erst darüber schlüssig werden, wieviel von der Wahrheit er preisgeben sollte, dann seufzte er. »Und ich glaube nicht, daß ich in der Lage sein werde, euch zu beschützen.«

»Ich verstehe.« Joanna legte die flache Hand auf seine Brust, sonnenbraun gegen die Marmorweiße seiner Haut. »Deshalb wolltest du mich nicht an dich binden – nicht zulassen, daß ich dich liebe. Du rechnest damit, die Konfrontation mit Suraklin nicht zu überleben, habe ich recht?«

Seine grauen Augen, riesengroß ohne die schützenden Gläser, wichen ihrem Blick aus; der Kerzenschein fing sich in einer Facette seines Diamantohrrings. Dann sah er sie an. »Offen gesagt, mein Herz, ich wüßte nicht wie.«

# 9. KAPITEL

Obwohl sie inzwischen mit den Hügeln von Sykerst vertraut war, glaubte Joanna, nie etwas Trostloseres als die Einöde um die Ruine gesehen zu haben, die einst die Zitadelle Suraklins gewesen war. Anderswo mochten die Berge kahl sein, das Gras dürr und gelb, vom dauernden Wind gestrählt wie das Fell eines toten Hundes, aber wenigstens wurde die drückende Stille hin und wieder von irgendwelchen Anzeichen von Leben unterbrochen. Durch das Fenster von Pellas Kutsche hatte sie aus den Gruppen knorriger Birken, die überall Wurzel faßten, wo sich in Mulden des felsigen Bodens etwas Erde ansammelte, Kaninchen aufspringen sehen; die Abdrücke von Wieseln und Bisamratten ziselierten den halbgefrorenen Morast am Ufer der trägen, schwarzen Bäche. Die Hügel glänzten in einer erstaunlichen Vielfalt von Farben – Violett- und Brauntöne, kobaltblaue Schatten, das satte Smaragdgrün der Flechten, die den von der Kälte geborstenen Fels überzogen.

Hier dagegen – nichts. In der weiten Senke mit den bröckelnden Fundamenten, das aufgebrochene Pflaster verborgen unter einem Teppich von Ranken und durchzogen von klaffenden Spalten und Rissen, stammten die einzigen Geräusche vom Wind, der singend über die Felsen strich und im dürren Gras raschelte. Das Klirren des Zaumzeugs, wenn die Pferde die Köpfe warfen, tönte überlaut, ebenso das leise Knirschen von Caris' Sattel, als er sich bei einem Laut herumdrehte, den er nicht wirklich gehört hatte.

»Äußerst merkwürdig«, murmelte Antryg stirnrunzelnd.

Caris warf einen raschen Blick über die Schulter, dann sah er in die Richtung, in die Antryg schaute. »Was ist?« Seine ruhige Stimme hatte einen scharfen Klang, der Unbehagen verriet. »Ich kann nichts Verdächtiges sehen.«

»Eben.« Der Zauberer nickte. »Das ist das Merkwürdige.« Er schob seine altmodische Nickelbrille höher auf die lange Nase und schwang sich mit der gekonnten Leichtigkeit eines altgedienten Kavalleristen aus dem Sattel. »Laßt die Pferde hier und folgt mir. Es könnte schlimme Folgen haben, wenn wir an diesem Ort getrennt würden.« Er half Joanna beim Absteigen; ihr betagter Blauschimmel war zwar das geduldigste Pferd aus den Stallungen der Prinzessin, aber mit seiner imposanten Schulterhöhe eher für eine Reiterin von Pellas Wuchs geeignet.

»Wir sollten uns trennen«, wandte Caris ein. »Du hast selbst gesagt, die Schutzzauber von heute morgen wären stark genug, Suraklin daran zu hindern, mich aus der Ferne wahrzunehmen. Solange Joanna ihren Rucksack mit dem darin eingepackten Siegel bei sich hat, ist er auch blind für sie. Die Kirche weiß, wessen Schüler du gewesen bist, man wird damit rechnen, daß du hierher zurückkommst, und die Hasu werden gemeldet haben, daß du in der Kleidung eines Sasenna geflohen bist. Wenn die Kirchensasenna einen Suchtrupp entdecken, der zusammenbleibt, statt auszuschwärmen ...«

»Würdest du dich von deinen Kameraden trennen, um allein die Zitadelle Suraklins zu durchsuchen?« erkundigte sich Antryg. »Besonders nach einem geflohenen Zauberer, von dem man weiß, daß er nicht ganz richtig im Kopf ist? Nein.« Er wandte sich ab, eine schlaksige Gestalt in der imposanten, schwarzgoldenen Uniform der Sasenna des Regenten; unter dem taillierten, langen schwarzen Mantel zeichnete sich die charakteristische starre Linie des Schwertes ab – ein echtes inzwischen, nicht mehr der zurechtgeschnitzte Stock, mit dem er sich bei seiner Flucht beholfen hatte. »Meine einzige Sorge ist, daß schon gestern Suchtrupps hergekommen und in die Fallen getappt sind. Du bleibst hier«, fügte er zusammenhanglos hinzu, drehte sich herum und faßte nach dem Halfter seines Pferdes. Er strich dem Tier einmal mit der Hand über die Blesse. »Und ihr auch.« Seine Finger berührten leicht die Stirnen der beiden anderen Pferde.

Nach ein paar Schritten blickte Joanna zurück. Die drei Tiere standen dicht beisammen; mit erhobenem Kopf und gespitzten Ohren witterten sie unruhig nach allen Seiten, verharrten aber gehorsam an Ort und Stelle. Nachdenklich ging sie hinter Antryg über den pockennarbigen Boden.

Vom Kamm der Hügel, aus der Richtung des Turms kommend, war die Zitadelle fast unsichtbar gewesen – nicht wie im Nebel verborgen, sondern als hätten Joannas Verstand und Augen den weitgefaßten, brüchigen Mauerkreis in der flachen Senke zwischen den Hügeln nicht wahrgenommen. Caris hatte von dem Phänomen erzählt, das noch wirkte, lange nachdem Suraklins Macht gebrochen war. In der großen Zeit des Dunklen Magus' hieß es, Männer könnten in die Festung hineinreiten und nicht merken, wo sie waren, bis die eisernen Torflügel sich dröhnend hinter ihnen schlossen.

Als sie sich den Trümmern der Umfassungsmauer näherten, wurde Joanna bewußt, welche Kräfte hier am Werk gewesen waren, welch eines Orkans der Magie es bedurft hatte, um diese stolze Festung derart gründlich zu zerstören. Große Flächen des Bodens waren eingebrochen, bildeten flache Mulden, angefüllt mit Schutt und kniehohem Unkraut. Steinquader, groß wie Lastwagenanhänger, lagen überall verstreut, als hätten sie sich nach einer gewaltigen Explosion beim Aufschlag tief in die Erde gebohrt. Buschwerk und Dornengestrüpp überzogen das Areal, ein schmutziger Teppich, der tückische Spalten verdeckte.

Der Regen hatte die Luft erwärmt und die Eisschicht auf den braunen Wasserlachen aufgetaut, die umliegenden Hügel hielten den Wind ab – je näher sie kamen, wachsam, auf alles vorbereitet, desto unangenehmer machte sich ein abscheulicher Fäulnisgeruch bemerkbar.

Antryg, neben Joanna, lauschte angestrengt, scheinbar mit anderen als den menschlichen Sinnen, auf ein Signal, ein Zeichen, das ihn warnte, sobald sie in den Bereich der ersten Verteidigungsmaßnahmen gerieten.

»Seltsam«, hörte sie ihn murmeln. »Aber logisch, wenn man darüber nachdenkt. Zu viele Leute kommen her, um erkennen zu lassen, daß es an diesem Ort etwas gibt, das sich zu bewachen lohnt.«

»Andererseits«, gab Caris leise zu bedenken, »habe ich gehört, es sei Suraklins Art, durch einen Anschein von Gefahrlosigkeit anzulocken und in Sicherheit zu wiegen, bis es zu spät ist umzukehren.«

Antryg rieb sich eine Seite der Nase. »Nicht von der Hand zu weisen«, gab er zu. »Obwohl ... wir haben beide das Geburtsrecht, und ich glaube, wir würden etwas bemerken.«

»Und du glaubst auch, das uns das hilft?«

Der kauzige Zauberer grinste. »Oh, vermutlich nicht. Aber da wir ohnehin nicht vorhaben umzukehren, brauchen wir uns darüber keine Gedanken zu machen.«

Mißmutig vergewisserte Caris sich, daß der 45er und die beiden *na'ar*-Pistolen in seinem Gürtel griffbereit waren –

das gezückte Schwert hielt er bereits in der Rechten. Ohne weiteren Kommentar folgte er ihnen.

Sie hielten ein paar Meter Abstand zueinander. Antryg fand mit schlafwandlerischer Sicherheit seinen Weg durch das Labyrinth zerbröckelter, kniehoher Steinwälle, die von einst beeindruckenden Mauern übriggeblieben waren. Joanna ging hinter ihm her und kämpfte gegen den Wunsch an, sich wie ein Kind an seinem Mantel festzuhalten. Sie kamen an verbogenen Metallteilen vorbei, halb begraben unter totem Gesträuch und zerbrochenen Steinen.

»Die Küche«, erklärte Antryg. »Dahinter befanden sich die Vorratskeller, wo jetzt die Löcher im Boden sind. Ich versteckte mich dort, wenn ich aus irgendeinem Grund sein Mißfallen erregt hatte. Nicht, daß sich jemand lange vor ihm verbergen konnte, aber meine eigenen magischen Kräfte kamen mir gut zustatten.« Er verstummte, während er den Blick über das Gerippe der Zitadelle wandern ließ, und Joanna wußte, in seiner Vorstellung erstand der trotzige Bau, wie er gewesen war – grau, massiv, mit Zinnen und Erkern, die Bastion des schrecklichen alten Mannes, den er so verzweifelt geliebt und gefürchtet hatte.

Sehr leise fragte sie: »Vermißt du ihn?«

Er sah überrascht zu ihr hinunter. Seine Brauen zogen sich zusammen. Dann antwortete er: »Ich habe ihn immer vermißt. Vermißt, wie er anfangs war; vermißt, was ich glaubte zu haben. Selbst als mir klar wurde, daß alles nur Täuschung war, daß die Zuneigung, die er mir bezeigte, nur dazu diente, mich zu manipulieren – ich weiß nicht. Es war besser als nichts. Aber danach fiel es mir schwer, noch an die Aufrichtigkeit der Zuneigung von jemand anderem zu glauben.« Er rieb sich die Hände in den schäbigen, fingerlosen Handschuhen, weil die Kälte schmerzhaft in die beschädigten Sehnen und Knochen biß.

»Die Schläge und das Aderlassen, die Beschwörungen und Riten bei Vollmond, so abgrundtief verderbt, daß sie jeder Beschreibung spotteten – ich dachte, ich könnte das alles ertragen, wenn er mich nur so liebte, wie er es behauptete. Ich hatte eine ziemlich unglückliche Kindheit.

Wahrscheinlich empfand ich es als Ehre, Objekt dieser Liebe zu sein, Bewahrer von Emotionen, denen so große Macht innewohnt, daß ein Magier sie niemals einem anderen zu zeigen wagt ...« Der breite, ausdrucksvolle Mund zuckte. »Wie eine Forelle sich geehrt fühlt, daß der Angler ihr den Wurm anvertraut. Doch er spielte eine Rolle, ahmte nach, wofür er andere sich opfern gesehen hatte.« Antryg seufzte und fügte hinzu: »Nur spielte er diese Rolle meisterlich. Er pflegte mein Blut zu nehmen, um einige seiner – seiner Schöpfungen zum Leben zu erwecken. Es gab eine Zeit, da hätte ich auch den letzten Tropfen hergegeben.«

Ringsum brütete die Zitadelle in lauerndem Schweigen. Joanna fiel ein, daß sie auf einem Nodus erbaut war, einem Kreuzungspunkt der Energieadern, die den Computer – Suraklins Triumpf – mit der Lebenskraft zweier Welten speisten. Vielleicht war es das, worauf Antryg und Caris lauschten: das Pulsieren immaterieller Kräfte entlang des unsichtbaren Leitungsnetzes der Erde.

Endlich sprach Antryg weiter, wie zu sich selbst: »Salteris erzählte mir, sie hätten ein Freudenfeuer aus all seinen Besitztümern gemacht – Büchern, magischen Gerätschaften, Juwelen, Gemälden. Schöne Dinge; Dinge, an denen sein Herz hing. Er lebte sehr intensiv, mußt du wissen. Sein ganzes Wesen hatte etwas Leidenschaftliches, das dich anzog und faszinierte. Er konnte sich buchstäblich berauschen an der Ästhetik eines Bechers oder eines Edelsteins oder des Farbenspiels eines Sonnenuntergangs. Die Ekstase der Magie, die Hohe Schule der Hofintrige – das liebte er mit einer Passion, wie er sie meines Erachtens nie für ein anderes menschliches Wesen empfand. Aber natürlich sind menschliche Wesen auch viel schwieriger zu kontrollieren als totes Inventar.«

»Offenbar bereitete ihm auch das keine Mühe«, bemerkte Joanna.

»Nein.« Antryg seufzte schwermütig, sein Blick kehrte zu ihr zurück. »Nein, es bereitete ihm keine Mühe. Es hat mich nie überrascht, daß er ewig leben wollte – daß er bereit war, nahezu alles zu tun, nur um nicht auf diese Vielfalt verzichten zu müssen.«

War das der Grund, ging es Joanna durch den Kopf, weshalb Suraklin Antryg zu seinem Famulus, seinem Sklaven, seinem Opfer erkoren hatte? Weil es ihn mit dem gleichen euphorischen Entzücken erfüllte, einfach nur zu atmen? Doch es war nicht dasselbe. Es gab Dinge, für die Antryg freudig dieses farbenfrohe Leben aufgeben würde, unter anderem die Vereitelung von Suraklins Plänen. Befangen, weil sie nie gelernt hatte, die richtigen Worte zu sagen, griff sie nach seiner Hand und würde mit der flüchtigen Wärme seines Lächelns belohnt.

»Antryg!« Caris' scharfe Stimme holte sie in die Realität zurück. »Da drüben.«

Mit wehendem Mantel fuhr der Zauberer herum. Caris stand am Rand einer flachen Grube, das blonde Haar von einem Windstoß zurückgeweht, seine Miene drückte Bestürzung und Abscheu aus. Joanna dachte erst, sein Erscheinen könnte ein Trick sein, ein Köder, um sie in die Falle zu lokken, doch nach kaum merklichem Zaudern legte Antryg ihr den Arm um die Schultern und zog sie mit, als er durch das gefrorene Gras schritt, um sich anzusehen, was Caris gefunden hatte.

Das Ding in der Vertiefung war seit Wochen tot. Sobald der Wind vorübergehend abflaute, stieg ihnen ein widerwärtiger Verwesungsgeruch in die Nase. Joanna wich zurück, angeekelt von dem Anblick des aufgedunsenen, schwarz verfärbten Gesichts, in dessen Öffnungen Würmer und Maden wimmelten.

Antryg und Joanna tauschten einen schnellen Blick. Caris äußerte leise: »Eine Abomination. Sie muß aus dem Abyssus gekommen und geradewegs in eine von Suraklins Fallen hineingewandert sein.« Die Spur, die es getreten hatte, war noch deutlich zu sehen – eine Schneise, die ein paar Meter entfernt im Nichts begann und endete, wo die Kreatur jetzt lag.

Vorsichtig trat der Zauberer einen Schritt vor und kniete sich hin. »Interessant«, meinte er. »Die Würmer sind tot.«

Joanna nahm sich zusammen und trat neben ihn. Sowohl Antryg als auch Caris hatten darauf beharrt, daß sie sich keinesfalls als Sasenna verkleiden durfte, weil aus der Nähe die Täuschung nicht aufrechtzuerhalten war. Sie trug die Hose, das Hemd und den kurzen roten Mantel eines Pagen aus dem Haushalt des Regenten. Widerstrebend ging sie in die Hocke und warf einen Blick auf den Kadaver.

»Sie sind winzig«, bemerkte sie nachdenklich. »Sieht aus, als wären sie gestorben, sobald sie anfingen zu fressen.« Ihr Ekel wurde von detektivischer Neugier überlagert. »Sieh nur, da sind auch tote Fliegen.«

Sie blickte stirnrunzelnd Antryg an, dann wieder auf die tote Abomination. »Könnten Suraklins Schutzzauber das bewirkt haben? Sogar die Maden töten, die sich von ihm nährten, nachdem es tot war?«

Antryg hob den Kopf und studierte den grauen Horizont. Wie Kimme und Korn auf dem fernen Hügelkamm ragten die beiden letzten Menhire der Reihe, die zum Turm des Schweigens führte, in den fahlen Himmel. Genau gegenüber, im Osten, stand schief ein einzelner Stein wie ein müder Zecher. Nach einer Weile schaute Antryg wieder auf das gräßliche, verwesende Ding. »Das wüßte ich auch gerne«, sagte er halblaut.

»Viel wahrscheinlicher *ist* das eine von Suraklins Abwehrmaßnahmen.« Caris berührte mit der Stiefelspitze etwas, das nur der Mund sein konnte, am Ende eines verschrumpelten, rosafarbenen Rüssels. Zähne wie Meißel ragten aus den schwarzen Kiefern.

»Aber wer hat es denn getötet?«

Caris zuckte die Schultern. »Sasenna? Hexenjäger? Peelbone hatte ein Auge auf diesen Ort, lange bevor du ausgebrochen bist. Es gibt eine Menge Spuren im Gestrüpp hier, aber schwer zu sagen, wie alt sie sind.«

»Seltsam, daß ihm nie etwas zugestoßen ist.« Antryg stand auf und musterte aus schmalen Augen die aschefarbenen Buckel aus Stein und Erde ringsum. »Äußerst seltsam. Komm mit, Joanna.« Er griff nach ihrer Hand. »Caris, sei so gut und gib uns Rückendeckung. Vier Meter betrug die übliche Entfernung zwischen dem Auslöser und dem Zuschnappen der Falle.«

Mit diesen tröstlichen Worten schlug er die Richtung zum Hauptkomplex der Festung ein.

Die äußeren Mauern der Zitadelle waren mehr als fünf Meter dick gewesen. Ihre Fundamente bildeten jetzt einen schrundigen, leicht erhöhten Laufsteg, in dessen Rissen und Spalten dürre Gräser wuchsen, schwarz und mürbe wie ausgeglühte Drähte. Vom Rand schaute Joanna in einen Abgrund wie in eine riesige, offene Kohlengrube, hundertfünfzig Meter im Durchmesser und mindestens so tief. Steinschutt sammelte sich am Grund zu kleinen Hügeln um einen stillen Teich, dessen glatte Oberfläche silbern den Himmel widerspiegelte. An manchen Stellen klammerten sich Teile alter Fußböden und Gewölbe an das Mauerwerk und zeigten, wie viele Stockwerke tief die unterirdischen Geschosse in die Erde reichten. Joanna zählte sieben. Antryg neben ihr hüllte sich in Schweigen.

»Bist du jemals wieder hiergewesen, nach der – nach der Zerstörung?«

Er nickte. »Salteris und ich kamen her, vor Jahren, als wir zusammen wanderten. Ich wollte nicht, aber er bestand darauf. Vermutlich, um mir zu beweisen, daß Suraklin wirklich tot war, mir die Angst vor ihm zu nehmen, die meine Träume heimsuchte. Ironie des Schicksals«, fügte er sarkastisch hinzu, »wenn man darüber nachdenkt.«

Salteris' eigene Erfahrungen mit der Zitadelle des Dunklen Magus konnten nicht derart gewesen sein, daß er sie sich gerne wieder ins Gedächtnis rief, überlegte Joanna und dachte an die digitalisierten Erinnerungen des Erzmagus', an das, was er vorgefunden hatte beim Einmarsch der siegreichen Armee. Dennoch war er an den Ort zurückgekehrt, um einem verängstigten, verstörten Jungen zu helfen, sich wieder in der Welt zurechtzufinden, ihn behutsam zur Normalität zurückzuführen. Wie mußte es für Antryg gewesen sein, im Turm des Schweigens als Besucher den Mann zu empfangen, der so für ihn gesorgt hatte, und Suraklin aus seinen Augen schauen zu sehen?

»Ich wünschte, ich hätte ihn kennengelernt«, sagte sie leise.

Er sah auf sie nieder, mit der Miene des Zynikers wider Willen, der den Entschluß gefaßt hat, seinen Illusionen eine zweite Chance zu geben. Schließlich seufzte er, legte ihr die Hand auf die Schulter und drückte sie kurz.

»Da drüben war immer eine Treppe«, sagte er nach kurzem Schweigen. »Getarnt von einem falschen Mauervorsprung neben dem großen Kamin und genügend Zaubersprüchen, um die Mittagssonne zu verdunkeln. Die Armee der Nigromanten hat den oberen Teil zerstört, aber die darunter befindlichen Räume nie entdeckt. Dort wird der Computer sein.«

»Was ist mit dem Weg, auf dem wir beim erstenmal entkommen sind?« erkundigte sich Joanna. »Ein unterirdischer Gang ...«

Er schüttelte den Kopf. »Das war ein abgelegenes Versteck, durch eine etliche Meilen lange Poterne mit der Zitadelle verbunden. Damals hat sich Suraklin von Garys Haus durch den Abyssus direkt dorthin begeben. Sein Signum war in dem Raum.«

In Gedanken versunken ging er ein, zwei Schritte am Rand des Kraters entlang, dann blieb er stehen. »Ich sollte dich hier lassen«, meinte er langsam. »Aber ich weiß nicht, welche Schutzwehren aktiviert sind oder ob es einen Verzögerungsauslöser gibt und eine Flucht schon nicht mehr möglich ist. Schwer vorstellbar, daß Suraklin den Computer so kurz vor der Verwirklichung seines großen Plans unbewacht läßt, außer er selbst lauert unten und wartet ...« Er verstummte und Joanna fand, daß sein Gesicht über dem schwarzen Mantelkragen mit den goldenen Tressen sehr blaß aussah. Ihr kam der Gedanke, daß Suraklins Vorhaben, Antryg zu töten, nur eine Alternative gewesen sein könnte, für den Fall, daß es ihm nicht gelang, sich seines ersten, auserwählten und wohlvorbereiteten Opfers lebend zu bemächtigen.

»Das Schlimme ist«, meinte Antryg stirnrunzelnd, »ich

spüre keine Warnung vor irgendeiner Gefahr, und das beunruhigt mich.«

»Es beunruhigt *dich?*« Joanna brachte ein schwaches Lächeln zustande, obwohl ihr das Herz wie ein Hammer gegen die Rippen schlug.

Er erwiderte das Lächeln. »Bleib dicht bei mir und ...« Er hob den Kopf wie ein Pferd, das plötzlich ein Rudel Wölfe wittert. »Oh, verflucht!«

»Was ist?« fragte Joanna flüsternd.

»Die Hexenjäger«, antwortete er, ebenfalls flüsternd. »Peelbone.«

»Antryg ...« Caris sprang leichtfüßig auf das verwitterte Fundament. »Hörst du's? Entlang der Energiepfade?«

»Peelbone, ja.«

»Gibt es einen Zauberspruch ...?«

»Hasu sind bei ihnen. Außerdem, einmal abgesehen von Pauken und Trompeten, kann ich mir keine unfehlbarere Methode denken, Suraklin wissen zu lassen, daß ich hier bin. Seht, da sind sie ...«

Er deutete zu den Hügeln im Norden, auf die lange Reihe schwarzer Silhouetten vor dem grauen Hintergrund. Ein roter Farbklecks wie ein Blutstropfen – das Gewand eines Kirchensasenna. Der vorderste Reiter spornte sein Pferd an und kam im Trab den Hang hinunter.

»Sie müssen uns durch ein Fernglas entdeckt haben.« Antryg griff nach Joannas Hand und lief mit ihr auf dem breiten Band der Umfassungsmauer entlang. »Peelbone kennt mich natürlich. Er war es, der den Auftrag hatte, mir ein Geständnis zu entlocken.«

»Da!« Caris deutete nach Westen, zu dem Hügelkamm über der Zitadelle. Man sah eine etwa zwölf Mann starke Kavalkade herankommen, blanke Waffen glitzerten in der trüben Helligkeit.

»Wo bleiben Suraklins Abwehrmaßnahmen, wenn man sie braucht?« beschwerte sich Antryg laut.

»Sollen wir uns trennen?«

»Gütiger Himmel, nein! Wir gehen in die Gewölbe hinunter.«

Caris blieb ruckartig stehen. »Bist du wahnsinnig? Wenn Suraklin sich etwas zur Verteidigung hat einfallen lassen, dann ist es da ...«

Klar und dünn wie das Brechen von Eis tönte Peelbones Stimme über das Ruinenfeld. »Windrose!« Er zügelte sein Pferd am Rand des gepflasterten Innenhofs und hob sich in den Steigbügeln, das schüttere graue Haar flatterte im launischen Wind um den asketischen Kopf. Seine Augen waren hart und farblos wie Glas. »Ich hätte wissen müssen, daß du hierher kommen wirst, zurück in den Schlupfwinkel deines alten Meister!« Sein Gefolge hatte zu ihm aufgeschlossen, er trieb sein Pferd an, um den Hof zu überqueren.

Mit einem metallischen Singen fuhr Caris' Schwert aus der Scheide.

Was dann kam, geschah fast ohne Vorwarnung. In späteren Alpträumen sah Joanna die Szenen in Zeitlupe wieder und erkannte, wie sich etwas bewegte, das sie nur am Rande wahrgenommen und für einen Buckel aus moosbewachsenen Steinen gehalten hatte. Es schoß in die Höhe, als der Huf des Pferdes es berührte. Doch im ersten Moment hatte Joanna den Eindruck, es sei aus dem Nichts aufgetaucht – ein riesiges, staubgraues Ding wie eine monströse Qualle mit schleimigen Tentakeln, die über dem Hexenjäger und seinem entsetzten Reittier in der Luft hing.

Der Adrenalinschock lähmte sie, noch bevor Peelbone anfing zu schreien. Sasenna strömten von allen Seiten herbei. Antryg packte Joannas Arm und rannte mit ihr zu dem unkrautbewachsenen Steinhaufen, der den Einstieg zu der geheimen Treppe markierte. Aus den Augenwinkeln sah Joanna Peelbones Pferd wahnwitzig vor Angst im Kreis herumlaufen; die Tentakel streiften den Rücken des Tieres und umhüllten wie ein dichter Vorhang aus Perlenschnüren den Oberkörper des brüllenden Mannes, während der fallschirmähnliche Körper der Abomination sich gemächlich auf Peelbone hinabsenkte.

Joanna hatte keine Zeit zu verfolgen, was weiter geschah. Ihre Füße ertasteten die unter Pflanzen begrabenen Stufen. Eine Hand hielt Antryg fest, mit der anderen klammerte sie sich haltsuchend an die dürren Zweige. Doch unterhalb der Öffnung endete der Bewuchs, und mit jedem tastenden Schritt tauchte sie tiefer in eine undurchdringliche Finsternis. Von oben hörte sie Rufen und Brüllen und über allem einen nicht enden wollenden Schrei. Lieber Gott, dachte sie, wie lange wird er brauchen, um zu sterben?

Ihr Fuß rutschte ab. Halb fiel, halb schlitterte sie die letzten paar Meter nach unten, nicht ohne schmerzliche Bekanntschaft mit den scharfkantigen Steintrümmern zu machen. Antryg zog sie hoch und durch einen halb eingestürzten Torbogen, der an die leere Augenhöhle eines Totenschädels erinnerte, gefolgt von einem keuchenden, aufgebrachten Caris. »Was glaubst du, was du ...?« fuhr der Sasenna ihn heiser an, als Antryg die Hand hinter einen zerbröckelten Pilaster schob, der kaum noch von der Wand zu unterscheiden war, und einen Fluch ausstieß. Er riß die Schwertscheide aus dem Gürtel, keilte sie in das Mauerwerk und stemmte sich dagegen. Wie der schrille Ruf eines exotischen Vogels drangen die Schreie zu ihnen herab, kaum noch als menschlich zu erkennen.

Neben dem Pfeiler tat sich eine schwarze Öffnung auf. Antryg schob Joanna hindurch und schickte sich an, ihr zu folgen, doch Caris umfaßte grob seinen Arm. »Du Narr ...«

»Sag das nicht!« protestierte der Zauberer. »Verrückt meinetwegen, aber kein Narr.« Mühelos befreite er sich aus dem Griff des verdutzten jungen Mannes. Ein verirrter Schimmer Tageslicht huschte an der Brillenfassung entlang, brach sich an einem Sprung im Glas und in der Facette eines Ohrrings. Nüchterner fügte er hinzu: »Man wird nie glauben, daß nicht ich das Ding heraufbeschworen habe, um an Peelbone Rache zu nehmen für das, was er mir angetan hat. Und Joanna.« Er legte ihr die Hand auf die Schulter. »Und dir.«

»Das ist dein Grund, Suraklin geradewegs in die Falle zu stolpern?« Caris' Flüstern hatte soviel Vehemenz wie ein wütender Aufschrei.

»Nun, das Merkwürdige ist«, murmelte Antryg, »von diesen Fallen haben wir bisher nichts bemerkt.« Er schob das Schwert wieder in die Schärpe, während Caris das seine kampfbereit in der Faust hielt. »Wir hätten ohnehin herkommen müssen, Caris. Wenn es eine Falle ist, dann eine sehr raffinierte. Wir können uns ebensogut den Rest ansehen.«

Sie gingen tastend weiter, in eine tiefschwarze Dunkelheit hinein. Eine Dunkelheit, die zirpte und wisperte oder – schlimmer noch – sie stumm zu belauern schien, vergrämt von dem milchigen Schimmer des Feenlichts, das Antryg wie ein Heiligenschein begleitete. Zweimal ließ er mit einer raschen Handbewegung das Licht erlöschen und drängte seine Gefährten gegen die Wand. In der Finsternis hörte Joanna ein gallertiges, schlürfendes Geräusch und spürte die feuchte Kälte im Gefolge der gnädigerweise unsichtbaren Kreatur. An ihrem Arm fühlte sie, wie Caris' Muskeln sich vor Abscheu und Grauen spannten, und das sagte ihr genug. Er konnte als einer mit dem Geburtsrecht im Dunkeln sehen.

Noch andere Wesen flohen vor der Helligkeit; einmal weiße, schwammige Maden, grotesk zur Größe von Schweinen aufgebläht, dann wieder das prosaischere Ungeziefer dieser Welt, Kakerlaken und Ratten, die scharenweise um die Kadaver undefinierbarer Kreaturen wimmelten. Aasgestank verpestete die Luft. Kurz darauf warnte Antryg sie flüsternd, nicht die blasenwerfende orangefarbene Substanz zu berühren, die eine ganze Seite der in den Fels gehauenen Kammer bedeckte. Bei genauerem Hinsehen entdeckte Joanna darin zwei oder drei weitere Abominationen gefangen, sämtlich in Auflösung begriffen, obwohl sie noch Lebenszeichen von sich gaben. Ratten und Kakerlaken hatte das gleiche Schicksal ereilt; schaudernd stellte Joanna fest, daß einige der Insekten groß waren wie Suppenteller und die Ratten bis fast zur Unkenntlichkeit mutiert.

Doch in der stygischen Finsternis blieben die drei Eindringlinge ansonsten unbehelligt. Es war eine Hölle ohne Teufel, bevölkert nur von den stumpfsinnigen Monstrositäten, die sich ziellos durch die Gänge schleppten. Stockwerk um Stockwerk führte Antryg sie tiefer in den noch erhaltenen Teil von Suraklins unterirdischem Labyrinth und nirgends fanden sie etwas anderes als den schwachen Nachhall seiner Verworfenheit und Macht. Selbst die Geister, so schien es, waren vom Zorn der Nigromanten ausgetrieben worden.

»Ich verstehe das nichts«, flüsterte Joanna.

Sie befanden sich in dem letzten, tiefsten Raum von allen, einem riesigen, düsteren Gewölbe, wo unter einer zerbrochenen Steinplatte das tintenschwarze Wasser eines Brunnens glitzerte und ein runder Klotz aus bläulichem Stein, vielleicht ein Altar, in einer Dunkelheit auf seine Stunde harrte, die selbst Antrygs bescheidenes Feenlicht nicht zu erhellen vermochte. Der Zauberer stand neben ihr, die Lippen fest zusammengepreßt und blutleer, als erregte die Atmosphäre des Ortes ihm Öbelkeit. Die verwischten Umrisse eines Kreidekreises auf dem Boden waren kaum noch zu erkennen. Der Altarstein hatte auf der Oberfläche und an den Seiten dunkle Flecken. Mehr gab es nicht zu sehen.

»Hier ist es, nicht wahr?« fragte Joanna tonlos.

Antryg nickte. Unter der schweißglänzenden Haut spannten sich die Wangenmuskeln.

Sie blickte scheu zu ihm auf, das Grauen in seinen Augen machte ihr Angst. »Siehst du etwas, das ich nicht sehen kann?«

»Nur die Vergangenheit, Liebes«, antwortete er halblaut. »Nur die Vergangenheit.« Er stieß seufzend den Atem aus, sein Blick kehrte zu ihr und in die Gegenwart zurück. »Ja, dies ist der Platz, wo sein Meisterstück sich befinden sollte: das Zentrum von Suraklins Macht, der Ort, wo er und ich seine unheiligen Riten vollzogen.«

»Du?« Das Echo von Caris' argwöhnischer Frage hallte von den nackten Steinen wider.

Antrygs Augen richteten sich auf den Altar, irrten ab. Als spräche er von jemand anderem, antwortete er bedächtig: »Du mußt wissen, es gibt eine Art von Magie, die ihre Wirkung aus gewissen Handlangern bezieht, zu denen er aufgrund seines Alters nicht mehr fähig war.« Er schaute sich um. »Dies war das Herz seiner Macht, und ich würde sagen, meine Freunde, wir sind auf der falschen Fährte.« Auf seinen Wink erfüllte gleißende Helligkeit die Felsenkammer, die sich gleich dem Auge Gottes unbarmherzig in jeden Winkel, jede Ritze der behauenen Steinwände bohrte und das schwarze Wasser des Brunnens mit funkelnden Diamanten bestreute.

»Aber die Abominationen ...« begann Caris.

»Schnickschnack«, fiel der Zauberer ihm ins Wort. »Die meisten waren Pflanzenfresser, nach dem Gebiß zu urteilen, und selbst die Kreatur oben stürzte sich auf den Mann, der ihr am nächsten war – Gott sei seiner armen Seele gnädig – statt auf uns an der Treppe. Wir befinden uns auf einem Nodus der Pfade. Bei jeder Öffnung des Abyssus' entstehen in einem gewissen Umkreis Breschen, doch wenn sich an einem Pfad ein Tor auftut, wird überall entlang dieser Verwerfungslinie die Materie durchlässig. Die bedauernswerten Viecher, die wir hier gesehen haben, sind nichts weiter als Irrläufer, harmlos ...«

»*Harmlos?*« wiederholte Caris indigniert.

»Vergleichsweise harmlos.« Die grelle Helligkeit verblaßte zu dem bleichen Flämmchen über Antrygs Kopf. Er drehte sich zu dem Höllentor herum, das zu der endlosen Treppe hinauf in die Oberwelt führte.

Caris folgte ihm. »Verglichen mit was?«

Antryg zuckte die Schultern. »Verglichen damit, was geschieht, wenn ein intelligentes Wesen den Weg findet.«

Sie sprachen nicht wieder, bis sie aus dem Dunkel der Tiefe emporgestiegen waren, in das Dunkel der mittlerweile hereingebrochenen Nacht. In der Geborgenheit der unterirdischen Gänge lauschte Antryg, erkundete mit seinen magischen Sinnen das Gelände und die Umgebung der Zitadelle. Die Kirchensasenna hatten sich auf die Hügel zurückgezogen. Niemand, ganz gleich in welcher Mission, war bereit, sich nach Einbruch der Dunkelheit in der Festung des Dunklen Magus' aufzuhalten. Sie fanden Peelbones Pferd halb in einer Mulde liegend, zusammen mit den zerhackten und verkohlten Überresten der Kreatur, die es getötet hatte. An Steinen und Gräsern klebte Blut, dazwischen lagen Kleiderfetzen verstreut, getränkt mit Verdauungssäften und Schleim.

Caris fand ein Stück von Peelbones Hand, unter dem zerfressenen Fleisch kamen die weißen Knochen zum Vorschein. Antryg betrachtete den Fund ungerührt und rieb sich die verkrümmten Finger in den abgewetzten Handschuhen, sagte aber nichts.

Erst nachdem sie sich an den Posten vorbeigeschlichen und die Hügel hinter sich gelassen hatten, stellte Joanna die entscheidende Frage: »Wenn Suraklins Hauptquartier sich nicht in der Zitadelle befindet, wo dann?«

Antryg seufzte und zog frierend die Schultern hoch. Die Pferde waren natürlich den Hexenjägern in die Hände gefallen, und es war ein langer, ermüdender Marsch durch die Nacht zurück nach Larkmoor. »Liebes Kind, ich habe nicht die leiseste Ahnung.«

## 10. KAPITEL

Sie verließen Larkmoor am folgenden Abend und machten sich zu Fuß auf den Weg nach Norden.

Es war eine schlechte Jahreszeit für Reisen, und Caris musterte besorgt Joannas schmächtige, zierliche Gestalt, wie sie neben Antryg durch die bitterkalte Dunkelheit stapfte; er wußte, daß das Gehen abseits der Hauptstraße noch mühsamer wurde. Sykerst war ein ungastliches Land, ohne Erbarmen für die Schwachen.

Antrygs Flucht und Peelbones schrecklicher Tod hatten die Gegend um Kymil in Aufregung versetzt, und die Straße nach Engelshand wurde von Patrouillen scharf kontrolliert. Doch weiter im Landesinneren, argumentierte Antryg, zwischen den einsam gelegenen Dörfern, die überall dort entstanden waren, wo der Boden fruchtbar genug war, um kärgliche Roggenernten zu gewährleisten, hatten sie eine größere Chance, unentdeckt zu bleiben.

»Es existiert ein zweiter Nodus, eine Kreuzung der Energiepfade, auf Tilrattin Eiland, ungefähr fünfundzwanzig

Meilen flußaufwärts von Engelshand«, hatte er erklärt, als sie nach ihrer Rückkehr zusammen mit Pella bei einem improvisierten Frühstück im Halbdunkel der Futterscheune von Larkmoor saßen. »Suraklin muß seinen Computer an einem solchen Punkt installiert haben, und für Tilrattin spricht eine Menge; zum Beispiel gehört sie zu Cerdics Provinz ...«

»Und was, wenn wir auch dort nicht fündig werden?« warf Caris ein, der neben Pella im Stroh saß und verdrossen mit der Dolchspitze Muster in den Bretterboden ritzte. Er war miserabler Stimmung. Bereit, Suraklin gegenüberzutreten, kämpfend unterzugehen, fühlte er sich jetzt ausgehöhlt, müde und irgendwie betrogen. »Ziehen wir weiter zur Zitadelle der Nigromanten in den Taigawäldern, um auch da nachzusehen? Und wenn Suraklin seinen Schlupfwinkel nun gar nicht in Ferryth hat, sondern wer weiß wo, am anderen Ende der Welt? Hast du daran gedacht?«

»Aber wir haben eindeutige Beweise, daß Suraklin versucht, die Herrschaft über Ferryth an sich zu reißen«, hielt Joanna ihm entgegen. »Also ist es logisch, daß der Computer sich ebenfalls hier befindet.«

»Ich muß zugeben, die Vorstellung von Suraklins Computer im Keller der Zitadelle der Nigromanten ist für mich nicht ohne Reiz.« Antryg lächelte versonnen. »Sie steht auf dem nächstgelegenen Nodus des Reiches. Lady Rosamund bekäme Zustände vor lauter Empörung. Aber den Weg könnten wir uns sparen.« Er saß im Schneidersitz auf dem Boden und gestikulierte mit seinem Muffin, Butter tropfte auf seine goldverbrämten schwarzen Ärmelstulpen. »Es genügt, auf einem beliebigen Nodus zu stehen, wenn der Computer eingeschaltet wird. Ich spüre den Energiestrom und kann ziemlich genau sagen, in welche Richtung er fließt. Ein verlockender Gedanke, einfach hierzubleiben, mich an den ausgezeichneten Muffins deiner Köchin zu delektieren, Pella, und nur ab und zu Ausflüge zur Zitadelle zu unternehmen. Leider sagt mir eine innere Stimme, daß es nicht empfehlenswert wäre.«

Pella schüttelte den Kopf, ihr entging das schalkhafte

Zwinkern seiner Augen. »Man wird hier jedes einzelne Haus und Gehöft durchsuchen«, meinte sie ernst. »Ich kann meine Diener veranlassen, über einen kurzen Besuch Stillschweigen zu bewahren, aber wenn ihr immer noch hier seid ...«

Also hatten sie den Tag genutzt, um zu schlafen und unauffällig Proviant zu horten, und brachen drei, vier Stunden nach Einbruch der Dunkelheit auf. In dem Zeitraum hatte Caris sieben oder acht verschiedene Patrouillen auf den Hügelkämmen gesichtet, und zwei davon – einmal Hexenjäger, einmal Kirchensasenna – kamen bis zum Haus, um Fragen zu stellen. Nur eine Frage der Zeit, dachte er, bis auch der Respekt vor der Gemahlin des Regenten die Männer nicht mehr von einer Durchsuchung abhielt.

Sie reisten als Heilkundige; Antryg in dem altmodischen, dunkelroten Anzug eines gelehrten Medikus', zerrissen und geflickt und voller Ginflecken; Caris in dem reinlicheren, wenn auch fadenscheinigen Kaftan eines Studenten der Medizin. Seinem Aufzug hatte Antryg das übliche Sammelsurium billiger Perlenketten hinzugefügt, die er so liebte, sowie den langen, olivenfarbenen Mantel der Leibhusaren irgendeines Duodezfürsten, mit dem Argument, daß bei der herrschenden Witterung der Kapuzenumhang eines Gelehrten nicht ausreichte, um ihn zu wärmen. Zu dumm, daß er recht hatte. Caris schaute von oben herab auf die schäbige Montur seines angeblichen Lehrers, fror aber jämmerlich im schneidenden Wind.

Für Joanna blieben die groben Pluderhosen, der Schaffellmantel und die gestrickte Mütze eines Knechts, da sie sich weder als Sasenna noch als Studiosus ausgeben konnte.

»Das wird dich lehren, die falschen Sprachen lesen zu lernen«, tadelte Antryg hochmütig und half ihr über die Schlaglöcher des Karrenwegs hinweg.

»Dein Spott soll dir im Halse stecken bleiben, Mirabilit!«

»Ich fürchte, uns allen wird etwas im Halse stecken bleiben.« Antryg lächelte wölfisch. »Wenn – oder falls – wir die Herberge am Plikey Wash erreichen. Die Küche dort ist berüchtigt.«

Joanna lachte; ihr Atem stieg wie eine Wolke aus Silberstaub in die kalte Luft.

Glücklicherweise mußten sie sich nicht mit dem zweifelhaften Komfort ländlicher Gasthäuser abfinden. Caris hatte bisher wenig Ahnung von der furchteinflößenden Einsamkeit von Sykerst gehabt und wie armselig es um die medizinische Versorgung bestellt war. Ungeachtet seiner abenteuerlichen Erscheinung und der klimpernden Glasperlenketten, war Antryg in allen Dörfern entlang des Wegs herzlich willkommen, um Krankheiten zu kurieren, Ratschläge zu geben und oft, um Verletzungen zu behandeln, die man den ganzen Sommer über schwären gelassen hatte – zugezogen durch Unachtsamkeit und verschlimmert durch die fatalistische Gleichgültigkeit der Toten Zeit. Mehr als einmal, während Antryg brandiges Fleisch untersuchte oder falsch zusammengewachsene Brüche, die schlecht, falls überhaupt, geschient worden waren, hörte Caris den apathischen Refrain: » ...weiß nicht, wo ich meinen Kopf hatte, an dem Tag ...«

Zu Caris' Überraschung erwies sich der wunderliche Zauberer als ein tüchtiger Arzt.

»Lockst du nicht das Kollegium und die Hexenjäger auf deine Fährte, wenn du von deiner Magie Gebrauch machst?« fragte er leise, als Antryg sich über das Bett eines kleinen Jungen beugte und an einem zerbrechlichen Handgelenk den Puls fühlte.

»Du hast recht, das läßt sich nicht vermeiden.« Antryg richtete sich auf. »Aber ein Fieber wie dieses läßt sich mit Ingwer und Holunder bekämpfen. Ich bat Pella, einiges davon in die Medizintasche zu packen, die sie mir mitgab. Wenn das Mittel die Temperatur senkt, bis die Krankheit sich ausgetobt hat, dürfte der Genesung nichts im Wege stehen.« Er hob den Oberkörper des Kindes an und sofort schien der hastige, pfeifende Atem leichter zu gehen. Caris faltete das Kissen und blickte sich stirnrunzelnd um. Es gab kein übriges Bettzeug – die Familie war arm –, aber kurzentschlossen nahm er ein paar Säcke Erbsen und Saatgut von den Stapeln an der Wand, schob sie hinter den Rücken des Jungen und legte das Kissen darüber. Antryg ließ seinen kleinen Patienten behutsam zurücksinken.

»Lungenentzündung, nicht war?« fragte Caris und lauschte auf das blasige Röcheln des Jungen. »Aber seine Mutter sagte, es wären Kuhpocken ...«

»Anfangs vielleicht – vielen Dank, Liebes.« Joannes Kopf erschien über der primitiven Leiter, die vom Zimmer unten auf den Speicher führte. Sie stellte einen dampfenden Wasserkessel neben die Luke und kletterte die letzten Sprossen hinauf. »Pneumonie ist eine häufige Komplikation, besonders bei Kindern. Ein Kräuterdampfbad sollte helfen, die Verschleimung zu mindern ...«

»Seine Mutter hat mich gefragt, ob du ihn zur Ader lassen wirst.« Joanna ging neben dem Bett in die Hocke und musterte besorgt das fiebernde Kind. Drei Tage Fußmarsch hatten ihren Tribut gefordert – sie sah erschöpft und mager aus in ihrem groben Kittel und den schweren Stiefeln.

»Ich hoffe, du hast sie in dem Glauben gelassen.« Antryg nahm aus seiner Medizintasche mehrere Blutschalen und goß in eine davon etwas heißes Wasser. Aus dem Stiefel zog er sein Rasiermesser, klappte es auf und zog einen der fingerlosen Handschuhe aus, die er drinnen wie draußen anbehielt, um seine malträtierten Hände vor der Kälte zu schützen. Sorgfältig öffnete er eine der kleineren Adern am Handgelenk und ließ das Blut ins Wasser tropfen. »Erstaunlich, was für ein Effekt sich auch mit wenig Blut in viel Wasser erzielen läßt. Spülst du hiermit die Schalen aus, Liebes?«

»Hast du etwa *nicht* die Absicht, ihn zur Ader zu lassen?« Caris war erstaunt.

»Auf gar keinen Fall. Der Junge braucht seine Kräfte. Aber wozu die Mutter in Aufregung versetzen.«

Mit gerunzelter Stirn sah Caris zu, wie Antryg die getrockneten Kräuter zerrieb und seine tragbare Spirituslampe entzündete, um das Wasser erneut zum Kochen zu bringen. »Dann hilft ein Aderlaß nicht, das Fieber zu senken?«

»Nach meiner Erfahrung – nein. Ehrlich gesagt, ich lasse meine Patienten nur dann zur Ader, wenn sie partout nicht im Bett zu halten sind.« Geistesabwesend führte er die Klinge des Rasiermessers einige Male durch die Flamme, klappte es zu und verstaute es wieder im Stiefelschaft. »Erinnert mich daran, auf dem Rücken des Jungen ein paar Kratzer anzubringen, bevor wir gehen. Andernfalls wird seine Mutter mir nicht gehorchen, wenn ich ihr sage, sie soll den Jungen im Bett aufsitzen und Dampf einatmen lassen.«

Aus der Manteltasche brachte er eine Blechflasche mit Gin zum Vorschein, den er benutzte, um die Wunde am Handgelenk auszuspülen; unter dem hochgeschobenen Ärmel entdeckte Caris eine Schlangenlinie alter Stiche und Schnitte, die sich den Arm hinaufzog, hier und da unterbrochen von den unverkennbaren Spuren kleiner, spitzer Zähne.

»Du redest, als wärst du irgendwann einmal Arzt gewesen«, bemerkte er später, als sie sich wieder auf der endlosen, namenlosen Straße von einem kleinen Weiler zum nächsten befanden. An diesem Morgen hatte ein Bauernkarren sie ein paar Meilen weit mitgenommen, bevor er in einen noch schmaleren Weg einbog, kaum mehr als eine morastige Rinne in dem zerklüfteten, felsigen Land. Hügel wie die Leiber schlafender Riesen wellten sich bis zum Horizont, karg und eintönig und kalt unter einem schiefergrauen Himmel. Weißliche Auswüchse zwischen dem toten Ginster zeigten, wie dicht der Granit unter der dünnen Krume lag. Etwas Helligkeit sickerte durch die Wolkendecke, der einzige Hinweis darauf, daß es beinahe Mittag war; der Wind wehte aus Nord und roch nach Schnee.

»Nun, Magier lernen ein wenig von der Kunst des Heilens, obwohl uns nicht erlaubt ist, davon Gebrauch zu machen, außer bei unseresgleichen, und ich habe mich oft genug als Physikus ausgegeben, um mir einige Kenntnisse über die konventionelle Medizin anzueignen. Quacksalber und Kurpfuscher und die vielgeschmähten Weisen Frauen verfügen über einen bewundernswerten Erfahrungsschatz, beruhend auf einer langen Tradition von Versuch und Irrtum.« Durch seine gesprungenen Brillengläser musterte er verschmitzt den jungen Sasenna. »Du stellst dich auch recht geschickt an.«

Caris wurde rot. »Großvater ...« Er stockte bei dem Wort, Haß und Rachedurst und Trauer würgten ihn wie eine Faust. Doch gleichzeitig erinnerte er sich an den wirklichen Salteris, den Salteris seiner Kinderzeit, und der Zorn in ihm verging. Bedächtig fuhr er fort: »Großvater lehrte mich genug, um ihm zu helfen, als ich ein Junge war. Ich betrachtete es als Spiel, dieses Kraut von jenem zu unterscheiden und mir einzuprägen, welche Eigenschaften sie hatten. Großmutter war die Hebamme für die Frauen im Dorf und auf den Höfen.« Er lächelte. »Schon bevor ich Sasenna wurde, geriet ich dauernd in Prügeleien, deshalb lernte ich früh, Schrammen und gebrochene Knochen zu behandeln, meistens meine eigenen.«

Die Erinnerungen waren auf seltsame Art schmerzlich, deshalb sprach er nicht weiter. Alles wurde lebendig: das Gesicht des alten Mannes, der damals noch nicht alt gewesen war; der Duft nach frischem Heu und Kräutern in seinen Gewändern, die Glut des Sommers auf seiner Haut. Caris riß sich gewaltsam aus der weichen Stimmung, die für ihn gefährlich war, ebenso gefährlich wie die vielen alltäglichen Eindrücke der vergangenen Woche, die ihn verfolgten – der warme Atem der Pferde auf seinen Händen, während er sie festhielt, damit Pella ihnen die Eisklumpen aus den Hufen kratzen konnte; ihre geschmeidigen Bewegungen wie ein großer, prachtvoller Panther; das rauchige Timbre ihrer Stimme und die Kraft ihrer Arme um seine Hüften, an jenem Nachmittag in der Scheune. Er empfand Mitleid für sie, dazu verurteilt, untätig zu warten und das Kind eines ungeliebten Gatten in ihrem Leib heranwachsen zu fühlen. Am Tag vor dem Aufbruch war er ihr aus dem Weg gegangen, kaum daß er sich verabschiedete, und auch sie hatte seine Nähe gemieden. Sie verstand.

Nicht umsonst war sie als Sasenna ausgebildet, dachte er und lächelte, als er sich ausmalte, wie es sein mochte, mit ihr die Klingen zu kreuzen. Vermutlich war sie ein wenig langsam, schätzte er, aber kühn und mit einem guten Auge. In der Scheune in Larkmoor hatte sie gesagt: »Ich weiß, du brauchst deinen Haß ...« Als er Antryg durch die Finsternis des Abyssus verfolgte, wußte er, wenn er die Augen von der huschenden, zerlumpten Gestalt abwendete, war er verloren. Genauso jetzt. Pella wußte, was er wußte – daß er sich nicht beirren lassen durfte; daß es in seiner Lage eine verhängnisvolle Schwäche wäre, den Blick auch nur eine Sekunde lang von der reinen, heißen Flamme der Vergeltung abzuwenden.

Wie auch immer, jeder Versuch, vom vorgezeichneten Weg abzuweichen, war von vorneherein zum Scheitern verurteilt. Wozu Luftschlösser bauen, die niemals Wirklichkeit werden konnten. Pella war Pharos' Gemahlin und die Mutter von Pharos' Kind. Als Eidbrüchiger waren Caris' Leben und Seele verwirkt. Ihm blieb nichts weiter übrig, als seine Rache zu vollenden und dabei zu sterben, dem Weg der Sasenna gemäß.

Warum dann fühlte er auf dieser Winterreise nicht die grimmige Schicksalsergebenheit von jemandem, der in den Tod geht, sondern eine unerklärliche, schmerzliche Freude?

Freude über die Freundschaft – anders als die rüde, von Konkurrenzdenken bestimmte Kameraderie unter Waffengefährten – mit dieser eigentlich Fremden, Joanna, offen, scheu, unsicher und zwingend logisch, auf die Art der Computer, die sie besser zu verstehen schien als Menschen. Freude am Leben, am Lebendigsein, selbst im Angesicht der Finsternis, die sich über die Welt zu senken drohte, falls sie scheiterten. Freude daran, die letzten Gänse, zu schwarzen Pfeilspitzen formiert, am Himmel nach Süden ziehen zu sehen oder den warmen Tiergeruch der Ställe einzuatmen oder Kysshas feuchte, schnuppernde Nase zu spüren. Die ganz neue Freude, die ihn erfüllte, als er in der Fensternische lehnte und Pellas Spiel auf dem Cembalo lauschte, während der Kerzenschein über ihre goldbestickten Ärmel huschte.

Jahrelang, schien es, hatte er alle Dinge einzig mit den Augen des Sasenna gesehen, unter dem Aspekt von Angriff und Verteidigung. Erst jetzt wieder sah er sie mit ihren Augen, den Augen der Frau, die er liebte – die jungen Katzen, versteckt im Stroh in einer der Scheunen unterwegs; der Nebel frühmorgens auf den Wiesen, das verzauberte

Leuchten über den Hügeln in der Nacht, als es schneite. Er wollte diese Momente in flüssiges Glas einschließen, auf eine Kette reihen und ihr bringen. Sie, mit ihrer Liebe zu den kleinen Schönheiten und einfachen Dingen, würde sich freuen.

Caris wußte, was mit ihm geschah, und wehrte sich verzweifelt dagegen. Wieder und wieder sagte er sich in den dunklen Stunden der Nacht, daß er es nicht wagen konnte, seinen Panzer zu öffnen oder sich über ihr Schicksal Sorgen zu machen, gefesselt an den sadistischen kleinen Päderasten Pharos.

Wegen der behutsamen Freundlichkeit, mit der Antryg ihm begegnete, glaubte er, daß der Zauberer Bescheid wußte und haßte ihn für dieses Wissen, während er ihm gleichzeitig stillschweigend dankte, weil er nicht versuchte, ihn darauf anzusprechen. Was hätte er auch sagen sollen?

Eingeflochten in diese anderen Erfahrungen war die Freude, endlich, nach so vielen Jahren des Verzichts, Magie wirken zu dürfen, selbst die mindere Magie des Heilens, die allein im Bereich seiner Möglichkeiten lag. Das war vielleicht die größte und sicherlich die gefährlichste Freude von allen.

Caris redete sich manchmal selber ein, es läge alles – wie Antryg sagte – im Interesse der Authentizität, schließlich agierte er als Student der Medizin. Jeder Sasenna lernte, Wunden zu reinigen und Knochen zu richten, ihm stand außerdem noch das Wissen zu Gebote, das er sich als Kind spielerisch angeeignet hatte. Antryg unterrichtete ihn in den Standardmethoden – Diagnosen zu stellen nach den verschiedenen Pulsen des Körpers und der Farbe des Weißen im Auge, der Zunge und der Schleimhäute. Aber wichtiger als das war ihm das Besprechen der verschiedenen Kräuter und Pulver, um ihre Wirkung zu verstärken, und die Symbole des Heilens, die über die Lebensbahnen des Körpers selbst geschrieben wurden – Maßnahmen nicht nur außerhalb der ärztlichen Lehre, sondern auch außerhalb des Gesetzes, weil sie, obgleich positiv, den natürlichen Lauf der Dinge beeinflußten.

Um überhaupt Magie praktizieren zu können, stellte

Caris fest, war ein Öffnen der Seele erforderlich, ein Verzicht auf die instinktive Abwehr des Kriegers und ihn erschreckte, wie leicht ihm das fiel.

»Ich sollte das nicht tun«, sagte er zu Joanna, eines Abends in dem spärlich erleuchteten Kaminzimmer eines einsam gelegenen Gutshauses tief im Landesinneren von Sykerst. Ihr Gastgeber – der Grundherr der Gemarkung – und Antryg, waren hinaufgegangen, um nach der Ehefrau des Junkers zu sehen, einem Mädchen von siebzehn Jahren, dem eine aller Voraussicht nach schwere Niederkunft bevorstand. Joanna blickte neugierig auf das Pergamentblatt vor Caris und hob fragend die Augenbrauen. Er versuchte aus dem Gedächtnis das Sigel der Luft – eines der einfacheren – zu zeichnen, ein magisches Symbol, um alle Aspekte der Leichtigkeit zu beschwören: Offenheit von Adern, Herz und Verstand und Unbeschwertheit der Seele. Er bemerkte die Richtung ihres Blicks, schüttelte den Kopf und schob das Pergament beiseite.

»Ich meine nicht das speziell«, erklärte er. »Ich meine …« Er zögerte, bedrängt von dem, was er meinte; so viel mehr, als er bereit war preiszugeben.

»Du meinst, an das Leben denken, statt an den Tod?«

Er fuhr sich mit den Fingern durch das kurzgeschnittene blonde Haar und wich ihrem Blick aus. Hinter ihnen bebten die hölzernen Fensterläden unter einer heftigen Bö, die Flammen der Kerzen auf dem Tisch flackerten unruhig. Wie viele kleine Landsitze war auch dieses aus dem Holz der Bäume an den Flußufern errichtet worden, reich geschnitzt und verziert, aber niemals still. Vom Keller bis zum Dach schien das ganze Gebäude unablässig murmelnde Selbstgespräche zu führen.

»Nein«, antwortete er ausweichend. »Das heißt, ich bin zum Töten ausgebildet …«

»Ich meinte nicht das von anderen Menschen.« Joanna spielte mit dem Blatt, das zwischen ihnen lag. »Ich meine deins.«

Caris schwieg.

Die schmalen Finger der jungen Frau zeichneten die

Linien des Sigels nach. Es war keine Magie darin enthalten, weil Caris die Fähigkeit mangelte, seine geringe Kraft unbeseelter Materie einzuflößen. Jahrelang hatte er die Nigromanten ihre Sigel zeichnen gesehen, für unterschiedliche Zwecke, bedeutende und unbedeutende, aber zum erstenmal spürte er den Wunsch, sich selbst daran zu versuchen.

Sie sprach weiter, langsam, weil es ihr ebenso schwerfiel, sich zu artikulieren wie ihm. »Seit ich dir begegnet bin, in Suraklins Schlupfwinkel, warst du – warst du bereit zu sterben. Bereit zu töten für deine Sache, ja, aber in erster Linie bereit, dafür zu sterben.«

»Es ist der Weg der Sasenna«, antwortete Caris, »allzeit bereit zu sein, das Leben zu geben für den, dem man Gefolgschaft geschworen hat.«

»Ich weiß.« Sie blickte auf, der Schein der Kerzen spiegelte sich in ihren dunklen Augen. »Seit wir Larkmoor verlassen haben, kommt es mir vor, als versuchtest du zu leben, aber wüßtest nicht wie.«

»Ich kenne das Gefühl«, fuhr sie unsicher fort, nach einem Schweigen, das vom Ächzen der Balken und vom Raunen des Windes ausgefüllt wurde. »Ich habe auch meine Probleme damit. Dies ist das erste Mal, daß mir danach zumute ist, frei heraus zu sagen, was ich denke oder fühle. Dir. Antryg. Pella und ich haben uns auf dem Weg nach Kymil viel unterhalten. Plötzlich war es ganz leicht zu reden, beinahe, als hätte die Liebe zu Antryg mich offener gemacht für andere Menschen, und ich möchte nicht, daß ihnen wehgetan wird. So viele Jahre lang war ich verschlossen wie eine Auster, ich hätte mir eher die Zunge abgebissen, als einfach nur zu sagen ›Ich möchte dich besser kennenlernen‹ oder ›Dein Wohl liegt mir am Herzen‹. Der Himmel weiß, was ich wohl fürchtete, das sie mir antworten könnten.«

Caris drehte die Schreibfeder zwischen den Fingern und studierte die Schattenfiguren auf der rotgoldenen Maserung der polierten Tischplatte. Endlich fragte er mit einem schiefen Lächeln: »Was hast du gefürchtet, das *ich* dir antworten könnte?»

In ihre Augen trat ein warmer Schimmer. Offenbar war es

ihm gelungen – zu seiner Überraschung –, das Richtige zu sagen, denn sie erwiderte sein Lächeln.

Stammelnd fügte er hinzu: »Ich danke dir.« Er legte die Feder weg und richtete in dem sepiabraunen Halbdunkel den Blick auf ihr Gesicht. »Es ist nicht so, daß ich nicht zu leben wüßte – oder nicht nur das. Wie die Dinge liegen, wäre es nicht nur zwecklos für mich zu lernen, sondern auch gefährlich.«

Er rechnete mit Widerspruch, aber sie hörte ihn schweigend an, die feingliedrigen Hände gefaltet, rauh von der Kälte und sehr zerbrechlich gegen den groben Stoff der Ärmel.

»Nachdem du diesen Hexenjäger auf der Insel im Fluß erschossen hattest, sagte ich dir, daß man es sich manchmal nicht leisten kann, zuviel nachzudenken – weißt du noch?«

Sie nickte. Er erinnerte sich an die drückende Hitze des Heuschobers in jener Nacht, seine zunehmende Gereiztheit, während er auf ihr unterdrücktes Schluchzen in der Dunkelheit lauschte, und den glühenden Neid, weil sie getan hatte, was sein Recht gewesen wäre – einen Feind im Kampf getötet. Zwei, um genau zu sein. Der Gedanke an diese kindische Eifersucht erfüllte ihn immer noch mit Scham.

»Willst du es lernen?«

Er schaute über sie hinweg. Es laut auszusprechen, in Worte zu fassen, gab ihm das Gefühl, als wäre sein Schicksal unwiderruflich besiegelt. »Ich habe nicht die Wahl.«

»Wir brauchen nicht so dringend einen Helden.«

Caris schaute sie an. Klein und unscheinbar in ihrem schmucklosen braunen Hemd, die fedrigen blonden Locken mit einer Lederschnur zurückgebunden, bekümmerte Augen in dem fein skizzierten Fächer der Krähenfüße, sah sie aus wie eine Maus im Käse, verglichen mit Pellas strahlender Kühnheit. Joanna und Pella und Antryg waren die einzigen Menschen, die sich dafür interessierten, was er dachte oder fühlte, seit er in seinem dreizehnten Lebensjahr von Salteris Abschied genommen hatte. Daß sie es immer noch taten, erstaunte ihn.

Der Gedanke an Salteris brachte die Erinnerung an Suraklin zurück, und er hob wieder den kalten Schild der Besessenheit vor sein Herz. Er haßte ihn vielleicht, doch er konnte sich nicht leisten, ihn zu senken. »O doch«, antwortete er bestimmt. »O doch, den braucht ihr.«

Die Kerzenflammen duckten sich im Luftzug der sich öffnenden Tür. Caris hörte Junker Alports schwerfällige Schritte die Treppe zur Halle im Erdgeschoß hinuntergehen. Antryg trat ein, umflattert von seinen fadenscheinigen Lumpen; er rieb sich geistesabwesend die Hände.

»Wie geht es ihr?«

Ein harter Zug legte sich um den breiten Mund des Zauberers. »Sie hat Angst. Mit gutem Grund.«

Caris hatte das Mädchen gesehen, als Alport ihnen seine junge Gemahlin vorstellte. Sie war halb so alt wie ihr Gatte und ihre porzellanene Schönheit viel zu zart für den geschwollenen Bauch. Alles, was Caris von seiner Großmutter gelernt hatte, warnte ihn beim Anblick der hohlen Wangen und eingesunkenen Augen. Als er jetzt in Antrygs Gesicht blickte, sah er dort die Spuren eines inneren Ringens, und ahnte, was kommen mußte.

Er beobachtete seit Tagen, wie der Zauberer mindere Magie wirkte, kleine Remedien, wie sie zum Repertoire der Weisen Frauen gehörten – um ein wenig zusätzliche Kraft in müde Herzen zu flößen oder um das Wachstum von wildem Fleisch in einer gereinigten Wunde zu verhindern. Quisquilien, unidentifizierbar für das Kollegium der Nigromanten, die mit dem Ohr an den Energiepfaden auf das Raunen von Antrygs Namen lauschten; Hokuspokus, den jeder beliebige Mirabilit praktizieren konnte. Aber um das Leben dieser verängstigen jungen Frau zu retten, bedurfte es wahrer Magie.

Ihre Blicke trafen sich, hielten ineinander fest. Als wäre es längst abgesprochen, wußte Caris, worum der Zauberer ihn bitten würde, und eine unlogische Wut stieg in ihm auf, ein heißer Zorn auf alle Dinge, die das Schicksal ihm vorenthielt.

»Du hast kein Recht, das zu verlangen«, sagte er hitzig,

bevor Antryg auch nur den Mund aufmachte. »Ich bin einer der tötet, nicht ein Heiler.«

Der Zauberer atmete tief ein und aus. Er verzichtete darauf, so zu tun, als wüßte er nicht, was Caris meinte. Seine melodische Stimme klang leise im Halbdunkel. »Nun, du bist der eine, der sich für den anderen ausgibt ...«

»Du brauchst mich als das, was ich bin.« Caris' Onyxaugen bohrten sich flammend in die ruhigen grauen Antrygs. »Mach es nicht noch schwerer für mich, indem du mir zeigst, was ich niemals haben kann.«

Die Tatsache, daß das, was Antryg von ihm verlangte, gegen das Erste Gebot des Kollegiums verstieß, dessen geschworener Vasall er war, oder die Tatsache, daß er dadurch zum Vogelfreien wurde, sowohl in den Augen der weltlichen Macht als auch der Kirche, fand keine Erwähnung. Beide wußten, das war Nebensache, es ging um etwas ganz anderes. Beschwichtigend sagte Antryg: »Ich weiß, es ist nicht gerecht dir gegenüber ...«

»*Gerecht!*« Caris' Lachen war rauh und freudlos. »Du beliebst zu scherzen! Wenn ich den Zauber nicht lerne, den du mir beibringen willst, um ihr Leben zu retten – falls ich die Kraft habe, ihn wirksam zu machen ...«

»Du hast sie.«

Bei dem Ton ruhiger Gewißheit in Antrygs Stimme stockte Caris der Atem. Für einen Sekundenbruchteil durchströmte ihn ein heißes Glücksgefühl, das umschlug in noch tiefere Bitterkeit.

»Wenn ich mich weigere«, fuhr er schließlich fort, »dann wirst du es tun, nicht wahr? Du verrätst dich, du verrätst *uns*, und Suraklin kann ungehindert weiter sein Unwesen treiben – alles, um das Leben irgendeiner einfältigen, unbedeutenden Edelfrau zu retten, die wir nicht einmal kennen!«

Diesmal schwieg Antryg eine Weile. Er betrachtete seine Hände auf der Rückenlehne von Joannas Stuhl; die zuckenden Flammen der Kerzen trieben ein respektloses Spiel mit den barocken Schatten seiner Lippen und Nase. Die Glasperlen um seinen Hals und über dem Samtkragen seiner geflickten grünen Robe glitzerten billig wie eine Galaxie Similisterne im Hinterhof des Universums.

Endlich meinte er langsam: »Ich weiß, ich sollte es nicht tun – noch eins von diesen klangvollen, hehren Geboten, an die ich in der Theorie wunderbar glauben kann. Doch ich kenne mich selbst gut genug, um an meiner Standhaftigkeit in der Praxis zu zweifeln, wenn ich das Leben eines anderen Menschen in der Hand halte.«

»Standhaftigkeit! Daß ich nicht lache!« Caris' Stimme bebte vor Hohn, als er sich abwandte. Er schmeckte und spürte die prickelnde Süße, die Wärme der kleinen Magien, die er gelernt hatte – verbotene Früchte. Wenn er von ihnen kostete, würde er nie wieder zu seinem bisherigen Leben zurückkehren wollen. Er war ein guter Kämpfer gewesen und einen guten Kämpfer brauchten sie. Er wußte, er würde nie ein ernstzunehmender Magier sein, kein ernstzunehmender Gegner für einen Meister wie Suraklin. Magie zu wirken, auch nur die kleine Gabe zu nutzen, die ihm zu Gebote stand – das wäre dasselbe wie für einen Trinker der erste Schluck Wein; wie nackt neben Pella im Bett zu liegen und sie nicht berühren zu dürfen.

Nach einem langen Moment drehte er sich zu Antryg herum, der schweigend im Licht der Kerzen stand. »Du bist so verflucht sentimental, du würdest es tun, habe ich recht?«

Der Zauberer gab keine Antwort.

Wütend auf sich selbst, wütend auf ihn, hakte Caris den Fuß hinter die Sprosse eines der geschnitzten Stühle und stieß ihn in Antrygs Richtung. »Ich hätte dich töten sollen, damals im Turm.«

Die Zauberformeln waren Magie einer höheren Ebene, beinahe zu anspruchsvoll für Caris' Begabung. Sie nur in Gedanken zu formen, ohne seine Macht hineinfließen zu lassen, laugte ihn aus wie stundenlanges hartes Training auf dem Fechtboden. Es war die Disziplin seiner Ausbildung, die ihm half, er lernte die magischen Praktiken, wie er den

Umgang mit einer neuen Waffe gelernt hätte, und Antryg, dank seiner Kenntnis des Weges der Sasenna, wußte die Lektionen in einer Form zu vermitteln, die Caris intuitiv erfassen konnte.

Eigenartig, aber Caris vertraute ihm. Antryg war unzweifelhaft verrückt wie ein Hutmacher, der jahrelang die Quecksilberdämpfe seines Gewerbes eingeatmet hatte, trickreich, raffiniert und gezeichnet in seiner Seele von all der pervertierten Magie Suraklins.

Doch aus Gründen, die er nicht durchschaute, hatte sich Caris seit ihrer ersten Begegnung zu dem Zauberer hingezogen gefühlt und obwohl er wußte, daß er eigentlich auf der Hut sein sollte, überließ er sich willig seiner Führung.

Die Magie selbst war Befreiung, Schwerelosigkeit.

Seine Gabe war gering, und daran ließ sich nichts ändern. Doch als die Blutungen anfingen, irgendwann in der zeitlosen Hölle der Wehen des Mädchens, war es so selbstverständlich, mit seiner inneren Kraft den Quell zu erspüren und dem Strom Einhalt zu gebieten. Er verbrauchte in den Stunden alle Kraft, die er besaß, sammelte das heilende Licht in seinen Händen, gab es weiter an die ihren, die sich verzweifelt an ihn klammerten, beschwor die Macht, wiederholte in Gedanken alles, was Antryg ihn gelehrt hatte, zwang sich zu sehen, zwang sich zu glauben ... Und die Macht ließ ihn nicht im Stich.

Weit weg vermischte sich Antrygs Stimme mit dem gebrochenen Stöhnen der Gebärenden. Blutgeruch hing in der Luft, ein klebriger Dunst, der ihm süßlich-metallisch in die Nase drang wie beim erstenmal, als er einen Menschen getötet hatte – einen Dieb, gefesselt an den hohen Pfahl im hinteren Hof des Ausbildungsgeländes; Caris erinnerte sich immer noch an die Augenfarbe des Mannes. Durch das Band ihrer Hände erfühlte er das Bewußtsein der Frau, schlicht und oberflächlich und ziemlich unbedeutend, wehrlos ausgeliefert einem nie für möglich gehaltenen Schmerz. Als er ihre lebendige Tochter spürte, traf es ihn wie ein Schock, so daß er fast den Halt an der Kette aus Licht verlor, die er so krampfhaft festhielt.

Dann hörte er das Kind schreien.

Nachdem alles vorbei war, auf einem der terrassenförmigen Balkone an der Leeseite des Hauses und ungeachtet der klirrenden Kälte der nun sternenklaren und windstillen Nacht, legte er die Stirn auf das hölzerne Geländer und weinte, als wäre ihm das Herz gebrochen.

Joanna konnte die Dienstboten auf dem Gang flüstern hören, als der einzige herrschaftliche Lakai des Hauses mit einem Tablett voller Muffins das Kaminzimmer betrat. Man hatte Lampen und Kerzen gelöscht. Durch die zurückgeklappten Läden und die doppelt verglasten Fenster sah man eine karge Landschaft, übersät mit schmutzig grauen Schneenestern und zugefrorenen Wasserlachen. Wie Antryg an Frühstück denken konnte, war ihr unbegreiflich; nach dem unappetitlichen Spektakel der Geburt glaubte sie nie wieder einen Bissen hinunterbringen zu können.

Er lag jetzt schlafend auf dem Diwan, nur ein graues Haarbüschel und eine knorrige Hand in dem ausgefransten Fingerhandschuh waren über dem purpurnen Tuch seines geflickten Umhangs zu sehen. Da sie die Rolle des Bedienten spielte,nahm sie dem Mann das Tablett ab und stellte es auf den Tisch, nachdem sie die Utensilien von Caris' Übungen im Sigelzeichnen beiseitegeschoben hatte. Eine der Mägde reckte den Hals, um einen Blick auf die seltsamen Fremden zu erhaschen, bevor die Tür wieder ins Schloß fiel.

*Soviel,* dachte Joanna ergeben, *zu unserem Plan unterzutauchen.*

Die Ereignisse der Nacht drängten sich bruchstückhaft in ihrem müden Kopf – Caris' selbstvergessener Gesichtsausdruck beim Zeichnen der Sigel und die Bitterkeit in seiner Stimme, der Blutgeruch und ihr eigener Ekel bei dem barbarischen, unzivilisierten Vorgang des Gebärens, der Junker, der tränenüberströmt vor Antryg kniete und seine Hände umklammerte. Genaugenommen ein komischer Anblick: ein dicklicher Mann gesetzten Alters, der schluchzend und stammelnd auf dem Boden herumrutschte, doch erstaunlicherweise hatte sie es nicht lächerlich gefunden. Ganz eindeutig hatte der Mann nicht zu hoffen gewagt, seine angebetete junge Frau könnte die Niederkunft überleben.

Sie ging zum Diwan zurück, legte eine Hand auf das geschwungene Kopfende und blickte auf den Schlafenden hinunter. Die tiefen Falten um die Augen ließen ihn gealtert erscheinen, selbst im Schlaf waren seine Züge nicht gelöst. Die Gefangenschaft mußte stärker an seiner Substanz gezehrt haben, als er merken ließ.

Auf dem Flur wurden Stimmen laut. Es dauerte einen Moment, bis Joanna auffiel, daß es viel zu viele waren für die bescheidene Dienerschaft des Hauses und die Schritte auf der Holztreppe zu zahlreich und zu schwer. Angst durchfuhr sie wie ein Stich, sie zerrte den Rucksack unter dem Diwan hervor und nahm den 38er aus der Seitentasche. Caris, wo steckte Caris ...?

Die Tür ging auf. Elegant und bedrohlich in seinem dunkelroten Kaftan, stand Caris im Rahmen, hinter ihm erkannte Joanna Junker Alport, ähnlich einem ungeschlachten braunen Bären in seinen Kleidern aus schwerem Tweed. Um ihn drängte sich ein Dutzend Männer und Frauen in der schmucklosen Tracht der Bauern; das feuchte Schaffell ihrer Jacken fing in der Wärme des Hauses an zu dampfen. Keiner von ihnen war bewaffnet. Joanna kam sich albern vor und überlegte sich, wie sie den Revolver unauffällig verschwinden lassen konnte, aber dann sah sie den Ausdruck auf Caris' Gesicht.

»Was gibt's?« Antryg hatte sich aufgesetzt, klemmte die Brille auf die Nase und musterte blinzelnd die Besucher.

»Diese Leute haben von dir erfahren, von der Frau in Bel Gulch, deren Sohn du geheilt hast«, erklärte Caris nüchtern. »Sie wollen mit dir über die Toten Zeiten und das Schwinden der Kraft reden.«

»Sie wollen darüber *reden?*« Die großen Augen des Zauberers wurden vor Staunen noch größer.

»Du meinst, noch jemand hat endlich gemerkt, daß die

beiden Phänomene immer zusammen auftreten?« forschte Joanna.

»In gewisser Weise.« Caris sprach mit gezwungen ruhiger Stimme. »Sie behaupten zu wissen, was der Grund dafür ist. Es befindet sich in ihrem Dorf.«

Joanna sagte: »Wie Bitte?!« und dachte panikerfüllt: *Dafür sind wir noch nicht bereit* ... Ihr Blick traf Antrygs, und sie erkannte, daß auch er völlig überrumpelt war.

Er wandte sich an Caris und fragte vorsichtig: »Was genau befindet sich in ihrem Dorf?«

Ausdruckslos antwortete der Sasenna: »Der Tote Gott.«

## 11.
## KAPITEL

»Sie lügen nicht, Antryg.« Caris blieb auf dem Treppenabsatz stehen und ließ den Junker die Delegation nach unten in die große Halle führen. In dem fahlen Tageslicht, das durch die offenen Flügeltüren fiel, wirkte sein Gesicht blasser als sonst. »Ich selbst habe Angst.«

»Es muß Suraklin sein.« Joanna schaute beklommen zu den beiden Männern auf. »Wenn er den Computer abseits von einem Nodus installiert, überhaupt *abseits* von den Energiepfaden ...«

»Dann würde er nicht funktionieren«, beendete Caris den Satz im Brustton der Überzeugung.

»Nein, würde er nicht«, stimmte Antryg zu. »Aber aus demselben Grund wäre es ein brillanter Schachzug, wenn man doch einen Weg finden könnte. Aber noch wissen wir nichts Genaues, und wir haben keinen Beweis, daß es sich wirklich um Suraklin handelt.«

Ein unbehagliches Schweigen entstand, man hörte das gedämpfte Stimmengewirr unten und irgendwo im Haus das dünne Schreien des Neugeborenen. Zögernd sagte Caris: »Haben wir uns so geirrt? Es kann doch unmöglich der Tote Gott sein, der für all das verantwortlich ist, oder?«

Antryg grinste. »Beunruhigend, nicht wahr? Caris, für jemanden, der nicht einmal Anhänger des Alten Glaubens ist, bist du ziemlich aus dem Häuschen wegen ein paar Gerüchten über die Rückkehr von etwas, das angeblich nie existiert hat. Ich werde mit dem Erzbischof von Engelshand über die Laxheit der religiösen Bildung bei den Sasenna ein ernstes Wörtchen reden müssen.«

»Aus dem Häuschen?« Auf Caris' Wangenknochen erschienen hitzige rote Flecken. »Ich habe Angst, und wenn dir für zwei Heller Verstand mitgegeben worden wäre, hättest du die auch.«

Das mailiziöse Lächeln wurde breiter. »Oh, ich habe«, versicherte er fröhlich, »ich habe, Caris, mein Freund.« Umweht von Umhang und Gewändern marschierte er vor ihnen die Treppe hinunter und in die Halle.

Caris feingeschnittene Nasenflügel bebten. Er wollte ihm folgen, aber Joanna hielt ihn am Ärmel fest.

»Es muß Suraklin sein.« Sie hörte die Unsicherheirt in ihrer eigenen Stimme.

»Glaube ich auch.« Der junge Mann warf einen Blick auf das hellere Rechteck der Tür, wo man Antryg sehen konnte, einen halben Kopf größer als jeder andere im Raum, wie er an seiner Hemdbrust die beschlagenen Brillengläser polierte. »Sie sagen, der Tote Gott verlangt die ihm zustehenden Opfer und beherrscht den Ort durch Angst. Genauso hat Suraklin es seinerzeit in Kymil gemacht.«

Irgendwo in der Tiefe des Hauses fing wieder der Säugling an zu krähen, durchdringend und fordernd; Bodendielen knarrten, und das Geschrei verebbte zu einem wonnigen Glucksen. In Caris' Augen sah Joanna für einen kurzen Moment in seinen Augen einen Ausdruck solcher bitterer Sehnsucht, solch hoffnungsloser Traurigkeit, daß sie in einer unwillkürlichen Aufwallung von Mitleid seine Hand berührte.

Sein Blick kehrte zu ihr zurück, flüchtig erwärmt vom Laut des ersten Lebens, das er gegeben statt genommen hatte. Dann verzog sein Mund sich zu einem ironischen Lächeln, und er schüttelte den Kopf. Mit der tödlichen

Leichtfüßigkeit eines Kriegers schritt er die letzten Stufen hinunter und gesellte sich zu Antryg in der Halle.

Joanna folgte ihnen grübelnd – wie Suraklin es geschafft haben könnte, den Energietransfer von den Pfaden zum neuen Standort zu organisieren, und welche Vorgehensweise in Anbetracht der neuen Situation die erfolgversprechendste war. Aber dieses Theoretisieren erwies sich als beklemmend unzulänglich. Was die Bürgermeisterin von Far Wilden und ihre verängstigte Delegation zu berichten wußten, war bizarr, beunruhigend und wies nicht auf Suraklins kühle Methodik hin.

Angefangen hatte es, erzählten sie, mit Geräuschen, Klopfen und Schaben in der Kirche. Der alte Priester behauptete, die Stätte rieche nach Gräbern und dem kalten Odem des Toten Gottes, und weigerte sich, das Gotteshaus zu betreten. Der junge Priester, der vor zwei Jahren von Engelshand zu ihnen geschickt und immer noch durchdrungen von der Arroganz des Seminars war, hatte darauf bestanden, wie gewöhnlich den Ritus der Heiligen Sonne, des Einzigen Gottes, zu vollziehen.

»Also hat man von Anfang an gewußt, worum es sich handelte?« Antryg saß bequem zurückgelehnt in dem geschnitzten Lehnsessel am Kamin, die Hände auf dem Leib gefaltet und die Augen hinter den gesprungenen Brillengläsern halb geschlossen.

»Aber ja, Herr.« Greer, die Bürgermeisterin, eine energische, wettergegerbte Person Mitte Vierzig, nickte. Das weiße Leinenhemd unter dem bestickten Mieder hing lose über knochigen Schultern und schlaffen Brüsten, als hätte sie in kurzer Zeit viel Gewicht verloren. Männer wie Frauen, sie alle hatten dieses Aussehen, dachte Joanna, wie sie stumm neben Antryg auf dem Dielenboden saßen – schlaffe Haut an Kinn und Wangen; Kleider, die nicht mehr richtig paßten. Sie hatte sich in den letzten Tagen daran gewöhnt und auch an die grauen, ratlosen Gesichter von einfachen Menschen, die wußten, daß sich etwas über ihren Köpfen zusammenbraute, aber nicht wußten, was. Doch neu und bestürzend war für sie das Flackern in der Tiefe ihrer Augen, die Art, wie sie versuchten, Türen und Fenster im Blick zu behalten und immer auf irgendein Geräusch im Flur zu horchen schienen. Sie war froh, daß hinter den beschlagenen Fenstern Tageslicht herrschte, und mochte es noch so trübe sein.

»Wir sind wahre Gläubige«, fuhr Greer fort und faltete die verarbeiteten braunen Hände, »gute Kinder des Lichts. Aber der Tote Gott ist anders.«

Durch und durch orthodox, trotz seiner langen Vertrautheit mit den Nigromanten, war Caris nahe daran, eine indignierte Bemerkung zu äußern, aber Antryg bedeutete ihm mit einem verkrümmten Zeigefinger zu schweigen. »Ich weiß«, sagte er. Seine tiefe Stimme erhob sich kaum über das Raunen des Windes über den Dächern. »Es ist ein Glaube, der in der Erde wurzelt. Und der Tote Gott war nie wie die anderen Götter.«

»Nein, Herr«, pflichtete die Frau ihm bei. »Vater Del, er wußte Bescheid. Aber die Kirchenfürsten und die Hexenjäger in Engelshand mögen nichts leiden, was nicht in ihren heiligen Büchern der Sonne geschrieben steht. Deshalb haben sie den jungen Vater Sweelum zu uns geschickt, um uns auf den rechten Weg zu führen, um dafür zu sorgen, daß die Grüne Messe nicht auf den Feldern gehalten wird und daß wir die Großen Steine umstürzen und die Gottesanger einfrieden, damit die Wunderheiler nicht ihr schandbares Unwesen treiben können.«

Aus schmalen Augen studierte sie den hochgewachsenen Mann neben dem knisternden Feuer. Die verwaschene purpurne Robe hing an seiner knochigen Gestalt wie ein Lappen über einem Staketenzaun, der Feuerschein brach sich blitzend und funkelnd in dem Talmigeschmeide um seinen ausgemergelten Hals. »Man erzählt, Ihr wärt ein Wunderheiler, Herr. Lord Alport sagte, seine Gemahlin wäre dem Tod geweiht gewesen, und drüben in Bel Gulch der Junge ...«

Antryg schüttelte den Kopf. »Ich habe keine Zaubermittel angewendet. Das zu tun wäre in jedem Fall gegen das Gesetz, selbst wenn ich die Gabe hätte. Was ist aus dem armen Vater Sweelum geworden, der in die Kirche ging, um die Hymnen der Unbesiegten Sonne zu singen?«

Greer preßte die Lippen zusammen, sie seufzte und schüttelte den Kopf. »Es war nur eine Frage der Zeit. Er ging hin, zwei-, dreimal, abends und morgens und schmähte Vater Del, weil er sich weigerte, einen Fuß über die Schwelle zu setzen. Es war der Abend des Toten Gottes, Vater Sweelum betrat die Kirche, um bei Sonnenuntergang die Messe zu halten, obwohl er seit drei Tagen vor leeren Bänken predigte. Ich war eine von denen, die vor der Tür standen. Wir hörten ihn schreien, das erstemal voller Grauen, das zweitemal – ich kann es nicht beschreiben, aber nie in meinem ganzen Leben habe ich ein menschliches Wesen so schreien gehört. Als wir hineinschauten, lag er tot auf halbem Weg zwischen der Tür und dem Altar, Blut an seiner Nase und an seinen Ohren und einen Ausdruck auf dem Gesicht, als hätte er in den tiefsten Schlund der Hölle geblickt.«

»War das vor oder nach Einbruch der Dunkelheit?« fragte Joanna besorgt. Sie mußte an die wabernde Hitze und die schrägen Abendsonnenstrahlen auf dem riesigen, leeren Parkplatz von San Serano denken und wie sie im Halbdunkel hinter der Tür gekauert hatte, bis Gary gegangen war.

»Vorher, nehme ich an«, sagte Antryg leise, und Greer nickte.

»Er war gerade hineingegangen, um den Hymnus zu singen. Man muß ihm zugutehalten, daß er es fertigbrachte, immer den rechten Augenblick abzupassen; beim ersten Wort des Valete berührte die Sonne den Horizont, und er brauchte keinen Hokuspokus zu machen, um die Zeit zu überbrücken. Als wir die Tür öffneten, fielen die letzten Strahlen genau auf ihn, wie er da lag.«

Joanna warf einen beunruhigten Blick zu Caris, der auf dem schwarzen Schaffell vor der Feuerstelle saß, den Rükken an den gemauerten Rauchfang gelehnt und scheinbar in eigene Gedanken versunken. »Und wie lange davor haben die Geräusche angefangen?«

Greer überlegte stirnrunzelnd. Einer der jüngeren Männer der Abordnung meinte: »Drei Tage? Vier Tage?«

In der Woche vor dem Abend des Toten Gottes hatte ein Tiger Missile Programm angestanden. Gary – Suraklin – hatte jeden Abend in San Serano Überstunden gemacht. Davon abgesehen, war der Computer in Abständen schon Wochen vorher in Betrieb gewesen. Joanna schwieg, sie fühlte sich, als hätte ihr ein Windstoß die Teile eines Puzzles vom Tisch geweht. Ohne hinzusehen, ahnte sie Antrygs gespannte Erwartung und wie sich hinter seiner Stirn die Gedanken jagten.

Nach einem Moment erzählte Greer weiter: »Wir ... wir gingen und holten Vater Del. In die Kirche wagten wir uns nicht. Der Gestank, der aus dem Inneren kam, war gräßlich, Fäulnis und Verwesung und Schlimmeres. Es war fast dunkel, als wir die Tür wieder öffneten.« Ihre Stimme sank zu einem Flüstern herab, und ihr Blick huschte zum Fenster, als hätte sie selbst am hellen Tag Angst vor einer Fratze, die sich dort zeigen könnte. »Er stand auf, Vater Sweelum, das Blut lief ihm aus dem Mund, und seine toten Augen starrten ins Leere. Er sagte: ›Ich bin der Tote Gott. Ich bin zurückgekehrt, wie es prophezeit ward.‹«

»Ja«, sagte Antryg halblaut. »*Wenn die letzte von tausend Kerzen erlischt, kehrt die Dunkelheit wieder; mögen auch tausend Stimmen alle Hymnen des Lebens singen, die Stille wartet immer auf das unausweichliche Verwehen ihres Atems.*«

Aus den Augenwinkeln sah Joanna, wie Caris das Symbol des Heiligen auf Stirne und Lippen zeichnete.

»Entropie siegt immer«, murmelte sie vor sich hin, und Antryg nickte ihr zu.

»Exakt.« Er richtete den Blick auf die Dörfler, zusammengedrängt wie Schafe, die den Wolf heulen hören, obwohl Joanna vermutete, daß es sich bei ihnen um die zwölf mutigsten Frauen und Männer aus dem Ort handelte. »Und was hat er von euch gefordert?«

Er fragte sanft, als ob er es bereits wüßte. Seinen Worten folgte ein furchtbares Schweigen. Endlich antwortete Greer, sie hielt die Augen niedergeschlagen. »Leben«, sagte sie, und trotz der Stille im Zimmer waren ihre Worte kaum zu verstehen. »Viele Leben.«

Antryg stieß einen leisen Pfiff aus, wie ein Mann, der der Lösung eines Rätsels ein Stück näher gekommen ist, aber seine Miene drückte keinen Triumph aus, sondern Mitgefühl und Verständnis.

Die Frau hob den Blick zum Gesicht des Zauberers, ihre Augen sagten stumm, daß kein Vorwurf, keine Anklage von seiner Seite schlimmer sein konnte, als die Gewissensqualen, mit denen sie sich geißelte. »Er hätte sonst unser ganzes Dorf und alle darin vom Angesicht der Erde vertilgt.«

»Ich weiß.« Die Überzeugung im Tonfall seiner Stimme, das absolute Verständnis, ließen Joanna erschauern, aber der Frau tat es gut.

»Und er hat die Macht dazu«, erklärte sie. »Er kann einem Menschen das Leben aussaugen, wie ein Fuchs ein Ei ausschleckt, und seinen Körper anlegen wie ein Kleid. Er kann Tod und Verderben auf uns herabbeschwören – wenigstens hat er das Vater Del gesagt und dem Dorfkrämer Pettin, die mit ihm in der Kirche gesprochen haben. Sie sind es, die uns jetzt seinen Willen kundtun.«

»Ja«, warf ein jüngerer Mann ein, untersetzt, bärtig. Er saß neben der Tür auf einem Hocker. »Del will ich's nicht verübeln, zumal ich glaube, daß sein Verstand Schaden genommen hat. Aber dieser Pettin! Er und seine Söhne und ein Haufen ihrer gedungenen Knechte halten Wache bei der Kirche und tun, was der Tote Gott befiehlt, weil sie sich einen Vorteil davon erhoffen. Drei von meinen Schafen hat er sich geholt, der Halunke, für sich selbst und nicht für seinen neuen Herrn.«

Zustimmendes, erbostes Murmeln und Antryg sagte: »Faszinierend. Also hat der Tote Gott kein Interesse an Tieren?«

Das Schweigen senkte sich wieder herab. Sie hatten gesündigt und wußten es. Joanna fragte sich, wie viele ihrer Mitbürger sie dem schrecklichen Ding in der Kirche zum Fraß vorgeworfen hatten und nach welchen Kriterien die Opferlämmer ausgewählt worden waren. Schließlich ermannte sich ein Greis mit kurzen weißen Flechten. »Keines. Er will nur Menschen. Einmal forderte er ein Kind ...«

Eine unbehagliche Pause entstand, als hörten alle in der Erinnerung den flehenden Aufschrei einer unglücklichen Mutter. »Anfangs verlangte er jeden Tag ein Opfer, dann drei oder vier Tage nichts. Jetzt waren es wieder drei in drei Tagen ...«

Greer holte tief Atem. »Ihr müßt mit uns kommen, Herr. Im Namen Gottes oder welche Götter Ihr verehrt. Die Nächte, in denen er herauskommt und umgeht, sind solche Nächte, wie wir sie den ganzen Sommer über hatten, wenn es scheint, als ginge alle Kraft verloren, aus der Luft, aus der Erde, aus uns. Er hat das bewirkt, von Anfang an. Es muß so sein! Wir hören ihn, hören seine schlurfenden Schritte, und am Morgen führt eine Spur aus Schleim, als hätte man einen verwesten Kadaver über den Boden geschleift, zum Hexenpfadstein und zurück. Er vergiftet das Dorf und das Land ringsum; man sagt, er trinkt das Leben der Welt in sich hinein, und sein Durst ist nimmer gestillt.«

»Weshalb, zum Teufel, sollte Suraklin so etwas tun?« wollte Joanna wissen, als sie wieder allein in dem gemütlichen Kaminzimmer saßen und Antryg seelenruhig die inzwischen kalt gewordenen Muffins verspeiste. »Außerdem kann er es nicht sein – ich weiß, wo er am Abend des Toten Gottes bei Sonnenuntergang gewesen ist ...«

»Wenn es nicht Suraklin ist«, warf Caris ein, »dürfen wir keine Zeit verschwenden mit etwas, das uns nichts angeht, uns aber möglicherweise das Leben kostet.« Er ging im Zimmer auf und ab, der lange Kaftan bauschte sich um seine Füße, eine ungebärdige Strähne des blonden Haarschopfs fiel ihm in die Stirn.

Antryg blickte auf. »Ich würde dir gerne recht geben, aber ich habe Zweifel, ob es klug wäre, diese Sache ungeprüft zu lassen. Möchtest du ein Muffin? Kurios übrigens, daß der Provinzadel hier weißes Mehl aus Kymil importiert, zu zwölf Kronen den Sack, um Muffins zu backen, nur von wegen der Tradition, obwohl sie aus Roggenmehl doch genauso gut schmecken.« Er leckte sich die Finger ab und tat so, als merkte er nicht, daß Caris stehengeblieben war und entrüstet auf ihn niederschaute.

»Du bist der leichtfertigste ...« begann der junge Sasenna.

»Nach Far Wilden zu gehen, ist nicht unbedingt leichtfertig, das heißt, falls du mit leichtfertig meinst, daß man dazu neigt, sich mit Nebensächlichkeiten zu verzetteln. Ich hoffe, der Abstecher wird sich als reine Zeitverschwendung erweisen, um unser aller willen. Aber das wissen wir erst, wenn wir da gewesen sind.« Er wischte die Finger an einem Zipfel des Umhangs sauber und beugte sich vor, um einen der langen Stalaktiten aus Wachs abzukneifen, der an der Seite einer Kerze hinuntergetropft war. Selbst zu dieser Stunde am Vormittag herrschte ein ungewisses Zwielicht, schwarze Regenwolken zogen am Himmel auf, und die Diener entzündeten im ganzen Haus wieder die Leuchter. Antryg rollte das Wachs zwischen den Handflächen zu einer Kugel, seine grauen Augen bekamen einen geistesabwesenden Ausdruck. Dann zog er eine der Nadeln heraus, die er in dem ausgefransten Revers seines Mantels stecken hatte, und machte sich daran, winzige Zeichen in das Wachsbällchen zu ritzen.

»Du wartest hier, Caris«, sagte er dabei. »Bewahr diese *Lipa* auf, wo du sie sehen kannst. Wenn sie sich rot verfärbt, erbitte sofort von Junker Alport ein Pferd und reite so schnell du kannst nach Far Wilden, aber sei auf der Hut, sobald du im Ort ankommst. Falls sie schwarz wird ...« Er zögerte, die Nadel verharrte in der Schwebe, und sein ausdrucksvoller Mund verhärtete sich. Dann seufzte er und reichte Caris die kleine Zauberkugel. »Falls sie schwarz wird, wirst du allein mit Suraklin abrechnen müssen, fürchte ich.«

»Muß es wirklich sein?« Joanna zog unter dem feuchten Schaffell ihres Mantels und dem Gewicht des Rucksacks frierend die Schultern hoch. Der Tag ging zu Ende, wie immer gegen Abend wurde es kalt, und der eisige Wind stach wie mit Nadelspitzen in ihr Gesicht. Die bleischwere Müdigkeit, die sie in der vergangenen Woche ständig begleitet hatte, machte ihr heute weniger zu schaffen, aber immer noch konnte sie sich nicht vorstellen, wie es war, sich wohlig warm, satt und ausgeruht zu fühlen.

Der Turm der entweihten Kirche wurde in einem Einschnitt der monotonen Wellenlinie der Hügel sichtbar. Wenn der Wind ihnen entgegenwehte, rochen sie die inzwischen vertrauten ländlichen Aromen: Stallmist, Holzrauch und Latrinen. Es wurde dunkel. Ihre Erwägungen betreffs Suraklin verloren rasch an Faszination, statt dessen beschlich sie ein mulmiges Gefühl.

»Ich fürchte ja, Liebling.« Im Schatten der Kapuze war von Antrygs Gesicht kaum mehr zu erkennen als die runden Brillengläser, die den letzten fahlen Schimmer Tageslicht widerspiegelten wie die Augen eines fremdartigen Insekts. »Mir schwant nichts Gutes in Bezug auf diese Manifestation in der Kirche. Ich hoffe, es hat nichts mit Suraklin zu tun, aber ich muß mir Gewißheit verschaffen.«

Auf den letzten fünf Meilen waren die Dörfler ziemlich einsilbig gewesen und schienen sich immer enger zusammenzuschließen. Selbst Greer, die sich bemüht hatte, eine Haltung ungebrochener Zuversicht zur Schau zu tragen, während sie ihnen Einzelheiten der schrecklichen Heimsuchung schilderte, war verstummt. Jetzt standen sie auf dem Karrenweg und schauten auf den schwarzen Turm in der Ferne, der wie ein Stachel in den eisengrauen Himmel ragte.

Zögernd fragte Joanna: »Was ist der Tote Gott, Antryg?«

Aus den Augenwinkeln bemerkte sie die Bewegung, die durch die Gruppe der Umstehenden lief, wie ein Windstoß durch einen Pappelhain – die Dörfler bekreuzigten sich mit der Miene von Leuten, deren Vertrauen in die Wirkung eines Amuletts zu schwinden beginnt. Obwohl Antryg den Blick nach wie vor auf den ominösen Kirchturm gerichtet hielt, mußte er das Rascheln ihrer Kleider gehört haben, denn im Schatten der Kapuze verzogen seine Lippen sich zu einem kurzen ironischen Lächeln.

»Er ist nicht, wie viele glauben, der Gott des Todes, der Herr der Tore, der auf dem Land bei den Grünen Messen verehrt wurde. Der Tote Gott ist der Gott des Totseins – nicht einmal 'Gott des', sondern einfach Totsein. Er ist Entropie, wenn du so willst, das Nichts. Die Dunkelheit nach dem Erlöschen der letzten Kerze, die Stille nach dem Verwehen des letzten Atemzugs, das Welken des letzten Grashalms, wenn alles Leben auf der Erde geschwunden ist – das ist der Tote Gott. Wie du selbst gesagt hast, Entropie siegt immer.«

Ein Windstoß packte seinen weiten purpurnen Umhang und bauschte den Stoff zu einer riesigen Schwinge. In der Abenddämmerung wirkte er mit seiner hochgewachsenen, hageren Gestalt, der tiefen Stimme und den runden, opaken Augen fast selbst wie ein Geschöpf aus einem Danse Macabre.

»Deshalb hat der Tote Gott beschlossen zu sterben. Damit alle Dinge am Ende zu ihm kommen, auch wenn es bedeutete, selbst ein Nichts zu sein. Er ist der Gott der Stasis, der Stagnation, des unwiderruflichen Todes ohne auch nur die Hoffnung des befruchtenden Verfalls. Ganz gleich, wieviel Leben die anderen Götter erschufen, sagen die Legenden, der Tote Gott starb, um all ihr Streben zunichte zu machen.«

»Wie ein Schwarzes Loch«, meinte Joanna nachdenklich, »das mit seiner enormen Dichte nicht einmal Licht entkommen läßt.«

Antryg nickte.

Zweifelnd fuhr sie fort: »Dann haben wir es also nicht wirklich mit dem Toten Gott zu tun, oder? Der Tote Gott – der wahre Tote Gott – hätte es nicht nötig, sich in Unkosten zu stürzen wegen eines armseligen kleinen Dörfchens; er brauchte nicht diese merkwürdigen, unsinnigen Befehle geben, von denen man uns erzählt hat, wie zum Beispiel, daß in bestimmten Nächten die Leute nicht ihr Haus verlassen dürfen oder daß sie Eimer voll Blut zur Kirche bringen sollen und so weiter. Der Tote Gott brauchte nichts weiter tun als – warten.«

»Genau.« Der Magier schob die Hände in die Manteltaschen und folgte dem tief gefurchten, vereisten Pfad zu den ersten schäbigen Lehmhütten am Dorfrand.

Joannas kältesteife Lederstiefel rutschten auf den harten Schollen, als sie sich bemühte, den Anschluß nicht zu verlieren; er verlangsamte seinen Schritt und wartete, bis sie ihn eingeholt hatte. »Aber was ist das für eine Kreatur in der Kirche?«

Ein dünner Schwall weißer Atemluft strömte aus den Schatten unter der Kapuze. »Ich glaube, es handelt sich um etwas, wovor ich schon die ganze Zeit Angst gehabt habe«, antwortete er. »Eine Abomination, die Intelligenz besitzt.«

Ohne Enthusiasmus sagte Joanna: »Verdammt.«

»Und ich hoffe wirklich«, fügte er kryptisch hinzu, »es ist nur das.«

Joanna seufzte. »Ich werde nicht einmal *fragen*, wie die Situation noch schlimmer sein könnte.«

»Sehr vernünftig.«

Im Dorf selbst war die Stille fast greifbar und hatte etwas Lauerndes, bei dem sich Joanna die Nackenhaare sträubten. Selbst der gelegentliche Austausch halblauter Bemerkungen zwischen Greer und ihren Leuten hatte aufgehört; sie hielten Tuchfühlung und warfen immer wieder Blicke über die Schulter in die ölige Dunkelheit, die sich zwischen den Häusern und Katen zu sammeln schien. Die dörflichen Geräusche, an die Joanna sich gewöhnt hatte, das Muhen der Kühe und das Grunzen von Schweinen in den Hinterhöfen, fehlten; ein paar Ziegen standen in einem Bretterverschlag, zusammengedrängt, als wären sie krank, ihre grünen Augen leuchteten in der Dunkelheit. Auf einem freien Platz erhob sich der klotzige Bau der Kirche, mit Strebepfeilern, eisenbeschlagenem Portal und dem einzelnen, skeletthaften Turm.

Joanna fröstelte und schob sich dichter an Antryg heran. Sie empfand es als kälter als auf den Hügeln, obwohl die Häuser den Wind abhielten. Der süßliche Dunst der Verwesung hing über dem Dorf und schnürte ihr die Kehle zu. Antryg hatte die Kapuze zurückgeschoben; in der Dämmerung sah sein Gesicht steinern und alt aus.

»Also bist du zurückgekommen, Greer.« Aus dem Schatten eines runden, untersetzten Gebäudes dicht neben der Kirche – Joanna identifizierte es als Baptisterium, wie sie es ähnlich in der Nähe anderer Dorfkirchen gesehen hatte –

lösten sich mehrere Gestalten. Man brachte eine Fackel, und der zuckende, orangefarbene Schein spielte über die Gesichter von einem halben Dutzend Männer und Frauen, zum größten Teil ausgerüstet mit den improvisierten Waffen von Bauern, obwohl wenigstens zwei von ihnen plumpe, aber brauchbare Schwerter gezückt hielten. Der Mann, der großspurig vor ihnen her ging, gehörte zu den wenigen, die nicht als Folge einer verheerenden Mißernte Gewicht verloren hatten: groß, rothaarig, die Metallknöpfe an seinem großbürgerlichen Schoßrock spannten sich über einem unverändert prallen Wohlstandsbauch. Er selbst war unbewaffnet, leistete sich jedoch eine Leibwache von gedungenen Handlangern mit Äxten. »Das war unklug von dir.« Joanna bemerkte, daß einer seiner Vorderzähne aus Gold war, mit einem kleinen Rubinsplitter in der Mitte, wie eine vom Mittagessen übriggebliebene Fleischfaser.

Greer holte Atem für eine zornige Antwort, doch bevor sie ein Wort sagen konnte, ergriff Antryg die Initiative. Strahlend, mit ausgestreckten Händen, trat er vor. »Mein lieber Pettin, nehmt Ihr die Sorge um das Wohl der Gemeinde nicht übel. Selbstverständlich wird der Namenlose ein unbedeutendes Geschöpf wie sie nicht in all seine Pläne einweihen, aber auch die tun löbliche Werke, die nur als des Dunklen Gottes Boten handeln, und ich bin ja hier, also ist kein Schaden entstanden.«

Während Pettin, der Kaufmann, ihn mit offenem Mund anstierte und Greer sprachlos nach Worten suchte, dachte Joanna: *Antryg, wenn der Bluff nicht funktioniert, sind wir geliefert.*

Der Zauberer schüttelte dem verdutzten Dorfdespoten lebhaft die Hand und legte ihm freundschaftlich den Arm um die Schultern. »Ihr glaubt doch nicht, Er ...« – ein Nikken in die Richtung der schweigenden Kirche – » ...hätte ihr erlaubt, das Dorf zu verlassen, außer, um seinen Willen zu tun?«

»Äh ...« brachte Pettin heraus.

»Wo ist Del?«

Greers unterdrücktes zorniges Luftschnappen ließ Joanna

aufhorchen wie das Rasseln einer Klapperschlange, und als sie herumwirbelte, sah sie die Bürgermeisterin dem zunächststehenden Leibwächter Pettins die Axt entwinden. »Verräter!« schrie die Frau. »Du warst die ganze Zeit sein Diener!« Ergrimmt ging sie mit der erhobenen Axt auf Antryg los, ohne daran zu denken, daß seine mögliche Verbündete neben ihr stand, bis Joanna den Fuß vorstreckte und sie zu Fall brachte.

Auch als Kind hatte sie sich nie getraut, jemandem absichtlich ein Bein zu stellen, und war baß erstaunt, daß es tatsächlich ablief wie im Kino.

Bis Greer sich aufgerappelt hatte, bedeckt mit Dung und Modder, waren die Leibwächter bei ihr.

»Aufhören!« bellte Antryg, als einer von ihnen die Faust hob, um der zornigen Frau ins Gesicht zu schlagen. So groß war die Autorität seiner sonoren Stimme, daß der Mann mitten in der Bewegung erstarrte. »Sperrt sie ein«, befahl er schroff. »Tut ihr nichts.« Er sah den völlig entgeisterten Pettin an. »Wie Ihr wißt, müssen sie unversehrt sein.«

»Aber ja, Mylord.« Pettin war ganz eindeutig nicht gewillt merken zu lassen, daß niemand ihm dieses Insiderwissen anvertraut hatte.

Mit einem Schulterzucken, das einem Kaiser Ehre gemacht hatte, ganz zu schweigen vom Abgesandten eines Gottes, entledigte Antryg sich seines Umhangs; Joanna fing ihn geistesgegenwärtig auf und legte ihn sich schwungvoll über den Arm. Antryg nahm dem in Reichweite stehenden Leibwächter seinen Knüppel aus der Hand und ließ, ohne auch nur einen Blick darauf zu werfen, an der Spitze eine Flamme aufblühen. Pettins Schläger wichen hastig zurück, raunend und flüsternd, nicht wenige machten das Zeichen gegen das Böse.

»Tut, wie der Gott befohlen hat, und haltet die Leute von den Türen fern«, ordnete Antryg an. Im gelben Schein der Fackel konnte Joanna den Schweiß auf seinem Gesicht glänzen sehen, doch er sprach in einem Tonfall sorgloser Überheblichkeit. Der Magister Magus, erinnerte sie sich, hatte über ihn gesagt, er würde den besten Scharlatan des Gewerbes abgeben. »Gehorcht meinem Diener hier, wie ihr mir gehorchen würdet, bis ich wiederkomme.« Damit schritt er zur Kirchentreppe wie ein Monarch, der seinem Kanzler das Reich zu treuen Händen übergeben hat.

»Lügner!« Kaum berührte Antrygs Fuß die unterste Stufe, flogen die Türen auf, heraus quoll eine Wolke unglaublichen Gestanks, der sich über den ganzen Platz verbreitete. Joanna hielt sich die Hand vor den Mund und würgte. Mit dem Pesthauch strömte Dunkelheit hervor wie Rauch. Der ausgemergelte alte Mann inmitten der unheilvollen, wallenden Schwärze war total verrückt, das sah Joanna auf den ersten Blick.

Mit ruhiger, sicherer Stimme befahl Antryg: »Gebt den Weg frei, Vater Del!«

»Mountebank!« zischte der alte Priester. Silbrige Speichelfäden hingen über sein Kinn; die hohlen Wangen und Augen, die losen Falten schmutzstarrender Haut brachten Joanna auf die Frage – in dem Teil ihres Verstandes, der vor Grauen nicht wie gelähmt war –, ob Vater Del seit dem Erscheinen des Toten Gottes noch einen Bissen Nahrung zu sich genommen hatte. Nicht, daß jemand, der in diesem Mief lebte, noch so etwas wie Appetit entwickeln könnte ...

Antryg gebrauchte seine Stimme wie ein Instrument, um mit dem sonoren Wohlklang den aufgewühlten Geist des verrückten alten Mannes zu beschwichtigen. »Ich bin nur ein Diener des Namenlosen, wie Ihr auch. Er sandte nach mir und ich kam.«

»Lügner! Heuchler!« Vater Del kam langsam die Stufen hinunter, auf einen fast zwei Meter langen Stab gestützt, schwere Eiche, mit Eisenblech verstärkt. Die eiserne Spitze scharrte über die Steine. »Ja, er sandte nach dir – dein Kommen diente seinen Zwecken. Er sieht alles, weiß alles. Alle Dinge kommen schließlich zu ihm! Ein Magus, sagt er.« Der alte Priester wankte einen Schritt näher, seine Hände, die den Stab umklammerten, zitterten wie im Krampf. Bei einem Abstand von sieben Metern raubte der Gestank seiner Kutte Joanna schier den Atem.

Antryg bewegte sich nicht, aber ringsum spürte Joanna,

wie Pettins Männer unruhig wurden und ihre Waffen fester hielten. *Wenn ich jetzt die Beine in die Hand nehme,* dachte sie, *ist das so gut wie ein Geständnis.* Adrenalin schoß durch ihre Adern wie Benzin zu einem im Leerlauf hochgedrehten Motor.

»Er wittert deine Gedanken«, krächzte Del. »Deine und die des kleinen Mädchens da. Du willst ihn vernichten. Aber er wird sich dein Fleisch nehmen. Vielleicht taugt es, seinen verzehrenden Hunger zu stillen ...«

Jemand griff nach Joannas Handgelenk, sie drehte es gegen die Schwachstelle des Daumens und trat gleichzeitig ihrem Angreifer mit dem vollen Nachdruck ihrer einhundertundeins Pfund Lebendgewicht auf den Fuß. Der Griff lockerte sich. Als Hände sich in ihre Kleider krallten, stürmte sie die Treppe hinauf. Im gleichen Moment stieß Antryg mit der Fackel nach dem Gesicht des Alten und entriß ihm den Eichenstab. Pettins Männer wogten heran, ihre Waffen blitzten im unsteten Licht. Dels Geschrei – dünn und schrill wie von einem zornigen Falken – verstärkte Joannas Eindruck, in einem Alptraum gefangen zu sein.

Mit der Hand, in der er den eisenbeschlagenen Stab des Priesters hielt, stieß Antryg Joanna vor sich her in die undurchdringliche Finsternis jenseits der Schwelle des Kirchenportals, und die Türen fielen dröhnend hinter ihnen ins Schloß.

## 12. KAPITEL

»Halt das fest, bitte.«

Antrygs gleichmütige Stimme war so leise, daß Joanna kaum verstand, was er sagte. Außerdem war sie noch verwirrt von der plötzlichen Entwicklung der Dinge und halb erschlagen von dem üblen Miasma und der eisigen Kälte im Inneren des Gotteshauses. Aber sie nahm die Fackel und den Eichenstab, die er ihr in die Hände drückte; noch während die Riegel am Portal knirschend vorgeschoben wurden. Ohne ein weiteres Wort kniete er sich hin, brachte von wer weiß woher ein Stück Kreide zum Vorschein und zeichnete den weiten Bogen eines Kreises auf den Steinboden. Er mußte viel Übung haben, dachte Joanna, als ihre Panik langsam verebbte und einer erstaunlichen Gelassenheit Platz machte; der Kreis war bis auf eine minimale Abweichung vollkommen rund.

Das Kirchenschiff mit seinen Säulenreihen glich einer lichtlosen Grotte, in der das Böse lauerte – bestialischer Gestank und tintige Dunkelheit bedrängten sie von allen Seiten und drohten das schwache Licht der Fackel zu erstikken. Die Kälte war mörderisch, viel größer als draußen, und Joanna wunderte sich nicht länger, daß die Dorfbewohner der Behauptung des Dämons in der Kirche glaubten, er sei die Verkörperung des ewigen Todes.

Die Kreide verursachte ein weiches, bröckelndes Geräusch auf den Granitplatten des Bodens. Während sie mit ihren Blicken die Finsternis zwischen den geschnitzten und bemalten Säulen zu durchdringen versuchte – nicht zwei die gleichen und alle bunt bemalt wie psychedelische Totempfähle –, lauschte sie auf das zischelnde Knistern der Fackel und das leise Knirschen von Antrygs Ledergürtel, als er in dem doppelten Kreis um sie herum einen fünfzackigen Stern einzeichnete. Er hatte den äußeren Ring nicht groß genug angelegt, deshalb war in dem fertigen Pentagramm nur wenig Platz zum Stehen. Joanna kannte Antryg inzwischen lange genug, um auch ohne Erklärung zu wissen, daß es nicht ratsam war, über die Kreidestriche zu treten.

Irgendwo zwischen den Säulen bewegte sich etwas.

Sie hörte es stolpern und an dem Holz entlangschaben wie ein Blinder in einem fremden Haus; hörte ein amorphes Schlürfen, bei dem sich ihr der Magen umdrehte. Auch der Geruch wurde penetranter, trotz der unwahrscheinlichen Kälte – Fleisch, im fortgeschrittenen Stadium der Verwesung, die sauren Exkrete der Angst und noch etwas anderes, etwas, das sie im Abyssus wahrgenommen hatte. *Keine Panik*, ermahnte sie sich und dachte daran, ungeachtet des gemeinen Gestanks tief und regelmäßig zu atmen. *Wenn du in Panik gerätst, erwischt es dich* ... Die Kälte war ein lebendes Wesen, bösartig, das sich ins Mark ihrer Knochen fraß. Ihr kam der Gedanke, ob sie lange genug und laut genug schreien konnte, um sich aus diesem Alptraum aufzuwekken und wenn ja, an welchem Ort sie erwachen würde.

Antryg stand auf, der Schweiß auf seinem Gesicht glänzte im unsteten gelben Lichtschein wie Öl. Er nahm ihr den Eichenstab aus der linken Hand, die Fackel aus der rechten. Seine Stimme klang ruhig und beherrscht. »Joanna, geh in die Hocke und nimm deinen Kopf in acht. Unser anrüchiger Freund hat psychokinetische Fähigkeiten, wahrscheinlich können wir zuerst mit einem Bombardement rechnen. Du brauchst nicht versuchen, mir auszuweichen, ich werde aufpassen, wohin ich trete.«

Joanna machte sich nicht die Mühe zu fragen, woher er das mit der Psychokinese wußte. Sie ließ sich einfach auf die Knie fallen, nahm den Rucksack ab und beugte sich darüber, hauptsächlich, um das Virusprogramm zu schützen – in genau der Haltung, die vom California Public School System als wirksamer Schutz vor Atombomben empfohlen wurde. Antryg legte behutsam die Fackel neben sich auf den Boden und stand breitbeinig über ihr, den eisenbeschlagenen Eichenstab in beiden Händen. Er hatte sein Gewand bis fast zu den Knien geschürzt und die grobe Wolle streifte ihren Rücken, seltsam tröstlich, wie auch zwischen halbgeschlossenen Lidern der Anblick der Messingringe seiner Stiefelgurte. Sie verschränkte die Hände noch fester im Nacken und machte sich so klein wie möglich.

Irgendwo in der Schwärze hinter den Säulen hörte sie ein Klopfen.

Unmöglich zu beurteilen, woher es stammte oder von was gegen was. Den Anfang machte ein versuchsweises Pochen, gedämpft und sonderbar hohl klingend, dem folgte unvermittelt ein gewaltiges Dröhnen, wie Donnerschlag oder das Zufallen einer schweren Tür. In schneller Folge ging es weiter – der hallende Glockenton von Eisen auf Eisen; eine gewaltige Faust, die gegen eine tönende Mauer schlug. *Es ist nur Krach*, hämmerte Joanna sich ein und drängte den Schrei zurück, der in ihrer Kehle aufstieg. *So, wie die Dunkelheit nur Dunkelheit ist, die Kälte nur Kälte und der Gestank eben nur Gestank ...*

Falsch! Ganz falsch!

Etwas flog durch die Luft wie ein Geschoß – Metall; Kupfer, dachte Joanna, bevor sie nach einem flüchtigen Blick die Stirn wieder auf den Rucksack bettete. Antryg drehte den Oberkörper und traf den Gegenstand mit dem Ende des Eichenstabs; scheppernd flog er gegen die nächste Säule. Es war eine Weinkanne, stellte Joanna fest, ein Altargefäß. Antryg wirbelte herum und führte einen zweiten Hieb, um einen Steinbrocken – der abgebrochene Kopf einer Skulptur – abzuwehren, wobei fast der Stab entzweigebrochen wäre. Das nächste Projektil war auf seine Knöchel gezielt. Sie biß die Zähne zusammen und duckte sich tiefer, doch wieder gelang ihm ein exzellenter Bat. *Also nicht nur Baseball, sondern auch Cricket*, dachte sie hysterisch. Kaum einen Atemzug später hörte sie etwas gegen seine Hüfte prallen und fühlte, wie seine Knie nachgaben. Der Stab sauste pfeifend durch die Luft, Antryg wurde erneut getroffen und stöhnte schmerzerfüllt auf.

Ein heller Punkt glomm zwischen den Säulen, raste furchterregend schnell auf sie zu, wie ein Komet mit Feuerschweif. Joanna zuckte zusammen, als der gleißende Ball den äußeren Kreis traf, hörte das prasselnde Knistern und sah die Lohe an der Umgrenzung entlanglaufen, bis sie erlosch. Sie wagte einen Blick nach oben. Antrygs Züge waren zu einer grimmigen Maske erstarrt; Blut rann aus einer Platzwunde über seinem rechten Auge und verteilte sich mit dem strömenden Schweiß über sein ganzes Gesicht. Das graue Haar umgab im Fackelschein seinen Kopf wie ein gesponnener Heiligenschein, in dem die Diamantohrringe blitzten.

Ein weiterer Lichtschimmer, verschwommen, fluoreszierend, erschien zwischen den Säulen; der Widerschein kroch wie Maden die Linien der Blattgoldornamente entlang. Joanna biß fest die Zähne zusammen, als etwas, eine Kreatur, in ein grausiges Leuchten gehüllt, wankend und strauchelnd aus dem Wald der Pfeiler zum Vorschein kam. Antryg drehte sich halb danach um, als es am äußeren Kreis zerbarst, wandte sich aber sofort wieder zurück, weil etwas anderes hervorstürmte, Gestalt gewordene Dunkelheit.

Ein Tsunami unsäglichen Gestanks traf sie zuerst. Als zweites war Joanna ein kurzer Blick auf das Ding vergönnt: die sabbernde, zerlaufene Travestie eines menschlichen Gesichts, wie eine dem Feuer zu nahe gekommene Wachsmaske. Die schartigen Fänge, bemerkte sie mit schreckensstarrer Faszination, waren die Stücke gebrochener Rippen, die aus den Winkeln des fauligen Kiefers ragten. Knochen wurden sichtbar, wo sich an zweien der Arme das Fleisch ablöste, die anderen beiden reckten sich mit Krallenfingern nach einem Opfer. *Es ist stofflich. Es kann den Kreis überschreiten,* dachte sie und spürte, wie trotz aller guten Vorsätze die Panik von ihr Besitz zu ergreifen drohte. Nur unter Auferbietung aller Willenskraft gelang es ihr, sich zu beherrschen und in dem Pentagramm auszuharren. Antryg stand vor ihr, breitbeinig, den Stab wie ein Stockfechter in beiden Händen. So groß er war, die Kreatur überragte ihn um mehr als einen Kopf. *Er wird es nie besiegen können ...*

Die Kreatur – Monster, Dämon, Gott der Fäulnis – hatte beinahe den Kreis erreicht, als Antryg den Stab herumdrehte und ihm das Ende wie einen Speer in den Leib rammte. Gleichzeitig beugte er die Knie und verlagerte den Schwerpunkt, um den Anprall abzublocken, als die eiserne Stockspitze das verweste Fleisch durchbohrte und begleitet von einem schleimigen Springquell am Rücken wieder herauskam. Mit einer Wucht, die den ganzen Bau erschütterte, stürzte das Scheusal genau außerhalb der Kreidelinie zu Boden. Der Kopf hob sich, eine zähe Flüssigkeit tröpfelte aus dem stumm arbeitenden Mund. Dann fiel er mit dem satten Geräusch einer überreifen Frucht zur Seite.

Die Stille in der Kirche war schrecklicher als zuvor. In der leprösen Fratze des Gesichts glaubte Joanna fast, den weißlichen Schimmer eines rollenden Auges zu sehen. Sie setzte sich auf, frierend und am ganzen Leib zitternd. »Kannst du es mit deinem Schwert in Stücke hauen?«

Antryg hatte mit einiger Mühe den Eichenstab aus dem Kadaver gezogen. »Könnte ich«, antwortete er. »Aber wenn du dir ansiehst, wie weit die Verwesung fortgeschritten ist, erkennst du, daß allein Psychokinese den Körper in Bewegung hält, und vermutlich ist dazu nicht zwingend notwendig, daß die Gliedmaßen mit dem Torso verbunden sind. Also möchte ich alles in allem lieber auf das Experiment verzichten.«

Joanna überdachte stumm die Implikationen des Gesagten und mußte schlucken.

Ziemlich weiß um die Lippen, das Gesicht von einer wilden Kriegsbemalung aus Schweiß und Blut überzogen, trat Antryg dicht an den Rand des Kreises. Wie ein Bild, das sich in einem Korridor aus Spiegeln verliert, folgten die Echos seiner Stimme einander in die endlose Finsternis der Säulen. »Kannst du mich verstehen?« fragte er leise. »Ich bin nicht gekommen, um dich zu vernichten.«

*Es wartet,* dachte Joanna.

Etwas Nasses fiel auf ihre Hand. Als sie den Blick senkte, entdeckte sie einen Tropfen Blut. Ein zweiter Tropfen folgte, aus der Dunkelheit unter der hohen Decke, dann ein prasselnder, widerwärtiger Regen. Rinnsale wanden sich an den buntbemalten Säulen hinunter, überzogen den Boden mit einer verästelten Maserung. Der Geruch, metallisch süß und aufdringlich, stach ihr in die Nase. Die erlöschende Fackel qualmte und zischte, die Dunkelheit schloß sich wie ein Kreis von Wölfen enger um sie.

»Sprich zu mir, wenn du kannst«, versuchte Antryg es von neuem. »Ich kann dir helfen, wenn du mich läßt.«

Langsam bewegte sich der Kopf der Kreatur, weiße Sehnen brachen durch das gelatineartige Gewebe am Hals. Joanna sah den Brustkorb sich heben und senken, als würde er betätigt wie ein Blasebalg, um Luft an den Stimmbändern vorbeizupressen, die sich bereits zum größten Teil in Wohlgefallen aufgelöst hatten.

»Ich-bin-der-Tote-Gott.« Das gutturale Timbre jagte ihr

einen Schauer über den Rücken, wenn sie daran dachte, woher es stammte. »Ich trinke die Macht, die aus dem Fleisch der Menschen hervorleuchtet. Alle Dinge sind dem Leben nur überlassen für eine bemessene Frist, bevor sie zu mir zurückkehren. Ich bin der Tote Gott.«

Schwarzer Seim troff aus seinem Mund und dem Loch in seinem Bauch, als das Wesen sich mit grotesk wackelndem Kopf schwerfällig aufsetzte; zwei dicke Schleimtropfen hingen an seinen Handgelenken, als es die Arme ausstreckte, sie zogen sich in die Länge und fielen schließlich platschend zu Boden. »Der Tote Gott verlangt sein Recht ...transdimensionales Interface ...ich durchwandere die grenzenlose Finsternis in den Abgründen der Welt ...universale Feldtheorie ...Xchi-Partikel ...strukturelle Verschiebungen am Ylem ...«

»Was redet er?« fragte Antryg leise.

Joanna blickte verwundert zu ihm auf. »Begreifst du nicht?« Er schüttelte ratlos den Kopf. »Transdimensionales Interface?« Sie benutzte die englischen Begriffe, obwohl weder sie noch Antryg die Worte in dieser Sprache gehört hatten.

Er schüttelte wieder den Kopf. »Du meinst, du bekommst eine brauchbare Übersetzung durch diesen Verständigungszauber? Diese Termini sagen dir etwas?«

Joanna nickte heftig, während der Tote Gott sich erhob wie ein zerklüfteter Berg, seine Augäpfel glänzten seifig in dem verglimmenden rötlichen Licht. »Er kommt aus einer anderen Welt, einer hochtechnisierten Welt.«

Mit dem Stab in der Hand trat Antryg an den Rand des Kreises. »Hör mich an«, sagte er, und seine tiefe Stimme hallte von den Mauern zurück. »Ich kann dir helfen. Ich kann dir helfen, in deine Heimat zurückzukehren.«

»Ein Magier«, flüsterte der Tote Gott röchelnd. »Ich sehe den Glanz deiner Macht, die ich aus deinem Gehirn schlürfen werde, auf daß sie mir gehöre ...Psychokinese auf molekularer Ebene ...ich bin der Tote Gott ...«

»Ich kann ihn nicht erreichen.« Er wandte den Blick nicht einen Moment von der Kreatur ab, die sich schwankend, mit gierig gekrümmten Krallenfingern in Bewegung gesetzt hatte. Antrygs geschwollene Knöchel färbten sich weiß, so fest umklammerte er den Eichenstab, er redete leise und schnell. »Hast du vielleicht eine wie auch immer geartete Waffe bei dir, Liebling? Ich bezweifle, daß die Pistole viel nützen wird – meine Schwertscheide wäre vielleicht besser, als Keule gebraucht. Denk daran, es ist nur totes Fleisch ...«

Aber Joanna rührte sich nicht, sie musterte stirnrunzelnd die Schreckensgestalt wenig außerhalb des Lichtkreises der ausbrennenden Fackel, in Gedanken mit einer ganz neuen Frage beschäftigt. »Weißt du, ich könnte wetten, es ist ein Problem der Hardware«, meinte sie schließlich.

Ein anderer Gefährte in dieser Lage hätte sie angestarrt und ungläubig gefragt: »*Wie bitte?*« doch Antryg, selbst ein Virtuose der Inkonsequenz, sagte nur: »Die menschlichen Körper, deren er sich bedient hat, um daraus seine jetzige Gestalt zu schaffen?«

»Nicht die Körper, das Gehirn.« Der Gestank war so furchtbar, daß sie kaum atmen konnte; ein Teil von ihr schrie vor Entsetzen, während ein anderer gelassen und logisch die Situation analysierte. »Deine Software ist nur so gut wie deine Hardware.«

»Und er ist nicht in der Lage, seine Gedanken durch die Gehirne der Menschen, die er sich einverleibt hat, zu vermitteln«, führte der Zauberer die Überlegung zu Ende. Seine Augen leuchteten auf wie die eines wahrhaft verrückten Wissenschaftlers kurz vor einer bahnbrechenden Entdekkung.

»Ja«, Joanna nickte. »Nur, soweit es die Beschaffenheit des Gehirns betrifft, gibt es keine zwei Komponenten – deine Hardware *ist* deine Software. Und seins muß halb verwest sein, selbst wenn es nicht von einem mittelmäßig intelligenten Priester stammte und den Tagedieben, Säufern und Unangepaßten, derer die hiesige Gemeinde sich per Opferlammlotterie entledigt hat. Er ist da drin gefangen ...«

»Armer Teufel«, flüsterte Antryg mitfühlend, und Joanna schauderte vor Grauen und Mitleid, während sie den abscheuerregenden Dibbuk betrachtete. »Aber er kann uns hören?«

»Ich bin sicher, er kann Informationen nur im Rahmen dessen vermitteln, was von Anfang an in diesen Gehirnen enthalten war.« Sie stand Rücken an Rücken mit Antryg und hielt seine Schwertscheide wie einen Baseballschläger in der Hand, um sich notfalls verteidigen zu können. Die Scheide aus lackiertem Holz war hart wie Eisen, trotzdem kam sie ihr hoffnungslos unzulänglich vor. »Wir müssen also versuchen, zu seinem ursprünglichen Ego vorzudringen, dem Teil von ihm, der sich noch daran erinnert, wer er einmal gewesen ist ...«

»*Falls* er – oder sie – sich sich erinnert.«

Joanna überlegte einen Moment. Ohne die Kreatur aus den Augen zu lassen, schob sie die improvisierte Waffe in den Gürtel, suchte kurz in einer Tasche ihres Rucksacks und zog das Schweizer Messer heraus. Neben Antryg kniete sie sich hin und klopfte mit dem metallenen Ende dreimal auf den Steinboden.

Pause. Dann klopfte sie wieder, einmal, hart und trocken in der fürchterlichen Stille. »Ich habe das mal in *Red Planet Mars* gesehen«, erklärte sie atemlos und klopfte viermal.

»Vertu dich bloß nicht«, mahnte Antryg, der immer noch der schwankenden Gestalt des Toten Gottes zugewandt war, um einen Angriff rechtzeitig erkennen und parieren zu können. »Und bete, daß das Ding eine Ahnung von Mathematik hat ...«

»Ich bin damit beschäftigt zu beten, daß der Wert von *Pi* in seiner Dimension derselbe ist wie in meiner.«

Pause, eins. Pause, fünf ...

»Hmmm. Kitzlig, falls nicht.«

Pause ...

Dann ertönte das Pochen, das sie schon anfangs gehört hatten, neunmal – hohl und erschreckend, laut wie das Dröhnen einer gewaltigen eisernen Tür. Wieder Stille wie das drückende Gewicht der Luft nach einem Donnerschlag. Dann zwei Schläge, bei denen die Mauern erbebten. Stille. Sechs.

Das Schweigen erstreckte sich in eine unerträgliche Ewigkeit.

»Fünf«, soufflierte Antryg, als Joanna auf einmal von Panik ergriffen wurde und sich nicht an die nächste Zahl erinnern konnte. Ihr kam in den Sinn, daß die Fähigkeit, in jeder Art von bizarrem Notfall äußerste Konzentration zu bewahren, für einen Magier das lebenswichtigste Talent sein mußte.

Drei hallende Schläge antworteten ihr; fünf; acht ...

»Kannst du ein Sigel fabrizieren?« fragte sie halblaut.

»Zu welchem Zweck?«

»Hardware. Schließlich sind sie nichts anderes als riesige Chips, in einem Muster von Linien verschlüsselte symbolische Logik, vergleichbar den Synapsen des Gehirns. Wenn du eins oder mehrere oder so viele du brauchst, auf den Boden zeichnest, als alternative Kommunikationshardware zu dem, was er jetzt hat ... Würde das funktionieren?«

»Ich habe nicht die leiseste Ahnung«, antwortete er. Auf seinem Gesicht lag ein Ausdruck selbstvergessenen Bastlerglücks, in absurdem Kontrast zu den Prellungen und dem Blut und dem Höllenszenario, das sie umgab. »Ich brauche Metall ...«

»In meinem Rucksack stecken rund fünfzehn Meter Kupferdraht.«

Er zögerte. »Und ich müßte das Pentagramm verlassen.« Joanna, ihre Schulter an seiner Seite, konnte fühlen, wie schnell und flach sein Atem ging.

Ernsthaft sagte sie: »Nicht, wenn du einen ganz kleinen Maßstab nimmst.«

Er schaute sie an, wollte protestieren, dann merkte er, daß sie scherzte, und grinste. Seine Hand war völlig ruhig, als er ihr den Stab reichte. Weil sie gesehen hatte, wie er ihn herumwirbelte, als wäre es der Stab eines Tambourmajors, war sie überrascht von dem Gewicht.

»Laß unseren Freund nicht frontal auf dich zukommen«, warnte er. »Er wiegt drei- oder viermal soviel wie du.«

»Willst du dein Schwert zurück?«

Er schüttelte den Kopf, holte ein Stück Kreide aus der

Manteltasche und trat – was ihn sichtlich Überwindung kostete – vorsichtig über die schützenden Linien des magischen Kreises. Bläuliche Funken, ein elektrisches Knistern, dann wieder Stille, bedrohlich, abwartend. Im Halbdunkel kauernd wie ein riesiger Affe, dessen Neugier vorläufig noch größer ist als sein Argwohn, beobachtete der Tote Gott Antryg, der in die Hocke ging und die komplexen Umrisse der Sigel auf den Boden zu zeichnen begann.

Die Fackel erlosch endgültig; in der Dunkelheit kam es Joanna vor, als verströmten die Kreidelinien einen kalten, frostigen Schimmer, der aber nichts beleuchtete, nur die kühne Nase des Zauberers, die Gläser seiner Nickelbrille und die schmierig glänzenden Augen des Toten Gottes. Joanna spürte, daß er sie nicht vergessen hatte, belauerte sie, als wüßte er, daß sie im Besitz all der Waffen war; sie, die überhaupt nicht damit umgehen konnte. Mit zitternden Händen klemmte sie den Stock unter einen Arm und wühlte in ihrem Rucksack. Heraus zog sie den Kupferdraht und eine der etlichen vorsorglich eingesteckten Kerzen, die sie an der glimmenden Fackel entzündete. Das Flämmchen spendete nicht viel Helligkeit, aber Antryg konnte ja im Dunkeln sehen. Der Blick des Toten Gottes wanderte in ihre Richtung, sie stellte hastig die Kerze auf den Boden – in der Hoffnung, nicht bei nächster Gelegenheit darauf zu treten – und hielt den Stock wieder verteidigungsbereit.

Kein Laut war zu hören, nur das bröckelnde Scharren von Kreide auf Stein und Antrygs leichte, schnelle Atemzüge.

Während sie zuschaute, wie die Formen der Sigel Gestalt annahmen, erkannte Joanna einige von Caris' Übungszeichnungen wieder: das Sigel des Tores, das Sigel des Einzelnen Auges, das Sigel der Stärke und das gehörnte Sigel der Schatten, das alle verborgenen und geheimen Dinge regiert. In all diese eingeflochten und sie verbindend war das Sigel der Pfade, Attribut des Vergessenen Gottes und – wie er – in sich ohne Macht. Von ihrem Platz in dem Pentagramm warf sie Antryg den Kupferdraht und das Isolierband zu – von Caris wußte sie, daß Metall erforderlich war, um die Wirkung zu intensivieren – und bemerkte aus den Augenwinkeln, wie der Tote Gott Stück für Stück vorrückte; Geifer rann von seinen zerfressenen Lippen, die Hände mit den hornigen, gebogenen Nägeln öffneten und schlossen sich hungrig, ruhelos.

Als Antryg sich aufrichtete, war sein Gesicht sehr blaß im geisterhaften Schimmer der Sigel. Um ihn herum lagen die Embleme der alten Götter wie filigrane Ornamente aus Licht, Draht und Isolierband, die über den Steinplatten zu schweben schienen. Er holte tief Atem, trat vor und streckte dem Toten Gott die Hand entgegen.

Mit einem röchelnden Knurren hob der Unhold zwei seiner Arme. Antryg ahnte, was kam, und duckte sich, aber nicht schnell genug. Die Krallenhand versetzte ihm einen gewaltigen Schlag, der ihn gegen die nächste Säule schleuderte, als wäre er tatsächlich die Vogelscheuche, an die er so oft erinnerte. Dann war der Tote Gott über ihm.

Joanna wußte, sie konnte niemals rechtzeitig bei ihm sein, und ihr fiel nichts Besseres ein, also schwang sie den Eichenstab herum und führte mit aller Kraft einen Hieb gegen die Säule hinter ihr. Es krachte wie ein Gewehrschuß. Der Kopf des Toten Gottes drehte sich schmatzend, ein Auge stierte sie an, das andere rollte in der fauligen Höhle, als die Muskeln, die es hielten, sich lösten. Sie hob einen von Antrygs Kreidestummeln auf, bückte sich und zeichnete etwas auf den Boden:

//////
//////
//
/////
//////

Der Tote Gott stand still und starrte auf die Kreidestriche. Dann drehte er sich zu Antryg herum, der zusammengesunken an der Basis der Säule lag. Eine riesige Hand schloß er um Antrygs Arm, die andere um seinen Nacken, und zog ihn auf die Füße. Ihre Blicke trafen sich, der des Toten Gottes flackernd, unstet – Antrygs ruhig und gänzlich frei von

Furcht. Schließlich umfaßte der Magier die verrotteten Handgelenke und geleitete die Kreatur zu den schimmernden Sigeln, führte die widerstandslosen Finger zu den Punkten, wo Magie und Metall sich verflochten, und ließ sie dort, während er selbst sich zum entgegengesetzten Ende der symbolischen Straße begab.

Dort warf er einen Blick auf Joannas binären Code. »Was ist das?«

»Plancks Konstante.«

»Ich bin überzeugt, Madame Planck ist entzückt, das zu hören.« Seine Stimme klang gepreßt, und sie vermutete nach der Art, wie er sich bewegte, daß er sich bei dem Sturz eine Rippe angeknackst hatte.

»Wenn er ein Wissenschaftler ist, wird er sie erkennen. Sie bezeichnet das Verhältnis von Energie zur Frequenz von Licht und taucht in der Physik immer wieder auf. Wie *Pi* war es ein Versuch, ihm zu sagen, daß wir wissen, er ist nicht der Tote Gott. Daß wir wissen, wer er wirklich ist.«

Antryg kniete sich beim Sigel des Schattens nieder und berührte das verschlungene Gebilde aus Draht und Licht. »Vielleicht mußte er selbst daran erinnert werden«, meinte er leise. Mit der freien Hand wischte er das Blutrinnsal aus seinem Mundwinkel. Joanna legte den Stab hin, nahm ihren ganzen Mut zusammen, überschritt die psionische Barriere des Pentagramms und trat zu ihm.

»Ich glaube, du brauchst einen technischen Berater.«

Hinter den spiegelnden Gläsern bemerkte sie das kurze Aufflackern von Sorge in seinen Augen. Nach einem Moment der Unschlüssigkeit nahm er ihre Hände – die seinen waren noch klebrig von der Berührung mit der schmierigen Fäulnis des Toten Gottes – und legte sie auf die schwach leuchtenden, kunstvoll gebogenen Drähte. »Ich weiß nicht, wieviel du hören kannst«, erklärte er. »Wenn du fühlst, daß er in deinen Verstand eindringen will, ziehst du dich sofort zurück. Versuch nicht, mir zu helfen. In Ordnung?«

Joanna nickte, und ihr Herz klopfte wild.

»Gutes Mädchen.« Er holte tief Luft und zuckte zusammen bei dem stechenden Schmerz der angebrochenen Rippen, dann schien er in eine Art Trance zu sinken. Joanna hatte den Eindruck, daß er nicht von seinen magischen Kräften Gebrauch machte, sondern die Emanationen der Sigel absorbierte.

Da sie keine magischen Fähigkeiten besaß, spürte sie sehr wenig, nur eine leichte Wärme an den Fingerspitzen. Eine Zeitlang blieb alles stumm, doch als sie aufblickte, sah sie im flackernden Schein der Kerze, wie Antrygs Lippen sich bewegten, und merkte, daß die Nähe des Toten Gottes ihre Konzentration störte.

*Na großartig*, dachte sie bitter. *Was für ein perfekter Augenblick, um sich Meditationstechniken anzueignen*. Aber sie hatte genug einschlägige Bücher gelesen, um in etwa zu wissen, was sie tun mußte. Am meisten Überwindung kostete es, einfach die Augen zu schließen, alle Gedanken loszulassen, alle Furcht, alles Grübeln, was sie tun würde, wenn ...an überhaupt nichts zu denken ...

Wie das ferne Raunen eines metallischen Windes hörte sie die Stimme des Toten Gottes.

»... Je mehr Leben ich nehme, desto größer wird meine Macht. Ich kann die Magie deines Gehirns trinken, Windrose – Magie, um den Verfall dieses Fleisches aufzuhalten; Magie, um mir zu nehmen, wonach immer es mich gelüstet. Weshalb sollte ich in meine eigene Welt zurückkehren, wenn ich mir hier als ein Gott die Erde untertan zu machen vermag?«

»Wirklich?« Antrygs Stimme schien aus großer Entfernung zu kommen. Aber dabei klang sie völlig gelassen, nicht anders, als säßen sie bei einem Humpen Bier am Feuer eines Wirtshauses. »Immer vorausgesetzt, daß du noch deiner Sinne mächtig und imstande bist, dein Schicksal zu bestimmen. Aber das bezweifle ich. Die psychische Energie des Menschen ist ein ziemlich armseliger Ersatz für die Nahrung in deiner eigenen Welt, nicht wahr? Ganz zu schweigen von der Atemluft.«

»Diesem Körper schadet sie nicht.«

»Du vergiftest dich allmählich, und du weißt es – oder du wußtest es, als du versuchtest, statt der Menschenopfer andere Wege zu finden, um dich am Leben zu erhalten – Rinderblut oder die Energie des Hexenpfadsteins.«

Durch das pulsierende Leuchten der Sigel spürte Joanna den blutigrot erwachenden Zorn des Toten Gottes. »Der Hunger wird quälender«, flüsterte er.

Schüchtern warf sie ein: »Das ist normal bei Lebensmittelallergien.«

»In meiner eigenen Welt war ich nichts«, zischte der Tote Gott. »Ein Techniker, ein Sucher von Xchi-Partikeln für die Forschungen anderer. Hier besitze ich Macht.«

»Nur so lange es dir gelingt, deinen Intellekt zu bewahren«, gab Antryg zu bedenken. »Meine Magie wird dir größere Macht verleihen, ja. Aber sie verhindert nicht die Auflösung deines Bewußtseins. Bestenfalls degenerierst du zu einer blinden Gewalt, einem psychischen Wirbelwind, der sich von menschlicher Lebensenergie nährt, bis jemand endlich einen Weg findet, dich unschädlich zu machen, wie man tollwütige Hunde unschädlich macht. Im schlimmsten Fall werden andere dich für ihre Zwecke benutzen, wie Pettin es jetzt tut. Eine andere Wahl hast du meines Erachtens nicht.«

Eine Welle, eine Woge, eine Sturmflut von Licht, rasender Zorn und Haß, die wie ein Lavastrom ihr Bewußtsein trafen – Joanna befreite ihre Hände aus Antrygs leichtem Griff und riß die Augen auf, gerade als er mit einem Aufschrei zur Seite zuckte. Obwohl der Tote Gott sich nicht von der Stelle gerührt hatte, zeichneten tiefe, heftig blutende Krallenspuren Antrygs Wange und Kinn; noch während sie ihn verständnislos anstarrte, furchte der zweite Hieb einer unsichtbaren Pranke seinen Hals. Die Dunkelheit ringsum schien zu kochen, der Boden hob und senkte sich grollend – Manifestationen der ziellosen Wut des halb wahnsinnigen Toten Gottes. Antryg biß die Zähne zusammen, Blut strömte über sein Gesicht und seinen Hals, doch er ließ die gekrümmten Hörner des Sigels nicht los.

Das wütende Grollen erstarb.

Joanna schlug das Herz bis zum Hals, ihr war schlecht vor Angst, und sie konnte sich nicht überwinden, das Sigel wieder zu berühren. Doch nach einer Weile hörte sie Antryg flüstern: »Wo befindet sich der Körper, in dem du hergekommen bist?«

Der Tote Gott mußte geantwortet haben, weil der Zauberer nach kurzem Warten fragte: »Da er in dieser Welt nicht verwest ist – wenn ich dich in ihn zurückgeleite und durch den Abyssus in deine Heimat, wäre man dort in der Lage, dich zu retten?«

Ein noch längeres Schweigen folgte, dann lächelte Antryg, noch immer halb in Trance. »Ja«, murmelte er, es klang wie ein fernes Echo seiner Geplänkel mit Caris, »verrückt auch. Du kannst ebensowenig sicher sein, daß ich nicht dein Bewußtsein auslösche, sobald du dich mir öffnest, wie ich, daß du nicht das meine verschlingst, wenn ich dir Einlaß gewähre. Siehst du ein, daß du meine Hilfe brauchst?«

*Wenn er normal wäre, vielleicht,* dachte Joanna verzweifelt. *Wenn er nicht schizophren wäre, verseucht von dem psychischen und metabolischen Müll, den er sich seit Wochen einverleibt ... Tu's nicht, Antryg. Du darfst dich ihm nicht ausliefern ...*

Doch Antryg ließ die Sigel los und erhob sich mühsam, unter Schmerzen. Der Tote Gott, gewaltig, düster, streckte ihm helfend zwei verweste Hände entgegen, zusammen verschwanden sie, der schlaksige Zauberer und das Monster in dem schwarzen Schlund der unheiligen Finsternis. Das helle Leuchten der Sigel schien in den Boden einzusickern und erlosch, übrig blieb nur ein verwischtes Muster von Kreidestrichen und die verschlungenen Ornamente aus Kupferdraht, über die der flackernde Schein von Joannas Kerze huschte.

Wie lange sie allein im Dunkeln saß, wußte Joanna später nicht zu sagen. Mit angespannten Nerven horchte sie auf Geräusche in der absoluten Stille. Die Kerze brannte langsam nieder. Nach einem anstrengenden Tagesmarsch und den wenigen Stunden Schlaf, die ihnen allen in der Nacht davor vergönnt gewesen waren, als sie der Gemahlin des

Junkers halfen, ihr Kind zur Welt zu bringen, machte sich die Erschöpfung bemerkbar. Das Blut, das während der Auseinandersetzung mit dem Toten Gott herabgeregnet war, hatte sich wunderbarerweise in Nichts aufgelöst. Sie fragte sich, ob es überhaupt real gewesen war.

Antryg war allein in der Krypta mit dem Toten Gott. Daß er beim Weggehen kein Wort zu ihr gesagt hatte, wunderte sie nicht; sie nahm an, daß er seine gesamte Kraft brauchte, um eine Art psychische Verbindung zu dem Toten Gott aufrechtzuerhalten, einen Kommunikationskanal zum teilweise verschütteten Bewußtsein dieser verirrten Abomination. Die Kälte wurde unerträglich. Joanna schmiegte sich in ihren Schaffellmantel, beobachtete die von der Kerzenflamme vergoldeten Wolken ihres Atems und fragte sich, wie lange sie warten sollte.

*Bis sie was tat?*

Das Portal war von außen verriegelt. Sie brauchte nicht lange in sich hineinzuhorchen, um zu wissen, daß sie nicht den Mut aufbringen würde, sich allein durch den stockfinsteren Wald des säulenbestandenen Kirchenschiffs einen Weg zu den unterirdischen Schreckenskammern zu suchen.

Als endlich doch ein Geräusch die Stille durchbrach, wäre ihr fast das Herz stehengeblieben – das protestierende Kreischen der Riegel an der Tür und der wütende Fluch eines Mannes. Dann strich die frische, reine Nachtluft über ihr Gesicht, frostklirrend, aber beinahe lind, verglichen mit den arktischen Temperaturen in der Kirche.

»Joanna?«

Fackelschein fiel in einer goldenen Bahn auf den Boden, glänzte auf Caris' blondem Haar und auf der Klinge seines blanken Schwertes. Mit einem angewiderten Laut prallte er zurück. »Was zum ...«

»Hier!« Sie sprang auf und lief stolpernd zu ihm hin. Nach dem langen Sitzen knickten ihre Beine ein, und sie zitterte am ganzen Leib, als er sie in seinem Arm auf. Über seine Schulter hinweg blickte Joanna auf den wie leergefegten Kirchenvorplatz, keine Menschenseele war zu sehen, nur ein Mann lag bewußtlos am Fuß der Treppe, und ein regloser

Arm ragte aus dem Schatten der halboffenen Tür des Baptisteriums. »Caris, wir …«

»Wo ist er?« Der Sasenna hielt die Fackel in die Höhe und warf einen raschen Blick durch den Innenraum. »Ist er …?«

»Er ist mit dem Toten Gott in die Krypra hinuntergestiegen«, erklärte sie. »Er wollte ihm helfen, den Rückweg zu finden, in die Welt, aus der er gekommen ist. Caris … Du machst dir Sorgen um ihn, nicht wahr?« Die Angst im Gesicht des jungen Mannes war unmißverständlich und hatte wenig damit zu tun, daß er fürchtete, alleine Suraklin gegenübertreten zu müssen.

»Er ist das närrischste Mondkalb, das ich je kennengelernt habe«, brauste Caris auf, ohne ihre Frage zu beantworten. »Wenn er …«

Er brach ab und griff nach ihrem Arm. Die eiskalte Dunkelheit geriet plötzlich wie ein Vorhang im Wind in Bewegung. Unsägliches Grauen kroch in Joanna empor, sie krallte die Finger in den rauhen Stoff von Caris' Ärmel. Das Universum schien sich in ein lebendes Wesen zu verwandeln, das sich atmend um sie schloß.

»Der Abyssus«, flüsterte Caris.

Dünn und furchtbar wie der Todesschrei von etwas, das seit langem aufgehört hat, menschlich zu sein, hörte man von draußen Vater Dels brüchige Altmännerstimme einen langgezogenen Schrei ausstoßen.

Joanna sagte leise: »Er ist fort.«

Caris hob wieder die Fackel und ging, das Schwert in der Faust, ihr voran in die schwarze Grotte des Mittelschiffs.

Von den bisherigen Ereignissen abgehärtet, konnte das, was sie im Sanktuarium vorfanden, Joanna nur mäßig erschüttern, aber sie hörte Caris würgen und nach Atem ringen, als der Gestank ihnen entgegenschlug. Nach seinem Aufenthalt im Körper des unglücklichen Vater Sweelum, nun ein undefinierbarer Klumpen in schwarzem Habit zu ihren Füßen, hatte der Tote Gott das Fleisch der nächsten Opfer benutzt, um daraus seinen Leib zu formen. Die Überreste lagen verstreut am Hochaltar, der Kanzel, den Stufen, die in die Krypta hinunterführten. Nur die tödliche Kälte, die der Tote Gott erzeugte, um sein geborgtes Fleisch zu erhalten, verhinderte, daß das Grauen jedes erträgliche Maß überstieg. In der Krypta fanden sie den aufgedunsenen Körper des Toten Gottes, ein massiger Kadaver neben einem Alkoven, der früher die sterblichen Überreste eines hiesigen Notablen beherbergt hatte – seine altersgelben Knochen lagen in einer Ecke, immer noch eingehüllt in die mürben Fetzen eines goldbestickten Leichentuchs. Statt seiner lag Antryg mit dem Gesicht nach unten in der Nische, einen Arm ausgestreckt, die Finger verschränkt mit den Fingern des Toten Gottes.

»Antryg ...« Sie trat auf ihn zu. Beim Klang ihrer Stimme und dem plötzlichen Licht der Fackel regte er sich. Langsam hob sich seine Hand und tastete nach ihr, hungrig auf die Berührung eines menschlichen Geistes oder auch nur von lebendigem Fleisch. Joanna registrierte kaum, womit sie behaftet war, als sie sich krampfhaft um ihren Oberarm schloß.

Er wisperte kraftlos: »Bring mich weg von hier.«

Auf den Stufen der Kirchentreppe hob Caris Antrygs zu Boden gefallenen Umhang auf und legte ihn ihm behutsam über die Schultern. Joanna suchte in der Manteltasche des Zauberers nach der Blechflasche mit Gin, den er trank wie ein Sterbender das Elixier des Lebens. Mit einem zittrigen Lächeln reichte er sie ihr, und nach ein, zwei Schlucken kam sie zu der Auffassung, daß doch einiges für das greuliche Zeug sprach. Brennende Fackeln tauchten rings um den Platz auf, als dunkle Gestalten aus den Schatten hervortraten – der Krämer Pettin, bleich und eingeschüchtert; Greer, die Bürgermeisterin, sichtlich froh, die drei Dämonenjäger lebendig und mehr oder weniger unversehrt wiederzusehen. Von Vater Del fand sich nie wieder eine Spur.

»Glaubst du, unser Willkommen könnte sich auf eine Tasse Tee erstrecken?« fragte Antryg halblaut, als seine Hände aufgehört hatten zu zittern. Er blickte zu Caris auf, das alte koboldhafte Glitzern kehrte in seine dunkel umrandeten Augen zurück. »Du bist bemerkenswert schnell hier aufgetaucht für jemanden, den wir in Alport Hall zurückgelassen haben.«

»Red keinen Unsinn«, antwortete Caris schroff. »Ich bin euch selbstverständlich gefolgt.« Er stieß das Schwert in die Scheide, behielt diese aber in der Hand. »Nur Pettins Raufbolde Mores zu lehren hat etwas Zeit gekostet.«

Bei einem Blick über den Platz entdeckte Joanna nur zwei von den gedungenen Schlägern des Kaufmanns; von den beiden betastete der eine weinerlich ein blaues Auge und eine taubeneigroße Schwellung am Kinn, der andere streifte gerade die Reste improvisierter Fesseln von seinen Handgelenken.

In sanfterem Ton fügte der Sasenna hinzu: »Und du? Wird das Kollegium nach den Ereignissen der Nacht in der Lage sein, dich aufzuspüren?«

»Ich glaube nicht.« Antryg warf das blutverklebte Haar zurück. »Es war nur sehr wenig Magie im Spiel. Vielleicht bei – als ich den Geist des Toten Gottes zurück in seinen früheren Körper führte und durch den Abyssus. Wie die Abominationen, die wir in Suraklins Zitadelle gesehen haben, war er unfähig, die Luft hier zu atmen, aber aus demselben Grund blieb er von den Fäulnisbakterien hier verschont. Doch die Sigel besitzen eine eigene Kraft. Sie sind, wie Joanna gesagt hat, symbolische Repräsentationen des Gehirns; in gewisser Weise werden sie, wie die Teles, von der freien Magie gespeist, die uns überall umgibt.«

Er legte die Stirn in Falten, als hätte ihn das auf eine neue Idee gebracht. Sein Blick verlor sich in eine unbestimmte Ferne.

Caris schaute im Schein der Fackeln auf ihn hinab. Etwas von der alten Gereiztheit malte sich auf seinen Zügen, gemildert von Verständnis und Mitgefühl. Mit gedämpfter Stimme, als wären seine Worte nur für die Ohren des Zauberers bestimmt, sagte er: »Du weißt, daß das auf Dauer nicht gutgehen kann.«

Antryg blickte ihn an, aber in seinen Augen stand keine Frage.

»Früher oder später stehst du irgendwo mit dem Rücken

zur Wand und mußt von deinen Kräften Gebrauch machen oder sterben.«

Der Zauberer schien diese Bemerkung mit seiner gewohnten Munterkeit abtun zu wollen, er holte Atem, zögerte und stieß ihn resigniert wieder aus. »Ich weiß«, antwortete er so leise, daß Joanna es fast nicht hörte. Er saß auf der Treppenstufe und betrachtete die von Dellen übersäte Blechflasche in seinen Händen; Müdigkeit ergriff von ihm Besitz, als wäre irgendein Quell innerer Kraft plötzlich versiegt. »Meine größte Angst war, Suraklin könnte von dem Toten Gott gehört haben und uns zuvorgekommen sein. Ob nun als Verbündete oder Suraklin als Meister und der Tote Gott als Sklave – die beiden hätten ein teuflisches Paar abgegeben. Das Problem ist ...«

Er hielt inne, seine grauen Augen starrten auf einen Punkt jenseits des Fackelscheins, jenseits der Dunkelheit, wo sie eine zusätzliche Gefahr erblickten, ein bisher verborgenes Grauen. So hatte er ausgesehen, erinnerte sich Joanna, als Pharos auf der Fahrt zum kaiserlichen Palast erzählt hatte, was aus seinem Vater geworden war.

»Was ist?« fragte sie.

Er schüttelte den Kopf, ohne sie anzusehen. »Nichts«, murmelte er. Dann: »Glaubst du, wir können diesen braven Leuten eine Tasse Tee abschwatzen, einen Happen zu essen und ein Bett für die Nacht? Ich friere bis ins Mark und bin todmüde.«

Als Joanna auf dem Lager aus Schaffellen und Steppdekken in Greers Haus in einen tiefen Schlaf sank, den selbst Alpträume nicht zu stören vermochten, war das letzte, was sie sah, der Schimmer von Antrygs Augen, die unverwandt in die Schatten unter der Zimmerdecke starrten. Was immer die Begegnung mit dem Toten Gott ihm verraten oder zu denken aufgegeben hatte, es ließ ihn in dieser Nacht nicht zur Ruhe kommen.

## 13. KAPITEL

Während der folgenden drei Tage versuchte Joanna Antryg etwas über sein Gespräch mit dem Toten Gott zu entlocken, doch er gab sich geistesabwesend und schweigsam. In Antrygs Fall war Schweigsamkeit – genau wie Normalität – immer eine relative Angelegenheit; wortreich verbreitete er sich unterwegs über die obskuren Bräuche religiöser Sekten, das Liebesleben früherer Kaiser und die abstruseren Methoden der Wahrsagerei oder lauschte aufmerksam ihren Erklärungen über Computertechnik und die ausgeklügelten Tricks der Videofilmpiraterie. Aber sie fühlte, hinter all diesen charmanten Ablenkungsmanövern war er beunruhigt und von bösen Ahnungen erfüllt.

Sie verließen Sykerst und kamen in das Tiefland östlich von Engelshand, wo sie in den braunen Tälern entlang des Glidden in Richtung Tilrattin Eiland und des Nodus' der Energiepfade wanderten. Joanna hatte den Eindruck gewonnen, daß Antryg kein besonders mutiger Mann war. Genau wie sie besaß er eine zu lebhafte Vorstellungskraft, um dem Tag X mit Caris fatalistischer Zielstrebigkeit entgegenzusehen. Er hatte lange Zeit in Furcht gelebt. Außerdem, dachte Joanna beklommen, war er der einzige der vier Verschwörer, der genau wußte, womit sie es zu tun hatten.

»Wenn ich das richtig sehe, scheint es, als hätte Suraklin gewußt, was er tut«, sagte sie eines Abends schüchtern und blickte von dem Stapel photokopierter Dateien auf, die sie im mangelhaften Licht einiger Kerzen studiert hatte. Antryg hob den Kopf von seinem Bündel, das ihm als Kissen diente. Er hatte still auf dem Rücken gelegen und zwischen den morschen Balken des eingesunkenen Hauses, in dessen Keller sie untergeschlüpft waren, zu den kalt funkelnden Sternen hinaufgesehen.

Dicht vor ihrem Ziel hielten sie es für besser, soweit irgend möglich einen Bogen um Dörfer und Ansiedlungen zu schlagen, doch einmal den schneidenden Winden von Sykerst entkommen, ließ sich das Leben im Freien ertragen. Hier, im Land der Baumhecken, fanden sich auch häufiger leere Heuschober oder die Ruinen alter Kapellen und Höfe. Lord Alport und die Einwohner von Far Wilden hatten ihnen soviel Wegzehrung mitgegeben, wie sie tragen konnten, also waren sie nicht gezwungen, an die Türen von Bauern zu klopfen und sich als willkommenes Gesprächsthema in der Gegend anzudienen.

Antryg stützte sich auf einen Ellenbogen und blinzelte zu ihr hinüber. »Schön wär's«, gab er zurück, ohne erst zu fragen, was sie meinte, als hätten sie den Faden eines unterbrochenen Gesprächs wieder aufgenommen. An der weißen Wolke seines Atems konnte man sehen wie kalt es war. Joanna zog die gesteppte Decke enger um die Schultern und strich mit den Fingerspitzen über die Blätter in ihrem Schoß.

»Soweit ich es beurteilen kann, ohne ein Magier oder ein Xeno-Bio-Psychochemiker zu sein«, fuhr sie zögernd fort, »beruhte das Scheitern des Toten Gottes auf inkompatiblem Hardware-Software-Interface – er übertrug sein Bewußtsein in die Gehirne von Wesen einer fremden Spezies. Offensichtlich besaß er die Fähigkeit, die paranormalen psychokinetischen Kräfte zu nutzen – was normalerweise Magiern vorbehalten ist –, doch er konnte den Transfer nicht vollziehen, bis das menschliche Bewußtsein vollkommen erloschen war. Und ich vermute, es handelte sich eher um ein instinktives Vorgehen als um eine erlernte Technik.«

Antryg nickte. »Mehr oder weniger, ja.«

»Ich bin ziemlich sicher, daß du nicht zu befürchten brauchst, es könnte mit Suraklin ein ähnliches Problem geben. Zwar habe ich nicht alle Subroutinen des Persönlichkeitstransfers – es mußte alles schnell gehen, und das meiste von dem Zeug verstehe ich nicht –, aber aus denen, die ich verstehen kann, geht hervor, daß er sämtliche Persönlichkeiten bis ins letzte Detail digitalisiert hat. Es ist also nicht mit der Art von organischem Verfall zu rechnen wie bei dem Toten Gott.«

Der Zauberer fischte seine Brille aus ihrem Refugium in

seinem Stiefel, der in trauter Zweisamkeit mit seinem Kameraden zum Trocknen am Feuer stand, und manövrierte sie vorsichtig über die von Caris gesäuberten und stellenweise genähten Spuren der letzten wütenden Attacke des Toten Gottes. Mantel, Decke und Umhang übergehängt, rückte er näher, um über Joannas Schulter einen Blick auf die endlosen Zeilen des Ausdrucks zu werfen.

«Du hast nicht zufällig irgendeinen Hinweis darauf gefunden, wo Suraklin seinen Computer versteckt haben könnte, oder?»

«Bis jetzt nicht.» Joanna kuschelte sich mit unter den Umhang, den er einladend offenhielt. «Ich habe danach gesucht, aber du mußt bedenken, es gibt *Tonnen* von diesem Zeug. Außerdem sind die Kopien nicht die besten. Zum Ende hin habe ich einfach alles verkleinert, ausgeschnitten, aufgeklebt und wieder kopiert, beidseitig, um Platz zu sparen, ohne darauf zu achten, was für Material es war. Aus dem Grund ist vieles kaum zu entziffern, aber ich wollte soviel zusammenkriegen wie möglich. Und dies ist bei weitem noch nicht alles.»

Antryg grinste und fuhr mit dem Daumen am Rand des dicken Packens ungelesener Papiere entlang. «Das wird mir eine Lehre sein, nicht Englisch lesen zu lernen.»

Sie zuckte die Schultern und erwiderte sein Lächeln. «Selbst wenn du Englisch lesen könntest, könntest du immer noch nicht die Programmiersprache lesen – so wenig wie ich die Zauberformeln hier verstehen kann, obwohl sie in FORTRAN übertragen wurden. Weil Gary die meiste Programmierarbeit als Gary erledigt hat, sind die Programme auf Englisch geschrieben – wahrscheinlich, weil Suraklin keine Tastatur mit den Herzen und Blumen beschaffen konnte, die ihr als Alphabet verwendet. Ich frage mich, in welcher Sprache er denkt?»

Plötzlich zog sie erschauernd die Schultern hoch und murmelte: »Oh verflucht!«, als die schleichende, graue Flut der Tristesse lautlos in ihre Seele kroch. Antryg umschlang sie fester, doch seine Wärme war nur ein Geist, die Erinnerung daran, daß solche Dinge Trost zu spenden pflegen. Sie senkte ergeben den Kopf und bereitete sich darauf vor zu ertragen, was mehrere Stunden dauern konnte, den Rest einer von Alpträumen heimgesuchten Nacht oder – flüsterte eine innere Stimme – bis in alle Ewigkeit. Aber sie fühlte sich zu ausgelaugt, zu müde, um sich deswegen Gedanken zu machen.

Leise sagte sie: »Wie lange wird das noch so weitergehen?«

Antryg seufzte und rieb ihr mit seiner großen Hand den Rücken. »Noch lange, fürchte ich. Gute Parasiten achten darauf, ihre Wirte nicht umzubringen.« Sie biß die Zähne zusammen und legte den Kopf an seine Brust. Sie hatte nie herausbekommen, wie sehr der Energieentzug ihn schwächte, doch seit sie ein Paar geworden waren, glaubte sie zu wissen, daß er mehr darunter litt, als er sich anmerken ließ.

»Salteris – Suraklin – hat einmal etwas Ähnliches gesagt«, meinte sie tonlos. »Daß man sich an alles gewöhnt und schließlich gar nicht mehr vermißt, was einem fehlt ...«

Unter ihrer Wange fühlte sie, wie ein Ruck seinen Körper durchfuhr, und als sie den Kopf hob, um ihn anzusehen, bemerkte sie das harte, spekulative Glitzern in seinen Augen. »Hat er das?« Seine Lippen wurden schmal, und seine Nasenflügel bebten vor Zorn – zum erstenmal erlebte Joanna, daß ihn wirklich die Wut packte. Er holte tief Atem und zwang sich zur Ruhe, aber trotzdem lag auf seinem Gesicht noch ein Ausdruck grimmiger Entschlossenheit, als er den Arm von ihren Schultern nahm und anfing, die geräumigen Taschen seines Mantels abzuklopfen. »Würdest du mich entschuldigen, Liebes?«

Joanna nickte bekümmert und dachte, während er aufstand: *Er liebt mich nicht. Ich hätte wissen müssen, daß er mich nicht liebt ...*, aber dann befahl sie sich energisch, mit dieser alten Leier unreflektierten Selbstmitleids endlich Schluß zu machen.

Antryg kletterte derweil ein Stück den Hang aus Ziegelsteinen, Mörtelgrus und geborstenen Balken am anderen

Ende des Kellers hinauf und grub ein Astrolabium, das er von Pella bekommen hatte, aus der Tasche.

»Das entspricht genau Suraklins Art zu denken«, erklärte er, nahm eine kleine Justierung vor und peilte den Nordstern an, hoch am frostklaren Nachthimmel. »Er ging von der Voraussetzung aus, er sei intelligenter als irgend jemand sonst. Nicht, daß er so gänzlich Unrecht gehabt hätte, aber es führte zu einer Blindheit in bestimmten Dingen. Er konnte nie zugeben, daß es Dinge gab, die er nicht verstand.«

Er drehte das Astrolabium herum und verstellte das Lineal an der Rückseite. Joanna schaute mit wenig Interesse zu, er hatte schon mehrmals vorher Peilungen vorgenommen. Hin und wieder drehte er den Kopf und musterte den Horizont, dann hob sich seine lange Nase wie eine Alhidade schwarz vor dem Preußischblau des Nachthimmels ab. Einmal schrak er zusammen, bei einem lauten Rascheln in dem verfilzten Gestrüpp rings um das verfallene Haus, aber es war nur Caris, der frierend und durchnäßt von seinem üblichen Patrouillengang zurückkehrte. Fluchend stieg der Sasenna die schadhaften Stufen hinunter. »Inzwischen habe ich sogar verlernt, mich geräuschlos zu bewegen! Das ist alles deine Schuld ...«

»Unfug.« Antryg steckte das Astrolabium ein, rutschte von dem Hang herunter und zog seine Stiefel an. »Wenn meine Berechnungen stimmen, befindet sich der Energiepfad ungefähr drei Meilen südwestlich von hier; es gibt da etwas, das ich überprüfen muß, jetzt, während der aktiven Phase.«

»Heißt das, du hättest von überall die Richtung feststellen können, ohne an einem Nodus zu sein?« verlangte Caris aufgebracht zu wissen. »Wir machen den weiten Weg ...«

»Weil ich Hundertmeilenspaziergänge mitten im Winter geradezu liebe, ja.« Der Zauberer richtete sich auf und schüttelte die zottigen grauen Locken zurück, die Augen hinter den dicken Brillengläsern funkelten ärgerlich.

Caris, der schon Luft geholt hatte, um sich weiter zu ereifern, atmete aus und wendete den Blick ab. »Tut mir leid«, brummte er. »Es ist nur, weil ...« Er ließ den Rest unausgesprochen.

»Ich weiß.« Antryg nickte ihm versöhnlich zu, dann streckte er Joanna die Hand hin. »Blume meines Herzens, gewährt Ihr mir das Vergnügen Eurer Begleitung? Es besteht keine Gefahr, aber wenn geschieht, was ich befürchte, ist es besser, ich weiß Bescheid.«

Sie wanderten schweigend durch den Wald. Ganz in der Nähe befand sich ein Dorf, von einer Stelle aus konnte Joanna hinter den Stoppelfeldern die stecknadelkopfgroßen Lichtpunkte sehen, wie die ersterbende Glut im Herzen eines ausgebrannten Holzscheits – aber an diesen kalten und leblosen Abenden bestand wenig Gefahr, daß so spät noch jemand unterwegs war. Spät? Joanna warf einen Blick auf die Armbanduhr – zu Hause in Kalifornien begann im Fernsehen eben die beste Hauptsendezeit. Nur hier, in dieser trostlosen Welt, waren die Nächte leer und endlos; hier, von wo es kein Entkommen mehr gab ...

Sie versuchte, die depressive Stimmung abzuschütteln, auch wenn sie wußte, es war hoffnungslos. Im Lauf ihrer Reise waren die Phasen der Lethargie immer häufiger und länger geworden, während Suraklin mehr und mehr von seinen Programmen fertigstellte, testete und speicherte. Es war nur eine Frage der Zeit, wann er den abschließenden Transfer vornahm, und, vermutete sie, eine Frage von sehr wenig Zeit. Ihr Herz sank, wenn sie daran dachte.

*Unsere letzte Chance,* hatte Antryg gesagt. In Momenten wie diesen, wenn ihre Seele zu einem Tümpel der Verzweiflung zerschmolz, wußte sie, daß auch diese letzte Chance gleich Null war.

Sie spürte nichts von der Strömung der Energiepfade, im Gegensatz zu Antryg. Mitten im dichten Unterholz des Waldes blieb er abrupt stehen, schaute sich um und ging in westlicher Richtung weiter. Er reichte Joanna die Hand, damit sie nicht stolperte, denn trotz des silbrigen Sternenlichts, das durch die kahlen Äste sickerte, konnte man kaum sehen, wohin man den Fuß setzte. Ihre Fäustlinge lagen im Keller des eingestürzten Hauses auf ihrem Rucksack; nach dem sorgfältigen Einpacken der kopierten Dateien (sie achtete darauf, alles zweihundertprozentig genau zu tun, wenn die Weltuntergangsstimmung sie zur Nachlässigkeit verführen wollte) hatte sie vergessen, sie wieder anzuziehen, und ihre Hände waren fast taub, außer, wo Antrygs Finger sie wärmten. Sie wäre viel lieber bei Caris im Lager geblieben, hatte sich aber dennoch aufgerafft, mit Antryg zu gehen, weil sie sich irgendwie nach seiner Nähe sehnte, auch wenn sein geistesabwesendes Schweigen sie langsam wütend machte.

»Ah«, sagte er schließlich halblaut. »Da sind wir.«

In einem Gewirr brauner Farne und Efeuranken verbarg sich ein kleiner Menhir, etwa wie ein halb aus dem Boden ragender Kindersarg. Die Bäume standen hier dicht, Ahornschößlinge und Ulmen; Antryg zog die Handschuhe aus und watete durch das tote Unterholz, in dem es heftig raschelte, als die tierischen Bewohner überstürzt die Flucht ergriffen. Er zerrte den verhüllenden Bewuchs zur Seite, dann kniete er nieder und legte die flachen Hände auf die zernarbte Oberfläche des Steins. Nach einer Weile beugte er sich vor und berührte ihn mit der Stirn, wie um eine telepathische Botschaft zu empfangen. Unter seinen Fingerspitzen bemerkte Joanna die haarfeinen Linien von eingeritzten Sigeln und Runen.

Frierend und müde verschränkte sie die Arme und schluckte ein paar bissige Bemerkungen hinunter. Ihre Gereiztheit, das wußte sie nur zu gut, stammte von der grauen Mattigkeit ihrer Seele und ihrer Angst in der übermächtigen Stille des nächtlichen Waldes. Sie hatte keine Ahnung, wonach er suchte, doch als er aufstand und sich ihr zuwandte, verrieten seine Bewegungen und der Ausdruck auf seinem Gesicht den gleichen fassungslosen Zorn wie vorhin.

»Zum Teufel mit ihm«, fluchte er, als sie den Rückweg zum Lager einschlugen. »Zum Teufel mit ihm! Er mag der größte Magier der Welt sein, aber er ist ein Narr, ein riesengroßer, unrettbarer Narr ...«

»Was ist denn?« Er schritt so weit aus, daß sie fast laufen mußte, um mithalten zu können. Sofort ging er langsamer und nahm sie wieder zu sich unter seinen Umhang; unter ihrem Arm spürte sie die harten Bögen seiner Rippen durch die Schichten von Mantel und Robe und das Spiel der Muskeln beim Gehen.

»Schwer zu erklären ... Nein, schwer zu glauben. Das heißt – du glaubst vermutlich, daß Gegenstände unbelebt sind. Das tut Suraklin auch.«

»Aha ...« sagte Joanna, wieder einmal daran erinnert, daß Antryg trotz seiner Intelligenz und seines Charmes und ungeachtet der Tatsache, daß sie ihn liebte, bewiesenermaßen nicht alle Tassen im Schrank hatte.

»Nun«, fuhr er fort, »ich erlaube mir, anderer Meinung zu sein. Übrigens, war in den DARKMAGE-Dateien erwähnt, wo Suraklin die Teleskugeln versteckt hatte, die er jetzt benutzt, um Lebensenergie in Elektrizität für seinen Computer umzuwandeln?«

Joanna nickte, während sie sich an eine der vielen kleinen Listen nüchterner Fakten erinnerte, in denen Suraklins Persönlichkeit zusammengefaßt war. »Ein Ort, der Schädelbrunnen heißt?«

Antryg schüttelte sich. »Das habe ich befürchtet. Verständlich, weshalb niemand Lust hatte, dort genauer nachzusehen.« Er setzte sich wieder in Bewegung, tiefe Falten hatten sich um seinen Mund eingegraben, seine Lippen waren schmal.

Bei einem Blick über die Schulter sah Joanna den kleinen Menhir unter den Bäumen stehen wie einen verzauberten Gnom. Die freie Stelle inmitten des schwarzen Netzwerks der Efeuranken schien in der Dunkelheit zu leuchten. Joanna entdeckte keinen Kratzer auf der Oberfläche des Steins, keine Spur von dem feinen Spitzenmuster der Runen, das unter Antrygs Händen sichtbar gewesen war.

Der Stein war, begriff sie, eine der ersten Markierungen der Teufelsstraße, dem schnurgeraden magischen Weg nach Tilrattin und zum Kreuzungspunkt der Energieadern.

Leise fragte sie: »Glaubst du, er hat sie auf der Insel? Die Telesrelais und den Computer? Glaubst du wirklich, er hat seinen Schlupfwinkel so nahe bei Engelshand eingerichtet?«

»Warum nicht, wenn er sicher war, den Erzmagus und das Kollegium aus der Stadt vertreiben zu können, was ihm ja auch gelungen ist.« Er suchte sich den gangbarsten Weg über die Steine im flachen Bett eines Baches, in dem das winterlich träge Wasser tintenschwarz zwischen eisgesäumten Schlammbänken floß. Als Joanna ihm folgte – sie machte von seiner ritterlich ausgestreckten Hand Gebrauch –, entdeckte sie am Ufer den kleinen, deformierten Fußabdruck von etwas Unbekanntem und Gräßlichem, eine Spur, um die die Fährten von Wiesel und Kaninchen einen weiten Bogen machten. »Aber von hier aus, in erheblicher Entfernung von einem Nodus, kann ich es einfach nicht mit Sicherheit sagen.«

»Wenn ich ehrlich bin, hoffe ich, daß er dort ist.«

Er schaute sie mit hochgezogenen Brauen an.

Stockend erklärte sie: »Die Zeit arbeitet für Suraklin. Ich kann nicht sagen, daß ich so begierig wie Caris darauf bin, mit ihm abzurechnen. Aber falls der Computer in Betrieb ist, wenn wir hinkommen – falls Suraklin den Transfer schon vollzogen hat –, weiß ich nicht, wieviel bewußte Kontrolle er über seinen Input besitzt.«

»Du meinst, er könnte einfach ausspucken, womit man ihn füttert?«

Joanna mußte unwillkürlich lächeln. »Also, das kann er nicht, nicht wirklich. Das ist der Preis, den er für virtuelle Unsterblichkeit und eine grenzenlose Kapazität zur Speicherung von Wissen bezahlen muß. Er ist von seinem Input abhängig. Natürlich kann er sich mit den Mitteln eines Computers gegen einen Virus zur Wehr setzen – Kennworte, Tricks, Codes. Aber mit der nötigen Zeit und der nötigen Konzentration lassen sich diese Barrieren überwinden. Nur, wenn die Telesrelais aktiv sind, ist diese Konzentration das erste, was flöten geht.« Sie schluckte hart; es laut auszusprechen, darüber nachzudenken, sich die Folgen auszumalen, versetzte sie fast in Panik. »Wenn der Computer abgeschaltet ist, haben wir freie Bahn. Aber wenn er läuft, werde ich eine Menge Fehler machen. Und jede Verzögerung bedeutet für ihn Zeit, seine zweite Verteidigungslinie ins Spiel zu bringen.«

»Ich verstehe.« Antryg seufzte, schob die Brille in die Stirn und rieb sich die Augen. »Ich glaube, es gibt noch eine letzte Sache, die er tun muß, bevor er 'on line' geht, wie du sagst, bevor er sein Computer *wird*. Doch er könnte es bereits ausgeführt haben, während wir in Sykerst herumgewandert sind und Doktores gespielt haben. Ich wünschte, ich wüßte es. Mein Gefühl sagt mir, daß die Zeit uns davonläuft.«

Er verstummte und lauschte in die transparente, sternenklare Dunkelheit zwischen den Bäumen. Obwohl der Wald für sie überall gleich aussah, besonders nachts, glaubte Joanna die Umgebung des verlassenen Kellers zu erkennen. Sie wußte, daß er auf verdächtige Geräusche lauschte, auf irgendwelche Anzeichen einer Gefahr, doch immer noch bedrückt von dem Energieverlust, todmüde und durchgefroren, wäre sie vor Ungeduld beinahe aus der Haut gefahren. Sie zwang sich, Ruhe zu bewahren, bis er endlich weiterging.

Nach ein paar Schritten erkundigte sie sich: »Ist es das, was dich beschäftigt?«

Er schüttelte den Kopf. »Nein. Seit der Begegnung mit dem Toten Gott habe ich mir darüber Gedanken gemacht, und seit ich den Energiestrom in dem Stein gespürt habe, bin ich mir sicher: in Anbetracht seiner Hardware und seiner Software und seines Inputs – wenn Suraklin den Transfer vollzieht, haben wir es mit einem Wahnsinnigen zu tun.«

Sie erreichten Tilrattin Eiland zwei Tage darauf, vormittags, in dichtem, perlweißem Nebel, der die Sichtweite auf wenige Meter begrenzte. Während sie sich vorsichtig durch diese klamme, opalisierende Welt bewegten, fragte sich Joanna, ob der Nebel selbst nicht ein Schutz war, mit dem Suraklin sein Hauptquartier umgeben hatte, aber Caris schüttelte den Kopf. »Hier am Fluß ist es immer neblig zu dieser Jahreszeit.«

»Normalerweise jedenfalls«, murmelte Antryg, der zum dutzendsten Mal, seit sie in das struppige Gewirr der Uferwälder eingedrungen war, stehenblieb, um zu lauschen. Obwohl sie ein Großstadtmensch war, erinnerte sich Joanna an diese Wälder am Ende des Sommers, erfüllt von Myriaden Vogelstimmen, dem Sirren der Stechmücken über morastigen Tümpeln und dem Plätschern der Fische in stillen Nebenarmen. Jetzt war alles still, nur Wasser gluckste gedämpft, verborgen hinter Dunstschleiern. »Manipulationen des Wetters sind äußerst schwer zum Urheber zurückzuverfolgen oder überhaupt festzustellen, aber falls jemand auf der Insel die Gegend beobachtet – den ganzen Nebel plötzlich verschwinden zu lassen, damit wir sehen können, wo's langgeht, wäre ein bißchen sehr auffällig.«

»Toll«, kommentierte Joanna sarkastisch und schob die Hände in den Fäustlingen in die Achselhöhlen, um sie zu wärmen. Caris neben ihr schwieg, aber seine zusammengekniffenen dunklen Augen waren ständig in Bewegung und versuchten die milchigen Schwaden zu durchdringen. Seit der Phase der Apathie in der vorletzten Nacht schien sich der Panzer aus Eis wieder um sein Herz geschlossen zu haben, düster und unbezwingbar. Er trug den weiten schwarzen Kampfanzug der Sasenna und war offensichtlich froh, die Ablenkungen und Versuchungen seiner Tarnexistenz als angehender Physikus zusammen mit seinem dunkelroten Studentenkaftan abgelegt zu haben. Wenn jemand sich darauf vorbereitet zu sterben, dachte Joanna, kann man nicht zu viele Gedanken an das Leben und seine Möglichkeiten verschwenden.

»Tilrattin und, um genau zu sein, sämtliche Wälder zwischen hier und der Teufelsstraße werden seit Jahrhunderten von der Bevölkerung gemieden«, erklärte Antryg. »Wenn es hier in etwa so zugeht wie bei Suraklins Zitadelle, wird das gehäufte Auftreten von Abominationen den Ruf der Gegend nicht verbessert haben ...«

»Das wird ja immer schöner.« Joanna warf einen nervösen Blick über die Schulter. Tatsächlich waren sie auf den Kadaver einer Abomination gestoßen und auf einen, laut Antryg,

Beweis für die Existenz eines zweiten – ein ziemlich großer Eichenhain war irgendwann in den letzten paar Wochen in Brand gesteckt worden, anschließend hatte man die Stümpfe bis zum Boden abgeholzt und zu Asche verbrannt.

»Dennoch«, fuhr der Zauberer fort, »ich glaube nicht, daß wir etwas zu befürchten haben, bis wir den Fuß auf die Insel setzen. Suraklin wird keine Aufmerksamkeit auf den Ort lenken wollen – nicht so nahe bei Engelshand, nicht so nahe bei dem Herrenhaus von Devilsgate.«

»Er hat Cerdic wie einen Tanzbären an der Leine«, warf Caris bitter ein.

»Das erst seit Ende September«, erinnerte ihn Joanna. »Er hatte den Computer schon vorher installiert. Schade, daß du in Devilsgate nicht nach Suraklins Signum gesucht hast, als wird dort waren.«

»Habe ich«, verteidigte sich Antryg. »Es war im Arbeitszimmer und ziemlich alt – zwanzig oder dreißig Jahre – und seither nicht wieder benutzt worden.« Wieder musterte er die Umgebung, den taubengrauen Nebel, die zu Bleistiftzeichnungen verwischten Bäume, hie und da rostfarben schraffiert. »Auf jeden Fall spüre und höre ich nichts, außer ...« Er zog die Brauen zusammen, hinter den Brillengläsern wurden seine Augen schmal. Doch er sagte nur leise: »Kommt weiter.«

Caris zog die Schwertscheide aus der Schärpe und hielt sie in der linken Hand, während die rechte locker an seiner Seite schwang. Fleckig, ausgeblichen, mit Flicken aus braunem und karamellfarbigem Barchent besetzt, verschmolzen die matten Rot- und Grüntöne von Antrygs Mantel und Umhang schon nach wenigen Schritten mit dem wallenden Dunst, und seine Gestalt war kaum noch auszumachen. Joanna folgte ihm rasch, Caris deckte ihnen den Rücken.

Am Ufer legten sie ihre Packen ab, mit Ausnahme von Joannas unentbehrlichen Rucksack. Das Wasser war seicht; langgezogene, halbmondförmige Wellen bezeichneten die Furt. Die Insel selbst lag hinter einer Nebelwand verborgen. Caris fluchte, und Antryg schüttelte den Kopf.

»Benutze den Schildzauber, den ich dich gelehrt habe«,

riet er ihm leise, entledigte sich der Stiefel und der Hose und steckte die Säume seiner langen Robe hinter den Leibgurt. »Ich werde pfeifen, wenn ihr nachkommen könnt.« Er zog das Schwert und tastete sich vorsichtig die vereiste Böschung hinunter. Über die Schulter fügte er hinzu: »Wenn ihr ein großes Geplätscher hört, aber keinen Pfiff, schlage ich vor, daß ihr euch eine andere Stelle sucht, um hinüberzukommen.«

»Danke vielmals«, gab Caris bissig zurück, aber die Worte prallten an Antrygs Rücken ab. Der Zauberer tauchte in dem einheitlichen Grau von Dunst und Wasser unter.

Nach einer Ewigkeit, die Joannas Armbanduhr zufolge weniger als fünf Minuten dauerte, trieb der sehnlich erwartete leise Pfiff über die dampfende Wasseroberfläche. Mit dem scheußlichen Gefühl, in eine Science Fiction Serie im Fernsehen hineingeraten zu sein (»Nanu, der Captain ist verschwunden, also beamen wir unsere Nr. 2 zu exakt denselben Koordinaten runter, damit wir sehen, was ihm zugestoßen ist!«), zog Joanna die Stiefel aus, krempelte die Hosenbeine hoch, biß die Zähne zusammen und watete in die eiskalten Fluten hinaus, den Revolver in der Hand.

Doch als die schwarze Mauer des bewaldeten Ufers sich vor ihr materialisierte, wartete nur Antryg auf sie. Er balancierte auf einem Felsvorsprung – immer noch barfuß, stellte sie fest – und streckte ihr die Hand entgegen. »Zieh die Stiefel an«, befahl er schroff, kaum daß sie auf dem Trockenen stand. Dankbar für diese Äußerung von männlichem Chauvinismus gehorchte sie und stand anschließend Wache, bis auch er wieder in seine Fußbekleidung geschlüpft war. Auf Antrygs nächsten Pfiff erschien wenige Augenblicke später Caris, fröstelnd und auf der Hut, trotz Antrygs Entwarnung. Der Nebel schien hier dichter zu sein, wie nicht anders zu erwarten auf einer Insel mitten im Wasser, und die Stille der überhängenden, düsteren Bäume wirkte bedrükkend.

»Die Insel ist kaum eine halbe Meile breit«, sagte Antryg leise. »Falls Suraklin hier ist, dürfte er inzwischen wissen, daß er Besuch hat, also denke ich, auf das Überraschungsmoment können wir verzichten.« Bei seinen Worten fühlte Joanna auf ihrem Gesicht den kalten Hauch eines Windes, der aus dem Nichts zu kommen schien. Während über dem Wasser die Lagen weißer Spinnweben hängen blieben, tauchten vor ihnen nach und nach Bäume auf, schuppige Ulmen, Eichen mit borkiger Rinde, in einem drahtigen Teppich aus kniehohem, braun nuanciertem Unterholz. Hinter den vor Nässe schwarzen Stämmen, erhoben sich überraschend nahe die bleichen Häupter des Steinkreises.

»Fühlst du irgend etwas?« fragte sie Antryg flüsternd. Er schüttelte den Kopf.

»Von den Knien abwärts schon gar nicht«, fügte er bedauernd hinzu. »Man sieht kein Dach – er kann das Ding nicht im Freien aufgebaut haben. Sehen wir uns die Sache mal an. Aber ich wette, alles was wir vorfinden werden, ist ein ungemähter Rasen.« Mit dieser respektlosen Bemerkung marschierte er zwischen den Bäumen hindurch auf die bläulich schimmernden Steingiganten zu, doch sie bemerkte, daß er das Schwert in der Hand behielt.

Der Steinkreis auf der Insel Tilrattin stand seit Jahrhunderten verlassen, stumm und überwuchert von Efeu und wildem Wein, aber ungeachtet dessen spürte Joanna ein Kribbeln im Nacken. Sie hatte die Menhire an der Teufelsstraße gesehen, entlang der Energiepfade, die Sykerst durchzogen, einige von ihnen vier, fünf Meter hoch, doch die Steine von Tilrattin ragten sieben Meter hoch empor. Wie klein wirkten dagegen die Menschen, die so erhrfürchtig zwischen ihnen umhergingen. Als Joanna im innersten Kreis der Trilithen stand, beschlich sie das sonderbare Gefühl, daß der Ring größer war, als ihre Augen sie glauben machen wollten, und daß sie sich in einer großen Arena befand, umgeben von geheimnisvollen Wesenheiten, die im Begriff waren, das Wort an sie zu richten. In der Mitte reflektierte ein kreisrunder Teich den ausgeblichenen Himmel. Er war jenem unterirdischen Gelaß in Suraklins Zitadelle beunruhigend ähnlich.

»Welche Bedeutung hatte der Kreis?« fragte sie mit

gedämpfter Stimme. »Welchem Kult hat man hier gehuldigt?«

»Er war ein Ort der Macht.« Der ausgefranste Saum seiner Robe schleppte vollgesogen mit Nässe durch das welke Gras, als Antryg von Pfeiler zu Pfeiler der fünf großen inneren Tore schritt und die Hände über die verwitterte Oberfläche gleiten ließ. Joanna glaubte das Flackern von Runen unter seinen Fingerspitzen beobachten zu können, vergänglich wie die silbernen Linien von Schneckenkriechspuren im Tageslicht. »Man brachte Kranke hierher. An einem Nodus der Pfade konnte ein fähiger Magier das Leben in einen Sterbenden zurückrufen, früher, als auf so etwas noch nicht die Todesstrafe stand. Wir mit dem Geburtsrecht kommen her, um das Fließen der Kraft zu spüren. Die den Steinen innewohnende Macht zu nutzen.« Seine tiefe Stimme hatte sich zu einem kaum vernehmbaren Flüstern gesenkt, als fürchtete er, die Megalithen könnten ihn hören. »Sie sind unglaublich alt, Joanna. Zwischen ihnen besteht ein Geben und Nehmen von Energie wie bei den Zellen einer Batterie. Sie wachen und sie lauschen. Sie haben so viel gesehen, daß einige von ihnen nahe daran sind, eine eigene Stimme zu haben.«

»Du meinst, sie – sie sprechen?« Joanna ging zu einem der umgestürzten Steine des äußeren der drei Kreise und folgte Antrygs Beispiel, als er sich daneben hinkniete, während Caris allein zurückblieb – am Rand des Teichs, in dessen von schwebendem Dunst bedecktes schwarzes Wasser er selbstvergessen schaute.

»Nicht zu uns.« Der Zauberer legte die Handflächen auf den Monolithen und beugte sich lauschend vor, wie er es bei dem kleinen Menhir im Wald getan hatte, bis die Spitzen seiner grauen Haarmähne die unbehauene Oberfläche berührten. Licht schien aus dem Stein emporzusteigen, ein silbernes Geäder von Linien – Sigel, Runen und die Signa längst zu Staub gewordener Magier schimmerten bleich durch das grob gewebte Leichentuch aus Flechten, um dann wieder zurückzusinken in das geheimnisvolle Herz des Menhirs. »Untereinander.« Antryg erhob sich und ging weiter zum nächsten Stein. »Wir kümmern sie nicht sehr, obwohl es interessant ist, sich anzuhören, was sie zu sagen haben. Caris!« Er drehte abrupt den Kopf herum. »Komm weg da!«

Der junge Mann schrak zusammen und stand geschmeidig auf, seine Schritte verursachten kaum ein Geräusch in dem nebelfeuchten Ginster.

In sanfterem Ton fragte der Zauberer: »Was hast du gesehen?«

Caris schüttelte den Kopf. »Nichts.« Seine verschlossene, düstere Miene verriet, daß er log.

Antryg musterte ihn mit schief gelegtem Kopf, die braunen Augen des Sasenna wichen seinem Blick aus. Nach kurzem Schweigen fragte Caris heiser: »Aus dem Teich hat man die Zukunft vorhergesagt, nicht wahr?«

Der Zauberer ließ sich Zeit mit der Antwort. Schließlich sagte er behutsam: »Es bedurfte großer Macht, um die Wahrheit zu sehen. Bei Wasser ist die Deutung immer schwierig. Die meisten Menschen sehen Lügen, wenn sie überhaupt etwas sehen.«

Der junge Mann schaute ihnen einen Moment lang schweigend an, ein orthodoxer und starrsinniger Schüler seines verschrobenen Mentors mit den Diamantohrringen und dem schäbigen Kavalleristenmantel. Es sah aus, als wollte er etwas sagen, dann aber nickte er nur und wandte sich ab. Nach einer Weile fragte er: »Könnte Suraklin sein Hauptquartier unter der Erde haben? Unter der Insel?«

Antryg schüttelte den Kopf. »Die Erdarbeiten hätte er niemals unbemerkt durchführen können, und die Zeit wäre zu kurz gewesen, um die Spuren zu verwischen. Suraklin hat seinen Plan zwar von langer Hand vorbereitet, aber der Zusammenbau der einzelnen Bestandteile – Computer, Telesrelais, der von Narwahl Skipfrag perfektionierte Umwandlungsmechanismus – ist erst in den letzten Monaten erfolgt. Nein, wir können nur warten, bis der Energiefluß wieder einsetzt. Dieser Ort ist geeignet, um eine Peilung entlang der Pfade vorzunehmen ... Ich kann nicht glauben, daß es ihm wirklich gelungen sein soll, sich in der Zitadelle der Nigromanten einzunisten ...«

Caris fuhr herum und und schlug mit der geballten Faust seitlich gegen den nächsten Stein, eine plötzliche Entladung aufgestauter Aggression. »Und was dann?« Seine Stimme klirrte wie eine straffgespannte Stahlsaite. »Quälen wir uns mitten im Winter vier Wochen lang durch die Taigawälder und klopfen als fahrende Kesselflicker ans Tor?«

Kaum hatte er ausgesprochen, als Antryg warnend die Hand hob. Joanna hörte in der unheimlichen Stille nichts weiter als das gedämpfte Rauschen des Flusses hinter den Bäumen, aber Antryg und Caris standen beide wie erstarrt und lauschten.

Caris hauchte: »Ich weiß nicht ...«

»Sasenna«, flüsterte Antryg. »Berittene – große Trupps – an beiden Ufern, wie sich's anhört ... Und sie kommen in diese Richtung.«

Das Gesicht des jungen Mannes versteinerte, seine Hand schloß sich fester um die Schwertscheide. »Dann sind wir verraten worden.«

# 14. KAPITEL

Joanna sagte leise: »Es muß nicht Pella gewesen sein.«

Als Caris die Arme ausstreckte, um ihr die letzten Meter Seil hinunterzuhelfen, fühlte er, wie sie am ganzen Körper zitterte. Obwohl er sich lieber die Zunge abgebissen hätte, als es zuzugeben, waren auch seine Hände nicht ganz ruhig. Man konnte darüber streiten, ob der Ort, den Antryg als Versteck vor den anrückenden Truppen ausgesucht hatte, nicht schlimmer gewesen war als ein offener Kampf. Auf jeden Fall nervenaufreibender.

»Wer denn sonst?« Er hätte sie am liebsten angeschrien, vor Wut auf ihre Vertrauensseligkeit. Und seine eigene. Obwohl die Energieadern ihn gewarnt hätten, lange bevor sie in Hörweite kamen, lauschte er unbewußt, ob die Soldaten noch einmal zurückkehrten. »Sie können uns nicht kommen gesehen haben, nicht in diesem Nebel, und wir haben unsere Spuren verwischt. Außerdem, hatten sie sich auf beide Ufer verteilt. Sie wußten, daß wir hier sind.«

»Bist du sicher?« Das doppelte Seil, das an der blaugrauen Flanke des nächsten Trilithons baumelte, geriet in Bewegung, und Antryg hangelte sich geschickt aus den Wattebäuschen der tiefhängenden Wolkendecke herab.

Die Sasenna – mehrere Dutzend von ihnen, nach den Stimmen und Geräuschen zu urteilen – hatten den Steinkreis und das gesamte Eiland mit pedantischer Gründlichkeit abgesucht, aber keiner war auf den Gedanken gekommen, den Kopf zu heben und nach oben zu schauen, wo die gewaltigen Architrave der Trilithen auf ihren sieben Meter hohen Pfeilern ruhten. Als Antryg einen schief stehenden Stein hinaufgeklettert war und den tollkühnen Sprung zum nächsten der fünf mächtigen Tore des innersten Kreises bewerkstelligt hatte, mußte Caris sich nachdrücklich daran erinnern, daß die Steine seit Tausenden von Jahren hier standen und viel zu schwer und tief in den Boden eingesetzt waren, um durch das Gewicht eines Menschen erschüttert zu werden. Trotzdem war ihm ganz und gar nicht wohl, als er an dem Seil hinaufstieg und schließlich neben Joanna auf dem anderthalb Meter breiten Deckstein lag, obwohl der nicht bebte und nicht wankte. Der Abstand zum nächsten Tor betrug ebenfalls rund anderthalb Meter. Er fragte sich immer noch, wie Antryg den Mut zu diesem Sprung aufgebracht hatte.

Antryg zog an einem Ende des Seils und wickelte es ordentlich um Hand und Ellenbogen. »Sie haben den Kreis und die Insel abgesucht, ja, aber jetzt durchkämmen sie auch die Wälder« – er stand ganz still und schien für einen Moment in eine Art lauschende Trance zu verfallen – »bis zur Teufelsstraße.«

Caris schloß halb die Augen, versuchte, ihre unmittelbare Umgebung aus seiner Wahrnehmung auszuschließen – den dichten, zähen Nebel, die eisengrauen Silhouetten der ragenden Steine – und horchte mit allen Sinnen über das jenseitige Flußufer hinaus. Er hatte nicht die Macht, zweifelte aber keinen Moment daran, daß der verrückte Zauberer neben ihm sie besaß. »Aber sie wissen, wir sind hier in der Gegend«, beharrte er. »Sie haben uns erwartet und beinahe wären wir ihnen in die Hände gefallen ...«

»Das heißt nicht, daß Pella uns verraten hat.« Joanna ging auf dem Rückweg zur Furt neben ihm her. Ihre Stimme erhob sich kaum über die unwirkliche Stille des vom Nebel belagerten Waldes. »Du mußt nicht glauben, daß es mit einem Makel behaftet sein muß, nur weil es dir so viel bedeutet, Caris.«

Er schritt weiter aus, zornig auf diese graue Maus von einer Frau, die in ihrem Leben nie etwas zustandegebracht hatte, und, zum Teufel, wenn sie nicht mithalten konnte ...

An der Spitze seiner Schwertscheide hielt sie ihn fest. Als er aufgebracht zu ihr herumfuhr, fügte sie hinzu: »Das war's, was ich getan habe.«

Die Worte ernüchterten ihn. Einen Atemzug lang standen sie sich im tropfenden Unterholz gegenüber, starrten sich an, und Caris fühlte, wie sein jäh aufgeflammter Zorn zu bitterer Schlacke verglomm. Auch wenn er sich dafür verabscheute, ein hassenswerter Teil von ihm hatte gewollt, daß sein Verdacht sich bewahrheitete. Dann hätte er endlich vor sich selbst rechtfertigen können, daß er in den Tod ging.

Sie redete weiter: »In Sykerst haben wir ziemlich von uns reden gemacht. Nachdem Suraklin seit Monaten im Binärsystem gearbeitet hat, sollte er in der Lage sein, zwei und zwei zusammenzuzählen ...«

Caris schüttelte den Kopf, er fühlte sich verletzt bis in die Tiefe seiner Seele. Was sie sagte, war richtig, dachte er, aber sie hatte nicht gesehen, was er in dem Teich in der Mitte des Steinkreises gesehen hatte. Er drehte sich um und ging voraus zu der Stelle, wo Antryg am Ufer wartete. Joanna folgte ihm langsam.

»Pella ist vielleicht manipuliert worden«, meinte Caris und zog die Stiefel aus. »Wir wissen beide, daß Suraklin ein Meister darin ist.«

Darauf wußte Joanna keine Antwort. Der Nebel war dichter geworden, von Antryg so mühelos heraufbeschworen, wie er ihn zuvor vertrieben hatte. Doch so sehr Caris die Ohren anstrengte, vom Ufer drüben, unsichtbar hinter der weißen Mauer, war kein Laut zu hören. Er watete hinüber, pfiff leise und wartete, bis Joanna aus den treibenden Schwaden auftauchte.

Er zog die Stiefel an, sobald sie die Böschung hinaufgeklettert war, um an seiner Statt Posten zu stehen, machte sich auf die Suche nach den Packen und fand sie unversehrt in ihrem Versteck. Der lange, dick gesteppte Mantel der Sasenna des Prinzregenten, zurückgelassen in Erwartung eines Kampfes im Steinkreis, würde das Fehlen von Insignien an seiner Uniform verbergen, wenn er sich aus der Deckung wagte, um zu kundschaften. In Anbetracht der großen Zahl von Soldaten, die ausgeschwärmt sein mußten, um das Areal unter Beobachtung zu halten, konnten sie sich untereinander unmöglich alle kennen.

»Wohin gehst du?« fragte Joanna. Sie zitterte vor Kälte, während sie ihre nassen Füße in die Stiefel quälte.

»Das Haus«, antwortete er. »Was immer im Gange sein mag, sie werden dort ihr Hauptquartier einrichten. Ich werde mir die Sache ansehen ...«

»Wenn du so gut sein könntest, etwas Eßbares zu organisieren«, warf Antryg fröhlich ein, der die Böschung heraufkraxelte und aussah, als käme er von einer botanischen Exkursion zurück, bis auf das blanke Schwert in seiner Faust. »Hartbrot und Trockenfleisch hängen mir ehrlich gesagt zum Hals heraus.«

Gequält von der Möglichkeit, daß die Frau, die er liebte, sie alle verraten hatte; und hadernd mit einem tückischen Schicksal, das ihm den Becher des Glücks vorhielt und ihn dann hinderte, daraus zu trinken, unterdrückte der Sasenna den plötzlichen Wunsch, ihn zu schlagen. Doch Caris hatte den hageren Zauberer kämpfen gesehen und war nicht sicher, ob es ihm gelingen würde, überhaupt einen Hieb anzubringen.

»Es gibt eine verfallene Kapelle am anderen Ufer, ungefähr anderthalb Meilen flußabwärts, in einem Lorbeerhain«, fuhr der Magier fort. »Falls die Sasenna auch dort die Gegend unsicher machen, ziehen wir uns zu der Anhöhe etwa zehn Meilen nördlich zurück und warten auf dich auf dem Hügel am Westufer des Spelding Bachs. Zwei Steine zwanzig Meter vor dem Lager bedeuten tagsüber: keine Gefahr. Wenn du nicht vor dem Dunkelwerden zurückkommst, machen wir zwei Feuer. Alles klar?«

Caris nickte knapp. Was immer an dem verrückten Magier auszusetzen sein mochte – und es gab so einiges – wenigstens hatte er Ahnung von den Tarnmethoden der Sasenna.

Die verkrümmten Finger in dem abgeschabten Handschuh malten ein Zeichen in die Luft. »Viel Glück.«

Es war ein alter Küchenzauber, den Caris' Großmutter benutzt hatte, um den Hefeteig vor Zugluft zu schützen; praktiziert in diesem Moment, von jemandem, der der Schüler des Dunklen Magus gewesen war und allgemein als der größte Zauberer der Welt gab, durchbrach den Wall von Caris' Wut und Trauer und brachte ihn trotz allem zum Lachen. »Erzähl mir nicht, du glaubst an sowas!«

Der Zauberer kniff ein Auge zu. »Oh, ich glaube an alles.« Er warf Joanna einen Zipfel seines Umhangs über die Schulter. Wie Geister verschwanden sie beide im Nebel.

Während seines ersten Aufenthalts in Devilsgate Manor hatte Caris sich den Grundriß und die Zugangswege eingeprägt. Der schüttere Paravent aus Bäumen, die schmucken Haine und Ziergehölze in den Gärten zwischen dem Waldrand und der Hausmauern boten so wenig Deckung. Von den spiegelnden Fenstern hatte man einen fast ungehinderten Ausblick, zumal sich der Flußnebel hier nur als weißlicher Schimmer am Himmel bemerkbar machte.

Die Uniformen der Männer, die sich zwischen den Beeten bewegten, kontrastierten scharf mit der braunen Erde – das Schwarz der Sasenna, betreßt mit dem Gold und Purpur der Leibgarde des Prinzen.

In den Wäldern hinter den Stallungen schob Caris sein

Fernrohr zusammen und lehnte sich gegen den warzigen Stamm der Ulme, unter der er saß.

Also kam der Regent nach Devilsgate.

Das war eine Erklärung für das Militär, das einen halben Tagesmarsch in jeder Richtung die Wälder durchsuchte, wie die Spuren unterwegs verraten hatten. Pharos stand in dem Ruf, krankhaft mißtrauisch zu sein; Joannas erstes, verhängnisvolles Zusammentreffen mit dem De facto-Herrscher des Kaiserreichs Ferryth war eine Folge der Order des Regenten gewesen, jedes Haus, das er betrat, zu durchsuchen und zu umzingeln, bevor er den Fuß über die Schwelle setzte.

Aber das altväterliche Herrenhaus war Cerdics Domizil, zwei Tagesreisen von Engelshand entfernt. Der Regent hatte bestimmt keine Skrupel, es seinem Vetter wegzunehmen, dennoch fühlte sich Caris unbehaglich. Die Szene in dem Orakelteich auf Tilrattin Eiland hatte sich unauslöschlich in sein Gedächtnis eingegraben. Es konnte Larkmoor gewesen sein, doch ebensogut Devilsgate. Ihm wurde kalt vor Grimm und Hoffnungslosigkeit.

*War es das, was ich gesehen habe?* fragte er sich düster. *Daß er sie belogen, getäuscht hat?*

In seinem Herzen hoffte er, daß es so war. Das konnte er hinnehmen.

Auf dem blassen Band der Straße, zwischen den grauen Säulen der Alleebäume, näherte sich ein Vorreiter, sein Mantel leuchtete wie unzeitiger roter Mohn in der Farblosigkeit des Nachmittags. Caris wußte, was sein Kommen bedeutete. Nachdem er sich vergewissert hatte, daß er vom Haus aus nicht gesehen werden konnte, stand er vorsichtig auf und suchte sich den besten Weg am Waldrand entlang – auf den knorrigen Wurzeln der Bäume, wo sie aus der Erde ragten, um nicht auf die froststeifen Laubpolster dazwischen treten zu müssen, und wo es doch unvermeidlich war, verdeckte er seine Spuren sorgfältig. In einer weiteren Stunde, schätzte er, fing es an zu dunkeln, das half ihm, die freie Fläche der Parkanlage zu überqueren.

Ein marmorner Pavillon, wie sie vor vierzig Jahren sehr beliebt gewesen waren, stand auf dem Rasenstück am Westende des Hauses; durch das Fernrohr hatte Caris den goldenen Schimmer von Ärmelpaspeln hinter den Spalieren entdeckt und das Blinken eines Feldstechers. Er näherte sich dem Haus von den Ställen im Osten. Mit seinem eigenen Glas beobachtete er den Punkt, an dem der eine halbe Meile vorher von der Überlandstraße abzweigende Zufahrtsweg zwischen den Bäumen hervorkam. Als nach einer geraumen Weile die Karrosse des Prinzregenten auftauchte, die Kutscherlampen schwefelgelbe Augen in der hereinbrechenden Dämmerung, schob Caris das Rohr zusammen, strich den Mantel glatt und schritt in militärisch straffer Haltung über das braune Gras des Rasens und dann auf dem Kiesweg zum Haus. Sasenna und Wachposten strömten von überallher zusammen, um ihren Herrn zu begrüßen. Diejenigen, die Caris sahen, als er die Küche betrat, stellten keine neugierigen Fragen. Zielstrebig begab er sich durch die Flure zu dem Versteck, das er sich überlegt hatte.

Ein Feuer brannte in dem Raum, der Prinz Cerdics Studierzimmer gewesen war. Die bodenlangen Vorhänge aus karminrotem Samt waren vor die nach Norden gerichteten Fenster gezogen worden und sperrten die Augen der Nacht aus, den Anblick der schwarzen Zähne der Teufelsstraße auf dem Hügelkamm. Pharos haßte das Gefühl, beobachtet zu werden. Caris setzte sich in eine der Fensternischen, zog den Dolch und hielt ihn quer auf dem Schoß.

Er war darauf vorbereitet, stundenlang zu warten, sollte es nötig sein, doch fast sofort erschien ein Lakai, um die Kerzen in sämtlichen Leuchtern und Wandhaltern im Raum anzuzünden – Pharos fürchtete die Dunkelheit –, und Caris spürte eine flüchtige Befriedigung, weil er richtig geraten hatte. Wenig später vernahm er das ferne Vibrieren von sich öffnenden und schließenden Türen und das Rasseln der Pferdegespanne, die zu den Ställen geführt wurden. Dann näherten sich Schritte, Stiefelabsätze klapperten auf dem Parkettboden.

Caris hatte bereits einen kleinen Spalt in dem Vorhang hergerichtet, wie eine natürliche dunkle Falte in dem schweren Samt. Durch die schmale Öffnung sah er aus dem dunklen

Gang einen Mann hereinkommen, nach Joannas Beschreibung der Leibwächter des Regenten, Kanner, fast einen Meter neunzig groß, narbig, häßlich und bis an die Zähne bewaffnet. Ein ehemaliger Sasenna, erinnerte sich Caris, durch ein schweres Fieber des Gehörs beraubt, doch statt sich selbst zu töten, wie es der Kodex der Sasenna verlangte, hatte er seine Gelübde widerrufen, um Pharos zu dienen.

Unmittelbar hinter ihm ging ein hübscher, blühender Jüngling von ungefähr siebzehn Jahren, angetan mit weißem Samt und viel zu vielen Perlen. Ihm folgte – wie ein verderbter Elfenprinz in Schwarz und Gold – der Regent persönlich: Pharos Giraldus aus dem Hause Destramor, lasterhaft, sadistisch und Pellas rechtmäßiger Gemahl und Herr.

Es war das erstemal, daß Caris ihn aus der Nähe sah. Bei den früheren Gelegenheiten hatte er nur einen kurzen Blick auf ihn werfen können, und beim letztenmal – im vergangenen Sommer, bei dem Zwischenfall in der Herberge auf dem Weg nach Engelshand – hatte der unstete Fackelschein seine Züge verfremdet. Dies war der Mann, dem Pella nach dem Gesetz angehörte, dachte Caris, seltsam unbeteiligt, diese puppenhafte, gezierte, bösartige kleine Kreatur mit den bemalten Augen und den zerbissenen Lippen.

Der Knabe in Weiß schaute sich mit großen, kornblumenblauen Augen um, seine geschminkten Lippen waren leicht geöffnet. »Oh, mein Gebieter, es ist wunderschön. Danke! Vielen Dank!«

Pharos lächelte und tätschelte die rosige Wange. »Nicht schöner als du, mein bezaubernder Leynart. Es war hohe Zeit, meinem Vetter Cerdic vor Augen zu führen, daß ich derjenige bin, der die Verfügungsgewalt über den Besitz der kaiserlichen Familie innehat. Wenn es mein Wunsch ist, daß du hier schalten und walten sollst, ein Jahr, zehn Jahre oder für immer ... Du hast mir auf jeden Fall mehr Freude bereitet, als er es je getan hat oder je tun wird.«

Der Junge lachte und umarmte ihn, wozu er sich niederbeugen mußte; die schwarzen Seidenlocken vermischten sich mit dem pomadisierten Gold. Dann richtete er sich auf – er überragte den älteren Mann um gut zehn Zentimeter –, legte seinem Gönner die Hände auf die silberbestickten Schultern und sah ihm ernst ins Gesicht. »Ich wünschte, ich könnte Euch begleiten.«

»Mein Herzblatt«, die etwas schrille Stimme des Prinzen klang ungewöhnlich ruhig, »du weißt, daß das nicht möglich ist.«

Leynart wandte sich heftig ab, ging um den großen Schreibtisch aus Kirschbaumholz herum und trat an den mit rosafarbenem Brokatello eingefaßten Kamin; Caris hätte ohne große Mühe seinen Ärmel berühren können. Die Umrisse seiner zum Feuer ausgestreckten Hände schimmerten rosig durch die von den Flammen safrangelb getönte Flut seiner Spitzenmanschetten. »Warum nicht?« begehrte er auf. »Du bist der Herr und kannst alles tun, was du willst. Wer ist sie, Einwände zu erheben, wenn du beschließt, daß ich dich begleiten soll?«

»Sie«, antwortete Pharos, verschränkte die Arme vor der Brust und betrachtete den Jungen ausdruckslos, »ist meine Gemahlin.«

Das Bild, das er in den silbernen Tiefen des Teichs gesehen hatte, trat Caris wieder vor Augen und erfüllte ihn mit einer überwältigenden Hoffnungslosigkeit, wie die Diagnose einer Krebserkrankung, die man monatelang für eine Magenverstimmung gehalten hat. Er empfand keine Überraschung, nur eine Trauer, die ihn durchströmte wie Gift. Ohne daß jemand es aussprechen mußte, wußte er jetzt, wohin Pharos unterwegs war und warum und was die Vision zu bedeuten hatte.

Leynart lachte, ein Versuch, jungenhaft und unbefangen zu erscheinen, doch er klang gekünstelt. »Ich finde immer noch, du hast sie am treffendsten beschrieben: eine große schwarze Stute, herausgeputzt, um beim Dorffest den Prozessionswagen zu ziehen. Es verursacht mir immer noch Alpträume, wenn ich an dieses furchtbare gelbe Reitkostüm denke ...« Offensichtlich war es die Eröffung eines eingespielten Dialogs, die eine Antwort herausforderte, die nicht kam.

»Es steht ihr frei zu tragen, was ihr gefällt«, antwortete Pharos statt dessen scharf.

»Aber doch hoffentlich nicht den lavendelfarbenen Satin!«

»Ich werde sie ja nicht die ganze Zeit ansehen müssen. Aber ich habe mich durch dieses Gerede von einer Erkältung nicht täuschen lassen. Sie? Eine Erkältung? Pah!«

Der junge Mann schauderte mit übertriebener Zimperlichkeit. »Welch eine Pferdenatur. Ich wette, sie badet in Regenwasser gleich aus der Tonne! Mir ist ein Rätsel, weshalb du der Schlampe nicht mit der Peitsche gekommen bist, als sie dich geschlagen hat.«

»Ach ja?« Pharos neigte den Kopf ein wenig zur Seite, die fahlen Augen, umgeben von den dunklen Schatten der Schlaflosigkeit, glänzten seltsam im flackernden Kerzenschein. »Sie hätte sie mir weggenommen und auf meinem Rücken zerschlagen. Eine widerwärtige kleine Töle, dieser Hund – doch er gehört ihr.«

»Wie ich dir gehöre.« Leynart kehrte dorthin zurück, wo der Prinz stehengeblieben war. Er griff nach einer von Spitzen umflorten Hand und hob sie an seine Lippen. »Ich ließe dich so viele Schoßtiere quälen, wie du möchtest. Das weißt du.«

»Ja«, sagte der Prinz leise. Der Kopf des Jungen war noch über seine Hand gebeugt, deshalb sah Leynart nicht den Ausdruck nachsichtiger Verachtung auf den scharfen Zügen. »Ja, das weiß ich.« Pharos drehte sich ruckartig um und verschwand aus Caris begrenztem Gesichtsfeld. Nach dem Klang seiner Stimme zu urteilen, stand er dicht am anderen Fenster, nahe bei der Mauernische, wo die Statuen der Alten Götter zwischen Cerdics geliebten Büchern über Okkultismus und Quacksalberei von früheren Zeiten träumten. Leynart blieb stehen, Angst und eine böse Vorahnung malten sich auf seinem Gesicht.

»Ich will mich nicht mit ihr überwerfen, Leynart«, sagte Pharos endlich. »Ich brauche ein Kind, einen Sohn.«

Der Junge lachte roh. »Ist das alles? Seit wann muß ein Mann um Erlaubnis bitten, seine eigene Stute zu besteigen?

Daß du es überhaupt fertigbringst. Ich könnte es keinesfalls.«

Caris spürte einen plötzlichen Schmerz in der Hand, vom Heft des Dolches, den er umklammert hielt. Man hörte das leise Wispern von Satin und Spitze, das gedämpfte Knarren der Schreibtischkante unter dem Leichtgewicht des Prinzen. »Man versucht mich zu ermorden, Leynart«, sprach die leise, schneidende Stimme weiter. »Alle haben sich gegen mich verschworen – Cerdic, der Magister Magus, das Kollegium der Nigromanten, die mir verwehrt haben, Windrose zu häuten und zu vierteilen, als er in meiner Hand war. Wer kann sagen, ob sie nicht hinter seiner Flucht stecken? Oder die hochwürdige Frau Bischof mit ihrem frömmelnden Gewinsel? Der einzige Grund für meine Heirat mit dieser muskelbepackten Amazone war, daß Cerdic mein Erbe ist, und ich werde nicht zulassen, daß das Reich an eine Horde abergläubischer Gaukler fällt, wenn ich tot bin. Aber nachdem ich sie geheiratet habe, ist das wenigste, was ich tun kann, ihr den Respekt zu erweisen, den ich ihr als meiner Gemahlin schuldig bin.«

Tränen schimmerten plötzlich in Leynarts Kornblumenaugen. Impulsiv setzte er sich in Bewegung und verschwand ebenfalls aus Caris' Sichtbereich, übrig blieb nur Kanner, regungslos, mit vor der Brust verschränkten Armen neben der Tür aufgepflanzt.

Ein Rascheln und Knistern von Stoff, als der Junge sich auf die Knie warf. »Was glaubst du denn, was sie tun wird?« verlangte er mit bebender Stimme zu wissen. »Dich mit dem Stock aus ihrem Bett jagen? Sie muß so sehr auf ein Kind erpicht sein wie du, um ihre Stellung am Hof zu festigen und endlich mehr darzustellen als die aufgedonnerte Provinzlerin, die sie ist! Dein Kind, nach Möglichkeit, der Familienähnlichkeit wegen, aber ich bin sicher, jeder mit blonden Haaren wäre recht. Pharos, ich liebe dich! Ich will nichts anderes von dir als deine Liebe! Wenn ich sie nicht habe, sterbe ich!«

Caris wandte angewidert das Gesicht ab und starrte in die transparente Dunkelheit hinter der beschlagenen Fensterscheibe. Vor dem bleigrauen Himmel war die Teufelsstraße kaum auszumachen, die weite Fläche von Blumengarten und Rasen zerfloß zu einem Meer von wabernden Schatten, aus dem sich in einiger Entfernung die weiße Kuppel des Pavillons wie eine Insel wölbte. Was hatte er hier zu schaffen, dachte er unfroh; er wollte das nicht hören – nicht das hysterische Schluchzen des verwöhnten Knaben und nicht das Flüstern von gestärkter Spitze, als Pharos begütigend über den dunklen Lockenkopf strich.

Leynart weinte, weil er in Pharos' Augen den erwachenden Respekt für seine Gemahlin erkannte. Und wie Caris wußte er, was aus diesem Respekt erwachsen konnte.

In dem schwarzen Teich hatte er sie gesehen, Pharos und Pella, Seite an Seite im Gespräch. Pellas Gesicht war ernst gewesen, doch in ihren Augen zeigte sich keine Furcht, nur die nüchterne Bereitschaft, Leute zu nehmen, wie sie waren. Mit fahlen Augen blickte ihr Gemahl sie an.

*Ich werde sie nie haben*, dachte Caris und das Verlangen nach ihr verzehrte sein Fleisch, während gleichzeitig sein Herz in Kummer ertrank. Als die Sasenna kamen, um die Insel abzusuchen, hatte er an ihren Verrat geglaubt, aber jetzt wußte er es besser. Hätte sein erster Verdacht sich bestätigt, daß Pella durch List oder Gewalt dazu gebracht worden war, den Aufenthaltsort ihrer Freunde preiszugeben, es wäre ihm fast lieber gewesen. Doch es war richtig so, mußte er sich eingestehen. Sie war ohnehin nicht für ihn bestimmt gewesen – sie nicht und nicht Magie oder das bunte Leben, von dem er ahnte, daß es sich wie ein duftender Karneval jenseits der Schattengrenze seines Schicksals regte. Verzweifelt fragte er sich, ob das Liebe war, sich zu wünschen, ihr Gemahl möge fortfahren, sie zu hassen, damit sie ihm gehörte, wenigstens in seinem Herzen, für die kurze Spanne, die ihm noch blieb. Doch weil er keine Erfahrung mit der Liebe hatte, wußte er es nicht.

»Antryg?« Joanna fühlte unter ihrer Wange die Bewegung seiner Brustmuskeln, als er den Kopf drehte. Sie hatten lange Zeit in einer Grabnische in der Mauer der verfallenen Kapelle beisammengelegen. Auf dem von Schutt übersäten Boden der Ruine brannten zwei kleine Feuer. Ihr Schein sikkerte durch den Vorhang aus braunen Ranken und zeichnete auf Antrygs Gesicht ein wechselndes Muster aus Hell und Dunkel. Er hatte die Brille wieder aufgesetzt, das Licht brach sich in den Gläsern und den Facetten der Diamantohrringe. »Welches sind die Langzeitauswirkungen von Magie auf unbeseelte Objekte?«

»Ich weiß nicht.« Sein melodischer Bariton war kaum mehr als ein Vibrieren seiner Brust an ihrem Ohr. »Ebensowenig wie Suraklin, außer daß Suraklin sich immer weigerte, die Möglichkeit überhaupt in Betracht zu ziehen. Er hat nie Gründe gelten lassen, die dafür sprachen, etwas nicht zu tun, das er tun wollte.«

»Du sagst, die Steine in dem Kreis hätten Stimmen und sprächen miteinander, wegen all der Magie, die im Lauf der Jahre durch sie hindurchgeflossen ist.«

»Ja.« Er zog sie unter dem Stapel der Decken, Mäntel und Umhänge fester an sich, wie um sie vor dem zu schützen, was hinter dem schwarzen Schleier der Nacht lauerte. »Magie ist nicht eine Wissenschaft, wie das Kollegium der Nigromanten behauptet, und auch nicht Kunst, wie Suraklin meinte. Magie ist unauflöslich mit dem Leben selbst verquickt. Sie erfüllt alle Dinge, insbesondere solche, die sie über einen langen Zeitraum hinweg berührt. Ich muß an diesen armen Wissenschaftler denken, der sich in Far Wilden für den Toten Gott ausgegeben hat und langsam von derselben Nahrung vergiftet wurde, die ihn am Leben hielt. Du hast recht, Joanna – Software ist nur so gut wie die Hardware, durch die sie fließt. Suraklin glaubt, weil die Teles, aus denen sein Energierelais sich zusammensetzt und die Steine entlang der Pfade, aus denen er die Ursprungskraft bezieht, nicht zu ihm sprechen, werden sie nie imstande sein, es zu tun. Doch sie absorbieren Magie. Die Teleskugeln sind praktisch unzerstörbar und einige von ihnen sind älter als das

Gedächtnis der Menschheit. In Suraklins Sammlung gab es zwei oder drei, die mir Angst machten. Ich denke nicht gerne daran, wie sie in dem Schädelbrunnen unter der Zitadelle liegen, neben den mumifizierten Überresten von Halbdämonen, die Suraklin herbeirief und dorthin verbannte, weil er nicht die Mittel besaß, sie zu töten, nachdem sie ihren Zweck erfüllt hatten.

Die Teles und die Menhire werden jetzt ständig in Gebrauch sein, Magie durchströmt sie vierundzwanzig Stunden am Tag. Vielleicht geht alles gut, ein Jahr oder zwei oder zehn – aber wie lange wird es dauern, bis diese Stimmen in Suraklins Bewußtsein tröpfeln, gefangen in dem Computer und abhängig von seinem Input? Magie ist Ausgewogenheit, weil alle Magie individualisiert ist. Wird sie eingebunden in ein riesiges zusammenhängendes Netz, können wir nicht wissen, was geschieht. Suraklin weiß es auch nicht. Doch er ist gefährlich – wegen seiner blinden Arroganz, die ihn verführt zu glauben, er allein habe die Macht und nichts werde geschehen.«

Die Reisenden blieben drei Tage in der alten Kapelle am Nordufer des Glidden und warteten auf die nächste Phase der Lethargie. Das Wetter war kalt, wenn auch nicht so durchdringend, schneidend kalt wie in Sykerst. Der Eissaum an den Flußufern verbreiterte sich; nachts überzog eine dünne Schicht die ganze Wasseroberfläche, die sich erst mittags auflöste. Es war eine stille Zeit, aber Warten zerrte an den Nerven.

Antryg verbrachte einen großen Teil seiner Zeit im Steinkreis, von dem er sich auch sonst nie sehr weit entfernte. Obwohl Caris wußte, daß er als Sasenna seine Energie darauf verwenden sollte, sich im Gebrauch der Waffen zu üben, bei der Jagd auf die scheuen Tiere des Winters seine Reflexe zu schärfen – Dinge, die er gezwungenermaßen in den letzten Wochen vernachlässigt hatte –, erlag er der Verlockung, den Zauberer zu begleiten. Begehrlich, schuldbewußt, wie er sich in die Wissenschaft des Heilens hatte einführen lassen, lernte er von ihm ein wenig von der Kunde der Steine und der Energiepfade und lauschte auf die raunenden Stimmen in der Luft. Der Zauberer versuchte auch, ihn in der Kunst des Wahrsagens und Hellsehens zu unterweisen. Zwei Nächte lang saß Caris neben der hageren Gestalt seines Mentors, dessen Brillengläser den roten Schein eines Feuers widerspiegelten, während er vorgebeugt in der roten Glut forschte – nach allem, was sich auf den Straßen bewegte, und sonstigen Anzeichen für mögliche Gefahren. Der Regent war am Morgen nach seiner Ankunft weitergereist, und Antryg hielt ein Auge auf Leynart in Devilsgate. Aber der Junge schien zu schmollen und verließ kaum das Haus.

Gepeinigt von dem Wissen, daß er es nicht tun sollte, bemühte sich Caris, seine eigene geringe Gabe zu stärken. Falls der Zauberer seine Beweggründe ahnte, sagte er nichts dazu, und Caris verschwieg, daß er nicht nur einen Blick auf Pella in Larkmoor werfen, sondern auch wissen wollte, wo der Regent sich befand und wie bald er bei seiner Gemahlin eintreffen würde.

Der Kreis am Nodus der Pfade war still. Die braune Erde träumte ungestört unter dem Mantel des nahen Winters. Joanna, dünn und schmuddelig wie eine verwilderte Waldfee, beschäftigte sich abwechselnd mit Suraklins unverständlichen Dateien oder überprüfte immer und immer wieder den Inhalt ihres Rucksacks sowie das Hard Copy, wie sie es nannte, von ihrem eigenen ›Virus‹, den sie in Suraklins Computer einschleusen wollte, um dessen Speicher zu löschen. Caris überhörte geflissentlich die Stimme seines Gewissens, die ihm sagte, daß er sich an ihr ein Beispiel nehmen und sich auf die bevorstehende Konfrontation vorbereiten sollte, statt seine Zeit mit dem Streben nach etwas zu vergeuden, das ihnen nicht helfen konnte und ihm nicht angemessen war.

Einmal schlich er sich nachts aus der Kapelle, watete durch den von einer dünnen Eisschicht überzogenen Fluß und kniete in der Dunkelheit am Rand des Teichs nieder. Aber das schwarze Wasser zeigte ihm nichts, außer dem frostigen Glitzern der Sterne über dem aufsteigenden Flußnebel, und er stellte fest, daß er sich alleine in dem Kreis unbehaglich fühlte. Überdeutlich spürte er die stumme Gegenwart der ragenden Megalithen in seinem Rücken und konnte sich des Gefühls nicht erwehren, daß sie sich bewegten, sobald er den Blick abwandte.

Bei Tag trieb ihn eine quälende Ruhelosigkeit um. Einoder zweimal legte Antryg seinen Umhang und den schweren grünen Mantel ab, um mit ihm zu fechten; dabei benutzten sie gekappte Schößlinge, statt der rasiermesserscharfen Klingen. Caris fühlte sich unweigerlich besiegt und geschlagen und verfluchte seine Trägheit. Zu anderen Zeiten durchstreifte er die Wälder, als könnte er so vor allem weglaufen, den Selbstzweifeln, dem Schmerz und der Angst.

Auf einem dieser Streifzüge hörte er Hufschlag, Räderrollen, Peitschenknallen und laute Stimmen.

Es war ein klarer Abend und beißend kalt, Geräusche trugen weit zwischen den farblosen Arkaden der unbelaubten Bäume. Caris suchte sich hastig ein Versteck in dem überwucherten Graben neben der Straße. Erst als die Geräusche näherkamen und er merkte, daß es fast hundert Reiter und mehrere Fahrzeuge waren, wurde ihm klar, daß etwas Unvorhergesehenes geschah, das für sie nichts Gutes bedeutete.

Antryg wußte nichts von diesem Ereignis. Gestern hatte er das Auftauchen eines fliegenden Händlers auf dem Weg zu den Gehöften hinter Devilsgate wahrgenommen und die Versammlung einer Hochzeitsgesellschaft vor der Dorfkirche. Wie konnte ihm ein derartiger Troß entgangen sein?

Caris richtete sich halb auf, um besser sehen zu können. Weiße Abzeichen leuchteten auf den fremdartigen schwarzen Uniformen von fünfzig berittenen Sasenna wie Streifen Mondlicht in der hereinbrechenden Dämmerung; ihnen folgten beinahe ebenso viele in Smaragdgrün. Überwiegend sehr junge Männer, frisch aus dem Prägestock der Kampfschule, blank und kalt und gedrillt bis zur Perfektion. Sie eskortierten einen vierspännigen Reisewagen, während mehrere kleine Kutschen mit dem Gepäck die Nachhut bildeten.

*Er kann sie nicht übersehen haben,* grübelte er. *Aber weshalb hat er geschwiegen?*

Ihr einziges Ziel konnte Devilsgate Manor sein. Querfeldein erreichte Caris vor ihnen das große Herrenhaus. Nach dem Abzug von Pharos' Leibgarde konnte man sich erheblich gefahrloser auf dem Gelände bewegen. Der marmorne Pavillon mit den Blumenspalieren bot ein gutes Versteck und – durch das Fernglas – einen ungehinderten Blick auf die Front des Hauses.

Leynart stand auf der Freitreppe, sein primelgelber Seidenanzug leuchtete geisterhaft im Zwielicht. Er sah müde und verhärmt aus, was auch die sorgfältig aufgetragene Schminke nicht zu kaschieren vermochte, als hätte er in den letzten beiden Tagen ebenso gelitten wie Caris. Die Equipage rollte vor den Stufen aus. Durch sein Glas beobachtete Caris, daß sie von den vier prachtvollsten Füchsen gezogen wurde, die er je gesehen hatte. Die Kutsche selbst war glänzend weinrot und golden lackiert. Leynarts verstörte Augen strahlten. Mit ausgestreckten Armen ging er die Stufen hinunter, als der Lakai den Kutschenschlag öffnete.

Ein Mann stieg heraus, und Caris begriff sofort, weshalb Antryg keine Vorwarnung erhalten hatte. Es war schwierig für Magier, die Bewegungen anderer Magier zu erkennen; selbst die minderen Tarnzauber, die er zu bewerkstelligen vermochte, konnte nur ein sehr starker Hellseher durchdringen. Und obwohl man den Magister Magus gemeinhin als Scharlatan bezeichnete, besaß der adrette kleine Herr, dem die Lakaien soeben beim Aussteigen behilflich waren, nach Antrygs Worten tatsächlich die wahre Macht.

Vermutlich, dachte Caris sarkastisch, hatte man ihn bewogen, sie in den Dienst der guten Sache zu stellen, als Gegenleistung für die Befreiung aus den Verliesen der Hexenjäger.

Die Lakaien und der Magister Magus verneigten sich tief, als der zweite Mann herauskam, und Leynart eilte herbei, um die von kostbaren Spitzen umhüllten Hände zu ergreifen. Prinz Cerdic war erheblich feister geworden, seit Caris ihn zuletzt gesehen hatte, und trug einen Anzug aus pflaumenfarbenem Samt, der mehr gekostet haben mußte als Karrosse und Gespann zusammen. Leynart beugte sich über seine Hände – obwohl der Regent Devilsgate genommen und seinem Gespielen übereignet hatte, bestand kein Zweifel daran, daß der Jüngling sich von diesem Augenblick an als Cerdics Gast betrachtete.

Caris brauchte einen Moment, um zu begreifen, wer der dritte Mann sein mußte. Er kam ihm bekannt vor, jung, noch nicht Mitte Dreißig, und doch war sein Gesicht schon geprägt von harten, arroganten Zügen. Seine Kleidung, Dunkelgrün und Apricot, war betont schlicht. Ungeachtet dessen verneigten der Prinz und Leynart sich tief, letzterer kniete sogar auf dem feuchten Kies nieder, um dem Mann die Hand zu küssen. Vielleicht war es das Haar, das Caris' Erinnerung wachrief – so kurz, wie nur Sasenna oder Handwerker es zu tragen pflegten. Er hatte dieses Haar schon irgendwo gesehen ...

Der Mann bewegte sich, deutete auf das Haus. Caris überlief ein Frösteln.

Das Gesicht war das Gesicht des Mannes, den er durch ein dunkles Fenster beobachtet hatte, wie er weinerlich auf Joanna einredete, während am Swimming-pool hinter dem Haus ein lärmendes Fest gefeiert wurde, mit ohrenbetäubender Musik und Alkohol, vor langer Zeit, in einem anderen Universum. Das Gesicht war das Gesicht des unglücklichen Gary Fairchild, doch Caris erkannte in der Handbewegung eine typische Gebärde seines Großvaters wieder.

Der Mann, dessen Kopf er in dem runden Ausschnitt des Fernglases zum Greifen nahe vor sich sah, war Suraklin.

# 15. KAPITEL

»Ich finde nur, es ist einfach nicht gerecht!« Leynart drehte sich herum, die silberne Stickerei an seinen Rockschößen glitzerte wie Reif bei seinem ruhelosen Auf- und Abgehen. Mit leidenschaftlicher Heftigkeit schritt er zum Kamin zurück, wo seine Gäste Platz genommen hatten, und Caris konnte seine Worte nicht mehr verstehen.

Er hatte kalkuliert, daß das Begrüßungszeremoniell des Jungen ihm Zeit genug ließ, sein altes Versteck hinter den Vorhängen des Arbeitszimmers aufzusuchen, aber die Vorsicht warnte ihn. Es war eine Sache, den Regenten zu belauschen, mochte er auch krankhaft mißtrauisch sein – Suraklin belauschen zu wollen war eine andere. Statt dessen hatte er sorgsam den Schnapper der Tür festgekeilt, so daß sie einen Spalt breit offen blieb, und sich in dem leeren Alkoven weiter unten im Flur postiert, wo er auf die Schritte der vier Männer lauschte. Er ging davon aus, daß sie nicht riskieren würden, eine Wache vor die Tür zu stellen, aus Angst, der Mann könnte genau das tun, was er vorhatte – lauschen. Aber ein Lakai, der zufällig vorbeikam, würde an einem Sasenna, der pflichtschuldig auf Posten stand, nichts Verdächtiges finden.

Durch den Türspalt konnte er einen größeren Teil des Zimmers überblicken als vorher – dunkel vertäfelt, in einem Stil, der seit fünfzig Jahren passé war, mit einer tief kassettierten Decke und schweren, antiken Lehnstühlen. Auf den Regalen standen Folianten, deren goldgeprägte Titel Caris aus seiner Zeit im Winkel der Magier kannte – Weisheit und Scharlatanerie in trautem Nebeneinander. Der rotgelbe Schein von Kerzen und Feuer spielte über die Flächen und Kanten der Fünf Mystischen Gebilde aus poliertem Hämatit, Objekte mathematischer Meditation, die einer der absonderlicheren Schulen des Mirabilismus' heilig waren, und verlieh den Statuen der einundzwanzig Alten Götter eine unwirkliche Lebendigkeit. Ernsten Wächtern gleich standen sie zwischen den Schriften ihres vergessenen Kults. Die meisten Leute heutzutage kannten nicht einmal ihren Namen.

Caris kannte sie. Tante Min, die hochbetagte Magierin aus dem Winkel, war eine Alte Gläubige, obwohl auch sie, wie die meisten Anhänger dieser geschmähten Religion, nur *Chellim*, schön verzierte Papierstreifen mit den Namen der Götter, an die Wände ihrer Kammer geklebt hatte, mittlerweile vergilbt und stockfleckig geworden. Also kannte er die meisten von ihnen, diesen stummen Beobachtern aus Diorit, Hämatit, Malachit und Jade, die Regale und Sims behüteten und deren Augen Leynarts fiebrigen Gebärden zu folgen schienen.

Suraklin saß auf einem der geschnitzten Lehnstühle am Kamin, die Arme aufgestützt, die Hände in Kinnhöhe gefaltet, die ausgestreckten Zeigefinger an die Lippen gelegt. So hatte Caris seinen Großvater oft sitzen sehen, allerdings nicht, wenn er darüber nachdachte, in den Tagen seiner Kindheit. Er wunderte sich heute, wie er so blind sein konnte, nicht schon damals zu merken, daß etwas nicht stimmte. Wenn nichts anderes, aber das hämische Glitzern in den Tiefen der braunen Augen hätte ihm vor langer Zeit sagen müssen, daß sein Großvater nicht mehr sein Großvater war.

Aber was, fragte er sich resigniert, hätte er dann getan?

Leynarts Stimme erhob sich wieder, man konnte hören, wie er um Fassung rang. »Es ist nicht so, daß ich ihr die Stellung neide, das dürft Ihr nicht glauben.« Sein Ton war der eines Menschen, der sich wider seine eigentliche Neigung bemüht, gerecht zu sein. »Aber sie macht sich nichts aus ihm. Wie könnte sie. Sie will ihn nur wegen des Status' an ihn binden. Was kann sie ihm geben, außer ihrem kleinbürgerlichen Geist, ihrer unkultivierten Derbheit ...«

»Ich war immer der Ansicht«, schnurrte Suraklin, und alles in seiner Stimme – Tonfall, Sprachmelodie – erinnerte Caris an seinen Großvater, den Erzmagus, »daß man mit der Wahl der Nichte eines provinziellen Pfennigfuchsers kaum die angemessene Wahl für einen Herrscher von Pharos'

Niveau getroffen hat, selbst wenn sie tugendhaft wäre, was sie natürlich nicht ist.«

Nur die in langen Jahren gelernte eiserne Disziplin befähigte Caris, den heißen Zorn zu beherrschen, der in ihm aufwallte, und das zischende Atemholen zu unterdrücken. Magier besaßen scharfe Ohren und einen sechsten Sinn für Gefahr – sie zu belauschen war ein Spiel mit dem Tod oder Schlimmerem. Er verließ sich darauf, daß Suraklins Gedanken von dem Plan in Anspruch genommen waren, der ihn hergeführt hatte, und daß der Mann sich im Kreis seiner Anbeter völlig sicher fühlte. Die von den Flammen vergoldeten Augen bewegten sich nicht ein einzigesmal in Caris' Richtung.

Pella hatte ihm von ihrer Verführung durch den Magier erzählt, obwohl sie sicher glaubte, daß es nicht sein Kind war, das sie unter dem Herzen trug. Auch dafür haßte Caris den Mann. Ihm wurde bewußt, daß er sich in Reichweite der Erfüllung seines Vorhabens befand, nur wenige Meter entfernt von dem Mann, den zu töten er geschworen hatte. Der Kolben der Pistole drückte gegen seine Rippen, er brauchte nur die Tür zu öffnen ...

Außer natürlich, daß die Pistole nicht *na'ar* war. Ohne jede Vorwarnung konnte Suraklin bewirken, daß der Schuß fehlging oder die Waffe in seiner Hand explodierte. Im Haus wimmelte es von den Sasenna des Prinzen und den Männern seiner persönlichen Leibgarde; Caris bezweifelte, daß es ihm gelingen würde zu entkommen, und wenn doch, wohin sollte er fliehen? Bei der anschließenden Treibjagd gingen womöglich noch Antryg und Joanna den Häschern ins Netz. Dann war erst recht jede Hoffnung verloren.

All das ging ihm blitzschnell durch den Kopf, während Suraklin weitersprach: »Nein, Leynart, es ist nicht falsch, ihr die Aufmerksamkeit des Prinzen zu neiden. Du nimmst ihr nichts weg. Alles, worauf es dir ankommt, wonach du dich sehnst, ist die Anerkennung deiner Liebe – die deine Loyalität auch verdient.« Er schnippte mit den Fingern. Wie ein getretener Hund, der hofft, daß man ihm vergibt, sprang der Magister Magus von seinem Platz im Hintergrund auf.

Es war die Wandlung dieses kleinen Mannes, die Caris besonders schmerzte. Damals in Engelshand hatte er den Magister als einen Scharlatan verachtet, der ein Vermögen scheffelte, während die Nigromanten im Winkel trocken Brot aßen und sich wegen der Löcher im Dach Sorgen machten. Aber der Mann war freundlich zu ihm gewesen, hatte Joanna bei sich aufgenommen, als ihre Anwesenheit unter seinem Dach für ihn Gefahr bedeutete, und ihr nach besten Kräften geholfen. Als er sah, wie demütig der vorher so elegante und weltläufige Mirabilit sich seinem neuen Herrn näherte, ahnte Caris, wie man ihn zur Mitarbeit bewogen hatte. Nach seiner Verhaftung gab es keine Hoffnung mehr für ihn. Cerdic und sein Spiritueller Berater waren die einzigen, die ihn vor der Inquisition retten konnten – und Suraklin brauchte einen Sklaven, der über magische Kräfte verfügte.

»Ich habe dies für dich vorbereitet.« Suraklin streckte die Hand aus. Der Magister Magus gab ihm eine Schatulle, aus geschnitztem, seidenglatt polierten Rosenholz und trat dann mit einer Verbeugung zurück. Der Dunkle Magus öffnete die Schatulle, Leynart und Cerdic schauten hinein.

»Wundervoll!« hauchte Cerdic entzückt und griff in den Kasten. »Taufrisch! Solche Rosen wachsen nicht einmal in Mellidane zu dieser Jahreszeit ...«

»Oha!« Suraklin zog den Kasten lachend zurück. »Nicht anfassen, Mylord, außer Ihr legt Wert darauf, unserem Leynart innigere Gefühle entgegenzubringen, als Ihr jetzt noch für möglich haltet.«

Der Prinz zog hastig die Hand zurück und legte sicherheitshalber ein paar Schritte Abstand zwischen sich und den jungen Mann. Leynart maß ihn ob der vehementen Reaktion mit einem gekränkten Blick, und Suraklin lachte wieder.

»Aus solchem Stoff werden Bettgeschichten gemacht, Mylord. Es ist ein ganz simpler Zauber, aber wirksam.« Ein spöttischer Bernsteinfunke glomm im Hintergrund der braunen Augen. »Also gib acht, Ley, falls du nicht möchtest, daß Verehrer aus ganz Kymil herbeiströmen und dir die Tür einrennen. Du darfst die Rose bis zu dem Moment nicht berühren, wenn du sie auf das Kissen Seiner Hoheit legst, wo er in der fraglichen Nacht schlafen wird. Sonst war alles vergebens. Glaubst du, du kannst das tun?«

Der Junge nickte. Seine dunklen Ringellocken, blauschwarz im Feuerschein, umschmeichelten die gepuderten Wangen. »Wenn Ihr mir helft, nach Kymil zu gelangen, Mylord Gaire, bevor Seine Hoheit eintrifft, werden die Diener Seiner Hoheit mich ins Haus lassen.«

»Hab Vertrauen zu mir, mein Junge.« Die warmen braunen Augen blickten lächelnd in die blauen. »Wie ich dir vertraue.« Der Magier streckte eine Hand aus und schob eine verirrte Locke in Leynarts schimmerndes, parfümiertes Haar zurück. Seine Stimme klang sanft. »Ich hatte nie eine Vorliebe für Knaben – aber nun kann ich es nachfühlen. Du wirst über große Macht gebieten, dort auf den Stufen des Throns, kleiner Liebling. Aber ich bin sicher, du wirst sie klug zu nutzen verstehen.«

»Ich will keine Macht«, flüsterte Leynart ernst. »Nur seine Liebe.«

»Gut gesprochen. Und die sollst du haben.«

Das also, dachte Caris dumpf, ist ein Liebeszauber – diese harmlos klingende Manipulation von Herz und Verstand. Um zu bewirken, daß Pharos seine Gemahlin verstieß und sich wieder seinem rosigen kleinen Lustknaben zuwandte und damit Pella zu lebenlanger Demütigung verurteilte ...

Einerseits wunderte sich Caris, weshalb er zornig war. Die Vorstellung, daß Pharos Pella berührte, sie küßte, daß sie in diesen dünnen, schlaffen Armen lag, hatte ihm in den letzten Nächten den Schlaf geraubt – eigentlich schuldete er dem Jungen Dank! Andererseits wußte er, daß seine Begegnung mit dem Dunklen Magus nun dicht bevorstand, und wußte auch, daß er sie nicht überleben würde. Es war nicht gerecht zu wünschen, sie möge nie einen anderen lieben als ihn.

Das Kollegium hatte recht, dachte er, während sein ganzer Körper schmerzte vor Unentschlossenheit und Trauer. Im Großen und im Kleinen, die Belange der Menschen sollten geschützt sein vor der Einmischung jener, die die Macht hatten, den Lauf der Dinge nach ihrem Willen zu verändern. Doch in der Erinnerung hörte er das Schreien eines neugeborenen Kindes, fühlte das Flattern einer zarten Seele, die unter seinen Händen zum Leben erwachte, und wußte nicht mehr, was er denken sollte.

Leynart kniete nieder, um Suraklins Hände zu küssen. Cerdic stand dabei und strahlte wie die Brautmutter bei einer Hochzeit, wahrscheinlich weil er daran dachte, überlegte Caris zynisch, daß er sich mit diesem Streich die Thronfolge gesichert hatte. Oder vielleicht bereitete es ihm ein sentimentales Vergnügen, junge Liebe fördern zu können. *Blinder, gefühlsduseliger Narr!*

»Kommt!« Suraklin klappte den Deckel zu und reichte die Schatulle Leynart. Dabei warf er einen Blick auf die vergoldete Kaminuhr. »Höchste Zeit. Es muß vor Mitternacht geschehen sein, und vorher gibt es noch etwas zu tun. Magus ...«

Caris wich rasch von seinem Horchposten zurück, als Suraklin und der Magister Magus sich der Tür zuwandten. Lautlos, wie er es in den langen Jahren der Ausbildung gelernt hatte, huschte er zurück zu dem Alkoven, wartete, bis sie vorbei waren, und glitt dann wie ein Schatten durch die Korridore und aus dem Haus. In der Nähe vom Stallhof, wo man eben drei gesattelte Pferde herausführte, fand Caris ein Versteck. Die Tiere stampften unwillig, ihr Atem wölkte im gelben Licht der Stallampen.

Caris fühlte sich verwirrt, hin- und hergerissen wie ein Hund am Kreuzungspunkt zweier Fährten. Alles andere beiseite – Pella, der Regent, seine hoffnungslose Liebe –, Suraklin war *hier,* in Devilsgate. Konnte Antryg sich im Hinblick auf den Steinkreis geirrt haben? War der Computer doch irgendwo unter der Erde verborgen? Und, wie dicht mußte er an einem Nodus sein, um den Energiestrom nutzen zu können? Wie Antryg selbst gesagt hatte, sie konnten nur vermuten, spekulieren. Keiner von ihnen hatte etwas Greifbares vorzuweisen, einen wirklichen Beweis, daß sie nicht nur einem Hirngespinst nachjagten. Antryg hatte seit siebenundzwanzig Jahren nicht mehr mit Suraklin gearbeitet oder auch nur ein Wort mit ihm gewechselt. Woher wollten er oder Joanna wissen, was möglich war und was nicht?

*Könnte die Maschine in Devilsgate verborgen sein?*

Lampenlicht wanderte über das feuchtgraue Kopfsteinpflaster des Stallhofs. Caris hörte Stimmen, Cerdics heiteres Lachen und dann Suraklin: »Mylord, vergebt mir, daß ich Euch als Gehilfen in Anspruch nehme, doch um die Wahrheit zu sagen, ich traue keinem anderen.«

Sie bogen um die Ecke des Stallgebäudes, begleitet von einem Domestiken mit einer Laterne. Ohne auf den Bedienten zu achten oder auf die Knechte mit den Pferden, sank Cerdic theatralisch auf ein Knie. »Gehilfe? Ich würde meine Hand unter Euren Fuß legen, um Euch in den Sattel zu helfen, wenn Ihr es verlangtet.« Suraklin lachte, hob ihn auf und schlug ihm freundschaftlich auf die Schulter, während ein Lakai herbeieilte, um den Schmutz vom seidenen Knie des Prinzen zu wischen.

*Es waren nur Faksimilies,* hatte Antryg gesagt, *Nachahmungen dessen, wofür er Menschen sich freudig opfern sah ... Doch er spielte seine Rolle wahrlich meisterhaft.*

Mit klopfendem Herzen drückte Caris sich in den Schatten der Remisentür und kämpfte um einen Entschluß. Suraklin, Cerdic und Leynart stiegen auf. Der Prinz ließ sich von einem der Knechte eine Sturmlaterne reichen – um nicht den Verdacht aufkommen zu lassen, dachte Caris, sein neuer Spiritus rector könne ein verkappter Magier sein, der die Gabe besaß, im Dunkeln zu sehen, und die Macht, mit einem Wort aus dem Nichts ein Licht herbeizuzaubern. Die drei Pferde trabten durch das Hoftor, ihre Hufe knirschten auf dem vereisten Untergrund. Von Schatten zu Schatten gleitend, folgte Caris ihnen. Wenn er den Dunklen Magus jetzt aus den Augen verlor, würde er ihn niemals wiederfinden, dessen war er sicher. Doch er wußte auch, daß er nicht fähig war, es mit Suraklin aufzunehmen.

*Ich bin nur ein Soldat,* dachte er. *Und aus der Übung, nachlässig, unentschlossen. Ich bin kein Gegner für ihn ...*

Joanna hatte wiederholt gefragt *Warum ich?* Aber sie war

immer bereit gewesen, es mit Suraklin aufzunehmen, mit der Inquisition, mit allen Widrigkeiten ...

*Was immer sie vorhaben, wenigstens kann ich es auskundschaften und Antryg berichten.*

Geräuschlos wie eine Motte folgte er dem tanzenden Irrlicht der Laterne durch den großen Park, in den nächtlichen Wald und die schmalen Pfade entlang, die zu den im Dunkeln liegenden Stoppelfeldern der Heckenfluren führten und zu dem von Dunstschleiern überlagerten Fluß. Die drei Männer ritten hintereinander, Suraklin voran; der warme Schein der Laterne tauchte die Spitzen seiner braunen Haare und des Pelzkragens an seinem Mantel in Gold. Cerdic, der als letzter ritt und im Sattel eine erstaunlich gute Figur machte, blickte immer wieder über die Schulter zurück – mehr wohl, dachte Caris, aus Angst, daß man ihn sehen könnte und sich wunderte, und nicht weil er wirklich das Gefühl hatte, sie würden verfolgt. Caris nutzte die Deckung von Bäumen und Unterholz, um ungesehen zu bleiben. Leynart, zwischen dem Prinzen und dem Magier, schwieg, hielt die kostbare Schatulle an seine Brust gedrückt und verkroch sich wie ein frierender Schoßhund in seinen Umhang. Am Himmel zogen tiefhängende Wolken, die Luft roch nach Schnee.

Die Reiter machten Umwege und wechselten mehrfach die Richtung, doch endlich hörte Caris das gedämpfte Rauschen des Flusses und erspähte die weißen Häupter der Megalithen über den schwarzen Baumkronen.

Der Fluß war beinahe zugefroren, die Hufe der Pferde brachen durch das dünne Eis und platschten laut durch das schwarze Wasser der Furt. Auf der Insel angelangt, stiegen Suraklin und Leynart ab und gaben Cerdic die Zügel. Caris kauerte im Schatten einiger Birken, der schwarze Saum von des Prinzen pelzverbrämtem Mantel streifte fast sein Gesicht, als Cerdic den Rückweg einschlug; er hielt die Laterne hoch erhoben und schien sich nicht besonders wohl in seiner Haut zu fühlen. Auf dem Felsvorsprung, wo auch Antryg gestanden hatte, schaute Suraklin ihm nach, während Caris sich wieder und wieder vorsagte, daß diese mit der Nachtsichtigkeit der Magier begabten Augen ihn unmöglich erspähen konnten.

Um die Furt zu durchqueren und ihnen zum Steinkreis zu folgen, mußte Caris aus der Deckung hervorkommen. Nach dem Stand der Sterne war es beinahe Mitternacht. Suraklin hatte von etwas gesprochen, das bis dahin vollbracht sein mußte, und die Umwege waren zeitraubend gewesen. Erwachte der Computer um Mitternacht? fragte sich Caris. Dann bestand die Gefahr, daß Antryg davon angelockt wurde und in die Falle geriet.

Schließlich wandte der Magier sich ab und war nach wenigen Schritten bereits in der Dunkelheit verschwunden. Die Schatulle an sich gedrückt, als hinge sein Leben davon ab, folgte ihm Leynart. Ein flüchtiges Aufleuchten von weißen Kniestrümpfen und Hutfedern im Unterholz, dann nichts mehr.

Caris überlegte, ob er warten sollte? Wie lange? Was immer dahintersteckte, sie waren in den Kreis gegangen, um ...

Er holte tief Atem und erhob sich aus seinem Versteck.

Kalt und schroff befahl eine Stimme aus dem Gehölz hinter ihm: »Ergreift ihn!«

Caris fuhr herum, das Schwert sprang wie von einem eigenen Willen beseelt in seine Hand. Dunkle Gestalten, von denen er geschworen hätte, daß sie eben noch nicht da gewesen waren, schienen um ihn herum aus dem Boden zu wachsen, schattenhafte Silhouetten, blitzender Stahl. Er hieb nach einem Gegner, der unter seiner Klinge zerfloß, attakkierte einen zweiten und fühlte Wasser eiskalt in seine Stiefel schwappen, als er zurücksprang, um der Riposte auszuweichen. Stahl klirrte auf Stahl, wenigstens einige seiner Widersacher waren aus Fleisch und Blut und nicht körperlose Schemen. Zwischen den Bäumen glaubte er eine schlanke Gestalt zu bemerken, den schwarzen Fleck eines Knebelbarts in einem weißen Gesicht. *Magister Magus*, schoß es ihm durch den Kopf, als er herumwirbelte, weil er aus den Augenwinkeln eine Bewegung wahrgenommen hatte. Eine Axt sauste auf ihn nieder, im selben Moment, als er abwehrend das Schwert hob, dachte er: *Kein Geräusch von Schritten im Wasser ...*

Doch es war zu spät. Der kurze Augenblick der Ablenkung kostete ihn die Chance, den Angriff des realen Gegners auf der anderen Seite zu parieren. Er verfluchte sich, als eine Hellebarde ihm die Beine unter dem Leib wegriß. Etwas traf im Fallen seinen Kopf. Den Sturz auf das steinige Ufer nahm er nicht mehr wahr.

Er befand sich im Haus seines Großvaters im Winkel der Magier, in dem engen Studierzimmer mit den eichenen Deckenbalken; Licht von den Butzenscheibenfenstern fiel auf Salteris' hohe Stirn. Er saß vor den schwarzen Aufbauten seines hochgetürmten Schreibtischs. »Caris, du darfst nicht schlecht von mir denken, und lauf nicht fort«, beschwor ihn der alte Mann leise. »Glaubst du, Suraklin hat sich meines Körpers bemächtigt und meines Verstandes, ohne meine Zustimmung? Wir sind Gast und Gastgeber, mein Sohn, nicht Kerkermeister und Gefangener. Er hat mich mitgenommen in seine Unsterblichkeit. Du hast keine Vorstellung von der Kapazität des menschlichen Bewußtseins – darin ist Raum für uns alle. Ich bin nicht tot, Caris – nur mein Körper, der ohnehin alt und gebrechlich war. Trauert der Schmetterling um die Hülle, der er entschlüpft ist? Komm.«

Er streckte ihm seine Hände entgegen, sehnige Altmännerhände mit welker Haut. Seine braunen Augen waren dunkel und sanft, kaffeebraun wie die von Caris, bis auf ein bernsteinfarbenes Glimmen in ihren tiefsten Tiefen.

Caris wich vor ihm zurück, verwirrt. Er vermißte den alten Mann, vermißte ihn furchtbar, alle Trauer, die er seit Monaten in sich eingeschlossen hatte, drängte an die Oberfläche, getragen von einem Schwall unerträglicher Schmerzen. Die Magie pulsierte in seinen Adern, die Gabe zu helfen und zu heilen; eine verbotene Macht, betrieben wie unsanktioniertes Töten.

Als hätte er die Gedanken seines Enkels gelesen, raunte

der alte Mann: »Caris, ich kann dir helfen. Auch ich bin ein Arzt. Auch ich habe heimlich die Kranken geheilt – wir alle haben das getan. Es steht in deinen Händen geschrieben ...«

Caris erwachte in Schweiß gebadet und nach Atem ringend. Einen Augenblick lang glaubte er silberne Schriftzeichen aus Licht an der holzvertäfelten Wand am Kopfende der Pritsche zu sehen, auf der er lag, doch beim nächsten Hinschauen waren sie verschwunden.

Er sank zurück. Sein Kopf tat weh, er hatte Schüttelfrost. Aus der Schräge der Zimmerdecke schloß er, daß man ihn in einer der Dachkammern von Devilsgate einquartiert hatte. Das einzige Fenster war verriegelt; als er aufstand, um hinauszusehen, erfüllte ihn aus heiterem Himmel ein unüberwindlicher Ekel allein vor dem Gedanken, den Rahmen oder das Glas zu berühren.

Angstzauber. Natürlich, dachte er grimmig. Suraklin hatte die ganze Zeit über gewußt, daß er beobachtet wurde. Durch den Ritt auf Umwegen gab er Magister Magus Zeit, die Falle an der Furt vorzubereiten.

Daß er noch lebte, bedeutete, Suraklin hatte Verwendung für ihn – bei dem Gedanken gefror ihm das Blut in den Adern. Oder – hatte er im Traum die Wahrheit erfahren? Hatte Suraklin, statt seinen Opfern erbarmungslos Körper und Bewußtsein zu rauben, einen Weg gefunden, sie mit sich zu nehmen?

Caris schüttelte den Kopf. Weshalb sollte er sich die Mühe machen? Suraklin hatte längst bewiesen, daß er fähig war, ohne Skrupel zu töten.

Trotzdem spürte Caris den dringenden Wunsch, mit dem Dunklen Magus zu reden, ihn zu fragen ...

*Ihn was zu fragen?* fuhr er sich selber zornig an. Das waren nur Suraklins Einflüsterungen in seinen Gedanken. Ob er sich auf diese Art den Magister Magus und Salteris gefügig gemacht hatte?

*Antryg,* dachte Caris. *Er wird inzwischen gemerkt haben, daß etwas geschehen ist. Wie lange, bis er versucht, mich zu finden?*

*Oder hat er es bereits versucht und ist gefangen worden?* Sein Herz setzte einen Schlag aus.

Der Raum enthielt nichts weiter als die Pritsche, auf der er gelegen hatte, einen zugedeckten Latrineneimer sowie einen kleinen Tisch mit einem Laib Brot und einem Krug Wasser. Er prüfte das Brot – frisch, von diesem Morgen. Hungrig brach er ein Stück ab, zögerte.

Schließlich legte er das Brot wieder hin und roch an dem Wasser im Krug. Nichts, was auf Gift oder eine Droge hindeutete, aber das war auch von einem Magier wie Suraklin nicht zu erwarten.

Er hatte keine Erfahrung mit den heimtückischen Spielarten der Magie, den Formeln, um den Verstand zu blenden und zu beeinflussen, denn sie waren illegal und den Nigromanten, in deren Diensten er stand, nicht bekannt. Dennoch schob er Brot und Wasser zur Seite.

Es wurde einer der längsten Tage, die Caris je durchlebt hatte. Das Tageslicht hatte die fahle Gelbstichigkeit von Schnee, der in gelegentlichen Schauern dünn wie gesiebtes Mehl von einem weder hellen noch dunklen Himmel rieselte. Sein Kopf schmerzte zum Zerspringen. Da er nicht wußte, wie spät am Vormittag es gewesen war, als er zu sich kam, fiel es ihm schwer, die Zeit zu schätzen. Manchmal hörte er Geräusche im Haus, das Kommen und Gehen der Sasenna des Prinzen, dazwischen manchmal die Stimme eines Lakaien.

Er fragte sich, wie lange es wohl dauerte, bis Suraklin kam, um nach seinem Gefangenen zu sehen.

Als das langsame Versickern der Kraft begann, die bleierne Niedergeschlagenheit, die ihm verriet, daß Suraklins elektronisches Gehirn wieder arbeitete, wurde seine Gefangenschaft noch tausendmal schlimmer. Irgendwo, in einem abgelegenen Teil seines Gehirns dachte er abwesend: *Also ist er hier. Im Steinkreis oder hier im Haus ...*

Ansonsten war es ihm gleichgültig. Er hatte Hunger und Durst, in der zunehmenden Abstumpfung erschien ihm selbst die geringfügige Aktivität des Essens erstrebenswert. Was machte es schon aus, flüsterte eine fatalistische Stimme ihm zu, ob Brot und Wasser vergiftet waren oder nicht – Suraklin standen genügend andere Mittel und Wege zu Gebote, um seinen Willen zu brechen. Endlich zerpflückte er das Brot, warf die Stücke in den Latrineneimer und goß das Wasser aus dem Krug auf den Boden.

Er erinnerte sich, gehört zu haben, daß Antryg einen Gutteil seiner Zeit im Turm damit verbracht hatte, mit seinen geschundenen Händen an die Mauern zu schlagen und zu schreien. Während er auf dem Bett lag, die Fäuste geballt, bis die Knöchel sich weiß färbten, wußte Caris genau, wie ihm zumute gewesen sein mußte. *Wenn das noch lange so weitergeht* ... dachte er.

Aber natürlich würde es weitergehen, weiter und weiter, vielleicht für immer. Antryg und Joanna – er sah vor sich, wie sie zum Steinkreis gingen, um die Richtung des Energiestroms festzustellen, und ahnungslos in Suraklins Falle tappten.

Verzweifelte Wut über ihre Naivität, über seine eigene Dummheit und die Ausweglosigkeit ihres Schicksals überrollte ihn wie eine erstickende Flut. Sie würde man töten, ihn versklaven, Pella war zu einem Leben verurteilt, das für sie nur Hohn und Spott bereithielt, und – zum Teufel – war das von Bedeutung?

Er schlief, und Salteris saß am Fußende der Pritsche und sprach zu ihm in seinen Träumen.

Daß der Riegel an der Tür zurückgeschoben wurde, hätte er nicht gehört, auch wenn sein Schlaf nicht fast eine Bewußtlosigkeit gewesen wäre. Doch nach dem Abklingen der grauen Stimmung hatten seine Träume sich geändert. Die Verzweiflung wandelte sich zu Bildern von seinem Großvater, gütig, freundlich, wie er davon sprach, daß sie alle Suraklins Absicht mißverstanden hatten, während der höhnischer Bernsteinfunke im Hintergrund der kaffeebraunen Augen glomm. Verstört bemühte Caris sich, aus dem Traum zu erwachen. Einmal gelang es ihm, die Lider zu heben, und er glaubte wieder, das magische Signum an der Wand leuchten zu sehen. Aber die Träume waren stark, zogen ihn in die

Tiefe wie Algenbüschel am Grund von Flüssen. Benommen fragte er sich, wie lange er noch kämpfen konnte.

Aber das leise Schaben von gleitendem Metall drang in sein Bewußtsein wie der erste Tropfen Regen von einem undichten Dach. Er war hellwach und zum Sprung geduckt, einem mächtigen Satz vom Bett zur Tür, eben als sie sich öffnete und Antryg hereinglitt.

Caris entspannte sich, doch er konnte sehen, daß sein kauziger Mentor auf einen Angriff vorbereitet gewesen war. Er legte mahnend den Finger an die Lippen und gab ihm Zeichen mit Blicken; hinter dem Fenster brach die Abenddämmerung herein, im Haus entzündete man jetzt wahrscheinlich die Lampen.

»Halt den Atem an, wenn wir durch den Vorraum gehen«, flüsterte Antryg, und Caris nickte, ohne zu fragen warum. In der großen Mansarde brannte eine Lampe auf dem Tisch, wo zwei Sasenna über einem verstreuten Kartenspiel schliefen. Vier weitere waren bewußtlos aus ihren jeweiligen Verstecken gerollt. *Eine doppelt bestückte Falle,* dachte Caris, als sie durch den feinen Rauchschleier hasteten und nur so lange warteten, daß Caris ein Schwert aufheben konnte. *Sie rechneten mit einem Befreiungsversuch. Suraklin brauchte mich nur als Köder.*

»Ein Opiumpräparat im Lampenöl«, hauchte der Zauberer, als sie die leiterähnliche Treppe hinunterstiegen, dicht an der Wand, damit die Holzstufen nicht knarrten. »Teil meiner medizinischen Ausrüstung. Um das Haus wimmelt es von Sasenna – nicht die des Regenten ...«

»Cerdics.« Caris hielt die Stimme zu einem fast tonlosen Flüstern gesenkt, während sie durch den Korridor im ersten Stock huschten. »Wie bist du hereingekommen?«

»Gott sei gedankt für die Sünden früherer Kaiser. Eine Geheimtreppe vom großen Schlafgemach führt zu einem unterirdischen Gang von hier zu dem Marmorpavillon im Park. Man hat offenbar erwartet, ich würde als Ablenkungsmanöver die Stallungen in Brand setzen. Hast du gewußt, daß man der Kaiserin Chananda nachsagt, sie hätte siebenundvierzig Liebhaber gehabt, und das allein in der Zeit, in der ihr Gemahl sie hier wegen ihrer Ausschweifungen gefangenhielt? Da wären wir.«

»Antryg, Suraklin ist ...«

Später konnte Caris sich nie darüber klar werden, was Antryg warnte – ob natürlicher Instinkt oder die Gabe, die es Magiern erlaubt, andere Magier trotz eines Tarnzaubers wahrzunehmen. Als seine Finger den Porzellanknauf der Tür berührten, wirbelte er unvermittelt herum, sprang zur Seite und versetzte gleichzeitig Caris einen Stoß. Ein Geräusch wie ein harter Faustschlag gegen Holz, und der eiserne Bolzen einer Armbrust schlug in die Tür, wo eben noch Antrygs Rücken gewesen war. Auf den zweiten Blick – und Caris wußte, den Sekundenbruchteil vorher hatte er noch niemanden dort gesehen – entdeckte er die Gestalt am anderen Ende des Korridors, bei der Treppe, sehr adrett in dem taillierten schwarzen Gehrock, die blaßgrünen Augen leuchteten im Dunkeln wie die Augen einer Katze.

Antryg schrie: »Magus, nein!«, als der kleine Mirabilit die Armbrust fallen ließ und eine doppelläufige Pistole unter dem Rock hervorholte.

Einen Moment zauderte er, Bedauern und Scham verzerrten sein bleiches Gesicht. Er flüsterte: »Es tut mir leid, Antryg« und richtete die Waffe auf die Brust des Freundes.

Im selben Augenblick bemerkte Caris einen Schatten auf der Treppe hinter dem Magus, ein verschwommener Eindruck von smaragdgrünem Samt und strähnigen blonden Locken – Joanna in der Livree eines von Cerdics Pagen ... Gleichzeitig mit dem Knacken des Hahns hob sie den Arm und warf mit aller Kraft etwas auf den Rücken des Mannes.

Caris hörte das Geräusch, nicht lauter als von einer Handvoll Pferdedung, aber die Wirkung war erstaunlich. Der Magus schrie auf, als hätte sich ein Messer in seinen Rücken gebohrt, und warf die Arme hoch. Die eine Sekunde genügte Caris, um die Entfernung zwischen ihnen zu überwinden. Der Hinterhalt an der Furt stand ihm vor Augen und die Qual des nicht enden wollenden Tages, als er die Hand in das feine Tuch des Gehrocks krallte; das hohle

Knacken, mit dem der Hinterkopf des Magus' gegen die Vertäfelung schlug, schien im ganzen Haus widerzuhallen.

Im Erdgeschoß riefen aufgeregte Stimmen durcheinander.

Antryg riß die Tür zum Schlafgemach auf. »Kommt weiter!«

Caris bückte sich nach dem Gegenstand, den Joanna geworfen hatte, doch bevor seine Fingerspitzen ihn auch nur berührten, prallte er zurück. Die Erkenntnis traf ihn wie ein Faustschlag in die Magengrube – beinahe hätte er sich übergeben. Es war das Sigel der Finsternis.

Joanna hob es auf und verstaute es, während sie schon zur offenen Tür lief. Caris, der ihr folgte, bemerkte den Lampenruß an den Ärmeln von ihrem Seidenwams – sie mußte sich als Page verkleidet haben, um die vergiftete Lampe zu den Sasenna hinaufzutragen, die ihn bewachten.

»Er hätte dich getötet ...« Sie warf einen letzten, enttäuschten Blick auf den reglosen Magister Magus, als unter Antrygs tastenden Fingern ein Teil der dunklen Vertäfelung nicht weit vom Kopfende des Bettes aufsprang.

»Suraklin«, stieß Caris hervor. »Er hat den Magus zu seinem Sklaven gemacht – sie waren alle hier ...«

»Suraklin war hier?« Antryg sah ihn bestürzt an, doch er wartete nicht auf eine Erklärung, sondern lief die schmale Stiege hinunter, die jäh in eine bodenlose, stickig warme Dunkelheit führte, aufgeheizt von dem Kamin hinter der Wand.

»Aber das kann nicht sein!« stammelte Joanna. »Der Computer war in Betrieb ...«

»Er muß sich im Haus befinden.« Caris' Schulter streifte den rauhen Verputz der Mauer, als sie um eine Ecke bogen. »Letzte Nacht ist Suraklin zum Steinkreis hinausgeritten, wenn du dort nicht über ihn gestolpert bist, kann er nur hier sein ...«

Am Fuß der Treppe drehte Antryg sich herum, packte Caris bei den Schultern und stieß ihn gegen die warme Ziegelmauer. Im kalten Schimmer des Feenlichts über seinem Kopf glänzten seine weit offenen Augen wie Silber. Obwohl er leise sprach, füllte seine tiefe Stimme das niedrige, nach Erde riechende Gewölbe. »Und hast du mit ihm geredet?«

Caris schüttelte den Kopf. Noch vor ein paar Tagen hätte ihn das aus der Frage sprechende Mißtrauen tief gekränkt, heute verstand er es. »Sie – Suraklin und Leynart – waren bereits zu dem Steinkreis auf der Insel gegangen, als der Magister Magus mich erwischte. Ich weiß nicht, was sie dort getan haben, ob Suraklin mich als Köder wollte oder etwas anderes mit mir vorhatte; ob er wieder hergekommen ist oder nicht ...«

»Hast du etwas gegessen oder getrunken«, forschte Antryg eindringlich, »während du gefangen warst?«

»Nein.« Caris schluckte hart, als die quälenden Erinnerungen in ihm aufstiegen. »Brot und Wasser waren da, aber ich habe beides nicht angerührt. Ein Signum war im Zimmer – ich hatte Träume ...«

Antryg seufzte. »Die haben wir alle.« Er wandte sich ab und schritt in den feuchten, schwarzen Tunnel hinein, der offenbar unter dem Park hindurchführte.

»Aber wenn Suraklin hier war«, beharrte Joanna, schulterte den Rucksack und eilte hinter ihm her, »muß der Computer irgendwo in der Nähe sein und nicht ...«

»Nicht unbedingt«, unterbrach sie der Zauberer. »Theoretisch könnte er sich an jedem Nodus der Pfade befinden. Früher nannte man die Energiepfade auch ›Hexenpfade‹, obwohl kaum jemand noch weiß, wie man sie benutzt. Suraklin war einer der wenigen. Er hätte in einer Nacht von Kymil nach Tilrattin gehen können und in der nächsten wieder zurück ...«

»Kymil!« Die Szene im Studierzimmer fiel Caris ein, das weiche Licht des Kaminfeuers, die beobachtenden Augen der Alten Götter, die Worte der Verschwörer. »Leynart sagte, Suraklin könne ihn nach Kymil bringen, bevor Pharos dort eintrifft. Suraklin gab ihm einen Liebeszauber, eine Rose ...«

»Seine Spezialität neuerdings, nicht wahr?« fragte Joanna spitz.

Caris sagte bitter: »Natürlich gereicht es Cerdic zum Vorteil, wenn der Regent einen Knaben und nicht eine Frau in seinem Bett hat.«

»Sei nicht naiv.« Antryg blieb am Fuß einer steil nach oben führenden Treppe – fast eine Leiter – stehen, ein frischer Luftzug bewegte seine Haare. »Das war eine Pockenrose – einer seiner raffiniertesten Tricks. Sie wird eine Epidemie auslösen, der neben allerhand Unbeteiligten auch Pharos, Pella und Leynart zum Opfer fallen, so daß Freund Cerdic, ohne sich die Hände schmutzig zu machen, plötzlich am Ziel seiner Wünsche ist.« Er setzte den Fuß auf die unterste Stufe und schaute sich nach Caris und Joanna um. »Sobald wir nach draußen kommen, lauft zum Wald – mit etwas Glück sind die Sasenna alle beim Haus versammelt.« Das Feenlicht, das ihnen im Tunnel vorangeleuchtet hatte, erlosch; Joanna, die nicht im Dunkeln sehen konnte wie Caris, hielt sich an dem geflickten und zerschlissenen Umhang des Zauberers fest, als sie die enge Wendeltreppe hinaufstiegen.

Im Park über ihnen wimmelte es von Sasenna. Einen Moment lang verharrten sie in dem Pavillon – ein luftiger Bau wie ein kleiner Tempel, mit kannelierten Säulen und Kuppeldach; der zuckende Lichtschein der Fackeln in den Händen der Soldaten fiel durch das Gitter der von verdorrten Ranken umflochtenen Spaliere auf ihre Gesichter. Der Waldrand war mehr als hundert Meter entfernt, dazwischen gab es keine Deckung, bis auf die kniehohen braunen Hekken um die leeren Blumenrabatten. Caris fühlte, wie sein Herz sank.

»Nicht laufen«, murmelte Antryg mit tiefer, zuversichtlicher Stimme. »Benehmt euch, als hättet ihr ein bestimmtes Ziel, und haltet auf die Wälder zu. Vielleicht halten sie uns für welche von ihnen ...«

»Bist du ...?« wollte Caris auffahren, beherrschte sich und sagte leise: »Nein. In diesen Kleidern nicht.«

»Ich werde für einen Tarnzauber sorgen – Joanna, du wirst mit uns Schritt halten müssen. Wenn jemand merkt, daß etwas nicht stimmt, läßt sich die Illusion nicht wiederherstellen.«

»Wie in der Liebe.« Sie lächelte schief und schob die Tragegurte des Rucksacks auf ihren Schultern zurecht.

»Weniger schmerzhaft auf die Dauer«, erwiderte Antryg augenzwinkernd, ging mit wehendem Umhang die Marmorstufen hinunter und den kiesbestreuten Pfad entlang.

Sie kamen nicht einmal zehn Meter weit. »Dort!« rief eine Stimme. Als er in die Richtung schaute, sah Caris den Magister Magus aus dem Haus gelaufen kommen, zwanzig Sasenna und Männer der Leibgarde im Gefolge. »Tötet sie!«

Antryg griff nach Joannas Arm, sprang über eine der Hekken und schlug den kürzesten Weg zum Wald ein. Caris, mit dem blanken Schwert in der Hand, folgte ihnen. Von allen Seiten tauchten Bewaffnete aus der Dunkelheit auf, Sternenlicht geisterte über gezückte Schwerter, brünierte Pistolenläufe mit den eingeritzten Runen des *na'ar* und über die scharfen Spitzen von Armbrustbolzen – eine stählerne Schlinge, die sich um sie zusammenzog. Unter den Bäumen am Waldrand sah Caris weitere Männer hervorkommen und wußte, sie waren verloren.

Antryg verlangsamte seine Schritte, stolperte und blieb stehen; als Caris bei ihm anlangte, warf er einen Blick in sein Gesicht, das plötzlich verfallen und krank aussah. Die Sasenna waren noch dreißig Schritte entfernt, sie rückten langsam nächer, ihre Waffen funkelten kalt. In Antrygs Augen stand die Verzweiflung eines Menschen, den das Schicksal geschlagen hat, trotz all seiner Mühen. Tonlos flüsterte er: »Oh, verflucht!« Er steckte das Schwert weg. »Gib mir die Taschenlampe, Joanna, sei so gut.«

Caris, der sich zu seinem letzten Kampf bereit machte, in dem bitteren Bewußtsein, vergebens zu sterben, glaubte seinen Ohren nicht zu trauen.

So gelassen, als wären sie wieder in der verfallenen Kapelle, schraubte Antryg die Birne heraus und hantierte mit den Innereien der Taschenlampe. Hinter den spiegelnden Brillengläsern waren seine Augen nicht zu erkennen, aber sein Mund, sonst so beweglich und von einem hintersinnigen Lächeln umspielt, war jetzt schmal und verkniffen.

Ein leises Zischen und Knistern, ein Hauch von Ozon, als die Batterien Funken sprühten.

Und ein Funke tanzte wie ein gefangener Blitz, winzig, giftig, lebendig, zwischen Antrygs Zeigefinger und Daumen.

Er hielt ihn sich vor die Augen, das stechende, bläuliche Licht beschien für einen Moment die lange Adlernase, das wirre Haar, die billigen Glasperlen und die von Krallenspuren gefurchten Wangenknochen, die so aristokratisch wirkten in dem eigenwilligen Gesicht. Das Begreifen und die Erkenntnis, was geschehen würde, traf Caris wie ein Schock.

Seit er Antryg kennengelernt hatte, als Junge von sechs Jahren und später, als er das verrückte Genie im Turm des Schweigens wiedertraf, wo er von Schildkrötenpanzerreibekopien schwatzte, von Kartenkunststücken und Fadenspielen, wußte er nur vom Hörensagen, daß er ein Zauberer sein sollte. Obwohl er Magie von ihm lernte, hatte er ihn nie die wahre Macht demonstrieren sehen, außer in kleinen Dingen, die er selbst tun konnte. Unwillkürlich hatte er von ihm hauptsächlich als einem zerstreuten und unberechenbaren Spinner gedacht, sein kauziger Mentor, Joannas Liebhaber, der vergnügt und heiter einen Weg beschritt, an dessen Ende ihn der Tod erwartete.

Er hatte beinahe vergessen, daß dieser Mann Suraklins erwählter Schüler gewesen war.

Jetzt fiel es ihm wieder ein, als Antryg seine Hand mit dem Blitzfunken hob.

Unschlüssig zögerten die Sasenna. Der Wind blähte Antrygs Umhang und Mantel zu riesigen Fledermausschwingen, gesäumt von dem bläulichen Licht. Caris schaute in das starre Gesicht, die schmerzerfüllten, erbarmenden Augen und begriff – es war ein Gesicht, geprägt von übermenschlicher Macht: *der mächtigste Magier der Welt*, hatte Salteris gesagt, *mich selbst eingeschlossen* …

Eine Stimme schrie: »Tötet sie!« und der Ring schloß sich.

Antrygs Arm fuhr nieder. Wie eine Peitschenschnur schnellte der Blitzstrahl zwischen seinen Fingern hervor, schlug in den Boden vor seinen Füßen und zeigte sein Gesicht wie das eines wahnsinnigen Gottes, umflattert von der Mähne seines grauen Haares. Von der Erde fuhr der Blitz in die Höhe, lodernd, gleißend, schwoll zu einem Wirbelwind, in dem Caris Augen erblickte, Zähne, Krallen ... In einer Feuersäule bäumte er sich dem Himmel entgegen, während die Soldaten weiter vorrückten, unerschütterlich, dem Weg der Sasenna gemäß ...

Was immer in dem Blitz Gestalt angenommen hatte, stürzte sich auf sie, und das Schreien begann.

Geblendet, verstört, erschüttert stand Caris wie gelähmt, bis eine Hand aus Eisen sich um seinen Arm schloß, mit einer Kraft, die er bei Antryg nie vermutet hätte. Mit der anderen Hand hielt der Zauberer Joanna gepackt und zerrte sie beide aus dem Bereich des tosenden, elektrischen Infernos durch die Bresche in den Reihen der Sasenna und hinein in die schützende Dunkelheit des Parks, während hinter ihnen entsetzliches Brüllen und Heulen die Nacht zerriß. Im Laufen warf Caris einen Blick auf Antryg, seine Züge glichen einer Totenmaske; in den grauen Augen manifestierte sich eine schreckliche Dunkelheit, mehr als ein halbes Lebensalter tief.

Niemand verfolgte sie in die Wälder.

Die Furt lag unter einer starren Eisschicht, der Fluß war verstummt. Es hatte dünn geschneit, sie rutschten aus, als sie die Böschung hinaufkletterten. Antryg erreichte den Steinkreis mit letzter Kraft und lehnte sich gegen einen der Monolithen des äußeren Ringes, sein Gesicht war so grau wie der Fels. Er flüsterte: »Sie hatten nicht die geringste Chance.«

»Die hatten wir auch nicht«, stieß Caris zwischen zusammengebissenen Zähnen hervor.

Der Zauberer schlug die zitternden Hände vors Gesicht, er wiegte den Oberkörper hin und her. Hinter den verkrüppelten Fingern sah Caris den Schimmer von Tränen.

Sanfter fügte er hinzu: »Es hieß, wir oder sie.«

Antryg nickte, aber sein krampfhaftes Schluchzen hörte nicht auf. Er hatte gesündigt, wußte Caris, im wahren Sinne des Wortes. Und wenn man es hundertmal damit rechtfertigen konnte, daß sie am Leben bleiben mußten, um Suraklin Einhalt zu gebieten – er hatte seine Magie als Waffe gegen solche gerichtet, die unfähig waren, sich dagegen zu verteidigen.

»Ein Elementargeist?« fragte Joanna leise, und Caris schaute sie an.

»Woher weißt du das?«

»Es hieß, Suraklin hätte Macht über sie gehabt. Ich glaube, er hat einen herbeigerufen, um Narwahl Skipfrag zu töten, als Skipfrag ihn dabei ertappte, wie er versuchte, die Geräte seiner Experimente mit Elektrizität aus dem Laboratorium zu stehlen. Wie es aussah, benutzte er Glassplitter, um ihm Substanz zu verleihen.«

An den Stein gelehnt, nickte Antryg und richtete sich auf, mühsam, als drückte eine schwere Last ihn nieder. »Er konnte alles dazu benutzen«, murmelte er. »Es war der einzige Ausweg, der uns blieb, und das einzige Mittel, dem der Magister Magus nichts entgegensetzen konnte.« Der Atem wehte von seinen Lippen wie eine weiße Fahne im Schimmer des Mondlichts, das spärlich durch die Wolkendecke sickerte. Er hatte seine Brille abgenommen, Tränenspuren glitzerten auf seinem verwüsteten Gesicht. »Sie besaßen keine Magie, die meisten von ihnen haben vermutlich nicht einmal daran geglaubt.« Er zitterte, als stünde er nackt im bitterkalten Wind.

»Darüber darfst du nicht nachdenken«, sagte Caris barsch.

Antryg schüttelte den Kopf; er stimmte zu, ohne daß sich das Grauen in seinen Augen verringerte.

Joanna sagte leise: »Sie werden jetzt auf deiner Spur sein, nicht wahr? Du hast dich verraten ...«

»Deshalb der Kreis.« Der Zauberer hob wieder den Kopf und schob sich mit bebenden Fingern die Haare aus dem Gesicht. Er sah erschöpft aus, matter, als Caris ihn je erlebt hatte, außer vielleicht im Turm, nachdem das Siegel der Finsternis um seinen Hals geschmiedet worden war – all die bunten Feuer seines verschrobenen Kampfgeistes zu Asche verbrannt von dieser letzten Tat. »Die anderen Magier werden erraten, daß ich den Hexenpfad benutze, doch sie werden eine Weile brauchen, um herauszufinden, wohin ich gegangen bin, und noch länger, um mir zu folgen. Es ist jetzt alles eine Frage der Zeit, aber das war es schließlich von Anfang an.« Er stieß sich mit den Schultern von dem Megalithen ab und stand aufrecht, doch seine Haltung, seine Bewegungen, waren die eines alten Mannes.

»Antryg, hör zu«, sagte Caris eindringlich. »Du und Joanna, ihr müßt zu Suraklins Hauptquartier gehen, wo immer es sein mag. Ich verstehe das – die Gelegenheit ist günstig, solange er sich mit Leynart in Kymil aufhält. Wenn es stimmt, was du über die Pestrose sagst, muß ich Leynart aufhalten, bevor er sie überbringt. Kann nur ein Magier den Pfad benutzen? Hätte ich die Macht ...«

»Nein«, sagte Antryg einfach. »Aber das macht nichts. Während der Computer lief, kamen Joanna und ich her und haben eine Peilung entlang des Pfades vorgenommen. Die Energie strömt in Richtung Kymil.«

Caris starrte ihn an, Begreifen dämmerte in seinen Augen. »Aber wir haben Suraklins Zitadelle durchsucht«, protestierte er. »Alles – jeden Winkel ... Das ist unmöglich.«

»Ich weiß.« Antryg setzte die Brille wieder auf die Nase, behutsam, um nicht die heilenden Wunden von den Krallen des Toten Gottes zu berühren. Der Schatten des alten, koboldhaften Lächelns huschte um seine Lippen. »Aber das hat mich noch nie davon abgehalten, irgend etwas zu tun. Jetzt kommt – es wird spät.«

# 16. KAPITEL

Das Seltsamste daran, dem Hexenpfad zu folgen, war, daß nichts Seltsames daran zu sein schien. Die Nacht war schneidend kalt, aber klar. Nur Bodennebel trieb wie weißer Rauch um die Sockel der Menhire, als Antryg seine beiden Gefährten durch den Kreis und unter eins der großen Tore führte. Joanna hielt Antrygs Hand umklammert und wartete schaudernd darauf, daß die Magie zu wirken begann.

Aber nichts geschah. Schweigend gingen sie in der Doppelreihe der Menhire entlang. In der Dunkelheit dahinter konnte Joanna die grotesken Umrisse von Bäumen sehen und manchmal Schneefelder, die fahl herüberschimmerten. Ein Gazeschleier aus Licht waberte über einigen der Monolithen, das war alles. Sie fragte sich, ob es Antryg gelingen würde, sein Entsetzen über das, was er getan hatte, so weit zu überwinden, daß er die Magie erwecken konnte, die sie nach Kymil bringen sollte. Seine Züge waren verschlossen, seine Augen schienen nach innen zu blicken, in einen Abgrund düsterer Erinnerungen. Der Schimmer der Steine fing sich wie Sternenglanz in seinen Ohrringen, den Glasperlenketten und in den Tränen, die sein Gesicht noch zeichneten.

*Laß ihm Zeit*, dachte sie und fragte sich verzagt, wieviel Zeit sie noch hatten. *Laß ihm Zeit.*

Erst als sie fünfundzwanzig Minuten unterwegs waren, und noch immer nicht den Fluß erreicht hatten – höchstens dreißig Meter vom Rand des Kreises entfernt – verstand sie. Sie befanden sich bereits auf dem Pfad. Die Magie atmete so leise in den Menhiren, daß weder sie noch Caris etwas davon spürten. Nur Antryg, der schweigend zwischen ihnen ging, wußte, daß sie da war.

»Können alle Magier dies tun?« fragte Caris. »Oder konnten sie es früher?«

Die sachliche Frage schien Antryg aus seiner qualvollen Versunkenheit zu wecken. »Nicht alle, nein.« Er schob die

Brille in die Stirn, um sich die verquollenen Augen zu reiben. »Wie man sie als Reiseweg benutzt, war stets ein Geheimnis, das nur wenige kannten, selbst in den Tagen vor der Schlacht von Stellith. Wie sie funktionieren, was sie sind, weshalb Reisen auf ihnen immer eine Nacht dauern, vorausgesetzt, sie werden vor Mitternacht angetreten, warum man auf dem Pfad niemals schläft, nicht schlafen kann, und warum man sie zu bestimmten Zeiten im Jahr gar nicht betreten darf ...«

»Es gibt Legenden, Geschichten, widersprüchliche Berichte. Ich ... ich ahne ihre Beschaffenheit, wie ich auch etwas von der Beschaffenheit des Abyssus ahne. Aber ich kann nichts davon beweisen, es nicht einmal in Worte fassen.«

Joanna blickte über die lange Reihe in Mondlicht getauchter Monolithen und dachte darüber nach, wo sie sich wohl wiederfinden mochte, wenn sie durch einen dieser grasbewachsenen Zwischenräume trat. Allerdings hatte sie nicht die Absicht, den Versuch zu machen. Obwohl die Steine verwittert und uralt waren und manche sich müde zur Seite neigten, gab es nirgends Lücken, wie zum Beispiel in den Feldern südlich von Devilsgate. Sie wußte, daß der Pfad nicht in einer ununterbrochenen Linie nach Kymil führte, aber von ihnen gesehen war es so. Jeder Stein am Weg war individuell geformt und hatte ein ganz eigenes Gesicht, alle fühlten sich nachtkalt und feucht an, fest und solide unter ihren Händen. Das Gras wuchs hoch auf dem Pfad, die Halme knickten und raschelten froststeif unter dem schleppenden Saum von Antrygs Umhang, und an manchen Stellen entdeckte Joanna im gefrorenen Erdreich andere Spuren, die vor ihnen her nach Süden liefen – die Fährte des Dunklen Magus'.

Sie legten immer wieder eine kurze Rast ein, jedesmal war Joanna froh, den Rucksack abnehmen zu können. Mittlerweile hatte sie sich an das Tippeln gewöhnt, nur die Kälte machte ihr zu schaffen. Unter dem dicken Schaffellmantel hielt die Pagenuniform weniger warm als die Kleidung eines Landarbeiters, die sie bisher getragen hatte. Sie fühlte sich beklommen und niedergeschlagen, der Anblick von Suraklins Fußspuren – Garys Fußspuren – erinnerte sie daran, daß sie ihm bald gegenübertreten würden. Sie versuchte nicht an die Möglichkeit von Niederlage und Versklavung oder über die Möglichkeit ihres eigenen Todes zu denken. Immer in den letzten Wochen, sogar gefangen in dem stinkenden Erebos des Toten Gottes, hatte sie grenzenloses Vertrauen zu Antryg gehabt. Auch wenn er mit seinen magischen Kräften nicht hausieren ging, war sie sich – anders als Caris – stets der Fähigkeiten bewußt gewesen, die unter der ruhigen Oberfläche schlummerten, und hatte nie wirklich geglaubt, er könnte unterliegen.

Doch obwohl sich nach und nach die Spannung in seinem Körper löste, spürte sie – durch seine Hand in der ihren – seine tiefe Erschöpfung. Den Elementargeist herbeizurufen und ihm Substanz zu verleihen hatte ihn viel Kraft gekostet. Worte, um ihn aufzumuntern, fielen ihr nicht ein, also ging sie schweigend neben ihm, unter der riesigen purpurnen Decke seines Umhangs, den Arm um seine Hüfte geschlungen. Nach einer Weile, als suchte er Halt und Wärme, stahl sich sein Arm um ihre Schultern.

Die Morgendämmerung, arktisch kalt und kaum heller als die Nacht, fand die drei Wanderer am Nadir des tiefen Kraters, der einmal Suraklins Zitadelle gewesen war. Unterwegs hatte Joanna sich in düsteren Farben ausgemalt, was sie am Ende des Hexenpfades erwarten mochte, von Gefangenschaft in der Zitadelle bis zu orientierungslosem Herumirren in den unwirtlichsten Regionen des Kosmos'.

Doch als sich der Nebel mit dem Schritt zwischen den letzten beiden Menhiren des Pfades hindurch auflöste, sah Joanna nur die zerfurchten Innenwände des Kraters ringsum aufragen, ausgewaschen, von schwarzen Brandspuren gezeichnet, überwuchert von dem Rankengeflecht erfrorener Schlingpflanzen. Über dem weiten Rund der Kraleröffnung wölbte sich zornig gelb und schwarz ein Himmel, wie Lots Weib ihn bei ihrem letzten Blick auf Sodom und Gomorrha gesehen haben mußte. In der Luft hing süßlich der Verwesungsgestank aus den Schächten der erhalten gebliebenen unterirdischen Gänge. Oben pfiff der Wind über das Geröll und die Steintrümmer, selbst hier unten, relativ geschützt, kräuselte er die bleigraue Oberfläche eines großen Teichs aus Regen- und Sickerwasser vor ihren Füßen.

Antryg schaute sich um, müde und verwirrt, eine scharfe Bö wehte ihm die Haare aus der Stirn. »Er muß hier sein«, sagte er. »Irgendwo. So tief verborgen, daß Suraklin den Ort nicht einmal mit Schutzwehren umgeben hat, um nicht unnötig Aufmerksamkeit darauf zu lenken. Es *muß* so sein.«

»Wir haben jeden Keller, jedes Gewölbe, jeden Gang durchsucht, von den wenigen, die noch vorhanden sind«, warf Caris nüchtern ein, »und wir haben uns überzeugt, daß er *nicht* hier ist. Wie auch immer, unsere Wege trennen sich vorläufig hier. Wenn er ungefähr so schnell gereist ist wie wir, sollte Pharos heute abend in Larkmoor sein. Ob du mitkommst oder nicht, Antryg, ich werde hingehen, um Leynart aufzuhalten, bevor er mit dieser Rose Unheil anrichten kann.«

»Tu das.« Hinter den Brillengläsern waren Antrygs Augen dunkel vor Müdigkeit, aber sie musterten den jungen Sasenna interessiert, als hätte er – wie Joanna – begriffen, daß Caris die Rettung von Pellas Leben wichtiger war als die Rache an dem Mann, der seinen Großvater getötet hatte. Doch keiner von beiden äußerte sich zu dieser Wandlung. Caris vermittelte den Eindruck einer ungeheuren inneren Spannung, wie eine Schwertklinge, die so weit gebogen ist, daß sie bei der geringsten zusätzlichen Belastung bricht.

Antryg fügte nur hinzu: »Joanna und ich bleiben hier und suchen noch einmal – es muß etwas geben, das ich übersehen habe. Finden wir nichts ...« Er stockte, massierte sich geistesabwesend die verkrüppelten Finger und fuhr mit einem Anflug von Galgenhumor fort: »... falls *uns* nichts findet, schlafen wir heute nacht im Turm des Schweigens. In den letzten Wochen habe ich den Ort durch Magie überwacht. Seit meiner Flucht ist er verlassen. Wenn du nicht kommst, werde ich nach dir weitschauen ...« Er stockte wieder, als hätte er mit dieser Zusage, von minderer Magie

Gebrauch zu machen, eine frische Wunde berührt. Dann holte er tief Atem. »Viel Glück.«

»Ich danke dir«, entgegnete Caris ernst. Er wandte sich nicht gleich zum Gehen, sondern betrachtete seinen ehemaligen Lehrer. Der eisige Panzer, mit dem er seine Seele gewappnet hatte, umgab Caris wie eine düstere Aura, aber seine Augen waren nicht die Augen des jungen Mannes, der die Reise nach Norden angetreten hatte. Er hatte sich entschieden, ob bewußt oder unbewußt, daß das Retten von Leben wichtiger war als das Auslöschen. »Sei vorsichtig, Antryg.« Sein Blick wanderte zu Joanna, er nickte ihr zu. »Gib auf ihn acht«.

Joanna und Antryg sahen ihm nach, als er die lange, steile, geborstene Treppe zum grasbewachsenen Kraterrand hinaufstieg. Nachdem seine schwarze Uniform vor dem schlierigen Himmel verschwunden war, senkte Antryg den Kopf und lauschte angestrengt, während der erbarmungslose Wind mit seinem Umhang und den grauen Locken haderte. Dann seufzte er und griff nach Joannas Hand. Zusammen machten sie sich daran, das Trümmerfeld seines einstigen Heims zu durchsuchen.

»In wenigen Stunden wird er hier sein«, sagte Pella flüsternd.

»Ich weiß.« Caris richtete sich auf. »Seine Männer waren überall auf dem Grundstück.«

Ihre Hand auf seiner nackten Schulter zog ihn wieder nach unten. Im gedämpften Laternenschein, der durch die Luke heraufdrang, glänzte der goldene Besatz an seinem Mantel, der zusammen mit Pellas braunem Reitkostüm und seiner übrigen Kleidung einen malerischen Haufen bildete. Draußen heulte der Wind, aber sie hatten es warm, weil sich auf dem Heuboden die Wärme aus dem Stall sammelte; hin und wieder hörten sie das dumpfe Pochen eines Hufs oder die fernen Stimmen der Burschen, die in der Sattelkammer das Lederzeug putzten. Das war alles. Caris wußte, daß Kyssha wie ein fallengelassener Muff am Fuß der Leiter döste. Er zog Pella enger an seine Brust; eine Zeitlang sprach er nicht, sondern atmete nur den würzigen Heugeruch und den Kardamomduft ihres Haares.

Er hätte das sich selbst gegebene Versprechen, sie nicht zu berühren, halten können, sinnierte er, wären sie sich im Haus begegnet. Wie sehr er den Gedanken auch haßte – und der Haß fraß an ihm wie glimmendes Schießpulver in einer Verpuffungswunde –, sie war vor Gott und den Menschen Pharos' Gemahlin. Er hatte kein Recht, sich dazwischenzudrängen, erst recht nicht, wenn kaum ein Zweifel daran bestand, daß er in dem Kampf mit Suraklin fallen würde. Seine leidenschaftliche Liebe wollte nicht von diesem Mädchen lassen, aber Gerechtigkeitssinn und Verantwortungsbewußtsein mahnten ihn, daß es grausam wäre, die künftige Beziehung – wie auch immer geartet – zwischen ihr und ihrem Gatten durch Schatten aus der Vergangenheit zu belasten.

Doch sie waren sich draußen begegnet, wo sie, eingehüllt in ihren Kutscherumhang, die Umgebung des Hauses inspizierte, wie sie es gemeinsam zu tun pflegten, und all seine guten Vorsätze waren in Rauch aufgegangen, kaum daß sich ihre Hände berührt hatten.

Endlich flüsterte er: »Wir gehen besser zurück ins Haus. Wenn Pharos heute nachmittag kommt, muß Leynart früher hier sein. Du weißt, daß die Männer des Prinzen ihn nicht daran hindern werden, das Haus zu betreten.«

Pella nickte, doch als er aufstehen wollte, hielt sie seine Hand fest. Leise sagte sie: »Ich weiß. Und ich weiß, wir dürfen nicht zulassen, daß Leynart eine Pockenepedemie auslöst und daß Suraklin durch Cerdic in Ferryth herrscht. Das predigt mir meine Vernunft, die das Reich gut regiert sehen will. Doch in meinem Herzen will ich nichts anderes als dies hier.«

Er hob ihre Hand an seine Lippen. »Joanna hat recht«, antwortete er. »Diese Dinge müssen eins nach dem anderen getan werden – eine Subroutine nach der anderen.« Wie er gehofft hatte, brachte der zum geflügelten Wort avancierte

Ausspruch ihrer Freundin Pella zum Lachen. »Dann werden wir sehen.«

Es war eine Lüge, und er wußte es. Er konnte nicht weiterleben ohne sie.

Doch auf dem Weg zum Haus – Schnee bedeckte dünn und hart wie ausgestreutes Salz den Boden – erinnerte er sich an den Bernsteinfunken in Suraklins Augen und wußte auch, daß er aller Voraussicht nach niemals vor der Aufgabe stehen würde, für dieses Problem eine Lösung zu finden. Und das, dachte er, gefangen zwischen dem überschäumenden Glücksgefühl des Augenblicks und der schwarzen Leere der Zukunft, war vermutlich gut so.

Die Sasenna des Regenten befanden sich im Haus, als Caris und Pella mit Kyssha auf dem Arm heimlich durch die Küchentür schlüpften. Er fragte: »Führt eine Hintertreppe zum Schlafgemach hinauf? Das hier« – er deutete auf seinen schwarzen Mantel mit den goldenen Borten – »hat mir geholfen, ans Haus heranzukommen, aber wenn die Hausvorsteherin einen Blick auf mich wirft, weiß sie sofort, daß ich nicht zu ihren Leuten gehöre. Dann braucht nur einer der Lakaien auszuplaudern, er hätte mich hier mit Antryg gesehen, und alles ist verloren.«

Pella nickte und setzte Kyssha nieder, dann ging sie voran zu einer der schmalen Holztreppen, die den Bedienten Zugang zu den Räumlichkeiten gewährten, damit sie diskret die Nachtgeschirre der Herrschaft entfernen konnten. Während sie nach oben stiegen, hörte Caris, welche Geschäftigkeit im ganzen Haus herrschte: Diener klapperten mit Geschirr und Besteck, in der Küche beeilte man sich, eine Mahlzeit, den hohen Ansprüchen des Regenten genügend, zu bereiten, und Sasenna patroullierten auf weichen Sohlen durch Gänge und Säle. Im kaiserlichen Schlafgemach hatte man die Vorhänge zugezogen und einen Wald von Kerzen entzündet. Vor der altmodischen goldgerahmten Vertäfelung sahen die Bettdraperien in Bronze und Altrosé aus wie Blumensäulen, der bestickte Überwurf wie eine herbstliche Wiese. Vor diesem Symbol dynastischer Pflichten färbten sich Pellas Wangen glühend rot. Mit schwankender Stimme sagte sie: »Caris ...«

Er legte den Finger an ihre Lippen. »Nicht.« Dann zog er die Hand rasch zurück und barg sie hinter seinem Rücken, weil die Berührung in ihm das überwältigende Verlangen entfachte, sie an sich zu reißen, zu diesem kaiserlichen Bett zu tragen und ...

Er wich ihrem Blick aus, verwirrt, mit sich selbst im Argen. Zögernd, stockend, als wäre er nicht sicher, ob er die Worte laut aussprechen sollte, um ihnen nicht Macht zu verleihen, fuhr er fort. »Es liegt nicht daran, daß ich dir nicht helfen will, Pella. Ich *kann* nicht. Ich bin Sasenna, oder ich war es, bevor ich nach Norden ging. Aber meine Entschlossenheit, dem Weg zu folgen, wird schwächer – täglich, stündlich, jetzt fühle ich sie schwinden, aus mir heraustropfen wie Wein aus einem gesprungenen Becher. Früher war es so, daß ich eine Frau nehmen konnte ... Und sie nehmen war alles, was ich tat, und sie war eben nur eine Frau. Mit dir ist es anders. Ich dürfte nicht so empfinden, aber ich bin machtlos dagegen. Ich müßte jetzt in der Zitadelle sein, bei Antryg und Joanna, nicht hier, um dich zu retten – um Pharos zu retten ...«

Ihm kam zu Bewußtsein, daß er sie um Hilfe bat, wie niemanden mehr, seit er seine Gelübde abgelegt hatte.

In Pellas Augen konnte er sehen, daß sie ihn aufgrund ihrer eigenen Ausbildung verstand. »Ich weiß«, sagte sie leise. »Tut mir leid. Wäre ich eine wahre Herrscherin oder auch nur eine wahre Sasenna, hätte ich selbst dich fortgeschickt.« Sie lächelte ihn an, das schwarze Haar wirrte sich auf ihren Schultern wie gedrehte Stränge schwarzer Seide, gespickt mit Heu. Abrupt wandte sie sich ab und trat vor ihm aus der großen Flügeltür des Schlafgemachs in den nur von wenigen Leuchtern erhellten Flur.

Von unten hörte man Stimmen, gedämpft und undeutlich und eilige Schritte. Ein Schatten fiel auf das Getäfel der Wände – man hatte in der Halle die Lampen entzündet –, die Treppenstufen knarrten. Die Stimme eines Lakaien rief:

»Mylady? Die Kutsche Seiner Hoheit nähert sich. Soll ich die Zofe hinaufschicken?«

Caris sah, wie Pella den Kopf hob und das Kinn vorreckte. Mit erzwungener Ruhe sagte sie: »Ich ... ich sollte mich wohl zurechtmachen ...« Sie zupfte an ihrem zerzausten Haar, dem Kragen des Tweedcapes um ihre Schultern ...

»Wir sollten eine Wache in das Zimmer stellen«, meinte Caris. Wie sie zwang er sich, von allgemeinen Dingen zu sprechen. »Es reicht nicht, die Pestrose zu finden. Wenn Leynart sie anfaßt, wird er sich infizieren und jeden anderen, den er berührt. Man muß ihn ergreifen, sobald er das Zimmer betritt, bevor er Gelegenheit hat, die ...«

Kyssha, wie stets an Pellas Fersen geheftet, hob plötzlich das spitze Schnäuzchen, klappte die fellbehangenen Ohren in Richtung des Schlafgemachs und kläffte schrill. Pellas und Caris' Augen trafen sich. Wie auf Befehl machten sie kehrt und eilten zurück.

Das erste, was Caris sah, als er die Türflügel aufstieß, war das große Bett, die Überdecke jetzt einladend zurückgeschlagen, auf dem Kopfkissen leuchtete wie ein großer Blutfleck eine dunkelrote Rose. Das zweite war Leynart, neben dem gedrechselten Pfosten, die kornblumenblauen Augen weit aufgerissen vor Überraschung und Schreck. Caris näherte sich behutsam, ohne den Blick von ihm abzuwenden, rief er Pella zu: »Nimm die Zange, und wirf das Ding ins Feuer!«

Aufs höchste erregt stammelte der Junge: »Nein!« Er nahm die Rose, schnellte über das Bett hinweg, bevor Caris ihn festhalten konnte, und warf sich in das schwarze Rechteck der Tapetentür, die er hinter sich zuschlug. Caris rüttelte an der verborgenen Klinke, aber das Schloß hielt.

Im selben Moment sagte Pella scharf: »Hör doch!« Draußen knirschten Räder im Kies der Auffahrt. Caris fluchte, hämmerte mit der geballten Faust gegen die Tür und verlor beinahe das Gleichgewicht, als der innere Riegel nachgab, dann stürmte er die dunkle Stiege hinunter. Zwischen den kaum schulterbreit auseinanderliegenden Wänden hallte das Klappern von Leynarts vergoldeten Absätzen wider.

Die Hintertreppe mündete in die Küche. Caris hörte das Schlagen der Tür unten und fluchte wieder. Mit eingezogenem Kopf sprang er von den unteren Stufen dagegen, aus vollem Lauf, mit allem Schwung, den er aufbringen konnte.

Die Paneele splitterten, aber der Rahmen hielt stand. Caris befreite sich aus den Holztrümmern, schob den Arm durch die gezackte Öffnung und zog den Riegel außen zurück. Hinter seinem Zorn auf den verblendeten Leynart fühlte er kalte Angst bei der Erinnerung an die Pockenepedemie, die Innkitar im ersten Jahr seiner Ausbildung heimgesucht hatte, an den Gestank und die Massengräber. Pella konnte man in Sicherheit bringen, aber viele andere würden sterben, entweder an der Seuche, oder weil sie mitten im Winter ihr Heim verlassen mußten.

Das Pochen von Leynarts Absätzen auf dem Steinboden des Küchentrakts wies ihm die Richtung; Caris eilte im Laufschritt durch die Flure und Zimmer, in dem Bewußtsein, daß der Junge schon den Keim der Krankheit in sich trug, und er mußte ihn berühren, mußte ihn aufhalten ...

Er hörte die helle Stimme schluchzend ausrufen: »Mylord!« und stürzte durch die grüne Nebentür in die Halle, wo Pharos zwischen seinen Sasenna und seinen Leibwachen stand, grazil, glitzernd, eine böse, juwelenbesetzte Puppe. Beim Klang von Leynarts Stimme drehte er sich herum, und Caris sah Pellicida neben ihm, einen halben Kopf größer, wie ein zerzauster Wildfang in ihrem Tweedcape über dem schlichten Kleid und mit dem wirren Haar.

Leynart zögerte einen Moment, die vergiftete Rose an die Brust gedrückt, doch Caris konnte ihn nicht erreichen. Von allen Seiten stürzten sich Sasenna auf ihn, während man seine Arme auf den Rücken bog und ihm das Schwert entriß, schrie er: »Hoheit, laßt ihn nicht in Eure Nähe kommen!« Pharos blasse Augen wurden schmal.

Leynarts anklagender Blick huschte von Caris zu Pella, seine Lippen zitterten. »Das würde dir gefallen, nicht wahr?« Fast spie er die Worte aus. »Du willst ihm alles entreißen, was ich ihm schenke, besonders mein Herz, das nur ihm gehört ...« Mit der Rose in der ausgestreckten Hand ging er auf Pharos zu, eine anmutige Lichtgestalt in butterblumengelbem Satin. »Bitte, Mylord, wenn Ihr mich fortschickt, wenigstens nehmt dies, um Euch an mich zu erinnern ...«

»Die Rose ist vergiftet, Leynart«, sagte Pella ruhig.

Der Junge blieb stehen, seine kindlichen blauen Augen verengten sich zu schmalen Schlitzen. »Du lügst, du langweilige Vogelscheuche!«

Aber sie war jetzt eine Sasenna, nicht die schüchterne junge Frau, über die man bei Hofe wegen ihrer wenig geschliffenen Art hinter der vorgehaltenen Hand zu spotten pflegte, und die Beleidigung glitt an ihr ab, ohne ihre ernste Gelassenheit zu durchbrechen. »Ich wünschte, es wäre eine Lüge«, sagte sie mit fester, dunkler Stimme, »weil ich nicht möchte, daß dir etwas geschieht. Aber du bist getäuscht worden. Cerdic ist getäuscht worden. Die Rose ist mit einem Zauber belegt, der Pocken auslöst.«

Ihre Worte lösten eine Welle der Unruhe aus; Pharos' rotgekleidete Gefolgsleute raunten und scharten sich um ihren Herrn. Pharos selbst erbleichte und wich hastig zur Tür zurück.

»Du glaubst ihr!« Leynarts Augen füllten sich mit zornigen Tränen. »Du würdest mich von dir stoßen, nur weil sie es verlangt!« Er wirbelte zu Pella herum. »Wenn es stimmt, was du behauptest, wirst du dich nicht an deinem Sieg freuen können!« schrie er und stürzte sich auf sie.

In dem Sekundenbruchteil der Verwirrung trat Caris dem Mann rechts gegen den Knöchel, rammte den Ellenbogen nach hinten, um ihn aus dem Gleichgewicht zu bringen, riß sich los und stieß seinem zweiten Bewacher die Faust in die Magengrube. Er brüllte: »NEIN!« und schnellte auf Leynart zu, auch wenn er keine Chance hatte, ihn aufzuhalten.

Mit einer einzigen fließenden Bewegung hatte Pella sich den schweren Tweedumhang von den Schultern gerissen und Leynart über den Kopf geworfen. Der Junge stieß einen überschnappenden Laut aus und kämpfte gegen den dicken Stoff, während Pella zur Seite trat, dabei einen Zipfel des Capes in der Hand, um ihn noch fester einzuwickeln. Im nächsten Augenblick war Caris heran und riß die vermummte Gestalt zu Boden. Er konnte spüren, wie der schlanke Körper von krampfhaftem Weinen geschüttelt wurde, während die dumpfe Stimme schluchzte: »Lügnerin! Lügnerin!«

Aus dem Schutz der Tür befahl der Regent: »Bringt ihn weg. Er soll in einen der Schlafräume eingeschlossen werden ...«

»Ich schlage das kaiserliche Gemach vor, Euer Hoheit«, sagte Pella. »Dort hatte er die Rose zuerst hingelegt, damit Ihr sie findet.«

Andere Sasenna halfen Leynart aufzustehen, sie achteten darauf, nicht mit ihm in Berührung zu kommen, außer, wo der Umhang ihn bedeckte. Dem Jungen gelang es, seinen Kopf zu befreien, die rabenschwarzen Locken hingen strähnig um sein Gesicht, und Tränen bitterer Enttäuschung zeichneten Bahnen aus zerlaufenem Blau in die Puderschicht auf seinen Wangen. Auf dem Weg zur Tür blickte er zurück auf Pharos, der sich hinter dem Schutzwall seiner Leibwächter in die Türnische drückte. »Mylord, wenn es stimmt, wußte ich nichts davon«, stieß er hervor. »Ich ... ich wollte nur Eure Liebe. Das müßt Ihr mir glauben!«

»Wenn es stimmt«, antwortete Pharos ungewohnt sanft, »fürchte ich, daß deine Beweggründe nicht mehr wichtig sein werden, mein kleiner Leynart. Sollte sich herausstellen, daß es eine Lüge war ...« Seine blassen Augen schauten unter halbgesenkten Lidern auf Pella, dicht neben Caris. Eine fleckige Röte stieg in ihre bräunlichen Wangen. Aber sie begegnete dem Blick des Prinzen offen und fest, eine Kriegerin, nicht eine unbeholfene Prinzessin, die eine Rolle zu spielen versucht, die ihr nicht liegt.

Nach einer langen Weile fragte Pharos: »Haßt du mich, Kind?« Er sprach, als wäre niemand sonst im Zimmer.

»Ich weiß nicht«, erwiderte Pella aufrichtig. »Ihr seid der Herrscher und mein Gemahl – und es ist nicht meine Gewohnheit, Leute zu hassen. Selbst wenn es so wäre«, fügte sie ernsthaft hinzu, »würde ich es nicht in aller Öffentlichkeit sagen.« Sogleich vertiefte sich ihre Röte, weil ihr zu

Bewußtsein kam, daß sie gewagt hatte, an seinem Benehmen Kritik zu äußern. »Dann werde ich eine Gelegenheit finden, dich unter vier Augen zu fragen, meine kleine Prinzessin.« Als er vortrat, um ihre Hand zu küssen, glitt Caris lautlos aus dem Zimmer.

»Er muß dort sein«, sagte Antryg entschieden und hob den Kopf von den auf den Knien verschränkten Unterarmen. Schon als Joanna neben dem Herd eingeschlafen war – vor Stunden, nach der fahlgrauen Helligkeit zu urteilen –, hatte er in derselben vorgebeugten Haltung auf einem der primitiven Holzstühle in der Wachstube des Turms gesessen. Doch zwischendurch mußte er aufgestanden sein: das Feuer war geschürt, sein Umhang lag über ihr wie eine fadenscheinige rote Pferdedecke. Aber sie hatte ihn nicht rumoren gehört. Bleierne Müdigkeit, in den vergangenen zwei Wochen akkumuliert, beherrschte sie, und ein paar Stunden Schlaf vermochten daran nichts zu ändern. Sie hatte das Gefühl, sich nie wieder davon erholen zu können.

Ihre Suche in den Ruinen der Zitadelle war erfolglos gewesen, sie fanden nichts, außer den Abominationen, verborgen in den wenigen noch erhaltenen Gängen des unterirdischen Labyrinths.

Nicht einmal die Kirchensasenna bewachten die Stätte noch, sie waren abgezogen und überließen sie ihren düsteren Erinnerungen. Zu guter Letzt, als nachmittags die Kälte zunahm und ein körniger Schnee zu fallen begann, wanderten sie zum Turm des Schweigens, der einzigen Zuflucht in den menschenfeindlichen Hügeln.

»Alles deutet darauf hin«, fuhr Antryg fort. »Nicht nur, daß die Energie in den Adern nach Süden strömt, es gibt auch noch andere Indizien.«

Sie setzte sich auf und zog den dicken Wollstoff des Umhangs über die Schultern, obwohl in der Wachstube, eingebaut in die dicke Mauer des Torwegs, inzwischen angenehme Wärme herrschte. Auf dem Herd entdeckte sie einen Wasserkessel und einen großen Zinnkrug, offenbar als Teekanne zweckentfremdet, ein Keramikbecher stand auf dem Tisch neben Antrygs Stuhl. Er hatte sich geweigert, den Turm selbst zu betreten. Die Mauern waren noch immer mit Zaubersprüchen getränkt, die das Wirken von Magie verhinderten – getränkt auch, dachte Joanna, mit bösen Erinnerungen.

Antryg hatte sich den ganzen Tag über in Schweigen gehüllt. In seinen Augen erkannte sie immer noch das Geschehen der Nacht im Park von Devilsgate und die gleißende Helligkeit des Elementargeistes, dem er Gestalt verliehen hatte, um jene zu vernichten, deren einzige Verteidigung Schwerter aus Metall waren. Die Erinnerung war in ihn eingebrannt wie das braune Mal des Siegels der Finsternis an seiner Kehle, doch um ihn von dieser Schuld zu erlösen, bedurfte es mehr als einer kleinen Metallsäge.

Laut führte er seinen Gedankengang fort: »Es ist der logische Platz. Ja, die Kirche hat ihn aus der Ferne observiert, aber nie sehr genau, wette ich. Und freiwillig kommt sonst niemand her. Am Tilrattin Nodus im Norden gab es zwar auch Abominationen, aber nicht annähernd so viele wie hier.«

»Weil sie in den Wäldern nicht alle auf einem Fleck bleiben wie in den Kavernen der Zitadelle«, argumentierte Joanna.

»Auch in Anbetracht dessen«, beharrte er, »und es gibt noch mehr Gründe, viel mehr. Es hat mir immer widerstrebt, anderswo danach zu suchen. Alles deutet auf die alte Zitadelle hin. Er *muß* dort sein. Ich weiß es. Ich fühle es.«

Joanna schob ihren Rucksack zur Seite, den sie als Kopfkissen benutzt hatte, und musterte skeptisch das steinharte Trockenfleisch und Wegbrot, das Antryg noch in der ansonsten leergeräumten Vorratskammer gefunden hatte. »Du versteigst dich in eine andere Dimension«, sagte sie vernünftig. »Realität ist, wir haben zweimal nachgesehen, und er ist *nicht* dort.«

Sie sah zu ihm hin, als keine Antwort kam. Der Zauberer starrte mit gerunzelter Stirn ins Leere. »Eine andere Dimension ...« Er stockte, die grauen Augen hinter den dicken Brillengläsern leuchteten, dann richtete er sich kerzengerade auf und schlug mit der Faust in die offene Hand. »Weder hier noch dort, weder in deiner, noch in meiner Welt ...«

Ihre Blicke trafen sich. Die Stille war so absolut, daß das Zerfallen des Holzscheits im Feuer sich überlaut von der Geräuschkulisse des Windes im Torweg abhob. Zweifelnd meinte Joanna: »Eine ... eine Westentaschendimension?«

Seine Augen weiteten sich. »Du weißt von solchen Dingen?«

»Die Comicbücher sind voll davon.«

»Genaugenommen handelt es sich um eine Art Enklave zwischen den Universen, wie eine Luftblase im Gewebe des Abyssus. Man weiß, daß diese Phänomene gelegentlich auftreten, aber sie sind ziemlich kurzlebig, weil die Bewegung des Abyssus sie auseinanderreißt. Doch jetzt, wenn ich darüber nachdenke, dein Universum und meines sind über einen beträchtlichen Zeitraum hinweg synchron gewesen, und natürlich wird aus allen beiden Energie abgezogen.«

»Könnte er so etwas erschaffen haben? Oder entdeckt?«

»Entdeckt wahrscheinlich. Und er hat eine Möglichkeit gefunden, ihm dauerhaften Bestand zu verleihen.« Er beugte sich vor, die Schwermut, die seit dem Ereignis im Park in seinen Augen genistet hatte, wich einem enthusiastischen Funkeln. »Siehst du, ich bin die einzige Person, soweit ich weiß, die den Abyssus überblicken kann, sein Gewebe mit meinen Gedanken berühren. Suraklin besaß diese Fähigkeit nicht; obwohl er ihn durchqueren kann, weiß er nichts von der Beschaffenheit des Abyssus. Es ist ein ziemlich spezialisiertes Wissensgebiet. Manche Zauberer verfügen über solche individuellen Talente, oft völlig unnütz, wie zum Beispiel die Gabe, Frösche herbeizurufen oder den Wind zu formen. Aber trotzdem ...«

»Könntest du die Enklave finden?«

Er schüttelte den Kopf. »Das ist die Schwierigkeit. Bevor ich den Zauber des Nichtsehens durchdringen kann, der sie abschirmt, muß ich wissen, wie sie aussieht, Form und Begrenzungen kennen; genauso, wie ich erst eine Vorstellung von dem Tor haben muß, um es zu erkennen. Und selbstverständlich existieren all diese Informationen nur in Suraklins Gehirn.«

Joanna blickte zu ihm auf, die Erleuchtung, die ihr kam, war so immens, daß sie das Gefühl hatte, von innen heraus zu glühen. Ihre Stimme klang nicht ganz fest, als sie sagte: »Nein, tun sie nicht.« Mit einem zitternden Finger tippte sie auf ihren arg mitgenommenen Rucksack. »Wenn er es programmieren will, kann er das nicht geometrisch machen, sondern nur rechnerisch, und ich habe Grafikprogramme hier drin gefunden, mathematische Gleichungen für die Umsetzung in dreidimensionale Gebilde oder in vierdimensionale. Das menschliche Gehirn ist nicht in der Lage, ein vierdimensionales Gebilde zu visualisieren, aber ein Computer schert sich nicht darum, ob ein Ding nach unserer begrenzten Vorstellungskraft möglich ist oder nicht.«

»Genau wie Magier«, überlegte Antryg, »oder Verrückte. Sind alle Computer wahnsinnig?«

Joanna zögerte – aus Gründen, die sie lieber nicht genau erforschen wollte, fand sie die Frage beunruhigend. Antryg fuhr fort: »Kannst du diese Gleichungen aufzeichnen? Für mich in ein Bild umsetzen?«

Sie nickte, vor unterdrückter Aufregung überlief sie ein Frösteln. »Es ist im Grunde genommen nur die Umkehrung der Prozedur. Ich brauche Diagrammpapier.«

»Im Turm ist Papier. Die Linien kann man einzeichnen.«

»Es wird lange dauern. Hätte ich das geahnt, hätte ich meinen Taschenrechner mitgebracht.«

»Ich hatte einen Satz Rechenstäbe im Turm, fingerlang, mit Zahlen darauf. Sie sind vermutlich immer noch da oben. Ein Mathematiker in Mellidane hat mich gelehrt, damit umzugehen. Man kann sehr schnell mit ihnen arbeiten.«

Er stand auf, nahm seinen Umhang von ihren Schultern und ging zur Tür. Dort blieb er stehen, kam zurück und drückte Joanna fest an sich, in einer Aufwallung von Glück und Verzweiflung. Sie legte ihm die Arme um die Taille, aber behutsam, mit Rücksicht auf die Rippe, die er sich bei seinem Zusammentreffen mit dem Toten Gott gebrochen hatte. Einen langen Moment verharrten sie so, er vergrub sein

Gesicht in ihrem Haar, während Joanna dachte: *Diesmal ist es soweit. Diesmal werden wir tatsächlich Suraklin gegenüberstehen.* Bei dem Gedanken wurden ihr die Knie weich.

Dann war Antryg fort, schritt in der Dämmerung über den Hof, mit der ihm eigenen stelzbeinigen Unbekümmertheit; der schneeträchtige Wind peitschte Umhang und Mantel zu bizarren Formen um seine hagere Gestalt und zerrte an seinem langen grauen Haar. Wie verwundbar er aussah, trotz seiner Größe, seiner schlaksigen Kraft, seiner heiteren Zerstreutheit – ein sterbliches Wesen. Joanna durchfuhr ein schmerzhafter Stich. Auf einmal verstand sie Suraklins besessenes Verlangen, die Dinge in seinem Leben zu erhalten, um jeden Preis; ihren Geschmack auf der Zunge zu bewahren, damit sie nicht weggerissen wurden vom schnellfließenden Strom der Zeit. Sie wandte sich ab, *eins nach dem anderen*. Caris hatte recht. Es gab Zeiten, in denen es sich nicht auszahlte, zu viel nachzudenken.

Zutiefst aufgewühlt, aber äußerlich ruhig, setzte sie sich am Herd nieder und suchte in den DARKMAGE-Dateien nach den vierdimensionalen Gleichungen, deren Bedeutung sie nicht verstanden hatte und die ihr bis jetzt in gar keinem Zusammenhang mit Suraklin gestanden zu haben schienen.

Lange nach Einbruch der Dunkelheit erreichte Caris den Turm des Schweigens. Wäre er nicht fähig, im Dunkeln zu sehen, hätte er ihn nicht gefunden, denn kein Stern durchdrang die schwarze Wolkendecke, die sich von Horizont zu Horizont erstreckte. Für seine Augen ragte der Turm bedrohlich vor dem düsteren Hintergrund auf, Schwarz in Schwarz, eine Negierung des Lichts. Der Wind trieb die harten kleinen Schneekristalle wie Nadeln aus Eis gegen seine Wangen; die Kälte fraß sich durch Umhang, Wams und Leinenhemd, als hätte er nichts an. Trotzdem umrundete er zweimal den Turm und hielt nach Hinweisen für die Anwesenheit seiner Freunde Ausschau. Erst nachdem er die Umfassungsmauer erklommen hatte, mit Haken und Seil der Standardausrüstung eines Sasenna – von Pella für ihn beschafft –, entdeckte er hinter einer Schießscharte den blauen Schimmer des Feenlichts und das Wabern der erhitzten Luft über dem Schornstein, bevor der Wind den Rauch verwehte.

Also hatten sie Suraklin nicht gefunden. Sein Herz sank. Das hieß weitersuchen, wer weiß, wie lange; sich zwingen zu sein, was er nicht mehr war, die längst erkaltete Glut der Rache neu entfachen und bereit sein zu sterben.

Doch schlimmer wäre es gewesen, dachte er, herzukommen und sie nicht mehr anzutreffen.

Seine Schritte, als er den Hof überquerte, waren so lautlos wie sein Schatten. Er stand im Lee des Torwegs und wartete, bis er Antrygs sonore Stimme hörte, bevor er sich der Tür näherte. Bevor er die Hand heben konnte, um anzuklopfen, sagte Antryg drinnen: »Aha, da ist Caris.« Ein Stuhl scharrte über den Boden, die Tür ging auf, Licht und Wärme strömten ihm entgegen. Caris juckte es – wie schon häufiger –, dem Zauberer eins mit dem Schwertgriff überzuziehen.

Statt dessen sagte er nüchtern: »Die eine Gefahr ist gebannt. Ich bin zur rechten Zeit gekommen – Leynart ist unter Arrest, und Pharos weiß von der Rose.«

Joanna hob den Blick von dem auf dem Tisch ausgebreiteten Diagramm – bei näherem Hinsehen ein von Bleistiftlinien in Quadrate aufgeteiltes Bettlaken –, in das sie Punkte einzeichnete; am oberen Rand lagen aufgereiht fünf oder sechs Wachstäfelchen, bekritzelt mit der spitzigen kleinen Zahlenschrift ihrer Welt. »Und Pella?«

»Sie ist zu Pharos zurückgekehrt.« Caris legte den Umhang ab und setzte sich neben dem Herd auf den Boden. Sein Blick fiel auf den kläglichen Rest Trockenfleisch und ihm kam zu Bewußtsein, daß er den ganzen Tag noch nichts gegessen hatte, bis auf ein paar Bissen Brot und Schinken, in der Küche von Larkmoor stibitzt. Doch er verspürte nicht den geringsten Hunger.

Joanna legte den Stift hin, überrascht und bestürzt. »Pharos ...«

Schroff fiel er ihr ins Wort: »Es ist besser so. Für uns gab es nichts zu gewinnen.«

*Außer Glück*, dachte er, lehnte die Stirn gegen den gemauerten Herd und schloß die Augen; er spürte die Wärme des Feuers wie die Berührung von Pellas Fingerspitzen auf den Lidern. *Außer Glück*.

Hinter ihm sagte Antryg ruhig: »Wir haben Suraklin gefunden.«

»Gut«, murmelte Caris. Er legte sich hin und zog den Umhang bis über die Schultern. *Wenigstens hat die Qual dann ein Ende*.

Mit dem Gedanken schlief er ein.

Geweckt wurde er von einem Gefühl unendlicher Traurigkeit, schal und dumpf, sogar jenseits von Tränen. Pella war für ihn verloren, und es kam ihm vor, als wäre selbst der Kampf gegen Suraklin vergeblich, eine Verschwendung seiner Zeit, ein törichtes Unterfangen. Als er die Augen aufschlug, sah er wässrige, graue Helligkeit durch die zum Hof gerichteten Fenster der Wachstube sickern; in dem unfreundlichen Licht sah der kleine Raum düster und verräuchert aus. Das riesige Diagramm auf dem ausgebreiteten Bettlaken war jetzt bedeckt von geheimnisvollen Linien und Symbolen, mit krakeligen Zwischenrechnungen am Rand. Umrahmt von den strähnigen Haaren sah Joannas Gesicht verhärmt und alt aus, gezeichnet von Schlafmangel und Strapazen. Sie schaute auf die seltsame magische Uhr an ihrem Handgelenk. Antryg, neben ihr auf der Bank, wirkte seltsam still.

Sie sagte leise: »Es ist neun Uhr morgens.«

Der Zauberer nickte, seine Finger begannen, wie der Kontrolle seiner Gedanken entzogen, die Rechenstäbe im Karree aufzustellen. »Es hat schon vorher solche Phasen auch tagsüber gegeben.«

»Nicht an Wochentagen. Heute ist Dienstag, Antryg – wäre Suraklin noch Gary, müßte er im Büro sein. Er konnte seinen Job nicht aufgeben, weil er auf den Cray in San Serano angewiesen war. Die Tatsache, daß er heute nicht arbeitet, bedeutet, daß er ihn nicht mehr braucht.«

Der Nebel des Schlafs hob sich von Caris' Bewußtsein, doch er fühlte sich immer noch benommen, wie halb berauscht. Er begriff, daß das Gefühl der Schwermut und Hoffnungslosigkeit sich nicht auf ihn beschränkte. »Du meinst, er hat sich in seinen Computer transferiert.« Langsam setzte er sich auf, kämmte mit allen zehn Fingern durch sein kurzgeschnittenes blondes Haar und fragte sich, weshalb es ihn so völlig kalt ließ, daß sie ihren Wettlauf mit dem Dunklen Magus verloren hatten.

Joanna nickte. Sie faltete ihre Papiere zusammen, mechanisch, wie sie es immer tat, als wäre es ein Ritual, zu dem sie sich zwingen mußte. Ihre Augen waren glanzlos, sie sah zerschlagen aus, elend und verängstigt. »Ich sage es nicht gerne, Jungs, aber ich glaube, das System ist soeben auf Dauer on-line gegangen.«

## 17. KAPITEL

Unter einem Morgenhimmel wie aus Stahlblech lag die Ruine von Suraklins Zitadelle kalt und trostlos vor ihnen; Fahnen aus hartem, körnigem Schnee wehten über den gefrorenen Boden. Abgesehen von diesen wispernden Schleiern mochte selbst der Schnee nicht hier verweilen, obwohl er die Hügel ringsum mit einer weißen Decke überzog. Joanna, in Antrygs roten Umhang gemummt, fragte sich, ob die Hölle so aussehen mochte – die Seelen der Verdammten entflohen, Satan vernichtet, selbst der Glamour des Bösen ausgebrannt, nichts geblieben als ein paar Mauerreste, die nach schaler Verderbtheit stanken.

Antryg neben ihr sah bleich aus in der stumpfen Helligkeit. »Spürst du es?« flüsterte er.

Joanna nickte, obwohl sie nicht genau zu definieren wußte, was sie spürte. Benommenheit, Apathie, dazu ein quälendes Gefühl der Beunruhigung, als wäre die Wirklichkeit aus den Fugen geraten, als könnte sie die Hand ausstrekken und einfach durch das Gewebe des Universums hindurchgreifen.

»Er hat die gesamte Struktur geschwächt«, erklärte Antryg. »Die Enklave wird jetzt von einer Minute zur anderen von der Kraft des Computers aufrechterhalten, durch die Energierelais. Sie ist instabil, und entlang ihrer Begrenzungen wird auch das Universum instabil.« Seine Stimme erhob sich kaum über ein Flüstern, als fürchtete er, ein zu lautes Geräusch könnte die Illusion von Realität um sie herum zerstören. Wind bewegte sein Haar und die Schöße seines Mantels; Joanna, nur einen Meter von ihm entfernt, spürte nichts.

Eine Bewegung erregte ihre Aufmerksamkeit, mit klopfendem Herzen wirbelte sie herum. Ein Schatten bei einer der Mulden im Boden, angefüllt mit Gesteinsbrocken und gefrorenem Morast, aber da war nichts – oder ...

Trotz aller Mühe gelang es ihr nicht, die Stelle ins Auge zu fassen. Es war wie ein unvollständiges Puzzle, nur konnte sie nicht sagen, was sie daran hinderte, die Lücken dazwischen wahrzunehmen.

»Ja«, bestätigte Antryg, »es gibt Abominationen dort.«

»Bringen wir's hinter uns.« Trotz der schneidenden Kälte glänzte Schweiß auf Caris' Gesicht. Das lange Schwert funkelte in seiner Hand wie etwas Lebendiges, es waren seine Augen, die tot wirkten.

»Er wird in den Kavernen sein.« Aus Antrygs Stimme sprach absolute Gewißheit. »Im unteren Gelaß, dem Zentrum seiner Macht. Es ist ziemlich einfach, etwas Unsichtbares zu sehen, wenn man weiß, wonach man Ausschau halten muß, wenn man ein Bild davon hat, wie in dem Grafikprogramm dargestellt. Liebes ...«

Einen Moment lang erwog Joanna ernsthaft, Antryg einen Schnellkurs über das Programmieren von Diskette auf Festplatte angedeihen zu lassen, dann aber verwarf sie den Gedanken. Die Erfahrung hatte sie gelehrt, daß für Computer Murphy's Law in besonderem Maße galt: alles, was schiefgehen kann, geht schief – selbst bei solchen, in denen nicht die schwarzen Seelen toter Zauberer hausten. Obwohl ihre eigene Seele wie erstorben war, wußte sie verstandesmäßig, daß sie Antryg noch immer liebte und daß er ihre

Hilfe brauchen würde. Nach mehreren Nächten mit wenig oder gar keinem Schlaf sah er aus wie zehn Meilen schlechte Straße, und wenn er sich auch nur annähernd so elend fühlte wie sie, brauchte er alle Hilfe, die er kriegen konnte.

Sie schluckte einmal, um ihrer Stimme mehr Festigkeit zu verleihen. »Sobald ich den Virus einprogrammiert habe, bleiben uns fünf bis zehn Minuten. Das ist der Zeitraum, den das Programm brauchen würde, um den gesamten Cray in San Serano blankzuputzen – Optionen, Systeme, alles.«

»Nun gut.« Während er sprach, schaute er sich um, seine lange Nase hob sich in den Wind wie die eines nervösen Hundes, die Diamanten in seinen Ohrläppchen funkelten wie Körner aus schmutzigem Eis. »Soviel Zeit haben wir, um uns aus dem Staub zu machen, bevor die Enklave kollabiert. Ich nehme an, du kannst nicht sagen, welche Programme als erste gelöscht werden, also besteht die Möglichkeit, daß wir ... daß wir es nicht schaffen.«

Joanna schluckte wieder. Während der Phasen des Pessimismus' hatte sie immer Angst, aber diese Angst war jetzt so weit angewachsen, daß sie nichts anderes mehr wollte, als möglichst schnell hinter sich zu bringen, was getan werden mußte, und dann wegzulaufen, weit weg ... Mit verzagter Stimme fragte sie: »Du meinst – wir sterben?«

Seine grauen Augen blickten ernst in die ihren. »Sterben – nein, das wahrscheinlich nicht. Wir müssen damit rechnen, daß Suraklin nicht stirbt, auch wenn die Enklave sich schließt, sobald der Energiestrom versiegt. Daß er weiterexistiert, ausschließlich in dieser Enklave, unfähig, die eine oder andere unserer Welten zu berühren, aber – sein Bewußtsein könnte überleben.«

Joanna flüsterte: »Na großartig.« *Geschlossene Gesellschaft*, fügte sie in Gedanken hinzu, das Stück von Sartre über eine kleine Gruppe von Menschen, die sich intellektuell gegenseitig zerfleischen, zusammen eingesperrt für alle Ewigkeit.

»Wenn du also dein Programm eingespeichert hast, rate ich dir zu laufen wie der Teufel. Das ist jedenfalls das, was ich tun werde.«

Sie dachte: *Ich werde es nie schaffen*. Antryg vielleicht, mit seinen langen Beinen. Die Tür würde sich zwischen ihnen schließen und sie war Garys – Suraklins – Gefangene, für alle Ewigkeit ...

Mit dem scheußlichen Gefühl, vom höchsten Punkt einer Achterbahn in einen bodenlosen Abgrund zu sausen, stolperte sie hinter Antryg und Caris her zum Rand des riesigen Kraters.

»Antryg ...« wisperte Caris tonlos.

Antryg wandte den Kopf, um dem Blick des jungen Mannes zu folgen. Nebelschwaden teilten sich wie ein Bühnenvorhang, und Suraklin stand vor ihnen am Kopf der zerstörten Treppe.

Joannas Kehle fühlte sich an wie mit einem Ventil verschlossen.

Was immer Suraklin jetzt sein mochte, er war nicht mehr Gary.

Es waren Garys Körper, Garys Jeans und Garys Nikes unter der schwarzen Robe eines Nigromanten des Kollegiums. Sogar das Gesicht war vermutlich noch Garys, obwohl die fremde Mimik die Züge so radikal verändert hatte, daß sie nicht mehr wußte, ob sie den Mann wiedererkennen würde, der einmal ihr Liebhaber gewesen war, vor unendlich langer Zeit. Da war nichts mehr zu finden, von der etwas faden, gutmütigen Selbstsüchtigkeit, amoralisch und gierig, ohne jemandem wirklich wehzutun. Gar nichts mehr. Die Falten an den Wangen und um die braunen Augen mit ihrem sonderbaren goldenen Glanz waren Spuren des Alters – beschleunigt durch einen rastlosen Willen und ein einziges, alles andere verdrängendes Ziel.

Suraklin lächelte wie ein mit dem Schlüssel aufgezogenes Ding. »Antreges.« Seine Stimme, Garys überhaupt nicht mehr ähnlich, dehnte das harte ›g‹ von Antrygs Namen zu einem Diminutiv, so, wie er den Jungen einst gerufen hatte. »Wie die Windrose auf einer Landkarte zeigst du in alle Himmelsrichtungen – aber ich ahnte, du würdest endlich hierher zurückkommen, zu deinem Heim, zu mir. Baby ...« Sein Blick richtete sich auf Joanna, den alten Kosenamen aus diesem Mund zu hören drehte ihr den Magen um. »Glaubst du, wenn ich ein Rouletterad anhalten kann oder Blitze vom Himmel rufen, wäre ich nicht fähig, eine Diskette zu entmagnetisieren? Schlecht überlegt, Baby ...« Während Joanna bestürzt nach Atem rang, wanderte der Blick der braunen Augen zu Caris, und der Tonfall der Stimme wechselte erneut. »Mein Sohn.«

Der Sasenna fuhr auf. »Du wagst es ...«

Im selben Moment wirbelte Antryg aus dem Stand herum, packte Joanna bei den Schultern und stieß sie zu Boden. Ein Blitzstrahl schoß wie eine blauweiße Schlange aus der Erde, als er sich über sie warf. Caris, für einen Sekundenbruchteil abgelenkt, war nicht schnell genug. Der Blitz schleuderte ihn etliche Meter durch die Luft, der gewaltige Donnerschlag übertönte seinen Todesschrei. Es war vorüber, bevor Antryg Gelegenheit hatte zu reagieren. Joanna, das Gesicht auf die froststarre Erde gedrückt, in der Nase den Gestank von Ozon und verbranntem Fleisch, war immer noch geblendet von der elektrischen Entladung, deren Spannung knisternd die ganze Luft erfüllte. Sie fühlte, wie Antryg aufsprang, und war vernünftig genug, liegenzubleiben. Sein Mantelsaum streifte kurz ihr Gesicht, und die vertraute, wohlklingende Stimme raunte: »Bleib in Deckung, und verlier den Rucksack nicht.« Dann war er fort, sie hörte das dumpfe Geräusch seiner Schritte sich entfernen.

Selbst im Angesicht des Todes war der Effekt des Energieverlusts durch den Computer noch so übermächtig, daß sie Einwände erheben wollte – der Rucksack ist zu schwer, die Diskette sowieso nutzlos, Suraklin hat es gesagt ...

*Eins nach dem anderen,* ermahnte sie sich verbissen. Sie hatten neben einer flachen Mulde gestanden. Joanna rollte sich herum, trotz der geschlossenen Lider fast geblendet. Der Boden verschwand unter ihr, Steine bohrten sich durch den dicken Mantel in ihre Rippen, als sie nach unten rutschte. Das grelle weiße Licht schien zu verblassen und nahm eine kränkliche, blaurote Färbung an. Wenn sie den Kopf ein wenig hob, konnte sie Suraklin sehen, wie er mit zusammengekniffenen Augen gegen die Helligkeit blinzelte. Antryg, das Schwert in der Hand, war ungefähr noch zehn Meter von ihm entfernt, als der Dunkle Magus ihn deutlich genug sehen konnte, um den Gegenstand, den er unter seinem Umhang hervorgeholt hatte, zum Einsatz zu bringen.

Irgendwann, irgendwo, hatte Suraklin sich für alle Fälle ein Maschinengewehr besorgt.

Joanna schlug die Hand vor den Mund, um nicht zu schreien. Antryg ließ sich fallen und führte mit der blitzenden Klinge einen weiten Sichelhieb nach den Beinen des Dunklen Magus. Kugeln perforierten vor ihm den Boden, folgten jeder seiner Bewegungen, während er über den Boden schnellte wie ein Fisch auf dem Trockenen und sich endlich hinter einem niedrigen Mauerrest in Deckung warf. Das blendende, unnatürlich Licht verebbte, er brauchte es nicht mehr. Der Zauber hatte seinen Zweck erfüllt, nur war er zu langsam gewesen.

»Wirklich, mein Freund«, spottete Suraklin amüsiert, »du warst einmal flinker.«

»Wir werden alle älter.« Antryg kroch weiter, eng an die einzige Zeile verwitterter Steine gepreßt, obwohl Joanna geschworen hätte, daß seine Stimme noch von der Stelle kam, wo er zuerst gewesen war. Derselbe Trick hatte zu seinem Repertoire gehört, erinnerte sie sich, als sie im Sommer zum erstenmal auf der Poststraße von Kymil nach Engelshand reisten und er den Gaukler machte, um für sie drei das Essen zu verdienen. Hinter dem kaum dreißig Zentimeter hohen Schutzwall gab es keine Fluchtmöglichkeiten, aber schon fingen die welken Gräser im engen Umkreis an zu qualmen und zu verdorren, wie unter sengender Hitze.

»Ich nicht, alter Freund. Ich niemals.«

Antryg hatte das Ende der Mauer erreicht. Er machte sich so klein wie möglich, Joanna konnte Blut als schwarzen Fleck an seinem Mantelärmel sehen und den Schweiß auf seiner Stirn. »Nein«, antwortete er. »Und auch nicht wieder jung, oder heiß oder kalt. Begreifst du nicht, was du dir angetan hast?«

Die Mündung der Waffe zeigte unverwandt auf die Doppelreihe von Flechten bewachsener Ziegel, wo die nackte

Erde sich schwarz färbte und die karge Pflanzendecke zu Asche zerfiel. Ein Gegenzauber hielt das schleichende Feuer auf Abstand, vermutete Joanna, aber wie lange noch?

»Oh, ich bin mir vollkommen im klaren darüber. Was du siehst, ist nur, was unsere kleine Joanna einen Waldo* nennen würde, von meinem Gehirn ferngesteuert. Nun, da ich Schritte unternommen habe, Pharos ein- für allemal aus dem Weg zu räumen, werde ich viele davon haben – dank Cerdic. Aber mein Gehirn befindet sich in keinem von ihnen. Ich habe mich unsterblich gemacht.«

»Du bist wie der Tote Gott.«

Suraklin runzelte die Brauen, seine Stimme klang scharf. »Unsinn!«

»Der Tote Gott ist nicht unsterblich«, fuhr Antryg eindringlich fort. »Der Tote Gott ist tot. Er fühlt nichts, nichts berührt ihn, er verändert sich nicht. Absolute Stagnation. Was hast du noch, Suraklin, das das Weiterleben lohnt? Als ein Computer, ein Ding aus Metall und Elektrizität, wonach sehnst du dich? *Bist* du noch Suraklin? Oder bist du wie eine von Joannas Xerokopien, zu oft vervielfältigt und jedes Blatt etwas weniger leserlich als das vorige, etwas mehr vermischt mit fremden Gedanken? Was ist Unsterblichkeit unter solchen Bedingungen?«

Asche, von einem nicht spürbaren Wind vom Boden hochgeweht, trieb als feiner Schleier in der Luft. Joanna unterdrückte ein Niesen, doch er wurde immer dichter, machte das Atmen schwer und brannte in den Augen. Eine Bö trieb den Vorhang auseinander, und sie sah Antrygs Gesicht, starr vor Konzentration, wie er gegen den Erstickungszauber ankämpfte. Mit der Asche trug der launische Wind auch etwas von der Hitze heran, die immer noch über der Mauerzeile lastete. Ein Computer ist fähig, pro Sekunde eine Million Operationen durchzuführen – Joanna fragte sich, aus wie vielen Subroutinen ein Zauberspruch bestand und wie viele Zauber ein Computer, verglichen mit einem Menschen, gleichzeitig aufrechterhalten konnte.

* Nach Waldo F. Jones, einem Erfinder in einer SF Story von Robert Heinlein. (Anm. d. Übers.)

»Ich war im Turm des Schweigens gefangen, Suraklin«, sprach Antryg weiter. »Ich habe mein Leben aufs Spiel gesetzt, um zu fliehen. Aber du hast dich in ein Gefängnis eingemauert, aus dem kein Entkommen möglich ist.«

Suraklin lachte. »Müde, alter Freund? Du bist jetzt älter als ich. Versuchst du mich zu beschwatzen, nachdem du gemerkt hast, daß du mich durch Magie nicht besiegen kannst? Spar dir den Atem – ich bin stärker als du. Entropie siegt immer. Ich werde hier sein und auf dich warten, wenn deine Konzentration nachläßt, unterhöhlt von Hunger, Durst, Müdigkeit – wie viele Zauber bist du imstande abzuwehren? Sollen wir uns den Spaß machen, das herauszufinden?«

Antrygs Hand zuckte, sein Gesicht verzerrte sich vor Schmerz. Der Wind flaute ab, der Aschestaub hing in der Luft, als wäre die Zeit stehengeblieben. Einen Augenblick später regte sich etwas in den grauen Schwaden, verdichtete sich zu einem Schatten, einer Wolke von vage menschenähnlicher Gestalt, aber riesengroß. Der Wind erstarb ganz. Joanna sah Antryg sich zu einem Sprung ducken, der ihn Suraklin genau vor den Lauf bringen würde.

Dann wurde sie auf Caris aufmerksam. Sie hatte ihn für tot gehalten, doch er bewegte sich. Sein Gesicht war kreidebleich, wo man unter einer Maske aus Blut und verbrannter Haut etwas davon erkennen konnte, aber der Lauf des Revolvers zitterte nicht. Suraklin drehte den Kopf, Antryg schrie: »NEIN!«, und mit einem Feuerball explodierte die Waffe in Caris' Hand.

Schreiend krümmte er sich über die zerschmetterten Knochen und das zerfetzte Fleisch – im gleichen Atemzug war Antryg bereits emporgeschnellt und bei Suraklin. Ein Schwertstreich trennte dem Dunklen Magus die rechte Hand ab, bevor er das Maschinengewehr herumschwenken konnte. Antrygs Faustschlag ins Gesicht warf ihn zurück. Doch sofort, als strömte nicht das Blut aus dem Stumpf des rechten Arms und aus der gebrochenen Nase, wirbelte er herum und schlug Antryg das Gewehr gegen die Schläfe.

Antryg fiel auf die Knie, einen Meter entfernt vom Rand

des Abgrunds, wo sich einmal die Kavernen der Zitadelle befunden hatten. Suraklin schwenkte den verstümmelten Arm durch die Luft, und der Kometenschweif aus Blutstropfen verschmolz zu der Gestalt eines Elementargeistes, der sich, eingehüllt in eine Wolke von Verwesungsgestank, auf Antryg stürzte.

Joanna sah ihn zurückspringen, weißes Licht schoß wie ein Laserstrahl aus seinem knochigen Zeigefinger, und der Golem zerbarst zu einer stinkenden Fontäne aus schwarzroter Fäulnis. Unter Antrygs Stiefeln begann der Kraterrand zu bröckeln, er versuchte sich zu fangen, aber Suraklin war über ihm, umhüllt von Flammen, das Gewehr in seiner unversehrten Hand fuhr durch die Luft und traf Antryg wie eine eiserne Keule seitlich am Kopf.

Er klammerte sich an den Grasbüscheln fest, dann rutschten seine Hände ab, und er war verschwunden.

Während das Blut aus seinem verstümmelten Arm pulsierte, stand Suraklin an der Kante und schaute nach unten. »Das war äußerst dumm, mein Freund«, sagte er. Joannas Herz fing wieder an zu schlagen – Antryg mußte irgendwo in nicht allzu großer Tiefe Halt an einem Vorsprung oder Absatz gefunden haben. Er lebte, und vorerst blieb es ihr noch erspart, allein dem Dunklen Magus entgegenzutreten.

Suraklin stand mit dem Rücken zu ihr. Sie hörte Caris leise stöhnen, erinnerte sich an seinen Schrei, als der Revolver ihm in der Hand explodierte, und dachte abwesend: *Gott sei Dank, daß ich mich gegen Sprengstoff entschieden habe.* Während sie in fieberhafter Eile den 38er und das Siegel der Finsternis aus dem Rucksack wühlte, fragte sie sich, ob das ein allgemeiner Zauber gewesen war oder nur gegen Caris gerichtet, weil Suraklin ihn gesehen hatte. Sie zitterte so heftig, daß sie kaum fähig war, das Siegel aus der Bleihülle zu nehmen oder die Waffe ruhig zu halten. Ein Schuß, das wußte sie, war alles, was sie hatte, wenn überhaupt. Danach, überlegte sie mit einem Anflug von trockenem Galgenhumor, würde sie die Ehre haben, im Mittelpunkt seiner Aufmerksamkeit zu stehen.

Der Dunkle Magus klemmte das Maschinengewehr unter

den Arm und wechselte die linke Hand vom Griff zum Abzug. »Diesen Körper zu töten wird dir gar nichts nützen, mußt du wissen.«

Joanna nahm den Revolver in beide Hände, drückte die Ellenbogen durch und nahm sich Zeit, genau über Kimme und Korn zu zielen, wie sie es bei ihren wenigen Übungsstunden getan hatte. Dabei hielt sie die runde Bleiplatte des Siegels so genau vor das Schloß wie möglich, ohne den Zylinder zu behindern. Der Augenblick dehnte sich zur Ewigkeit, in ihren Ohren rauschte das Blut wie ein Wasserfall – Suraklin mußte es hören. Die Erinnerung an die erste Nacht, als Gary sie geküßt hatte, schoß ihr durch den Kopf, und sie dachte an das Hochgefühl, das zum erstenmal in ihrem Leben jemand sie begehrenswert fand.

Suraklin – Gary – senkte die Mündung der Waffe. »Bis er verblutet ist, bleibt noch genug Zeit, um ...«

Joanna drückte ab.

Die Kugel sprengte Knochen und Haar und Gehirnmasse aus dem Schädel – der Zombie, der erst Gary und dann Suraklin gewesen war, beugte sich steif nach vorn und stürzte in die Tiefe.

Staub hing immer noch greifbar in der Luft, als sie stolpernd zum Kraterrand lief, Rucksack und Revolver an sich gedrückt. Sie ahnte Bewegungen, gar nicht weit entfernt, und dachte daran, daß Abominationen umherstreunten, die vom Blutgeruch angelockt wurden. *Caris,* dachte sie schuldbewußt, kehrte aber nicht zu der Stelle um, wo der sterbende Sasenna lag.

Der Kraterrand war mit Blut besprengt, es dampfte in der kalten Luft. Ihr Kopf schmerzte unter dem Druck der Müdigkeit, die ihre Seele beschwerte. Als sie in der Vortasche des Rucksacks nach dem Nylonseil kramte, schienen ihre Hände einer Fremden zu gehören. Und wozu eigentlich die Mühe? Suraklin hatte recht gehabt. Ihn zu töten – Gary zu töten oder was von Gary übrig war – nützte überhaupt nichts. Die Diskette war gelöscht, und während der Computer lief, würde sie nie die Konzentration aufbringen, die nötig war, um einen neuen Virus zu konstruieren.

Und der Computer würde ewig weiterlaufen.

Tränen der Verzweiflung machten sie fast blind, als sie in die Tiefe blickte. Unterhalb der Kante war die Luft klar. Antryg preßte sich flach an die einstige Außenwand eines Gewölbes, eine Hand klammerte sich an einen ungefähr sechs Zentimeter breiten Deckenvorsprung, die andere lag mit gespreizten Finger auf einem abgeschrägten Stein, der kaum Halt bot. Eine Stiefelspitze klemmte in dem Riß eines zerbrochenen Kapitells. Unter seinen Füßen gähnten fünfzig Meter Nichts, am Grund lag Garys zerschmetterter Körper.

Mit fliegenden Fingern knüpfte sie eine Schlinge in ein Seilende und ging vier oder fünf Schritte bis zu einem Steinbrocken zurück, um den sie das andere Ende legen konnte. Schatten bewegten sich in den Staubschleiern – Abominationen, vermutete Joanna, denn sie besaßen nicht die tödliche Schnelligkeit von Elementargeistern. Aber deren Erscheinen würde nicht lange auf sich warten lassen, flüsterte eine innere Stimme Joanna zu. Antrygs bis aufs äußerste beanspruchte Konzentration konnte die Angreifer nicht ewig in Schach halten. Sie hatte den letzten Körper des Dunklen Magus' getötet, aber nicht ihn selbst.

Antryg kam scharrend und keuchend an dem Seil heraufgeklettert, zerdrückte sie fast in einer kurzen Umarmung und gab ihr einen Kuß auf das schweißfeuchte Haar, während er sie schon zu dem verfilzten Gestrüpp zerrte, das die zerstörte Treppe überwucherte. »Caris …« begann sie, doch er schüttelte den Kopf.

»Nicht zu ändern«, meinte er heiser. »Wir haben eine kurze Galgenfrist, während Suraklin seine Vasallen mobilisiert, die Abominationen wahrscheinlich, um uns aufzuhalten …«

»Aber das hat keinen Sinn!« Sie sträubte sich gegen den Zug seiner Hand, ihre Füße rutschten auf der dünnen Eisschicht, die die von Rissen durchzogenen Stufen der Treppe in einen tückischen Spiegel verwandelte. »Antryg, Suraklin hat die Wahrheit gesagt. Eine Diskette zu entmagnetisieren ist ein Kinderspiel, es reicht schon, sie zu nahe beim Telefon liegenzulassen! Wir können da unten nichts mehr ausrichten.«

Er blieb stehen und sah sie an, unter der Schicht aus Staub und Schweiß wirkte sein Gesicht plötzlich sehr blaß im Rahmen der zottigen grauen Locken. »Bist du sicher, daß sie gelöscht ist?«

Sie schüttelte den Kopf, das feuchte Haar klebte an ihren Wangen. »Aber das wäre sein logischer Schritt.«

Er holte tief Atem, wie um sich Mut zu machen, dann nickte er kurz. Seine Lippen waren verkniffen und weiß, und Joanna begriff, daß, auch wenn Suraklins letzter Körper tot sein mochte, seine Magie immer noch wirkte und mit der gnadenlosen Geduld eines Computers gegen Antrygs mühsam aufrechterhaltene Gegenzauber brandete. Es war nur eine Frage der Zeit, dachte sie, bis der Mensch ermüdete und dann ...

Er sagte: »Also gut. Gib mir deinen Rucksack und bring dich in Sicherheit, so weit weg von hier wie möglich. Wenn diese Phase nicht endet, weißt du, daß ich versagt habe. Geh zu den anderen Nigromanten, erzähl ihnen alles, bring sie dazu, dir zu glauben. Wenn die Phase endet, geh trotzdem hin ...«

»Und was wird aus dir?«

Die grauen Augen hinter den Gläsern der Nickelbrille irrten ab, kehrten wieder zu ihr zurück. »Was immer geschieht, mein Leben ist verwirkt«, erklärte er. Seine Finger schlossen sich um die schmutzigen Schulterriemen des Rucksacks. »Wenn nicht seit meiner Flucht aus dem Turm, dann von dem Moment an, als ich den Elementargeist heraufbeschwor, um uns in Devilsgate Cerdics Sasenna vom Hals zu halten. Ob mein Vorhaben gelingt oder nicht, wenn ich die Enklave betreten habe, werde ich nicht wieder herauskommen.«

Sie war zu abgestumpft und ausgelaugt, um aufzubegehren. Antryg schickte sich an, weiter die Treppe hinunterzusteigen, sie griff nach den Packgurten und hielt ihn zurück. »Was willst du tun?«

»Das Siegel der Finsternis dort anbringen, wo das Telesrelais in den Konverter mündet. Es wird den Fluß der Magie unterbrechen und die Enklave versiegeln.«

»Mit dir darin gefangen«, sagte Joanna. »Eingekerkert zusammen mit Suraklin, auf ewig.« Ihr wurde klar, daß das von Anfang an sein Notfallplan gewesen war.

Er wich ihrem Blick aus, ein schmerzlicher Ausdruck huschte über seine Züge. »Darüber kann ich mir jetzt keine Gedanken machen, Joanna«, antwortete er leise. Seine dunkle Stimme klang brüchig. »Laß mich gehen. Wir haben schon zu viel Zeit verschwendet – mit jeder Sekunde verstärkt er seinen Schutzwall, und ich weiß nicht, wie lange ich seiner Magie noch standhalten kann. Fühlst du sie? Im Inneren der Enklave wird es noch schlimmer sein. Wenn ich meine Konzentration nicht mehr aufrechterhalten kann, verbrennen wir in Sekundenschnelle zu Asche.«

»Und sobald deine Finger das Siegel berühren«, entgegnete sie, »bist du ihm schutzlos ausgeliefert, habe ich recht?« Panik schnürte ihr die Kehle zu, wortlos nahm sie ihm den Rucksack aus den Händen und warf sich die vertraute Last wieder über die Schulter. »Bringen wir's hinter uns.«

Der Eingang zu Suraklins Enklave befand sich genau über dem schwarzen Teich in der Felsenkammer mit dem Altar. Joanna sah erst überhaupt nichts, bis Antryg die Hand ausstreckte und das Tor sich flackernd materialisierte, mehr eine optische Täuschung, ein raffinierter Trick mit Spiegeln und Licht als etwas Reales. Der bläuliche, unnatürliche Schimmer des Feenlichts, das er gerufen hatte, verstärkte noch den Eindruck der Unwirklichkeit. Auf dem Weg durch die stickige Finsternis des Labyrinths hatte sie das Schlurfen und Schmatzen der Abominationen verfolgt, die warmes Blut witterten, und nur der Schild aus blendender Helligkeit, den Antryg errichtete, hielt sie zurück. Sein Schwert war fort, beim Sturz verloren. Weil die Zeit drängte und Antrygs Gesicht grauer und grauer wurde unter dem Druck der an seinem Schutzwall nagenden feindlichen Magie, hatten sie darauf verzichtet, es zu suchen. Selbst das Licht aufrechtzuerhalten, ahnte Joanna, strengte ihn an, ließ seine Kraft verströmen wie eine durchschnittene Arterie. Seine

Hand zitterte, als er ein leuchtendes Signet an die Mauer des unterirdischen Gewölbes zeichnete.

»Wenn ich dir sage, *lauf*«, erklärte er, »dann läufst du hierauf zu. Keine Fragen, keine Widerworte – tu einfach, was ich sage. In Ordnung?«

Sie nickte. Ihre Angst nahm zu – Angst und das Gefühl, daß da noch etwas war, etwas Wichtiges, dicht unter der Oberfläche ihres Bewußtseins ...

Antryg sprang leichtfüßig auf die Schwelle des Tores und stand auf der leuchtenden Fläche, die nicht stabiler aussah als eine Laserprojektion. Mit wild klopfendem Herzen, überzeugt, in den unheimlichen Teich zu fallen, griff Joanna seine ausgestreckte Hand und sprang ebenfalls.

Die Kälte in Suraklins Enklave verstärkte ihre Niedergeschlagenheit und die Erschöpfung, als wäre ihr Körper nicht in der Lage, genug innere Wärme zu erzeugen, um sie in Gang zu halten. Dazu kam ein Geräusch, eine Art raunendes Summen, das an ihren Nerven zerrte. Sie fühlte das Vorhandensein unsichtbarer Kräfte, das Atmen der Felswände – war es Fels? – in der Dunkelheit, das aufhörte, sobald sie den Kopf wandte. Sie fragte sich, was geschehen würde, wenn Antrygs Konzentration nachließ. Wie als Vorwarnung spürte sie ein stechendes Jucken am Bein, das plötzlich zu unerträglicher Hitze anschwoll. Sie drückte die Hand auf die Stelle, so fest wie möglich, und zwang sich, nichts zu sagen, um Antryg nicht abzulenken und möglicherweise ihr Schicksal zu besiegeln. Es dauerte nur ein paar Sekunden, dann atmete sie erleichtert auf. *Verbrennen wir in wenigen Sekunden zu Asche,* hatte er gesagt; unter dem Schaffellmantel und der Pagenuniform brach ihr der Angstschweiß aus.

Dann weitete sich die Dunkelheit vor ihnen. Der Strahl von Joannas Taschenlampe, die sie angeknipst hatte, um Antrygs Kräfte zu schonen, verlor sich in einer ungeheuren Grotte, aus deren Tiefen ihr eine Kälte entgegenwehte, die schlimmer war als alles bisherige. Ein schwaches, bläuliches Glühen hing über dem Doppelkreis der Kugeln auf dem Boden, einige nicht größer als eine stattliche Grapefruit, andere vom Umfang eines Fußballs; dazwischen und ringsumher, wie ein monströses Netz aus Messing, Glas und Runen des Lichts, lag die Apparatur, die Dr. Narwahl Skipfrag erfunden hatte, um die Energie des Lebens in Elektrizität umzuwandeln. Drähte verästelten sich über den Boden, durchsetzt von leuchtenden Sigeln und Runen, so daß das Netz in die reale Substanz der Stätte einzusinken schien. Joanna hatte eine Vorstellung von diesen Adern der Macht, wie sie über Wände und Decke der Grotte wucherten – oder vielleicht waren sie die Begrenzung von Suraklins Dimensionsenklave. Gespenstisch ähnlich den Trilithen auf Tilrattin, erhob sich in der Mitte der dreiteilige Komplex eines – wie Joanna nach Beschreibungen in Zeitungsartikeln erkannte – experimentellen Cray 3, mit der revolutionären Glasfaser-Supraleiter-Technik. Anfang des Jahres war er aus dem Alta Clara Forschungszentrum verschwunden, obwohl er komplizierter zu stehlen war als die zweihundertfünfzig Mikrocomputer, die man brauchte, um einen Parallelprozessorblock zusammenzustellen. Aber er war erheblich leichter zu programmieren. Wie ein gewaltiger Monolith erhob sich dahinter der größte Spannungskonverter, den Joanna je gesehen hatte.

»Verflucht!«

»Was ist?« Antryg schaute sie an.

Das Wispern in ihrem Kopf wurde lauter, und ein Rhythmus schien sich bemerkbar zu machen, es war wie die optische Täuschung von negativem Raum – sehen Sie eine Lampe, oder sehen Sie zwei Gesichter?

Und wessen Gesichter?

»Das ist ein UPS, Uninterruptable Power Supply, für unterbrechungsfreie Stromversorgung – eine Reservebatterie. Es bedeutet, selbst wenn wir den Stecker rausziehen, wird der Computer noch wenigstens einen Tag weiterlaufen, vielleicht länger. Wir können fliehen ...«

»Aber auch seine Magie bleibt erhalten. Und er hat die Möglichkeit, Verstärkung anzufordern.«

Joanna ging weiter, das Herz schlug ihr bis zum Hals, und es kostete sie Überwindung, den Teleskreis zu betreten. Das kränkliche Leuchten war schlimmer als Dunkelheit. Als sie zwischen den Kugeln hindurchging, spürte sie eine Berührung des Bösen, wie den Stich eines Skorpions an ihrem Knöchel. Mit trockenem Mund flüsterte sie: »Ich werde die Diskette überprüfen. Du kannst die Kabel herausziehen, die den Konverter mit den Backupbatterien verbinden – die kleinen Boxen, die dahinter aufgestapelt sind. Sie geben ihm zusätzliche Laufzeit, wenn die Stromzufuhr unterbrochen wird.«

Antryg tat wie geheißen, sein fließendes Gewand und der Mantel waren ein Anachronismus vor dem scharfkantigen Metall und Plastik. Nicht weit von dem Stuhl am Hauptmonitor des Computers stand ein einzelner Teles auf seinem Kupfersockel, der Fokus des gewaltigen Spinnennetzes aus Drähten und Kabeln. Es war keineswegs der größte, Joanna hätte ihn mit zwei Händen umfassen können, doch um keinen Preis der Welt wäre sie bereit gewesen, das Ding anzufassen. Sie wußte nicht, weshalb sie den Eindruck hatte, daß der Teles sich ihrer Gegenwart bewußt war und sie belauerte; alt, viel älter als Suraklin, war er auch um vieles grausamer – und lebte.

Ihre Hände zitterten, als sie die flache Diskettenbox aus dem Rucksack holte. Erst nach zwei Versuchen gelang es ihr, sie zu öffnen. Schweiß lief ihr über das Gesicht, trotz der eisigen Kälte. Und die ganze Zeit nagte dieser Argwohn an ihr, dieses Gefühl vor einer quadratischen Gleichung mit zwei Lösungen zu stehen ...

Sie brachte es fertig, die Diskette in das Laufwerk zu schieben, und mechanisch glitten ihre Finger über die Tastatur.

Die Diskette war blank.

Trotzdem, weil der Computer Suraklin war und die Möglichkeit bestand, daß er log, arbeitete sie sich durch die ganze Eingangssequenz, aber die Maschine blieb stumm.

Dann materialisierte sich vor ihren Augen auf dem schwarzen Schirm die grüne Schrift:

WILLKOMMEN, JOANNA.
ICH HABE LANGE DARAUF GEWARTET,
DASS ER DICH ZU MIR BRINGT.

Blindwütiger Zorn packte sie. Verrat, Trauer, Entsetzen, Begreifen und Wut auf sich selbst, daß sie nichts gemerkt hatte, sich wie ein Schaf zur Schlachtbank führen ließ. Haß stieg in ihr auf wie Säure, als sie auf dem Stuhl herumschwang, in den Rucksack griff und den Revolver hervorholte.

*Er ist von Anfang an Suraklins Handlanger gewesen.*

Der Schuß hallte wie Donner in der Dunkelheit wider. Die Kugel traf Antryg in die Seite und stieß ihn gegen den UPS – Joanna hatte aufs Geratewohl abgedrückt. Er hob den Kopf, der schweflige Glanz des Teles' verwandelte seine Brillengläser in opake Scheiben aus Gold, hinter denen man den Ausdruck seiner Augen nicht erkennen konnte. Diesmal zielte sie genau, auf seine Stirn zwischen den spiraligen Strähnen der blutverklebten Haare. Er hatte sie benutzt, hatte sie benutzt ...

Sie verstand nicht, was er ihr entgegenschrie. Ihren Namen, dachte sie, und noch ein Wort, ein Zauberwort, das den lähmenden Nebel in ihrem Bewußtsein durchdrang wie ein Guß Eiswasser. Im selben Moment spürte sie den Anprall sengender Hitze auf ihrem Haar, ihrem Rücken und ihren Armen. Antryg raffte sich auf, riß sie an sich und hielt sie fest, erstickte die unsichtbare Lohe zwischen ihrer Haut und ihrem Mantel. Nach wenigen Sekunden war es vorbei. Als sie die Hand hob, sah sie, daß ihre Finger blutig waren.

Sie begann haltlos zu zittern. »Antryg, es tut mir leid. Es war ein Zauber, Suraklins Zauber ...«

»Nicht!« flüsterte er gepreßt. Sein Atem ging schwer, sein Gesicht war totenbleich. »Sag nichts. Ich verstehe. Bring das Siegel an und laß uns von hier verschwinden. Er hat Hilfe gerufen, und wir müssen etwas unternehmen, bevor ...«

»Was für Hilfe?«

*»Frag nicht!«* Seine Augen hinter den Brillengläsern blickten verstört.

Stumm riß Joanna die Klettverschlußtasche an ihrem Rucksack auf und hantierte an der bleiernen Schutzhülle um das Siegel der Finsternis. Sie empfand eine zunehmende Abneigung davor, den zentralen Teles zu berühren, unter dem sie es plazieren mußte, einen Widerwillen gegen das ganze Projekt – sie tötete damit den letzten Funken von Suraklin, Salteris, dem alten Kaiser, Gary ... Es war Mord ...

*Und was war dein Versuch, Antryg zu erschießen?* erinnerte sie sich. *Und was ist mit Caris, der oben auf dem Trümmerfeld starb ...* Antryg hob die Hand in ihre Richtung, ließ sie hastig fallen. Joanna registrierte die Anspannung auf seinem Gesicht und merkte, daß auch er sich gegen Suraklins Einflüsterungen wehren mußte.

Sie biß die Zähne zusammen, schob den Teles auf dem Kupfersockel zur Seite und legte das Siegel darunter.

Das Kappen des Energiestroms machte sich bemerkbar wie das Durchtrennen eines Stahlreifens um ihr Gehirn. Schlagartig war sie sich wieder der tödlichen Kälte bewußt, der Gefahr, in der sie schwebten, des Geruchs von Schießpulver und Antrygs Blut. Der bläuliche Schimmer der Teleskugeln erstarb, und die Lichtmuster der Runen auf dem Boden verblaßten. Nur die roten und grünen Augen des Cray blinkten tückisch, ihr giftiges Leuchten zeichnete Antrygs Nase und Lippen nach. Das Brummen des anspringenden UPS erfüllte die schwarze Leere der Enklave, unterbrochen vom Gellen des Alarms. Gleichzeitig fühlte sie die Feindseligkeit in der Atmosphäre zunehmen, das stimmlose Zischeln von erwachendem Haß wurde nur von Antrygs schwächer werdenden Kräften im Zaum gehalten. Hitze waberte spürbar dicht an ihrer Haut.

»Wie lange?« stieß er hervor, als sie durch die Finsternis stolperten, dem leuchtenden Signal seines Zeichens entgegen.

Sie schüttelte den Kopf. »Eine Batterie dieser Größe kann einen Computer ungefähr einen Tag in Gang halten.« Er zuckte zusammen, und sie wußte, so lange reichten seine Kräfte nicht mehr. »Doch er wird Energie davon abziehen für seine magischen Funktionen, um die Enklave offenzuhalten für die Reperaturcrew, wer immer das sein mag – und um dich zu vernichten.«

Antryg lächelte schief. »Zusätzlicher Anreiz, mich zu töten, wie ich das sehe.« Er stützte sich auf sie, der Ärmel seines Mantels drückte sich warm und kratzig an ihr kaltes Gesicht, durchtränkt von Schwefel- und Blutgeruch. Joanna war der Ansicht, daß Suraklin keinen zusätzlichen Anreiz brauchte – Antryg war der einzige von allen Magiern, der ihm gefährlich werden konnte, der stark genug war, so lange seinen magischen Attacken standzuhalten. Kein Wunder, daß der Dunkle Magus alle Hebel in Bewegung gesetzt hatte, um ihn unschädlich zu machen.

»Ich weiß nicht, was man braucht, um dich umzubringen, aber eine ganze Menge, nehme ich an.« Sie lauschte nach hinten, auf den Alarm. War es Einbildung, oder klang er drängender? »Nachdem die Backups abgeschaltet sind – vielleicht eine Stunde?«

Er zog wieder fröstelnd die Schultern zusammen bei dem Gedanken an die unendlich lange Zeitspanne. »Wenn es ihm nicht gelingt, mich vorher zu zerbrechen.«

In der Kaverne wimmelte es von Abominationen. Auf der unwirklichen Schwelle über dem schwarzen Teich konnte Joanna sie im Dunkeln hören und riechen, und ihr Magen krampfte sich zusammen. Angewidert flüsterte sie: »Kannst du für Licht sorgen?«

Antryg schüttelte den Kopf. »Nicht jetzt«, antwortete er tonlos. »Joanna, ich kann nicht. Er ist in meinem Kopf und reißt an meinem Verstand wie ein wildes Tier …«

»Schon gut. Mach dir keine Gedanken.« Sie nahm den Rucksack ab, suchte und fand die Taschenlampe. Der schwache Lichtkegel spiegelte sich auf der Obsidianfläche des Wassers unter ihren Füßen, auf schleimigen Leibern, in roten Augen. Nach und nach hob der schwankende Strahl sie aus der Finsternis: fette Geschöpfe wie monströse Schnecken mit Schweinsrüsseln, eine Art Weberknecht, aufgeblähte, mutierte Ratten und Kreaturen, die einmal Küchenschaben gewesen sein mußten, bevor irgendein Effekt des Abyssus sie veränderte. Joanna mußte schlucken. Die Tür zu dem lichtlosen Labyrinth der unterirdischen Gänge und Verliese stand offen, dahinter bewegte sich etwas.

»Wir müssen sie schließen«, sagte Antryg heiser. »Verbarrikadieren ...« Hinter ihnen tönte das Grollen der Backup-Batterie wie ferner Donner, der Alarm blökte frenetisch.

Joanna schlug die Klappe des Rucksacks zurück, nahm die erste der DARKMAGE-Dateien heraus und knüllte die fotokopierten Blätter zu einem Ball zusammen. *Dem Himmel sei Dank, daß ich daran gedacht habe. Streichhölzer einzupacken ...* Die Abominationen wichen zurück, als sie das brennende Knäuel nach ihnen warf. Sie zündete fünf weitere Papierbälle an und verteilte sie nach links und rechts.

»Dreh die Blätter zu Fackeln.« Antryg ging mit gutem Beispiel voran. »Wenn wir die Tür erreichen können ...«

»Wir müssen sie wirklich verbarrikadieren, mit uns auf *dieser* Seite?«

»Es ist besser so. Das kannst du mir glauben.«

Sie glaubte ihm nicht, bis sie an der Tür standen – alt, staubig, aus dicken Balken zusammengesetzt, innen beschlagen und verstärkt mit Eisenbändern, außen mit Kupfer verkleidet. Die Stahlscharniere waren intakt, sie ließ sich mühelos hin und her bewegen. Joanna stand einen Moment lauschend in dem schwarzen Bogen. Langsame, schwerfällige Schritte näherten sich in dem Gang dahinter, einmal hörte sie einen Körper dumpf gegen eine Wand prallen und das Klirren von Metall auf Stein, dann ein scharrendes Geräusch, als, wer immer da kam, sich vom Boden aufraffte.

Sie blickte zu Antryg auf, der Ekel stand ihr überdeutlich ins Gesicht geschrieben.

»Wir müssen die Tür verriegeln«, sagte er. »Suraklins Magie beherrscht immer noch seinen Körper.«

Die Abominationen rückten näher. Joanna errichtete eine Barriere aus zusammengeknülltem Papier, entzündete nach und nach sämtliche DARKMAGE-Kopien, die Pfunde Papier, die sie wer weiß wie viele Meilen auf dem Rücken mitgeschleppt hatte, die letzten Spuren des Lebens von zwei Magiern, einem kaiserlichen Prinzen und einem Computerprogrammierer – die letzten Beweise ihrer Existenz. Das Tempo des Alarms hatte sich gesteigert, gellend. Verzweifelt rief Suraklin mit der Stimme des Computers um Hilfe, einen Schritt vor der Verwirklichung seines grandiosen Traums vom Scheitern bedroht. Überall in den tiefen Schatten des

Raums rührten sich die Abominationen, die Augen der Ratten glühten, sie fletschten die scharfen Nagezähne. Wenn sie horchte, glaubte Joanna, die Schritte im Gang zu hören, stolpernd, schlurfend. Antryg, neben ihr an die Tür gelehnt, sah grau und entkräftet aus; mit geschlossenen Augen konzentrierte er sich darauf, das letzte Quentchen Willenskraft, den letzten Rest Magie aus seiner Seele zu pressen.

Der Schlag gegen die Tür schien den Fels zu erschüttern, aus dem die Kaverne herausgehauen war. Antryg zuckte zusammen, doch er drehte sich herum und legte Gesicht und Hände an das eisenbeschlagene Holz. Seine Haltung war die eines Mannes, der den Tod erwartet. Joanna hörte ein scharfes Zischen, es roch nach feuchtem Qualm, und als sie über die Schulter blickte, sah sie, daß ein Wasserrinnsal aus dem Teich sich auf ihre feurige Barriere zuschlängelte. Unmöglich, der Boden stieg zur Tür hin an ...

Sie riß noch eine Handvoll Blätter aus dem Rucksack, zündete sie an und trat mit dieser Waffe in der Hand resolut den geifernden, mißgestalteten Kreaturen hinter dem Feuer entgegen.

Ein Blick überzeugte sie, daß wahrhaftig das Wasser aus dem Teich die Schräge des Bodens hinaufströmte. Immer breitere Rinnsale schoben sich auf den Halbkreis aus brennenden Papierbällen zu und erstickten das nächste ihrer kleinen Feuer. Ein weiterer Schlag ließ die Tür erbeben – Joanna sah dicht neben Antrygs Kopf die Eichenbohlen splittern. Antryg selbst schien es kaum wahrzunehmen, er befand sich in einer Art Trance, sein Atem ging keuchend, seine Züge waren zu einer verzweifelten Grimasse erstarrt. Joanna klemmte grimmig die Papierfackel in einen Spalt der Mauer und drehte eine zweite; kaum fertig, mußte sie rasch die erste auffangen, die zu Boden fiel, obwohl sie überzeugt war, daß sie festgesteckt hatte. Sie schwenkte die brennenden Papierbündel in die Richtung der Abominationen. Eine der Ratten, groß wie ein Hund und fett, fauchte sie an, einen furchtbaren Moment dachte Joanna, das Untier würde sie anspringen, aber es wich zurück, die geifernde Fratze war ein Alptraum.

Beim nächsten Schlag drang eine scharfe Ecke der Kupferverkleidung durch die Tür. Es war Gary dort draußen, dachte Joanna, während sie ein schwarzes Ding mit Tentakeln zurückscheuchte, das sich herangewagt hatte. Gary mit dem zerschmetterten Schädel, Gary mit dem blutenden Armstumpf, Gary mit nichts in den Augen als Suraklins Willen ...

Antryg stieß einen erstickten Wehlaut aus. Gleichzeitig spürte Joanna selbst einen scharfen Stich in den Eingeweiden, ein heißes Brennen wie von Gift. Aus der Enklave schrillte der Alarm, hysterisch jetzt, lauter und lauter, wie jagender Herzschlag, der sich dem Gefahrenbereich entgegenschraubt. Schwarze Flecken schwammen vor ihren Augen, Schmerzen und Übelkeit wühlten in ihrem Leib, trotzdem drehte sie eine weitere Fackel, entzündete sie an der vorigen und versuchte die Mißgeburten in Schach zu halten, die gierig im knöcheltiefen Wasser warteten.

Das Hämmern an der Tür schien den Rhythmus des Alarms aufzunehmen, schneller, drängender, verzweifelter. Antryg schrie auf, Blut rann aus seinen Mundwinkeln, als seine Schutzwälle unter den erbarmungslosen Rammstößen des Computers zu bröckeln begannen. Der Sirenenton schnappte über, verschmolz zu einem gellenden Heulen. In dem langgezogenen Ton vernahm Joanna Stimmen, wie das Lispeln farbloser Flammen. Das dünne, amorphe Raunen nichtmenschlicher Bewußtseine, andere dagegen entsetzlich vertraut ...

*Baby, kommst du dieses Wochenende zu mir raus? Ich habe vier neue Spiele für den Computer, eiskaltes Bier, ein neues Jetsystem für den Whirlpool ...*

*Du mußt tun, was du für das beste hältst, mein Sohn, aber ich glaube, du wärst ein besserer Heiler als Soldat ...*

*Mein Vater will nichts davon hören, aber wenn Ihr sagt, Suraklin ist tatsächlich eine Gefahr, Lord Erzmagus, dann seid meiner vollen Unterstützung versichert ...*

Und im Hintergrund, überlagert von diesen Erinnerungsfetzen, die hohe, schartige, kalte Stimme eines alten Mannes: *Du warst meine einzige Liebe ... meine einzige Liebe. Ich kann noch lieben ... ich kann immer noch fühlen ... ich kann immer noch den Wein des Lebens genießen ... Es ist alles in den Programmen enthalten, alles in den Programmen. Ich lebe ...*

Die Stille fiel nieder wie ein Hammerschlag. Im ersten Moment ratlos, drehte Joanna sich zu dem schimmernden Tor der Enklave herum und dem fernen Glitzern der roten Computerlichter, die wie böse Sterne aus einer anderen, düsteren Welt herüberfunkelten. Aber die Lichter waren erloschen. Gurgelnd floß das Wasser um ihre Füße zurück in den Teich, die Abominationen traten schnüffelnd und verunsichert vor den glimmenden Papierbündeln den Rückzug an. In der nächsten Sekunde löste das Tor sich auf und verwehte wie Rauch im Wind.

Antrygs Stimme war nicht mehr als ein Hauch. »Entropie siegt immer«, flüsterte er und schob mit steifen Fingern die Riegel zurück. Keiner von ihnen warf einen Blick auf das, was über der Schwelle lag, als sie müde den langen Aufstieg begannen, ins Licht.

## 18.
## KAPITEL

Sie fanden Caris dort, wo er gestürzt war, ungefähr zehn Schritt vom Rand des Kraters entfernt, eine leblose schwarze Gestalt in einer Blutlache. Joanna kniete neben ihm nieder, tastete über sein Gesicht und die unverletzte Hand, suchte ohne Hoffnung nach einem Lebenszeichen. Sie hatte geglaubt, die Prüfung in den Kavernen hätte alle Emotionen in ihr erschöpft, aber nun erkannte sie, das war nur eine Folge des Energieentzugs durch den Computer gewesen. Jetzt weinte sie – um Caris und weil sie ihn ohne einen Blick hatte sterben lassen.

Auch wenn es das war, was er getan hätte – dem Weg der Sasenna gemäß.

Der kurze Wintertag hatte den Zenith überschritten. Der

graue Himmel dunkelte dem frühen Abend entgegen, die Luft roch nach Schnee.

Hinter sich hörte sie das Knirschen von Antrygs Schritten auf dem gefrorenen Boden. Er hatte seinen Umhang aus der Mulde geholt, in die Joanna gerollt war, um nicht von Suraklins Maschinengewehrsalven getroffen zu werden. Im Tageslicht sah er furchtbar aus, Streifen durchzogen die Schicht aus Blut und Schweiß auf seinem hageren Gesicht, Blut tränkte den Stoff an seinem linken Ärmel und der Seite. Er bewegte sich steif, langsam, wie ein alter Mann. Seine verkrüppelten Hände zitterten, als er den Umhang über Caris breitete.

»Wir müssen Pella benachrichtigen«, meinte Joanna tonlos.

»Ich bin sicher, die Nigromanten werden dafür sorgen.« Antryg kniete sich neben ihr hin und strich das kurzgeschnittene blonde Haar aus dem stillen Gesicht des jungen Mannes. »Sie werden sehr bald hier sein.«

Joanna hatte wider alle Vernunft gehofft, ihnen wäre etwas Ruhe vergönnt, der Gedanke an die erneuten Strapazen fiel ihr bleischwer auf die Seele, trotzdem sagte sie: »Dann sollten wir gehen.« Sie schickte sich an aufzustehen, doch bei der ersten Bewegung überfiel sie ein unerwarteter Schmerz. Unter dem Mantel und dem Wams fühlte ihr Rükken sich an wie verbrannt und begann zu pochen. Mit zusammengebissenen Zähnen kämpfte sie gegen die aufsteigenden Tränen und die Schwäche, die über sie hinwegflutete. Dieser Schmerz war nichts, sagte sie sich, im Vergleich zu dem, was Antryg erduldete oder was Caris gelitten haben mußte, als er für diesen letzten Schuß seine Kräfte sammelte. »Wir haben eine kleine Hoffnung – mit etwas Glück werden sie glauben, ihr hättet euch gegenseitig getötet, du und Suraklin ...«

Man spürte eine Erschütterung in der Atmosphäre, als hätte die Rückseite des Universums einen gewaltigen Tritt erhalten. Luft und Erde erschauerten unter einem Geräusch, von dem Joanna nicht genau wußte, ob es nicht nur in ihrem Kopf widerhallte, das Rufen von Stimmen in einem Traum. Sie umklammerte angstvoll Antrygs Schulter. Staub erhob sich als weiße Säule aus den eingestürzten Kavernen der Zitadelle, breitete sich behäbig aus und zerflatterte im auffrischenden Wind.

»Die Enklave«, erklärte Antryg. Im aschgrauen Tageslicht wirkte sein Gesicht kaum lebendiger als das des jungen Mannes, neben dem er immer noch kniete. »Er hat die wenige Macht, die ihm noch geblieben war, benutzt, um sie implodieren zu lassen – sich endgültig zu zerstören. Also hat er sich doch erinnert.«

Benommen von dem Schmerz in ihrem Rücken und der Trauer um Caris, fragte Joanna dennoch: »Erinnert an was?«

»Weshalb er ewig leben wollte.« Tränen zogen eine schimmernde Bahn durch den Schmutz auf seinen Wangen. »Das Wort, auf das es ankommt, ist nicht ›ewig‹, sondern ›leben‹. Und leben heißt, nicht nur Zuschauer sein, sondern teilnehmen; nicht nur den Wein in Flaschen horten, sondern ihn genießen, im Kreise derer, die man liebt. Ein Teil der Schönheit eines Sonnenuntergangs liegt in der Art, wie die Farben sich wandeln und vertiefen, während sie der Nacht entgegenschwinden. Vielleicht erkannte er zuletzt, daß er nur die Kopie einer Kopie war, eine Serie von Subroutinen, verdammt zu einer Ewigkeit von Read Only ...« Er seufzte und schob die Brille in die Stirn, um sich mit dem Handschuhrücken über die Augen zu wischen. »Oder vielleicht konnte er wie ich einfach den Gedanken nicht ertragen, wieder eingesperrt zu sein.«

Sie forschte in seinem Gesicht, halb verborgen von dem grauen Haar. »Du hast ihn immer noch geliebt, nicht wahr?«

Ein Lächeln huschte um seine Mundwinkel. »Oh, nicht wirklich. Aber auch ich erinnere mich.« Er holte tief Atem, stockte abrupt und legte die Hand an die Seite, wo die Kugel ihn gestreift hatte.

Nachdem der Schmerz abgeklungen war, griff er behutsam nach Caris' rechtem Arm und löste den verkohlten Rest des Pistolenkolbens aus der verstümmelten Hand mit den zwei übriggebliebenen Fingern. Blut quoll zähflüssig aus der Wunde.

Durch einen Schleier von Tränen der Erschöpfung suchte Joanna mit Blicken die öden Hügel ab. Schnee lag in Fluchten auf der eisengrauen Erde unter einem bleiernen Himmel. Obwohl die Gegend völlig verlassen wirkte, hatte sie das unbehagliche Gefühl, beobachtet zu werden. »Wir sollten aufbrechen«, drängte sie. »Sonst büßen wir unseren Vorsprung ein.«

»Ich weiß.« Er faltete Caris die Hände auf der Brust und deckte seine darüber. »Ich kann fühlen, wie meine rechtschaffenen Brüder und Schwestern mit ihren Gedanken nach mir suchen, nach der Aura meiner Magie. Doch hier, am Nodus der Adern, gibt es noch etwas, das ich mit meiner Gabe zu vollbringen vermag.« Er verfiel in Schweigen, um die Nagelprobe seiner Magie und seines Willens aus dem bis zur Neige geleerten Becher zu beschwören. Joanna verstand nicht, was er meinte, bis seine Augen sich schlossen und sein Kopf auf die Brust sank und ihr klar wurde, daß er in eine heilende Trance gesunken war.

Lange Zeit stand sie neben ihm, mit schmerzender Kehle, selbst fast krank vor Schmerzen und Mattigkeit. Endlich setzte sie sich langsam auf die kalte, harte Erde. Trotz des dicken Mantels und der gesteppten Pagenuniform fror sie bis ins Mark. Tränen brannten in ihren Augen, sie legte den Kopf an Antrygs Schultern und schob die Hände wärmesuchend unter seinen Arm. Der Wind überschüttete sie von den umliegenden Hügeln mit Schnee und strich ächzend zwischen den geschwärzten Gebeinen der Zitadelle hindurch.

Eine Stunde mußte vergangen sein, als Joanna sah, wie Caris' Lider zuckten, seine Brust sich hob, senkte und nach einem langen Augenblick wieder hob.

Nach zwei Stunden schrak sie in der hereinbrechenden Dunkelheit aus ihrem Dämmerschlaf empor, geweckt vom Hufschlag auf dem felsigen Boden. Sie hob den Kopf und sah den Kreis berittener Sasenna, der sich um sie gebildet hatte, gekrönt von den funkelnden Spitzen der aufgepflanzten Hellebarden und Lanzen. Sechs Reiter hielten abseits, ihre schwarzen Gewänder bauschten sich gleich Sturmwolken im scharfen Wind. An ihrer Spitze saß Lady Rosamund auf einem Rappen. Ihre Züge waren wie aus Stein gemeißelt und die grünen Augen mitleidlos wie Jade.

»Es ist komisch, weißt du.« Dampf schlug sich auf Antrygs Brillengläsern nieder, als er das kochende Wasser aus dem Kessel in eine angeschlagene Teekanne goß. »Die beiden Orte, an denen ich in meinem Leben die längste Zeit verbracht habe – wirklich die beiden einzigen Orte, wo ich lange genug gewohnt habe, um sie als 'Zuhause' bezeichnen zu können – waren Suraklins Zitadelle und dieser Turm des Schweigens. Tee gefällig?« Er wandte sich an die zwei rotgewandeten Kirchennigromanten, die steif an der Tür saßen und ihn nicht aus den Augen ließen. Beide runzelten finster die Brauen, und die Frau machte das Zeichen gegen das Böse.

Antryg seufzte, zuckte leicht zusammen, als die angeknackste Rippe protestierte und stellte den Kessel auf den kleinen Herd zurück. Anschließend schenkte er ein und reichte Joanna einen dampfenden Becher. »Jedenfalls können sie mir das Siegel der Finsternis nicht wieder um den Hals legen.« Geistesabwesend strich er über das braune Mal an seiner Kehle. »Hast du etwas von Caris gehört?«

Joanna schüttelte den Kopf. Die schiere Masse und Düsternis des Turms bedrückte sie. Obwohl die Nigromanten von Kirche und Kollegium, die ihre Zelle im Erdgeschoß bewachten, sie erheblich besser behandelten als die Hexenjäger damals, hatte sie viel größere Angst. Vielleicht deshalb, weil sie sich als Gefangene der Hexenjäger damit trösten konnte, daß Antryg und Caris und der Magister Magus noch frei waren und imstande, ihr zur Flucht zu verhelfen, was sie ja dann auch getan hatten. Hier gab es keinerlei Optionen mehr.

Oder aber, dachte sie, während Antrygs langer Schatten über den rauchgeschwärzten Granit des Deckengewölbes wanderte, ihr Gefühl absoluter Hoffnungslosigkeit war lediglich eine Folge der Erschöpfung, der Schmerzen und

Strapazen und psychischen Belastungen des vergangenen Tages. Nachdem sich die Tür ihrer Zelle hinter ihr geschlossen hatte, war sie fast augenblicklich in tiefen Schlaf gefallen, trotz der beklemmenden Gewißheit, daß Antryg bereits tot sein konnte, wenn sie wieder aufwachte. In Anbetracht der Müdigkeit, die sich unauslöschlich in die tiefen Furchen seines Gesichts eingegraben zu haben schien, fragte sie sich, ob es ihm ebenso ergangen war.

»Ich weiß nur, daß man ihn nach Larkmoor gebracht hat. Und man sagt, daß er leben wird.«

Er setzte sich auf den altersschwachen Stuhl neben ihr und griff automatisch nach ihrer Hand. Das Kollegium hatte ihn wieder in seinem alten Gefängnis einquartiert, vollgestopft mit seinen Büchern, seinen astronomischen Instrumenten und seinem mechanischen Spielzeug. Im Halbdunkel erspähte Joanna an der gegenüberliegenden Wand eine schmale Pritsche, überhäuft mit einem bunten Sammelsurium von Pelzen und ausgeblichenen Steppdecken. Es sah nicht aus, als wäre darauf geschlafen worden.

»Er wird leben«, wiederholte Antryg leise und seufzte wieder. »Ich wüßte gerne, was das bedeuten soll.«

»Daß einige Mitglieder des Kollegiums darauf bestanden haben.«

Beide hoben beim Klang der herrischen, melodischen Stimme von der Tür her ruckartig den Kopf. Lady Rosamund stand dort, makellos wie immer, die purpurne Stola, Abzeichen ihres Ranges, schimmerte matt im Feuerschein. Die Kirchensasenna verneigten sich vor ihr und gingen aus dem Zimmer, obwohl Joanna überzeugt war, daß sie auf dem Treppenabsatz warteten, um bei der geringsten Veränderung ihres Tonfalls herbeizueilen.

»Und weil du in deinem letzten Geständnis beteuerst, er wäre bei dem Versuch verwundet worden, dich für deinen Anschlag auf das Leben des Regenten zur Rechenschaft zu ziehen. Oder hast du es diesmal gar nicht gelesen?«

»Nein«, gestand Antryg mit einem Anflug seiner früheren Nonchalance, woraufhin Lady Rosamund mißbilligend die rosigen Lippen zusammenpreßte. »Wozu?« Er fing Joannas ängstlichen Blick auf. »Sie haben mir nichts getan«, sagte er beruhigend, als er merkte, wie ihre Augen sich verstohlen auf seine Hände richteten, wie um zu sehen, welche neuen Verletzungen die fadenscheinigen Fingerhandschuhe verbergen mochten. »Aber ich habe ihnen gesagt, daß ich alles unterschreibe, vorausgesetzt, es enthält eine Klausel, daß ich dich durch Magie gezwungen habe, mir zu helfen und daß du für deine Handlungen nicht verantwortlich bist. Wenigstens brauchten sie mir diesmal nicht den Stift an die Finger zu binden.«

Joanna öffnete den Mund, um zu protestieren, sein Gesicht verschwamm plötzlich hinter dem Schleier ihrer Tränen. Er strich ihr durch das zerzauste blonde Haar.

»Joanna, es gab nie den Hauch eines Beweises für unsere abenteuerlichen Behauptungen. Sogar die DARKMAGE-Akten haben wir nicht mehr.«

Bekümmert und hilflos wandte sie den Blick ab. Nach einem Moment umschlang Antryg sie mit seinen langen, knochigen Armen und drückte sie an sich, der Stoff seiner schäbigen purpurnen Arztrobe und das Rüschenhemd darunter schmiegten sich weich und kratzig wie ein Tierfell an ihre Wange. Zum erstenmal kam ihr mit aller Klarheit zu Bewußtsein, daß auch sie in der Gefahr schwebte, in dieser fremden Welt eingekerkert oder hingerichtet zu werden – daß auch sie unter Anklage stand, als Antrygs Komplizin. Und doch fühlte sie nur Erschöpfung, war ihr Verstand zu ausgelaugt, um sich den nächsten möglichen Schritt zu überlegen. Wie ungewohnt, dachte sie abwesend, einfach hier an seiner Brust zu lehnen, von seinen Armen umfangen, geborgen in dem einen gegenwärtigen Augenblick und die Dinge ihren Weg in eine düstere und ausweglose Zukunft gehen zu lassen.

Hinter ihrer Schulter hörte sie Lady Rosamund sagen: »Minhyrdin ist nach Larkmoor gereist, mit Issay Bel-Caire, um dem Regenten dein Geständnis zu überbringen und um Gnade für das Mädchen zu erbitten. Ob dieser anmaßende Sadist sie gewährt, kann ich nicht sagen, doch ohne Zweifel wird bald der Bote des Regenten eintreffen, mit Befehlen, die dein Schicksal betreffen.«

Joanna fühlte Antryg erschauern, doch er sagte nur: »Ich danke Euch.« Einen Moment später hörte sie die beiden Kirchensasenna eintreten und das Rascheln von Lady Rosamunds schwarzen Gewändern, als sie die Treppe hinunterschritt.

»Weshalb habt Ihr mich leben lassen?«

Caris war ein wenig erstaunt über die Kraftlosigkeit seiner Stimme. Er zweifelte, ob die Worte bis zu dem geschnitzten Lehnstuhl zwischen seinem Bett und dem Fenster gedrungen waren, durch das man die kahlen Bäume des Windschutzes ihre klauenartigen Zweige in den lohfarbenen Himmel recken sah. Aber die alte Frau, die wie ein Bündel schwarzer Wolle in den Polstern kauerte, hob den Kopf mit dem schütternen silbernen Greisinnenhaar. Das stete Klappern der Stricknadeln setzte nicht ein Sekunde aus.

»Pst, mein Junge«, war alles, was sie sagte.

»Was immer Ihr dem Regenten erzählt habt, Ihr wißt, daß ich meine Gelübde gebrochen habe«, fuhr Caris fort. Jedes Wort war ein kleiner Sieg über die Mattigkeit von Blutverlust und Medikamenten. »Ich mag vom Weg der Sasenna abgewichen sein, aber ich weiß, was das bedeutet. Man sagt, ein Mann, der sein Gelübde bricht, aus noch so gutem Grund, beweist nichts über diesen Grund, sondern nur, daß er ein Mann ist, der sein Gelübde bricht. Außerdem«, er bewegte unwillkürlich die dick verbundene Hand auf der Bettdecke und verzog das Gesicht bei dem Stich abgestumpfter Schmerzen, »ich kann mir nicht vorstellen, daß das Kollegium Verwendung für ein zerbrochenes Schwert hat. Niemand braucht eine Waffe, die schadhaft ist.«

»Unfug.« Tante Min gab ihrem Strickzeug einen Ruck, um eine neue Länge Wolle vom Knäuel zu spulen, und musterte ihn aus kurzsichtigen, porzellanblauen Augen. »Alle Dinge haben ihre Verwendung – sogar zerbrochene Schwertklingen. War es den ein guter Grund?«

»Ich glaubte es.«

Teils vor Schwäche, teils vor bitterer Selbstanklage, sprach er mehr zu sich selbst, kaum hörbar, und vielleicht hörte Tante Min ihn tatsächlich nicht, denn sie hantierte wieder mit ihrem Strickzeug, wie jedes beliebige alte Mütterchen am Herd, und schwatzte dabei selbstvergessen vor sich hin. »Ich kannte ihn«, hörte Caris die dünne, brüchige Stimme murmeln. »Nicht gut, aber ich kannte ihn – zwei, drei, vier – niemand kannte ihn wirklich gut, außer diesem armen – sieben, acht – Jungen, den er bei sich hatte. Und ich kannte deinen Großvater und den Kaiser, damals war er noch – neun, zehn, elf – Prinz und so schön. Ich sprach mit Antryg, als er gestern nacht all diese Papiere unterzeichnete, die man ihm vorlegte – Vokativus, Eidbrecher und verrückt, ja, vollkommen verrückt. Aber ich kannte sie alle. So, dreißig, das müßte reichen.« Ihr Blick traf ihn, plötzlich beunruhigend klar und scharf. »Du tust, was ich dir sage, mein Sohn. Werde gesund ...«

»Für was?« stieß er verzweifelt hervor. »Um als Krüppel weiterzuleben? Zum Magier habe ich nicht getaugt, und nun tauge ich auch nicht mehr als Waffe ...«

»Dann sei einfach ein Mensch.« Sie schien zu vergessen, daß die Wolle sich in ihren zu langen schwarzen Ärmeln verheddert hatte, und beugte den Kopf wieder über die emsigen Nadeln; im Zwielicht von Fenster und Herdfeuer erinnerte ihr Gesicht an einen sehr runzligen Apfel, im Winterfaß übriggeblieben. »Ist das so schwer?«

Caris holte tief Atem. »Ja.«

»*Bist* du ein Sasenna des Kollegiums?«

Es gab Zeiten, wenn Tante Min Caris an das geflügelte Wort der Sasenna erinnerte: daß auch Hutnadeln stechen. Nach langem Schweigen stammelte er: »Ich habe es geschworen, bis ans Ende meines Lebens. Aber ich weiß es nicht.«

Sie antwortete nicht. Caris fiel auf, daß das Stakkato der Nadeln verstummt war. Er drehte den Kopf auf dem Kissen und sah, daß sie schlief.

Lange Zeit lag er da und starrte auf das Spiel des honigfarbenen Feuerscheins auf den roten Zedernbalken über ihm. Ihm war, als hätte man sein Leben auf die Bettdecke gelegt, neben seine unversehrte Hand, und nun mußte er die Wahl treffen, ob er es aufhob oder verschmähte.

Die Erstarrung seiner Seele, während dieser langen Wochen von immer mehr Rissen durchzogen, war aufgebrochen wie das Eis auf den Bächen im Frühling, und Schmerz quoll hindurch wie eine schwarze Flüssigkeit – der Schmerz eines Kindes, dessen Seele sich nicht dem tyrannischen Wechsel von Aussaat und Ernte beugen will, auch wenn er die Erde liebt und alle, die es den Dienst an ihr lehren wollen; der Schmerz eines Jünglings, dessen innere Magie einfach nicht stark genug ist, um ihn zum Magier zu befähigen. Im Alter von sechzehn Jahren hatte er geglaubt, sich durch das Gelübde des Sasenna befreien zu können von der Qual des Wünschens und des Entscheidens. Und mußte nun feststellen, daß er mit beiden nicht viel Erfahrung hatte.

Tränen liefen aus seinen Augen, über seine Schläfen – nicht die gewaltsamen, brennenden Tränen des Zorns, des Hasses und des Gefühls, beraubt worden zu sein, die er an der Leiche seines ermordeten Großvaters vergossen hatte, sondern Tränen der Müdigkeit und eines tiefen Kummers, die seine Seele von Giften reinigten, deren er sich lange nicht bewußt gewesen war. Als ein Sasenna erwartete man von ihm, daß sein Stolz ihm verbot, als Krüppel weiterzuleben – er, wie ein Kampfhund zu nichts anderem ausgebildet.

Und dennoch ...

Als hätte eine Tür sich geöffnet, glaubte er wieder die aromatische Würze der getrockneten Kräuter in Antrygs Medizintasche zu riechen, wie so viele andere Dinge, die in der verfallenen Kapelle am Nordufer des Glidden zurückgeblieben waren. Die Erinnerung an das Mischen von Salzen und Pulvern stieg in ihm auf, an Antrygs dunkle Stimme, wie er die Wirkungen bestimmter Pflanzen erläuterte – gestoßene Stechpalme gegen Rheumatismus, Ulme gegen Beschwerden der Verdauungsorgane, die weißen Beeren der Mistel gegen Blutungen. Erinnerte sich an die Wärme in seinen Händen, wenn das heilende Licht von ihm in den Körper eines anderen überströmte, und an den Schock, den Lebensfunken eines neugeborenen Kindes zu spüren ...

Er hatte nicht gemerkt, daß er schlief, bis er langsam wieder erwachte, eine Handbreit unter der Oberfläche der Träume schwebend, getragen von der Bernsteinglut des Feuerscheins. Es war Abend geworden.

Unter der bandagierten Hand spürte er Kysshas Nase, die Wärme ihres zusammengerollten Körpers an der Seite und auf dem Arm Pellas kräftige Finger. Irgendwo im Zimmer raschelte Stoff, und Pharos' Stimme sagte leise: »Ich dachte mir, daß ich dich hier finde.«

Die Hand auf seinem Arm zuckte, blieb aber liegen.

»Ich denke, du solltest wissen, meine kleine Prinzessin, daß Leynart tatsächlich an Pocken erkrankt ist. Der Magier Bel-Caire ist bei ihm. Also scheint es, daß du mir das Leben gerettet hast.«

Caris hörte sie Atem holen, um zu antworten, aber dann einen Moment zögern, als wäre sie nicht sicher, was sie zu diesen blauen, unauslotbaren Augen sagen sollte. »Es tut mir leid zu hören, daß Ley krank ist.«

Pharos stieß die Luft durch die Nase. Das gedämpfte Klappern von hohen Absätzen auf dem Parkettboden – Caris erinnerte sich halb träumend, daß der Regent es verstand, sich leise zu bewegen – und eine betäubende Wolke von Veilchenwurzelparfum. »Pathetischer kleiner Dummkopf. Ich nehme an, wenn er überlebt, ist sein hübsches Lärvchen hin, obwohl ich dafür sorgen werde, daß er nicht ganz leer ausgeht für seine Ergebenheit.«

Pellas dunkle Altstimme klang ärgerlich. »Er hat nur aus Liebe zu dir gehandelt.«

»Er hat sich aus Liebe zu mir zum Narren machen lassen. Versucht, mich mit einer Magie zu ködern, von der er nichts verstand, auf das bloße Wort von jemandem, den er nicht kannte, es wäre zu seinem und meinem Besten und nicht meines Erben? Diese seidenfellige Ratte, die du einen Hund nennst, hat mehr Verstand – und auch mehr Courage.«

»Das ist immer noch kein Grund, grausam zu sein.«

»Soweit ich bis jetzt in der Lage gewesen bin, das festzustellen, meine kleine – Pellicida ...« Caris hörte, wie er flugs die Form seiner Anrede wechselte, und wußte, er war ihrem Blick begegnet. »... hat die Welt nie einen Grund gehabt, zu mir oder zu dir grausam zu sein. Aber ich glaube, wir haben beide nichtsdestoweniger ein gewisses Maß an Schmerzen erdulden müssen. Es tut mir leid«, fügte er hinzu und man konnte merken, daß ihm diese Worte nur schwer über die Lippen kamen. »Es ist nicht deine Aufgabe, mir das Leben zu retten, dafür bezahle ich Kanner. Schwächere zu verletzen ist eine Angewohnheit von mir – eine schlechte Angewohnheit, wie das Kauen an Fingernägeln. Ich werde versuchen, mich künftig zu beherrschen, soweit es dich betrifft. Du hattest wenigstens einen guten Grund, mir den Tod zu wünschen – war dieser junge Mann ein anderer?«

»Nein.« Pellas Hand schloß sich fester um Caris' Arm, und er hörte ihr Haar über die Satinschultern gleiten, als sie den Kopf senkte. »Keiner von uns wünscht dir den Tod.«

»Ah.« Der Ton, in dem sie das Wort ›uns‹ ausgesprochen hatte, war, selbst für Caris' Ohren, unmißverständlich. »Ich dachte gleich, daß er nicht zu meinen Männern gehört, trotz der Uniform.« Eine kaum merkliche Veränderung schlich sich in die schneidende Stimme. »Man sagt, du wärst guter Hoffnung. Ist das wahr?«

Wieder das Gleiten ihres Haares.

»Meins?«

»Ja.«

Caris schlug die Augen auf und betrachtete die kleine Szene im Gegenlicht des Feuers – Pharos stand wie eine hübsche Puppe in Schwarz und Gold vor Pella, mit zwei weißen Fingern der unter einer Flut nachtdunkler Spitzen verborgenen Hand hob er leicht ihr Kinn an. Sie hielt seinem Blick stand, ohne die Augen niederzuschlagen, Sehr jung wirkte sie und doch sehr sicher, wie bei ihrem Zusammenstoß mit Leynart – eine Sasenna, die zugleich Königin ist.

Pharos' Mund verzog sich sarkastisch. »Bedauerlich, in gewisser Weise«, meinte er schließlich. »Ein Verrückter, ein leichtgläubiger Trottel und ein Idiot sind keine Empfehlung für eine Dynastie, was immer unsere jeweiligen Familien sagen mögen. Ich selbst bin nicht gut, ebensowenig wie ein Mann für Frauen, aber ich erkenne einen guten Menschen, wenn ich ihn sehe – und ich weiß, daß gute Menschen oft auch glücklich sind.«

Ein langes Schweigen entstand, während er die junge Frau musterte, deren Willen er nie hatte brechen können, und die Verachtung in seinen Augen, mit denen er auf eine feindselige Welt schaute, milderte sich ein wenig.

»Nun«, sagte er endlich, »Gott weiß, ich habe wenig Verwendung für eine Frau, außer, um mir einen Erben zu schenken, und du scheinst mir diesen Part eines in meinen Augen ziemlich rustikalen Brauchs zu erfüllen. Deshalb möchte ich dich nur bitten, mein Kind mit einem Gefühl von Verantwortung für das Reich zu erziehen und auch mit soviel Freude, wie du ihm geben kannst.« Er hob ihre freie Hand, streifte sie mit den Lippen, drehte sich um und ging zur Tür.

Pella stand auf. »Pharos …«

Er blickte über die Schulter. »Ja, Pellicida?«

»Was wird aus Antryg und Joanna?«

Der Regent zögerte einen langen Augenblick, die alte rachsüchtige Paranoia glomm wieder in den blaßblauen Augen. »Sie haben mich verraten«, sagte er endlich leise und mit einer seidenweichen, haßerfüllten Endgültigkeit in der Stimme. »Alle beide.«

»Sie haben versucht …«

»Wir haben Windroses Geständnis«, schnitt Pharos ihr das Wort ab. »Dasselbe Dokument entlastet deinen Freund hier …« Die Diamanten seiner Ringe funkelten glitzernd um den großen Hämatit in der Mitte – lebendige Sterne, die einen toten umkreisten –, als er mit einem Wink auf Caris deutete. Weniger scharf sprach er weiter, im Ton eines Herrschers, der seinem vertrauten Kanzler die Gründe für eine Entscheidung darlegt. »Du mußt dir darüber im klaren gewesen sein, daß nie Hoffnung auf eine Begnadigung bestanden hat. Der Bote ist bereits unterwegs. Das Urteil an ihnen beiden wird morgen vollstreckt.«

»An beiden?« protestierte Pella. »Joanna …«

Eine Handbewegung beschwichtige ihre Furcht. »Oh, mach dir keine Sorgen. Es ist nicht deine Angelegenheit ...« Pella wollte auffahren, und Pharos fügte hastig hinzu: »Natürlich hat sie nichts Schlimmes zu befürchten – Verbannung – Haft ...« Doch Caris sah seine blauen Augen ihrem Blick ausweichen, als er sich zur Tür herumdrehte, und hörte die beiläufige Unverbindlichkeit seiner Stimme. Pharos log.

Sogar durch die dicken Mauern des Turms hörte Joanna den Sturm draußen heulen und wie er zwischen den Radspeichenbalken oben stöhnte. Wie Antryg gesagt hatte, selbst im Sommer war der Turm eisigkalt; jetzt, mitten im Winter, schlüpfte der Wind gleich schwarzen Schlangen durch die verborgenen Lüftungsschächte, um die Wärme aus den Räumen zu stehlen. Sie und Antryg hatten lange am Feuer gesessen, unter seinem Umhang und einer der Decken vom Bett, während die beiden Hasu es vorzogen, heldenhaft zu frieren, statt sich möglicherweise der Fraternisation schuldig zu machen, indem sie Antrygs Angebot, ihnen ebenfalls Decken zu bringen, annahmen.

Sie hatten geredet, über Kalifornien, Mellidane, über Antrygs Heimatdorf Velskonoe am Rand der Taigawälder tief in Sykerst, wo Suraklin ihn gefunden hatte, über Star Wars und die verschiedenen Spielarten der Magie und über die Möglichkeit von einer kürzeren oder längeren Gefangenschaft Joannas in dieser Welt.

»Ich habe versucht, das Beste zu tun«, sagte Antryg halblaut, sein Atem strich über die Haarspitzen an ihrem Scheitel. »Unglücklicherweise ist das etwas, worin ich nie besonders gut gewesen bin. Ich konnte Caris nicht da liegenlassen, und wenn ich dich einfach weggeschickt hätte, wärst du nicht weit gekommen. Die Nigromanten haben ihre Mittel und Wege, und es waren auch immer noch Abominationen in der Nähe.«

»Ganz davon abgesehen, daß ich mich nicht hätte wegschicken lassen.« Sie hob den Kopf von seiner Brust, um eine der kitschigen Glasperlenketten wegzuschieben, dann schmiegte sie sich wieder an ihn.

»Oh, Joanna.« Er seufzte und legte die Arme fester um ihre Schultern. »Ich wollte dich aus der Sache heraushalten, soweit wie irgend möglich. Nicht zum erstenmal sind meine Freunde durch mich in Schwierigkeiten gekommen. Nur, daß ich dich so nötig brauchte ...«

»He, jeder weiß, daß Computer Consultants sehr begehrt sind.«

Er lächelte in ihre Augen hinein. »Das habe ich nicht gemeint.«

Sie wußte, daß das nicht gemeint gewesen war, und die Kehle wurde ihr eng. Doch sie sagte nur: »Ich wußte, es war ein schmutziger Job, als ich ihn angenommen habe.« Während sie die Härte von Muskeln und Rippen durch den kratzigen Stoff unter ihrer Wange spürte, fragte sie sich, wie lange man sie hier gefangenhalten würde und ob für sie je ein Weg nach Kalifornien zurückführte. Ihr altes Leben schien ihr sehr weit entfernt zu sein. Der Gedanke, allein hier leben zu müssen, erfüllte sie mit Angst, aber wie nebensächlich war das im Verhältnis zu dem viel größeren Leid, an das sie sich vehement weigerte zu denken – das Wissen, daß Antryg sterben würde.

Sie hatte dies als mögliches Ende ihres Abenteuers so lange geleugnet, daß es ihr zu Zeiten ganz unwirklich vorkam, und seine keineswegs gespielte Heiterkeit lockte ihre Gedanken noch weiter davon weg. Aber sie las es in den Augen der Hasu und hörte die Nigromanten darüber flüstern, die ihre Zelle bewachten. Antryg würde sterben, und aller Wahrscheinlichkeit nach schon morgen.

Nach dem morgigen Tag würde sie ihn nie wieder sehen.

Außer vielleicht in Träumen.

Im dunklen Schacht der Wendeltreppe hörte Joanna das Pfeifen des Windes und dann Lady Rosamunds unwillig erhobene Stimme: »Das ist absurd! Der Regent hat nicht die mindeste Absicht, sie zu begnadigen, und Ihr wißt es!«

Dem antwortete die hohe, brüchige Stimme von Minhyrdin der Schönen, atemlos vom Treppensteigen: »Unfug.

Was weißt du von den Plänen des Regenten – oder was kümmert's dich?« Die beiden Frauen, ein Paar, wie es unterschiedlicher nicht hätte sein können, erschienen im dunklen Rahmen der Tür. Mit einer ungeduldigen Geste wies Lady Rosamund die Bewacher hinaus. Tante Min blickte verschmitzt an der eleganten Dame hinauf und fügte hinzu: »Oder kümmert es dich, was Pharos denkt?«

»Selbstverständlich nicht!« entgegnete ihre Begleiterin heftig. »Aber so unverhohlen gegen seine Befehle zu handeln …«

»Seine Befehle sind noch nicht eingetroffen«, antwortete Tante Min sanft und legte wegen ihres krummen Rückens den Kopf ein wenig schief, um Lady Rosamund ins Gesicht sehen zu können. »Woher sollen wir seine Absichten kennen? Sein Bote ist durch den Sturm aufgehalten worden.« Ihr schwarzes Gewand war durch und durch naß, ihr Umhang – geflickt und schäbiger sogar als Antrygs – mit tauendem Schnee und Eis bedeckt. Sie zog die rotgrünen Strickhandschuhe aus und stopfte sie zu den Nadeln und Wollknäueln in dem vollgeschneiten Handarbeitskorb an ihrem Arm.

Lady Rosamunds Augen verengten sich argwöhnisch. »Als ich heute morgen in der Kristallkugel den Himmel beobachtet habe, war von einem heraufziehenden Sturm nichts zu sehen.«

Antryg lächelte und warf ein: »Nun, den Blick für die Feinheiten bekommt man erst nach langer Übung.« Joanna mußte sich Mühe geben, nicht laut zu lachen, als ein Anflug zorniger Röte das vornehm blasse Gesicht Ihrer Durchlaucht überzog.

Unbekümmert fuhr Tante Min fort: »Da wir nun die Wünsche des Regenten in Bezug auf die beiden Gefangenen nicht kennen, lauf, Rosie, und hol mir das, worüber wir gesprochen haben.«

»Wir haben kein Recht …«

Die verwelkte kleine Frau richtete sich mit einiger Anstrengung zu ihrer vollen Größe auf – ein paar Zentimeter weniger als Joannas knappe ein Meter fünfzig. Als sie in das alte runzlige Gesicht blickte, umrahmt von dem dünnen weißen Haar, verstand Joanna plötzlich, warum man sie einst weit und breit Minhyrdin die Schöne genannt hatte. Mit einer Stimme, die ganz anders war als ihr übliches zerstreutes Gemurmel, sagte sie: »*Ich* bin die Erzmagierin. *Ich* habe das Recht.« Dann ließ sie ihr Strickzeug fallen und bückte sich mühsam, Lady Rosamund wollte ihr helfen, aber Tante Min wehrte ungeduldig ab. »Laß nur, laß nur! Tu lieber, worum ich dich gebeten habe.«

Steif wandte Ihre Durchlaucht sich ab und verließ das Zimmer. Joanna und Antryg standen beide auf, um Tante Min, Haupt des Konzils der Nigromanten, beim Aufsammeln ihrer Siebensachen behilflich zu sein.

»Dank euch«, sagte die alte Dame, packte die verhedderten Wollknäuel achtlos zurück in den Korb und spickte sie kreuz und quer mit den Nadeln. »Dank euch, ihr Lieben.« Sie mußte wieder den Kopf schräg legen, um an Antryg hinaufsehen zu können. Sie tätschelte seine große Hand mit den verkrümmten Fingern. »Du bist immer ein guter Junge gewesen.«

Er lächelte zu ihr hinunter, während er sie behutsam zu einem Stuhl führte. »Nein«, antwortete er im Ton aufrichtigen Bedauerns. »Aber ich wäre es gerne gewesen. Ich habe Euch nie gedankt, weil Ihr für mich gesprochen habt, als man mich Ende des Sommers wieder hierhergebracht hat ...«

»Nur, um dich wieder entwischen zu lassen.« Sie schüttelte den Kopf und schnalzte mit der Zunge, als ginge es um Kinderstreiche. »Ich kannte ihn, weißt du – Suraklin. Ich kannte sie alle.«

»Ich erinnere mich.« Antryg lächelte. »Tatsächlich kann ich mich erinnern, daß Ihr ihm mit einem Besenstiel gedroht habt bei Eurem einzigen Besuch in der Zitadelle – damals war ich selbstverständlich zutiefst schockiert.«

Tante Min kicherte, eine Spur der einstigen Farbe kehrte in die blassen Augen zurück. Dann wurde sie wieder ernst und sagte: »So kann es nie wieder sein.«

»Ich weiß«, nickte Antryg ruhig. »Nur sorgt dafür, daß Joanna nichts geschieht.«

»Da wir keine Befehle des Regenten erhalten haben bezüglich der Angeklagten Joanna«, verkündete die alte Dame, »halte ich als Haupt des Kollegiums es für das beste, obwohl sie nicht unter unserer Jurisdiktion steht, daß man sie zu der Stelle zurückbringt, wo wir durch den Abyssus ihre Welt betreten haben, den Schuppen mit dem Signet Suraklins.«

Joanna fühlte, wie Antrygs Finger sich um ihre Hand schlossen, dann sagte er. »Danke.«

Sie blickte zu ihm auf, als er über Tante Min hinweg zur Tür schaute, und sah, wie alle Farbe aus seinen Zügen wich. Ihr Blick folgte dem seinen. Lady Rosamund stand dort, stumm und mißbilligend, in beiden Händen einen Kelch aus Gold und Horn.

Tante Min nickte vogelgleich. »Stell hin, meine Liebe. Stell hin«, ordnete sie an, vollführte vage kleine Handbewegungen in Richtung des Tisches und ließ wieder das Strickzeug fallen. Mechanisch bückte Antryg sich danach und richtete sich wieder auf, als die Erzmagierin hinzufügte: »Und daß du nichts verschüttest, Rosie – es ist Gift, weißt du.«

Ihre Durchlaucht preßte die Lippen zusammen und entfernte sich wortlos, als fände sie das alles unter ihrer Würde. Tante Min nahm das Bündel Stricknadeln aus Antrygs widerstandsloser Hand und meinte: »Du weißt, wir können nichts für dich tun. Das ursprüngliche Todesurteil ist noch in Kraft.«

Joanna erinnerte sich an Antrygs heitere Aufzählung – *gehängt, geschunden, gerädert und gevierteilt* ... Damals war der Gedanke an diese langwierige öffentliche Hinrichtung nur etwas aus einem Mantel-und-Degen-Film gewesen.

Antryg flüsterte: »Ich weiß.«

Tante Min sah ihn an. »Es tut mir leid.«

Antryg nickte und strich über ihre kleine, zerbrechliche Hand auf seinem Arm.

Joanna hielt seinen Ärmel fest, ihr Verstand weigerte sich, das Unfaßbare zu fassen. Sie war noch gefangen von der Wärme und Farbe dieses Nachmittags, dem tiefen, beglükkenden Zauber dieser Mischung aus Freundschaft und Liebe, die sie verband, hatte das Gefühl, etwas zu verlieren, das Teil von ihr war und noch viele Jahre bleiben sollte.

Tante Min berührte ihren Arm. »Laß uns gehen, Kind. Der Sturm wird nicht lange dauern.« Sie sagte es mit einer ernsten Gewißheit, die unter anderen Umständen komisch gewirkt hätte. »Man kann nicht wissen, wann der Bote eintrifft, und die Befehle, die er bringt, müssen befolgt werden.«

Joanna schüttelte den Kopf, ihr Bewußtsein war leer, ausgehöhlt, ein Abgrund aus Schwärze und Trauer. Antryg nahm sie sanft in die Arme und bückte sich, um seinen Mund auf den ihren zu legen. Sie grub die Hände in das geflickte Gewand und in das lange graue Haar. Es war, als versuchte sie sich für immer und ewig die sehnige Geschmeidigkeit des schlaksigen Körpers einzuprägen, das Gefunkel der Ketten und Diamanten und Brillengläser, die großen, forschenden grauen Augen und den sonoren Reichtum seiner dunklen Stimme.

Dann flüsterte er: »Lebwohl, mein Herz.« Das Wort in der Sprache von Ferr war das Äquivalent von Adieu – zu Gott –, das Lebwohl für immer.

Tante Min nahm sie bei der Hand und führte sie aus dem Zimmer zum engen Schacht der Treppe, wo Lady Rosamund wartete. Als sie mit ihr nach unten stiegen, um sie weit genug vom Turm fortzuführen, damit keine zufällige Schwächung des Gewebes zwischen den Welten es Antryg ermöglichte, erneut zu fliehen, warf sie noch einen Blick auf das goldene Rechteck der Tür.

Antryg stand neben dem Tisch, den Kelch zwischen den Händen, das Gesicht wie Kalk im Feuerschein. Sie wandte den Blick nicht ab, obwohl die Erzmagierin sie drängend am Ärmel zupfte, und sah, wie Antryg den Becher an die Lippen hob, trank und mit zitternden Händen niedersetzte. Dann ging er zu seinem Bett in den Schatten, legte sich hin und kehrte das Gesicht zur Wand.

# 19.
# KAPITEL

Es war Januar und die späten Santa Ana Winde strichen über Los Angeles hinweg wie Seide. Nach dem Winter in Sykerst war die milde Wüstenluft um so befremdlicher für Joanna; der kristallene Zauber der Luft verstärkte ihr Gefühl des Getrenntseins von dieser Welt, in die sie zurückgekehrt war, als auch von der, die sie verlassen hatte. Da war noch etwas, überlegte sie auf dem Weg durch die Lobby von Gebäude Sechs und nach draußen auf den fast leeren Parkplatz, das in Abenteuergeschichten keine Erwähnung fand – die ganzen Aufräumarbeiten, die nach dem Wort ENDE auf die Teilnehmer warteten, und die deprimierende Phase der Ernüchterung.

Antryg war tot.

Bisher hatte sie in ihrem Leben noch keine nahestehende Person verloren – jedenfalls niemanden, der ihr so nahegestanden hatte wie er. Sie fühlte sich innerlich auch wie tot, eine Marionette an den Fäden des Alltags. Dabei hätte sie noch vor wenigen Wochen nicht geglaubt, daß es möglich sein könnte, jemanden so sehr zu vermissen.

Während sie die flachen Betonstufen hinunterging, kam ihr der Gedanke, daß sie im Herbst nicht gewußt hatte, wie gut es ihr ging. Im nachhinein hatte es seine Vorzüge gehabt – die Angst vor Suraklin, die Angst, allein den Abyssus durchqueren zu müssen, ihre ausgeprägte Paranoia und ihr verzweifeltes Mantra, daß Antryg nicht tot war, nicht tot sein *durfte*. Wenigstens war sie beschäftigt gewesen. Sie hatte kaum Zeit gehabt, nachzudenken oder zu fühlen.

Jetzt hatte sie reichlich Zeit.

Während der Santa Anas war es, als hätte Los Angeles nie das Wort ›Smog‹ gehört. Rings um die niedrigen Betonbunker von San Serano schienen die Hügel nähergerückt zu sein, mächtige runde Scherenschnitte aus kobaltblauer Pappe vor einem veilchenblauen Himmel. Der Wind fuhr in ihr Haar wie ein amouröser Geist, die Luft strich milchig über die bloßen Arme. Wochen des Frierens hatten wenigstens den Zweck gehabt, sie gegen die Unbilden der hiesigen Witterung weitgehend immun zu machen. Sie schulterte ihre gewichtige Beuteltasche mit den baumelnden Quasten und Kaninchenfellen, rein kinästhetisch vermißte sie immer noch das Gewicht ihres Rucksacks. Wo der Beutel gegen die Verbände über den ärgsten Brandwunden scheuerte, zuckte sie zusammen, obwohl nach vier Tagen die Schmerzen nicht mehr schlimmer waren als von einem wirklich üblen Sonnenbrand.

Es war nach sechs, und die meisten der Angestellten von San Serano hatten sich bereits vor einer Stunde ins Verkehrsgewühl auf dem Freeway gestürzt. Joanna war geblieben, wie auch schon die letzten beiden Abende. Teils, um den Berg liegengebliebener Arbeit abzutragen, doch zu einem weit größeren Teil, weil sie die Leere zu Hause nicht ertragen konnte.

In Larkmoor lag jetzt Schnee. Tante Min hatte ihr versichert, daß nichts Caris und Pella hinderte, zusammenzubleiben. Sie hätte gerne gewußt, wie es Pella ging, ob sie glücklich waren und ob Caris sich in dem neuen Leben zurechtfand, das Antrygs letztes Geschenk an ihn gewesen war. Sie fragte sich auch, ob der Magister Magus sich von seiner Versklavung durch Suraklin erholt und durch die Intervention eines reumütigen Cerdic sein prächtiges Haus zurückbekommen hatte; ob wieder Marquisen und Comtessen das elegante Antichambre bevölkerten, um sich gegen fürstliches Entgelt erzählen zu lassen, was sie hören wollten.

Natürlich würde sie es nie erfahren. Ebensogut hätten sie auch alle tot sein können. Manchmal in diesen vergangenen drei Tagen schien ihre Einsamkeit die ganze Welt auszufüllen.

Wenigstens hatte es den Anschein, als ob Ruth ihr Glauben schenkte. Sie hatte sie von der Tankstelle in der Nähe von San Serano angerufen und sich abholen lassen. Auf dem ganzen Weg zurück nach Van Nuys hatte ihre Freundin kaum etwas gesagt, sondern sie nur aus den Augenwinkeln gemustert, wie sie in ihren schmuddeligen grünen Kniehosen, abgelaufenen Stiefeln und dem zerlumpten Rüschenhemd als Häufchen Elend auf dem Beifahrersitz hockte. Sie mußte ziemlich fremd ausgesehen haben, davon abgesehen, daß sie merklich Gewicht verloren hatte und sechs Zentimeter von ihrem Haar abgesengt waren. An jenem ersten Abend behandelte Ruth sie mit großer Rücksicht und tat nicht als Hokuspokus ab, was sie erzählte.

Wo auch immer, dachte Joanna müde, wenigstens hatte sie ausgesehen, als wäre sie *irgendwo* gewesen. Einen Beweis hatte sie natürlich nicht.

Die Reaktion ihrer Kollegen war ähnlich ausgefallen, man bekundete ihr Mitgefühl für den unerwarteten Krebstod ihrer erfundenen Schwägerin. Die meisten, wenn auch nicht alle, respektierten ihren Wunsch, nicht darüber zu sprechen.

Langsam gewöhnte sie sich wieder daran, ein Auto zu fahren, Geschwindigkeiten anderer Verkehrsteilnehmer abzuschätzen, zu duschen und so gut wie ständig von Geräuschen berieselt zu werden. Es war seltsam, wieder Dinge zu besitzen; seltsam, nicht ständig unterwegs zu sein, und seltsam, nicht dauernd in Angst vor Verfolgern zu leben.

Doch alles erschien hohl und kulissenhaft, als wäre sie in die Existenz einer anderen Joanna geschlüpft.

Antryg war tot.

Gary war auch tot, natürlich, fiel ihr ein, als sie über den Parkplatz ging und die gespeicherte Hitze des Teerbelags durch die Sohlen ihrer Sandalen dringen fühlte. Doch es war nicht Garys Stimme, die sie verfolgte, wenn sie nachts wachlag.

*Ich komme drüber weg,* sagte sie zu sich selbst und stemmte sich gegen die Woge des Kummers, die sie zu überfluten drohte. *Es wird mit der Zeit besser werden.*

Doch sie glaubte nicht daran. Fast empfand sie etwas wie Verständnis für Suraklin. Es wäre nicht das schlechteste, ging es ihr durch den Kopf, sich in einen Computer zu programmieren und zu vergessen, wie es war zu fühlen.

Sie hob den Kopf und suchte den Parkplatz nach ihrem blauen Mustang ab. Er stand in großartiger Einsamkeit unter einer der hohen Lampen, die gleich einem Netzwerk künstlicher Monde ihr priemelfarbenes Licht gegen eine schimmernde blaue Dämmerung ins Feld schickten.

Jemand saß im Schneidersitz auf der Motorhaube ihres Wagens.

Sie blieb stehen, fluchte, weil sie ihren Hammer nicht mehr bei sich hatte, und dachte, daß Freaks aller möglichen Couleur nicht zu den Dingen gehörten, mit denen man sich auf der anderen Seite des Abyssus' herumschlagen mußte. Doch nach Suraklin und der Inquisition fand sie Begegnungen dieser Art weit weniger erschreckend als früher einmal. Dann wandte er den Kopf.

Sie sah das Blitzen runder Brillengläser, den Glanz eines Silberfolienlogos von einem Rockkonzert auf einem ausgeleierten schwarzen T-Shirt. Während jeder Tropfen Blut in ihren Adern sich schmerzlich in pures Adrenalin verwandelte, dachte sie: *Annahme A kann nicht stimmen* und dann: *Wer immer das ist, ich bringe ihn um für diesen idiotischen Streich.*

Sie ging das letzte Stück bis zum Wagen, das ihr vorkam wie hundert Meilen, erst schnell, dann langsamer und langsamer.

Er entfaltete lange, in Jeans steckende Beine und rutschte über den Kühler zu Boden. Im Licht der Neonlampe funkelten die gesprungenen Gläser, die Diamantohrringe im lockigen Gewirr der Haare und die Ketten aus Glasperlen. Selbst aus der Entfernung konnte sie den Verband am Oberarm sehen, wo Suraklins Kugel ihn gestreift hatte.

»Joanna?«

Sie zerquetschte ihn fast in ihrer Umarmung, bevor ihr seine angeknackste Rippe einfiel – sie konnte die schützende Bandage unter dem T-Shirt fühlen. Wenn es ein Traum war, dachte sie benommen, als seine Arme sich schmerzhaft um ihren verbrannten Rücken schlossen, war es ein schrecklich realer ... Seine Umarmung hob sie glatt von den Füßen.

Als sie den ersten Hundertjahreskuß beendet hatten, konnte er genug Luft schöpfen, um zu sagen: »Sieh mal, ich schwöre, ich werde dir nicht zur Last fallen – arbeitslose Zauberer finden *jederzeit* Arbeit ...«

Sie zog seinen Kopf zu sich herab, die vertraute Unbequemlichkeit des großen Größenunterschieds überzeugte sie endlich, daß es kein Traum sein konnte. Seine Rippe mußte plötzlich schmerzen, weil sein Griff sich lockerte. »Tut mir leid«, schnaufte er, »ich habe nicht an deinen Rükken gedacht ...« Er ließ den Blick über den leeren Parkplatz wandern. »Haben sie dich länger bleiben lassen, weil du so lange die Arbeit geschwänzt hast?«

Vermutlich hatte er seit mindestens einer Stunde auf der Motorhaube gesessen und zugesehen, wie die Sonne unterging. Er trug nur die Jeans, die Stiefel und das T-Shirt, die er angehabt hatte, als sie ihm zum erstenmal begegnet war, schien aber nicht zu frieren – wie sie kam er von einem Ort, wo es bitterkalt war.

»Nein. Ich mußte noch einiges fertig machen ...« Sie unterbrach sich mitten in ihrer stereotypen Entschuldigung und sagte statt dessen: »Das stimmt nicht wirklich. Mir graute nur davor, allein zu Hause herumzusitzen.«

»Aha«, meinte er leise. Ein paar Minuten sprachen sie nicht, sondern hielten sich nur fest, wie unter seinem spekkigen Umhang in Sykerst, schweigend und zufrieden.

Nachdem sie aufgehört hatte zu weinen, sagte Joanna: »Ich nehme an, ich sollte mich nicht wundern.«

»Schmeichelhaft von dir, das zu sagen. Ich dagegen bin immer noch sprachlos, daß ich lebe.«

Sie drückte ihn kurz an sich. »Du bist im Leben nie sprachlos gewesen. Erzähl mir nicht, daß das Kollegium die Entfernung zum Turm falsch berechnet hatte, als sie den Abyssus öffneten, um mich hindurchzuschicken?«

Er schüttelte den Kopf. »Nein. Es war eher – höhere Gewalt. Ein *Deus ex machina,* sozusagen.« Er hörte sich versonnen an, als hätte er immer noch Schwierigkeiten, es zu begreifen, nicht nur die Art seiner Rettung, sondern daß er überhaupt gerettet worden war.

»Hat Cerdic ein Gandengesuch gestellt? Oder Tante Min?«

Er grinste und schüttelte wieder den Kopf. »Obwohl ich nicht schwören möchte, daß Tante Min wirklich so fest schlief, wie es den Anschein hatte, als sie Totenwache bei mir hielt. Das tut sie oft nicht.« Er rieb sich geistesabwesend die Hände, wie um einen chronischen Schmerz aus den geschwollenen Gelenken zu massieren. »Nein, es war im wahrsten Sinne des Wortes ein *Deus ex machina.*« Einen Moment schwieg er, wie immer noch mit der Lösung eines Rätsels beschäftigt. »Es war der Tote Gott, der mich gerettet hat.«

Ein Techniker, dachte Joanna. Ein Wissenschaftler. Sie erinnerte sich an den verwesenden Koloß aus geborgtem Fleisch und Knochen, die klebrige Grabeskälte der entweihten Kirche und das unheimliche Klopfen, mit dem der Poltergeist die Ziffern von *Pi* morste. Ob das Ding, das er sich aus den Leichen seiner Opfer zusammengeflickt hatte, seiner wahren Gestalt ähnelte?

Die Risse in den Brillengläsern reflektierten das Lampenlicht, als Antryg den Kopf wandte. »Universale Strukturtheorie war seine Spezialität, mußt du wissen. Das war überhaupt der Grund, weshalb er auf unserer Seite des Abyssus' in der Falle saß, weil er das sich öffnende Tor erforschte, statt wegzulaufen wie jemand mit Verstand. Nachdem er den Abyssus zweimal durchquert hatte – hin und her –, fing er an zu experimentieren. Er registrierte mit seinen Instrumenten die schweren Turbulenzen, als Suraklin die Enklave zerstörte, und war auf das betreffende Gebiet ausgerichtet, als das Kollegium dich hindurchschickte. Da er durch das Netz der Sigel neben meinem auch dein Bewußtsein berührt hatte, erkannte er dich und konnte auf telepathischem Wege feststellen, daß du unter Bewachung und gegen deinen Willen auf die andere Seite gebracht werden solltest. Nachdem er dich geortet hatte, war es ihm ein Leichtes, die Magier zu ihrem Ausgangspunkt zu verfolgen und mich zu entdekken.«

Er machte eine Pause und starrte in die preußischblaue Dunkelheit, als könnte er durch sie hindurch in eine andere, tiefere Nacht sehen. Die Solitäre in seinen Ohrläppchen glitzerten, und zwischen dem Jahrmarktsgeschmeide um seinen Hals erkannte Joanna die Ketten, die er von Pella und davor von Pharos bekommen hatte, filigran wie Stücke von Fabergé zwischen Kaufhausramsch.

»Ich hatte das Gift bereits getrunken«, sprach er weiter, wie zu sich selbst. »In Anbetracht dessen, was Pharos für mich vorgesehen hatte, erwies das Kollegium mir eine wirkliche Gnade. Der Tote Gott – er sagte mir seinen Namen, genaugenommen nur eine Identifikationssequenz – arbeitete an einer Maschine zur Öffnung des Abyssus', allerdings befand sie sich noch im Experimentierstadium. Er ging ein großes Risiko ein, als er sich ihr anvertraute, um mich zu holen. Wäre Tante Min wach gewesen, hätte sie ihn ohne große Mühe auf dieser Seite des Abyssus' festhalten und vernichten können. Aber sie schlief oder tat wenigstens so.«

*Ich kannte sie beide,* hatte die alte Erzmagierin gesagt. Abgesehen von Antryg, war Tante Min wahrscheinlich die einzige lebende Person, die sowohl Suraklin als auch Salteris näher gekannt hatte.

Joanna legte ihre Hand über die seine. »Bist du wieder ganz in Ordnung?« Ihrer Stimme konnte man anhören, woran sie dachte – der kalte, stille Raum und Antryg, der einsam dort lag.

Er schenkte ihr ein beruhigendes Lächeln. »Etwas überrascht über den Toten Gott. Ich hatte bei ihm kaum mit dieser Art Sentimentalität gerechnet oder Ehrgefühl oder was nun seine Motivation war. Es ging mit mir zu Ende, als er mich in seine eigene Welt holte, und dann dauerte es einige Tage, bis er das Gift aus mir herausgefiltert hatte. Anschließend kam ich hierher.«

Er legte ihr den Arm um die Schultern und beugte sich wieder zu ihr hinunter. Mitten im Kuß bermekte er abwesend: »Du solltest wirklich etwas wegen deiner Größe unternehmen ...«

»Ich schwöre, ich werde dir nur so lange zur Last fallen, bis ich einen Verdienst gefunden habe und meine eigene Wohnung«, fuhr er fort, als sie schließlich beide etwas Erholung brauchten. »Ich kann Getränke mixen – aus Teeblättern lesen – Kohle schaufeln ...«

»Seit vor dem Zweiten Weltkrieg hat es in Los Angeles keinen Kohleofen mehr gegeben.«

»Wieder eine vielversprechende Karriere zum Teufel. Ihr müßt sie numerieren, um sie auseinanderhalten zu können.« Er betrachtete skeptisch den Wagen, als Joanna die Beifahrertür aufschloß. Dann kletterte er auf den Sitz. Joanna stieg ein, gab ihm eine kurze Unterweisung in der Bedienung der Fenster, startete den Motor und brauste unter verwegener Mißachtung der weißen Linien quer über den Platz, durch das Tor und die Lost Canyon Road hinunter.

Auf dem Hügelkamm über dem Ventura Freeway hielt sie an. Die Dunkelheit war auf Samtpfoten herangekommen, warm und voller Magie. Der elektrische Wind war abgeflaut, und in der trockenen, kristallklaren Luft breitete sich das San Fernando Valley wie ein glitzernder Teppich vor ihnen aus, am Horizont überglänzt von dem Widerschein der größeren Stadt des Lichts in der Ferne. Antryg neben ihr blickte schweigend auf die juwelenbestickte Glorie der Welt, in der er von nun an im Exil leben würde.

»Deine Magie ist verloren, nicht wahr?« fragte sie leise. »Du hast keine Macht in dieser Welt?«

»Wahrscheinlich nicht.« Im Gegenlicht war sein Gesicht nur ein dunkles Profil aus kühner Nase, silbern schimmernder Brillenfassung und entschlossen vorgerecktem Kinn. »Wenn ich bedenke, zu welchen Zwecken ich meine magischen Kräfte in der Vergangenheit eingesetzt habe, ist es vermutlich gut so, wenigstens vorläufig. Später ...« Er zuckte die Schultern. »Ist später. Für den Moment bin ich froh, daß es ein Später gibt – oder auch nur ein Jetzt. Genau betrachtet ist das alles, was je zählt.«

»›Hätte ich Welt genug und Zeit‹«, zitierte Joanna halblaut. Sie verlangte nichts mehr als den Augenblick, die samtene Stimme in der Dunkelheit, die schmeichelnde Wärme der Nacht und das Lichtermeer bis zu den begrenzenden Hügeln, Spiegelbild des sternenübersäten Himmels.

Seine Brillengläser funkelten, als er den Kopf wandte, sein Ton klang reuevoll. »In all den Wochen mit dir in meiner

Welt ist mir nie richtig zu Bewußtsein gekommen, wie unbehaglich es für dich gewesen sein muß, so abhängig von jemandem zu sein.«

Joanna nickte, ihre Hände ruhten auf dem abgewetzten Plastik des Lenkrads, während sie in die Nacht hinausschaute. »Nun, laß dich warnen, Mirabilit, jetzt, in *meiner* Welt und *mir* ausgeliefert, werde ich mich an dir nach Kräften schadlos halten.«

Sie konnte sein Grinsen im Dunkeln nicht sehen, aber es spüren. »Mit Vergnügen. Übrigens, was eßt ihr Leute hier? Und bringst du mir bei, eins von diesen Dingern zu fahren?«

Schaudernd legte sie den Gang ein und fuhr den Hügel hinunter zum Freeway. »Das hat mir gerade noch gefehlt ... Darüber reden wir später. Zuallererst werde ich dich mit Tacos bekannt machen ...«

ENDE